SOMOS TODOS ADULTOS AQUI

EMMA STRAUB

SOMOS TODOS ADULTOS AQUI

Tradução
Camila Von Holdefer

Rio de Janeiro, 2021

Copyright © 2019 por Emma Straub
Copyright de tradução © 2021 por HarperCollins Brasil.
Título original: All Adults Here

Nenhuma parte desta obra pode ser apropriada e estocada em sistema de banco de
dados ou processo similar, em qualquer forma ou meio, seja eletrônico, de fotocópia,
gravação etc., sem a permissão do detentor do copyright.

Diretora editorial: *Raquel Cozer*
Gerente editorial: *Alice Mello*
Editor: *Victor Almeida*
Assistência editorial: *Anna Clara Gonçalves e Camila Carneiro*
Copidesque: *Isabella Pacheco*
Preparação de original: *Marina Góes*
Revisão: *Luiz Felipe Fonseca, Liziane Kugland e Suelen Lopes*
Diagramação: *Abreu's System*
Design de capa: *Tatjana Prenzel*
Adaptação de capa: *Julio Moreira*

Dados Internacionais de Catalogação na Publicação (CIP)
(Câmara Brasileira do Livro, SP, Brasil)

Straub, Emma
   Somos todos adultos aqui / Emma Straub; tradução de
Camila Von Holdefer. – Rio de Janeiro: HarperCollins Brasil,
2021.

   Tradução de: All Adults Here
   ISBN 978-65-5511-221-4

   1. Ficção norte-americana I. Título.

21-76456   CDD: 813

Cibele Maria Dias – Bibliotecária – CRB-8/9427

Os pontos de vista desta obra são de responsabilidade de seu autor, não refletindo
necessariamente a posição da HarperCollins Brasil, da HarperCollins Publishers ou
de sua equipe editorial.

HarperCollins Brasil é uma marca licenciada à Casa dos Livros Editora LTDA.
Todos os direitos reservados à Casa dos Livros Editora LTDA.
Rua da Quitanda, 86, sala 218 — Centro
Rio de Janeiro, RJ — CEP 20091-005
Tel.: (21) 3175-1030
www.harpercollins.com.br

Para meus pais, que fizeram seu melhor,
e para meus filhos,
por quem faço o meu.

Cada sentimento que você mostra
É um bumerangue que você joga.
— *ABBA*

Ninguém é fácil de amar,
Não olhe para trás, minha querida, só diga que você tentou.
— *Sharon Van Etten*

Você adora decepcionar, é tudo o que você ama fazer.
— *The Magnetic Fields*

Capítulo 1
A MORTE RÁPIDA

Astrid Strick nunca tinha gostado de Barbara Baker, nem por um único dia dos quarenta anos de convivência, mas, quando Barbara foi atingida e morta pelo ônibus escolar vazio em alta velocidade no cruzamento da Main Street com a Morrison Street do lado leste da rotatória da cidade, Astrid soube que sua vida havia mudado, não dava para distinguir o choque do alívio. Aquele já era um dia corrido — havia passado a manhã no jardim, tinha um corte de cabelo marcado para as 11h30, e a neta, Cecelia, estava chegando de trem com duas malas e nenhum responsável (nada de acidentes com ônibus escolar por lá — só uma válvula de escape necessária), e Astrid ia encontrá-la na estação Clapham para levá-la de volta para o Casarão.

O ônibus atropelou Barbara logo depois das onze. Astrid estava no carro estacionado na pista interna da rotatória, o círculo verdejante no centro da cidade, ajeitando o cabelo no espelho. Era sempre assim, não era? O cabelo sempre parecia melhor no dia em que o cabeleireiro estava marcado. Não lavava o cabelo em casa, a menos que tivessem ido à praia, ou que tivesse nadado em água com cloro, ou que alguma substância estranha (tinta, cola) fosse acidentalmente jogada na direção dela. Não, Birdie Gonzalez lavava os cabelos de Astrid toda segunda-feira e fazia isso havia cinco anos, e antes eram lavados por Nancy, no mesmo salão, Shear Beauty, localizado a sudeste da rotatória, no caminho entre a Cooperativa de Crédito Clapham e a Livraria da Susan, na diagonal da Casa das Panquecas do Spiro, se espiasse pelo coreto de madeira branca no centro da ilha gramada. A lavagem profissional do cabelo era uma herança da geração da mãe dela, uma afetação que a própria mãe não havia adotado, e, no entanto, aqui estava. Não era uma indulgência cara se comparada com o custo de um condicionador decente. A cada oito segundas-feiras, Birdie também dava uma aparada no cabelo de Astrid. Os cortes de cabelo da Nancy eram um pouquinho melhores, mas Birdie era melhor com o xampu, e Astrid nunca tinha sido vaidosa, só prática. Enfim, Nancy tinha se aposentado e Astrid não sentia falta dela. Birdie era do Texas, e seus pais, do México, e Astrid a considerava um raio de sol humano: radiante, acolhedora, algumas vezes brutal, mas sempre boa para o humor de alguém.

Era o fim do verão, o que significava que, em breve, de segunda a sexta-feira, Clapham voltaria a pertencer aos habitantes da cidade. As crianças iam voltar para a escola e os veranistas iam voltar a ser turistas de fim de semana, e a vida voltaria ao ritmo mais tranquilo. Astrid examinou a pele em busca de manchas. Carrapatos e câncer de pele eram os medos de qualquer um que passasse um tempo ao ar livre em Hudson Valley, certamente daqueles com mais de 25 anos. No espelho retrovisor, Astrid observou Clapham seguir as rotinas matinais: mulheres com tapetes de ioga enrolados se arrastavam lentamente do prédio municipal; veranistas ricos passeavam pelas calçadas, procurando para comprar algo que de algum jeito tinham deixado passar batido ao longo dos últimos três meses; moradores sentados bebendo café no balcão do Spiro e da Cidade do Croissant, onde todo homem de 65 anos de Clapham podia ser encontrado com um jornal às 7h30 da manhã, sete dias por semana. Frank, o dono da loja de ferragens, que vendia de tudo, desde ventiladores embutidos e ovos frescos a baterias e uma pequena coleção de DVDs, estava parado debaixo da marquise enquanto o filho adolescente abria o portão de ferro. As lojinhas que vendiam camisetas e moletons com CLAPHAM em letras maiúsculas grandes não abriam até o meio-dia. A loja de roupas mais chique da Main Street, Boutique Etc?, cujo nome Astrid sempre achou gramática e filosoficamente irritante, também abria ao meio-dia, o que Astrid sabia porque comprava, a contragosto, a maior parte de suas roupas lá.

Astrid deixou os olhos vagarem para a monstruosidade, a *bête noire* de todos os residentes de Clapham, tanto dos moradores quanto dos intrusos de verão — o edifício enorme e trapezoidal que estava desocupado havia um ano, o amplo espaço interior completamente vazio, exceto pelas coisas abandonadas pelo inquilino mais recente: uma escada, duas latas de tinta e três sacos de lixo cheios demais. Havia uma placa de "Vendido" na janela com um número de telefone, mas o número tinha sido desativado havia muito tempo. Os registros da cidade, que estavam disponíveis para qualquer um que se importasse em olhar — e Astrid se importou —, diziam que o edifício havia de fato sido vendido um ano antes, mas ninguém sabia para quem, e seja lá quem fosse não tinha feito nada, a não ser deixar os tufos de poeira se multiplicarem. No que se transformaria era importante: se fosse uma loja de grande porte ou uma rede nacional, teria guerra. Uma sentença de morte para a cidade conhecida pelos habitantes. Quando a Rite Aid chegou, nem mesmo em Clapham exatamente, mas nos arredores da cidade, que precisava de uma farmácia, as pessoas enlouqueceram. A placa de VALORIZE O COMÉRCIO LOCAL ainda estava fincada no chão, do lado da caixa de correio. Gastou seu próprio dinheiro fazendo as placas e distribuindo-as. E se isso tivesse acontecido no centro da cidade? Astrid não conseguia nem imaginar. Se a pessoa que comprou o prédio não soubesse ou não se importasse, haveria protestos na rua, e Astrid carregaria a maior das placas.

Como a frente da loja ficava à leste da rotatória, por onde a maioria dos carros entrava em Clapham, os janelões vazios eram o que dava às pessoas as boas-vindas à cidade, uma situação muito triste.

Pelo menos a Pizzeria do Sal, logo ao lado, era encantadora, com as paredes de azulejos vermelhos e brancos, e as caixas impressas com um retrato do proprietário bigodudo.

Barbara estava parada na calçada, a dois passos da caixa de correio na frente do Shear Beauty. O carro dela, um Subaru hatch verde com um adesivo "Meu outro carro é um gato", estava estacionado em frente ao prédio municipal, que abrigava o escritório do prefeito, uma pré-escola cooperativa, aulas de ioga e o mercado dos agricultores de inverno, entre outras coisas. Estava voltando para o carro depois de enviar uma carta? Estava olhando para o outro lado da rua, para a placa de "Vendido" como se ela fosse oferecer alguma informação nova? Astrid jamais saberia. Observou enquanto Barbara contornava a dianteira do carro e entrava na faixa de carros, e então Astrid continuou olhando enquanto o ônibus amarelo de 64 lugares da escola de ensino secundário de Clapham veio disparado rua abaixo, atingindo Barbara tão ordenada e silenciosamente quanto os soldados de brinquedo dos netos dela. Astrid fechou o visor com força e pulou para fora do carro. No momento em que chegou do outro lado da rua, meia dúzia de pessoas já tinha se reunido. Havia sangue, mas nada tão violento que um garoto de 12 anos não pudesse ver na TV aberta. Astrid já tinha visto a morte de perto antes, mas não assim, não como um guaxinim na rua.

— Estava vazio — disse Randall, que era o dono do posto de gasolina e, portanto, uma autoridade em veículos. — Exceto pelo motorista. Nenhuma criança.

— Será que cubro ela? Não deveria cobrir ela, deveria? Deveria? — perguntou Louise, que dava as aulas de ioga, uma garota gentil e um tantinho tapada, que não conseguia memorizar esquerda e direita.

— Estou chamando a polícia — disse um homem de aparência nervosa.

Obviamente era a coisa certa a ser feita, mesmo que a delegacia estivesse a duas quadras de distância, e claramente não havia nada para a polícia fazer, pelo menos não por Barbara.

— Alô — disse ele no telefone, virando para o outro lado, como se para proteger os outros passantes do que ainda estava na calçada.

— Aconteceu um acidente.

— Ai, meu Deus do céu — falou Birdie, saindo do salão.

Viu Astrid e a puxou para o lado. Agarraram o cotovelo uma da outra e ficaram em silêncio até a polícia chegar, quando Astrid deu o número de telefone e o endereço do marido de Barbara. Sempre manteve uma agenda de endereços organizada, e era justamente por isso, para o caso de precisar. Os paramédicos recolheram o corpo de Barbara e o colocaram na maca, uma panqueca rígida. Quando a ambulância foi embora, Birdie conduziu Astrid gentilmente na direção da porta do salão.

O Shear Beauty havia passado por algumas melhorias ao longo dos anos, algumas tentativas de modernização. Os espelhos não tinham moldura, e o papel de parede era prateado, com um padrão geométrico cinzento, tudo isso com o intuito de fazer o lugar parecer sofisticado, o que não era. Birdie nunca conseguia ignorar as vasilhas com pétalas de flores secas empoeiradas no banheiro ou as almofadas bordadas no banco da entrada. Se alguém quisesse um lugar mais sofisticado, era livre para procurar.

— Não consigo acreditar — disse Astrid.

Pôs a bolsa no banco. O salão estava vazio, como sempre acontecia às segundas-feiras, quando o Shear Beauty estava fechado.

— Não consigo acreditar. Estou em choque, definitivamente estou em choque. Ouça o que estou dizendo! Meu cérebro não funciona... Será que estou tendo um aneurisma?

— Você não está tendo um aneurisma. Essas pessoas simplesmente caem mortas. — Birdie levou Astrid delicadamente pelo cotovelo ao lavatório. — Tente relaxar.

Birdie também cortava cabelos no Heron Meadows, o asilo na divisa de Clapham, e tinha certo sangue-frio ao encarar o invólucro da morte. A única certeza da vida. Astrid se sentou e se inclinou para trás até o pescoço tocar a porcelana fria da pia. Fechou os olhos e escutou Birdie ligar a água morna, testando a temperatura na mão.

Se Randall estivesse certo, o ônibus estava vazio — isso era importante. Astrid tinha três filhos e três netos, e, mesmo se não tivesse, a perda de um filho era a pior tragédia, seguida por um pai ou mãe jovem, seguida por gente que fazia pesquisas com câncer, presidentes em exercício, estrelas de cinema e todos os outros.

Pessoas na idade delas — Astrid e Barbara — eram velhas demais para a morte ser uma verdadeira tragédia, e, considerando que Barbara não tinha filhos, as pessoas eram compelidas a chamar aquilo de bênção, ou seja, uma bênção que o ônibus da escola não tivesse atropelado outra pessoa. Mas não parecia justo com Barbara, que tinha um marido e gatos. Tinha sido guarda de trânsito na escola primária décadas atrás, ah, que ironia! *Pelo menos não era o cruzamento dela*, pensou Astrid, respirando fundo enquanto Birdie lhe arranhava o couro cabeludo com as unhas curtas.

No que Barbara estava pensando enquanto o ônibus derrapava na direção dela? Por que estacionou lá e não do outro lado da rua? O que ela tinha na lista de afazeres do dia? Astrid se sentou, os cabelos pingando no pescoço e na blusa.

— Você está bem? — perguntou Birdie, passando uma toalha nos ombros de Astrid.

— Não — respondeu Astrid —, acho que não. Eu nem sequer, você sabe disso, eu nem sequer gostava da Barbara. Só me sinto um pouco, é… abalada.

— Bom, nesse caso — afirmou Birdie, andando até a parte da frente da cadeira e se agachando para ficar no mesmo nível dos olhos de Astrid. — Vamos lá para trás.

A boca de Birdie era uma linha reta, tão rígida quanto uma professora de escola católica. Ela sempre tinha uma solução.

Astrid concordou devagar e ofereceu a mão para Birdie. Contornaram a meia parede atrás da pia, entrando na sala onde uma jovem sem sobrancelhas chamada Jessica depilava os pelos do corpo de outras pessoas três dias por semana, e se deitaram uma do lado da outra na maca dupla, Astrid de costas e Birdie apoiada em um dos cotovelos. Astrid fechou os olhos, exausta de repente. Como de costume, porque depois de tanto tempo havia certo ritmo e sequência para o que se desenrolaria, Birdie começou a beijar as bochechas e orelhas e pescoço de Astrid com suavidade, tudo menos a boca, mas hoje era diferente, e Astrid estendeu a mão e puxou a boca de Birdie direto para a dela. Não havia tempo a perder, não nesta vida. Sempre havia mais ônibus escolares — quantas vezes uma pessoa tinha que ser lembrada disso? Desta vez ficou claro. Ela era uma viúva de 68 anos. Antes tarde do que nunca.

Capítulo 2
TV NO TÁXI

Cecelia sentou-se entre os pais no banco de trás de um táxi que cheirava a sopa de suor, espessa e almiscarada. A Amtrak exigia que passageiros desacompanhados com idades entre 13 e 15 anos enfrentassem uma corrida de obstáculos, um dos quais era ser escoltado até o trem por um adulto. A ideia era ser algo divertido, mas Cecelia sabia chamar as coisas pelo nome. Ela estava com 13 anos e tinha acesso à internet. Era uma espécie de proteção a testemunhas, em certo sentido. A escola dela não a expulsara, não oficialmente. Estava mais para uma decisão de dar um tempo, como os pais das pessoas faziam na televisão um pouco antes do divórcio inevitável. Foi algo que Cecelia tinha dito, como quem não quer nada, quando ela e os pais estavam conversando a respeito do que fazer, como resolver o problema da escola dela. Foi uma piada, na verdade — *talvez eu devesse simplesmente ir morar com a Vóvi esse ano.* Na manhã seguinte, no entanto, os pais estavam sentados à pequena mesa da cozinha, olhos avermelhados, como se não tivessem se movido desde o jantar da noite anterior, e disseram que tinham escrito para a escola dela e falado com Astrid e que, sim, esse era o plano. Cecelia teve dificuldade para decidir com quem estava mais zangada — os pais, por arrancarem ela de lá, ou a escola, por deixar que ela fosse arrancada. Não passava nem perto de ser justo.

Na realidade, era o oposto de justo. Era uma Situação Horrível, mesmo que significasse ir de um apartamento pequeno para uma casa enorme. Qualquer vantagem era amplamente superada pelo sentimento esmagador de fracasso apocalíptico e profunda injustiça. Mas Cecelia já tinha tentado explicar tudo mil vezes, e ainda assim tinha resultado nisso, então a ideia de justiça não importava mais mesmo. Já estava feito.

— O Casarão é de fato melhor no fim do verão, o vale todo, na verdade.

O pai de Cecelia, Nicholas Strick, também conhecido como Nicky Stricky, o bebê da família, fugiu da casa dos pais antes de completar 18 anos e só voltava em feriados e ocasiões especiais, levando com ele um sentimento de culpa que tinha sido imposto com meses de antecedência. Ele não era uma fonte segura. O táxi entrou na avenida Flatbush e seguiu em direção à ponte de Manhattan. Cecelia pensou que o pai poderia ser o pai mais bonito do mundo se raspasse a barba ou cortasse o rabo de cavalo curto e bagunçado que normalmente usava na altura da nuca, e comprasse roupas que não tinham sido feitas para fazendeiros e vaqueiros. Em vez disso, o pai sempre parecia alguém que poderia ser bonito se quisesse, mas a barba e as roupas e os cabelos eram empecilhos eficazes.

— Ela de fato tem muito bom gosto e conhece todo mundo — disse Juliette.

A mãe de Cecelia era francesa e tinha noção de bom gosto, todo mundo dizia isso. Juliette gostava mais de Astrid do que o marido. Ela podia gostar mais de Astrid que do marido, ponto.

— Tem piscinas públicas grandes e limpas, e você só vai ter que esperar se alguém for lento, não porque tem centenas de pessoas na sua frente. Clapham é ótima, *chérie*, você sabe disso. Você sempre gostou de ir pra lá, mesmo quando aquela casa era como uma calamidade para crianças pequenas, e sempre tive medo de que você estivesse prestes a se matar na quina de alguma coisa. E, de qualquer forma, é melhor estar no campo, dá mais oxigênio ao sangue.

Isso não parecia verdade, mas Cecelia não se deu ao trabalho de argumentar. E se fosse, que diabo os pais estavam fazendo ao privar o sangue dela do máximo de oxigênio nos últimos 13 anos?

— Já concordei com esse plano. Está tudo bem, sério.

As malas de Cecelia estavam no porta-malas. Juntos, os três — Cecelia e os pais — ocupavam cada centímetro do espaço do carro, como passageiros em um trem da linha F na hora de maior movimento.

— *D'accord* — disse Juliette, dando palmadinhas na coxa de Cecelia.

O queixo dela tremeu, e ela virou o rosto para a janela.

— Certo.

— Tem certeza que quer ir sozinha? A gente podia pegar o trem com você, acomodar você.

Nicky nunca se ofereceu para ir a Clapham antes — talvez isso já fosse um progresso. Ele esfregou as mãos na barba.

— Pai, está tudo bem. Vou ler as *Relíquias da morte* de novo. São só duas horas.

— Você acha que consegue dar conta das duas malas? Tem escadas rolantes.

Juliette era bailarina, igualmente firme e prática no que se referia a corpos. Era uma boa qualidade em uma mãe. Sempre que Cecelia caía ou se machucava quando era criança, Juliette erguia uma perna da calça para mostrar à filha uma cicatriz. Cecelia tentava se lembrar dessas coisas para reduzir o tamanho do saco de pancada mental com a cara dos pais. Não era culpa deles, mas também não era culpa *dela*, e os pais deveriam ser aqueles que intervinham e consertavam as coisas. Mas os pais dela nunca foram do tipo que faz escândalo. A mãe era uma bailarina que fingia não fumar cigarros. O pai era um hippie que vendia embrulhos de pauzinhos e cristais para hippies mais jovens na internet. A pretensão dele à fama — fora da família, onde era famoso pelas saladas de quinoa, peidos de trombeta e músicas improvisadas e bem-humoradas — tinha sido o papel de um estudante bonito de ensino médio que interpretou em um filme, *A vida e a época de Jake George*, gravado quando também era um estudante bonito terminando o ensino médio.. Ele achou a experiência com os fã-clubes de garotas adolescentes tão horrorosa que virou budista e passou o ano seguinte em um monastério no Tibete. Eles não eram do tipo que grita e berra em nome de qualquer pessoa, nem mesmo dela.

— Vai ficar tudo bem, mãe.

Tinha um purificador de ar em forma de árvore pendurado no espelho retrovisor, e Cecelia o observou balançar para a frente e para trás enquanto passavam pela ponte. A TV do táxi deu sinal de vida, e Juliette a silenciou com o polegar. Estava um dia lindo — céu azul, sem nuvens, sem trânsito. Isso quase deixou Cecelia triste por sair da cidade, mas aí ela pensou no retorno à escola em setembro, na melhor amiga que não falava com ela, em todos os outros pensando, já que ela estava indo embora, que ela era a culpada da história — que vergonha! Cecelia Raskin-Strick, que dormiu com suas bonecas American Girl até os 12 anos — só um ano atrás! E elas nem sequer eram de um plástico macio! E não estava mais triste, pelo menos não com a partida. Pelo resto da viagem, os pais olharam pelas respectivas janelas e Cecelia olhou por cima do ombro do motorista, confiando que ele estava no caminho certo.

Capítulo 3

EAU DE CABRA

O banheiro de Porter cheirava a cabra porque Porter cheirava a cabra. Ela nem sempre conseguia sentir o cheiro, não quando estava com os animais, com certeza, mas assim que chegava em casa e entrava no chuveiro, o vapor abria seus poros e o cômodo inteiro se transformava em um curral. Era pior quando cheirava a queijo, sobretudo porque as outras pessoas tendiam a atribuir o cheiro de queijo ao corpo dela, ao passo que, quando cheirava a cabras, os animais eram claramente os culpados.

Depois de se formar na Hampshire, Porter se mudou rápido de volta para Clapham, como um elástico disparado de uma ponta a outra de um cômodo. O pai dela estava morto havia dois anos e meio, e estar na faculdade em Massachusetts parecia totalmente idiota, mas a mãe insistia para que ficasse. Qual era o objetivo?, a mãe tinha perguntado. O que ela ia fazer em Clapham, além de ficar sentada e se lamentar? Porter pensou que, se encontraria o pai em qualquer lugar, da forma que fosse, seria na cidade natal. E assim ela voltou, retornando rapidamente aos hábitos da adolescência, mas com parte da família arrancada, como se o pai tivesse sido um sonho. Era como aprender a andar mancando — difícil no começo, mas então se acostumou tanto que não conseguia lembrar como era a vida com os dois pés firmes.

* * *

Trabalhou como professora substituta de ensino médio e depois na Clay Depot, uma loja de cerâmica sofisticada na Main Street. Quando estava perto dos 30, a amiga de infância de Porter, Harriet, converteu a terra dos pais em uma fazenda orgânica, e aí compraram algumas cabras e leram uns livros sobre fermentação, e agora, quase oito anos depois, o Queijo de Cabra Clap Happy estava disponível em lojas da cidade de Nova York, em todos os restaurantes de Clapham e em lojas especializadas em queijos de todo o país. Harriet tinha vendido a terra e a parte dela das cabras (havia duas dúzias no total) para Porter e se mudado para Oregon com o marido, e agora os laticínios eram só de Porter.

Talvez fosse por causa das cabras que a ideia de ficar grávida por conta própria não parecesse tão assustadora. Estava acostumada com a reprodução assistida, a participar da criação da vida, mesmo que fossem cabras. Bancos de esperma eram fazendas de criação, e crescer entre agricultores demais a fez entender como a biologia funcionava. Na verdade, eram os casais heteronormativos convencionais que estavam agindo de forma maluca, escolhendo um parceiro baseado — no quê, senso de humor? Para qual faculdade eles foram? No que faziam com a língua quando se beijavam? — e tendo um bebê. Por que é que todo mundo não escolhe uma pessoa para se casar e aí escolhe o esperma que quiser separadamente? Além disso, pais morrem, qualquer um pode morrer, as pessoas não entenderam isso? Você não pode pedir para uma pessoa ser tudo para você, porque essa pessoa pode ser levada embora. *Será* levada, em algum momento. Obviamente o ideal seria ter um parceiro para ajudar com a criança quando ela nascesse — não era boba, sabia que só tinha duas mãos —, mas não queria esperar até que tivesse 40 anos. Talvez, se morasse em um lugar maior, onde a chance de encontros fosse mais ampla, ela não se sentisse com tanta pressa. Mas Porter conhecia todo mundo em Clapham com quem podia transar, e não havia bilhete premiado nessa lista.

Havia parceiros românticos com quem Porter podia ter tido filhos: Jeremy, o namorado do ensino médio e primeiro amor, que queria se casar com ela aos18 anos e agora vivia do outro lado da cidade com a esposa desenvolta e dois filhos em idade escolar; Jonah, o namorado da faculdade, que fumava maconha com mais frequência do que se alimentava, que tinha se mudado para Vermont e parecia promover o Bernie Sanders no Facebook profissionalmente; Hiro, o garoto com quem dormiu uma vez durante o relacionamento com o maconheiro, um estudante japonês que não tinha redes sociais e tinha um nome que não dava para encontrar no Google, então perdera o rastro dele. O sexo não tinha sido bom, mas o que era sexo bom? Ele podia ter sido um bom marido, um bom pai, quem ia saber? E provavelmente era, de outra pessoa. E então havia os caras com quem Porter tinha dormido depois da faculdade: Chad, o advogado, que achava igualmente atraente e chato, como um jogo de beisebol humano; Matthew, o garçom com um subemprego que namorou por alguns meses, que tinha outra namorada mas às vezes ainda mandava mensagens de texto tarde da noite, balõezinhos de diálogo eternamente aparecendo e desaparecendo depois de *Ei, pensando em você*; Billy, o cara que conheceu de férias em Porto Rico, que estava tirando férias de Wisconsin, e que Porter podia jurar que tinha uma marca de bronzeado de uma aliança de casamento; e então Ryan, o namorado mais recente, o único desde a faculdade que de fato apresentou à família, que provavelmente não a amava e definitivamente não queria filhos. Acidentes aconteceram, mas Porter tomava pílula desde o início do ensino médio, e desde então não tinham acontecido com ela. O tempo todo amigos davam infinitas festas de noivado, casamentos, chás de bebê, como uma série de foguetes disparando para longe dela. Os dois irmãos tiveram filhos, e pelo menos um deles, sua sobrinha Cecelia, era a melhor criança que já tinha nascido. Porter estava pronta para disparar também, e então parou de esperar que um piloto aparecesse.

A escolha do esperma foi o derradeiro encontro online — você tinha todas as informações de que precisava no papel. Porter também não tinha certeza se confiava no que eram essencialmente currículos — todo mundo distorcia a verdade nos currículos — e então focou nos fatos. Essa altura, esse peso, essa cor de pele, essa cor de cabelo. Porter era alta e não precisava de genes altos; ela não era judia e portanto não havia problema se o doador fosse, em termos de Tay-Sachs e outras doenças no "quadro judeu", foi o que disse o endocrinologista reprodutivo dela. Porter queria compensar as coisas que faltavam a ela — coordenação física, habilidade para acompanhar uma melodia. Era melhor não pensar nesses homens ejaculando dentro de um copo. Era complicado decidir o que era mais desagradável, um homem doando esperma para ganhar um dinheiro ou um homem doando esperma porque ele gostava da ideia de ter uma porção de filhos gerados por mulheres desconhecidas. Porter tirou isso da cabeça. O esperma era um ingrediente, e portanto ela precisava escolher qual tipo de bolo ia querer fazer. A criança seria só dela, e aquele copo cheio de nadadores era um meio para esse fim. E agora ela estava grávida de uma menina. A ciência funcionava, e milagres aconteciam. Os dois não eram mutuamente excludentes.

Porter desligou o chuveiro e observou a poça de água com sabão em torno dos pés. Os seios dela sempre foram modestos e pequenos, mesmo quando o resto do corpo alargava com a idade. Agora estavam cheios e duros, tecido elástico que não cabia em uma mão. Os quadris e a barriga mantinham o segredo com a amplitude macia, ossos do ofício. Porter não confiava em ninguém que fosse magro e trabalhasse com queijo. Você os encontrava de tempos em tempos, principalmente no varejo, e Porter sempre mantinha distância. Desfrutar do produto era importante. Ainda bem que o queijo dela era pasteurizado.

Agora que estava no meio do caminho e começando a ficar realmente visível, Porter sabia que teria que começar a contar para as pessoas. E antes que contasse para as pessoas, teria que contar para os irmãos. E antes que contasse para os irmãos, teria que contar para a mãe. Sabia que para a maioria das mulheres seria inimaginável embarcar em uma tal experiência sem contar para a mãe — tinha visto dezenas de mulheres adultas agarrando a mão da mãe na sala de espera do consultório do especialista em reprodução humana. Mas Astrid Strick não era assim. Sabia como tirar manchas de camisas brancas. Podia nomear todas a plantas do jardim dela e identificar árvores e pássaros. Podia assar qualquer coisa do zero. Mas não encorajava a intimidade do jeito que Porter tinha observado outras mães fazerem, do tipo que deixaria os filhos dormirem na cama delas depois de um sonho ruim. Astrid sempre existiu — tanto antes quanto depois da morte do marido — de um jeito ordenado. Tinha regras e a roupa adequada para qualquer clima, ao contrário de Porter, que não tinha nenhuma das duas coisas. Em parte era isso, claro. Porter deixaria a filha dormir na cama dela todas as noites se ela quisesse. Mastigaria e cuspiria a comida na boca da criança se fosse isso o que a bebê quisesse. Porter seria tão calorosa quanto um forno. Era isso o que diria para a mãe.

Russell Strick tinha adorado *Além da imaginação*, e Porter pensou que era assim que poderia ter contado para o pai — teria pedido a ele para imaginar um episódio onde um bebê era feito em laboratório e colocado dentro do corpo dela. Não era justo como a maioria das pessoas simplesmente conseguia manter o pai e a mãe vivos e dar avós para os filhos, e os apelidos mais bonitinhos. Porter estava acostumada a essa injustiça — a formatura da faculdade, os casamentos dos irmãos, o quinquagésimo aniversário da mãe, o sexagésimo aniversário, a merda de todos os dias importantes —, mas de alguma forma essa parte não ficava mais fácil. Ele continuava morto e perderia os dias importantes dela também, além dos dias dos irmãos. Ele teria ficado feliz porque ela estava tendo um bebê, talvez (de um jeito estranho, um jeito do qual eles jamais iam falar em voz alta) até um pouco animado porque seria a figura masculina principal, com exceção dos irmãos dela. Ele, avô, teria um papel importante. Vovô. Vovozinho. Vô. Avozinho. Porter não sabia o que ele seria, qual o apelido bobo teria recebido de Cecelia, pelo qual então seria chamado por todos os netos sucessivamente. Porter tivera um sonho em que, por alguma razão, o pai dela era também o pai do bebê, graças a uma mistura de viagens no tempo e magia, mas sem nenhuma das conotações perturbadoras que uma coisa dessas teria na vida real — no sonho era como se o pai fosse, de alguma forma, o avô dela, o pai dela e o pai do filho dela, todos ao mesmo tempo, um fantasma sem idade, e as mulheres da família faziam todo o trabalho. Era como um filme do Brad Pitt que faria você chorar mesmo recebendo críticas terríveis.

Porter passou por cima da borda da banheira e se enrolou em uma toalha. Passou a mão no espelho, limpando um espaço grande o bastante para ver seu reflexo.

— Você é gente grande — disse para si mesma. — É uma mulher crescida, com um bebê crescendo dentro da barriga. Você é uma adulta. É a sua vida.

Porter virou de lado e colocou a mão em concha embaixo da barriga.

— Ei, você. Sou a sua mãe, e juro por Deus que vai dar tudo certo. Eu tenho 95 por cento de certeza que vai dar tudo certo. Pelo menos setenta por cento. Juro. Porra."

Contaria para a mãe hoje. Ou amanhã. No mais tardar, contaria para a mãe amanhã.

Capítulo 4

MENOR DESACOMPANHADA

Eram só quatro paradas no trem — Yonkers, Croton, Poughkeepsie, Clapham. Cecelia estava sentada na janela, mas manteve o nariz no livro. O condutor tinha lhe dado uma pulseira especial que dizia DESACOMPANHADA, mas podia muito bem ter dito MENOR ABANDONADA, POR FAVOR ME LEVE PARA CASA E ME FAÇA UM SANDUÍCHE. Todas as mães no trem — Cecelia sabia quais eram, mesmo que só algumas estivessem com os filhos — lhe lançavam olhares de pena e faziam perguntas sem sentido, tipo "Está mesmo lindo lá fora, não é?", ao que ela sorria e concordava com a cabeça. Os pais ou tinham mais juízo e não falavam com uma garota adolescente que não conheciam, ou eram mais capazes de desligar a parte do cérebro que reparava em filhos que não eram deles.

Outras garotas — garotas de quem tinha sido amiga até bem recentemente, aquelas que bebiam o café frio das canecas abandonadas pelos pais na mesa da cozinha e algumas vezes até alguns dedos de vodca surrupiados do freezer — poderiam ter se escondido no banheiro e, no momento oportuno, saltado em um lugar que soasse mais emocionante, tipo Roma (mesmo que fosse Roma, Nova York) ou as Cataratas do Niágara (mesmo que ela não tivesse uma capa de chuva e fosse jovem demais para a jogatina), mas Cecelia não queria que os pais se preocupassem. Sobretudo agora. O que aconteceria se não descesse do trem? Cecelia nem conseguia imaginar direito — Astrid sem dúvida saberia exatamente o que fazer, como parar o trem, como vasculhar as plataformas pelas doze paradas seguintes. Ela provavelmente tinha um walkie-talkie na gaveta de tralhas que podia contatar o condutor pessoalmente. E então Cecelia estaria em apuros, e os pais teriam que entrar juntos no trem seguinte, e iriam discutir, e então chegariam no Casarão e brigariam sobre de quem era a culpa da coisa toda, sem nem mesmo perceber que, na verdade, a culpa era *deles*, se você analisasse bem. De qualquer forma, ela só tinha quarenta dólares e um cartão de crédito que batia direto na conta bancária dos pais, então, mesmo que não se importasse com a ideia de estressar todo mundo, não duraria muito. Ela não tinha sido feita para a vida de fugitiva.

A estação Clapham era só uma plataforma comprida com trilhos de ambos os lados, uma boca com aparelho. O rio Hudson se movia depressa em paralelo. Cecelia rebocou as malas enormes para a plataforma com a ajuda do condutor e tentou não morrer de vergonha enquanto ele chamava o nome da avó, a voz estrondosa atravessando o zumbido do trem, e o som dos carros passando, os pássaros gorjeando. A estação ficava acima de um lance longo e precário de escadas, onde se localizava a sala de espera, com bancos feitos de ripas de madeira. Provavelmente era onde Astrid estava agora. Não havia mais ninguém à vista. Algumas pessoas achavam as cidades assustadoras, Cecelia sabia, mas essas pessoas tinham sido influenciadas por estatísticas enganosas e filmes do Batman. Não havia nada de assustador em estar em um lugar onde você estava sempre cercada por centenas de pessoas — sempre tinha alguém por perto que podia ouvir você gritar. Cecelia sabia, porque era uma garota moderna, que sua raça e perfil econômico significavam que não apenas alguém podia ouvi-la gritar, mas que alguém também estaria disposto a ajudar. Também era verdade que, porque era uma garota, os pais a ensinaram a carregar as chaves de casa entre os dedos como se fosse o Wolverine, só por precaução.

O condutor chamou o nome da avó dela de novo.

— Ast-rid Stri-ick!

Era como se a avó fosse a única participante do programa *Quem quer cuidar dessa menor*. Cecelia riu de um jeito nervoso, sabendo muito bem que a avó nunca tinha se atrasado para nada em toda a sua vida.

— Tenho certeza que ela está lá em cima. Deve estar só no banheiro.

Cecelia cruzou os braços sobre o peito. Todo mundo já tinha desembarcado e trotava alegremente escada acima até os braços abertos dos entes queridos, ou do carro deles, ou do Spiro, que ficava a um quarteirão da água.

O condutor não sorriu. Em vez disso, olhou para o relógio.

— Agora estamos atrasando o trem, senhora.

Cecelia estava prestes a perguntar por que raios ele estava chamando uma garota de 13 anos de "senhora", quando viu a avó correndo escada abaixo, a bolsa abanando atrás dela como uma prática capa de couro acinzentada.

— Ali está ela, ela está bem ali — disse Cecelia, tão aliviada que pensou que fosse chorar.

Assim que Astrid chegou à plataforma, acenou com os dois braços até o segundo em que estava perto o suficiente para encostar na neta, a quem agarrou pelos bíceps e beijou na testa. Elas tinham mais ou menos a mesma altura agora, com a balança ligeiramente a favor da juventude.

— Você pode liberar ela agora, senhor — afirmou Astrid. — Missão cumprida.

O condutor girou nos calcanhares com um pequeno aceno de cabeça, e um momento depois o trem saiu da estação, como se estivesse bufando.

— Oi, Vóvi — falou Cecelia.

— Oi, querida — respondeu Astrid. — Vi alguém ser atropelado por um ônibus hoje.

Os olhos de Cecelia se arregalaram.

— Tipo, uma pessoa?

— Uma pessoa. Uma mulher da minha idade. Conheci ela a maior parte da vida. Então estou me sentindo um pouco zonza. Você sabe dirigir, por acaso?

Astrid levantou os óculos escuros para que assentassem no topo da cabeça. Os olhos dela pareciam meio fora de foco, e, por um momento, Cecelia desejou estar do outro lado da plataforma, voltando na direção oposta.

— Eu tenho 13 anos.

— Sei quantos anos você tem. Ensinei seu pai a dirigir um carro com marcha quando ele tinha 11 anos — comentou Astrid, e apontou. — Treinamos baliza bem ali, na próxima rua, perto do rio — disse, imitando um carro dirigindo pelo aterro e caindo na água. — Rá! *Splash*!

Nicky era o caçula dos irmãos e tinha feito tudo cedo. A tradição da família era que se Elliot, o mais velho, fazia alguma coisa aos seis, Nicky faria aos três, e Porter ia fazer em alguma idade intermediária. Estar no meio significava que ninguém se lembrava de nada, exceto como uma névoa nebulosa, só a ideia geral de que Porter tinha estado lá. Às vezes era assim que Cecelia se sentia em relação aos pais também, embora, é claro, ela fosse filha única e eles não tivessem mais ninguém para quem dar atenção, além de si mesmos.

Cecelia se retraiu.

— Não tenho um carro. Obviamente. Quer dizer, nem sequer os meus pais têm um carro.

Estava quente, quente demais para ficar parada em pleno sol. Não parecia tão quente no Brooklyn. Cecelia estava usando um suéter e queria tirá-lo, mas já tinha as duas malas mais a mochila, e não queria mais nada para carregar.

— Quem foi atropelado? Morreu?

— Barbara Baker, uma pentelha, e sim, ela morreu. De onde eu estava sentada pareceu algo instantâneo, que é o que todos nós queremos, Deus bem sabe. Tudo bem, posso dirigir. Mas vamos fazer disso um dos nossos projetinhos, hum? Toda mulher deveria saber dirigir. Você nunca sabe quando vai precisar. Vamos lá, eu pego uma, você pega a outra.

Astrid estendeu a mão para a alça da mala pequena e a arrastou atrás de si, subindo um degrau por vez. Cecelia pegou a alça da mala maior e seguiu os passos de Astrid.

Deveria ter sido uma viagem de cinco minutos até o Casarão, mas a rotatória estava fechada, então levou oito. Astrid dirigia com as mãos na posição "dez para as duas" quando não estava trocando a marcha. Cecelia segurava a mochila no colo, abraçando-a com força, como um bebê feito de saco de farinha nas aulas de biologia. Astrid ligou o rádio, que estava programado, como sempre, na WCLP, a estação de rádio pública local de Clapham, as notícias locais com Wesley Drewes, quem Cecelia sempre imaginou como uma nuvem com olhos, vendo toda a cidade, se aproximando e se afastando sempre que necessário.

— Quando o seu pai vai voltar para o Novo México?

Astrid não disfarçou a aversão ao plano.

— Não tenho certeza. Em alguns dias, acho.

— Ele com certeza gosta de lá. Como alguém pode gostar de tendas e escorpiões está além da minha compreensão, mas esse é o Nicky. Você sabe que ele nunca gostou de manteiga de amendoim, só porque todo mundo gostava? Ele fingia que era alérgico. E quanto à sua linda mãe?

Isso foi dito sem sarcasmo ou rancor. Juliette virou modelo na adolescência depois que um caçador de talentos abordou ela e sua mãe na calçada em frente ao estúdio de dança em Clignancourt. Toda a vida dela tinha sido assim — alguém surgindo com uma ideia, abrindo uma porta. Juliette, então, entrava pela porta, levasse ou não a um porão. Cecelia era mais como seu pai, com um nariz adunco e cabelos castanhos macios, que pareciam aloirados se você não estivesse perto de uma pessoa loira de verdade.

— Você sabe, o de sempre. Comendo rabanete com manteiga, esse tipo de coisa.

As ruas de Clapham eram largas e repletas de sombras de árvores, pelo menos no auge do verão. Era onde Cecelia tinha aprendido a andar de bicicleta, a nadar, a apanhar uma bola com uma luva de beisebol de verdade, todas as coisas que eram mais difíceis de se fazer em Nova York, pelo menos com pais como os dela. Ela foi forçada a frequentar a aula de dança com a mãe, mas, graças a uma combinação de falta de jeito e constrangimento mútuo, Cecelia teve permissão para cair fora bem cedo.

— Mas acima de tudo, eu acho que ela está triste.

— Ninguém quer mandar o filho pra longe — disse Astrid. — Bem, não, suponho que algumas pessoas queiram. Algumas pessoas mandam os filhos para o internato o mais rápido possível! Mas a sua mãe tem o direito de ficar triste. Vai dar tudo certo.

— Beleza.

Cecelia não tinha certeza do quanto os pais tinham contado para a avó a respeito do que acontecera no Brooklyn.

— Sabe, a gente pensou em mandar o Elliot para o colégio interno em New Hampshire quando ele chegasse ao ensino médio, um lugar onde ele convivesse com futuros chefões da indústria. Mas Russell, seu avô, nunca deixaria isso acontecer. As pessoas se mudam pra Clapham pelas escolas, ele dizia. Por que a gente mandaria nosso filho pra longe? Qual é o sentido de ter filhos se você se livra deles antes mesmo de eles terem algo de interessante pra dizer?

Cecelia fitou a lateral do rosto da avó. Astrid muitas vezes era tagarela, mas no geral a tagarelice não tendia para o pessoal. A menina se certificou de que o cinto de segurança estava afivelado, só por precaução.

— Quantas coisas interessantes um adolescente fala, sejamos sinceras? Embora seu pai fosse interessante, porque ele realmente era. Todas as nossas reuniões com os professores dele eram de uma efusividade embaraçosa, só enxurradas de elogios, como se nunca tivessem conhecido uma pessoa encantadora antes.

Astrid estendeu a mão e bateu com suavidade na mochila de Cecelia.

— Ficar viúva é como ter alguém arrancando o Band-Aid quando você está no meio de uma conversa totalmente diferente. Quando do você é viúva, não tem escolha. A gente foi casado por 25 anos.

Um bom pedaço de chão, mas não se você considerar a estrada toda. Não como a Barbara e o Bob.

Astrid diminuiu a velocidade até parar em um sinal vermelho — um dos dois semáforos da cidade — e se inclinou para a frente, descansando a cabeça no volante.

— Eu devia ligar pra ele.

O sinal ficou verde, mas Astrid não se moveu e, portanto, não percebeu. Cecelia girou no assento para ver se tinha algum carro atrás delas, e tinha.

— Vóvi — alertou Cecelia. — Sinal verde.

— Ah — resmungou Astrid, ajeitando a postura. — Claro.

Abaixou a janela, esticou uma mão para fora e acenou para os carros darem a volta.

— Só preciso esperar um momento, se estiver tudo bem pra você. E sua mãe mencionou alguma coisa envolvendo um problema com seus amigos.

— Sim.

A mochila de Cecelia vibrou no seu colo, e ela pegou o celular. A mãe tinha mandado uma mensagem: *Oi queri só checando p ter certeza d q a Vóvi buscou vc e tá tudo bem. Te amo. Liga quando chegar no Casarão.* <3 Cecelia enfiou o celular de volta na mochila e a colocou no chão, entre os pés.

— A gente pode ficar parada aqui o dia inteiro se você quiser.

Houve problemas com suas amigas, de certa forma, mas na verdade o problema era que algumas tinham a impressão de que viviam em um videogame e eram adultas cujos atos não tinham consequências, e não crianças cujas habilidades de tomar decisões não estavam totalmente formadas. O problema era que as pessoas sempre contavam coisas para Cecelia, e ela não era advogada nem terapeuta. Era só uma criança, assim como as amigas, mas parecia que era a única que sabia disso. O problema era que os pais dela tinham desistido ao primeiro sinal de problema, como o primeiro jogo de Banco Imobiliário de uma criança insatisfeita. Eles tinham renunciado. Renunciado *a ela*.

Astrid estendeu a mão e pegou a de Cecelia.

— Obrigada, querida. Agradeço por isso. A maioria das pessoas tem tanta pressa.

— Mas eu não — disse Cecelia. — Absolutamente nenhuma pressa, de forma alguma.

Fechou os olhos e ouviu Wesley Drewes descrever o tempo.

Capítulo 5

CASA DAS PANQUECAS DO SPIRO

lliot ficou sabendo de Barbara Baker por Olympia, que comandava a Casa das Panquecas do Spiro. Ela não tinha visto o acidente, mas, ao ouvir a ambulância e a comoção, tirou o binóculo da parte de baixo da caixa registradora. Viu Astrid atravessar a rua e, graças a Deus, Olympia disse a Elliot, graças a Deus, sua mãe é a pessoa perfeita para esse tipo de coisa. Todo mundo sabia que Astrid era eficiente em situações adversas. Então Olympia tinha observado os paramédicos erguerem o corpo de Barbara até a maca. Elliot olhou pela janela enquanto Olympia falava, imaginando a cena.

— E minha mãe estava bem ali? — perguntou, apontando com o garfo. — Bem ali?

Olympia assentiu. Era neta do Spiro e tinha tomado conta das crianças Strick, por isso sempre fazia perguntas pessoais e ficava por ali muito tempo depois de ter servido o café, mas Elliot gostava mais da comida do Spiro do que de qualquer outro lugar na cidade, então vinha mesmo assim. Por que havia um binóculo debaixo da caixa registradora? Elliot não ficou surpreso — Clapham era esse tipo de lugar, pequeno demais até mesmo para a aparência de privacidade.

— Bem ali. É provável que ela tenha sentido a brisa do ônibus, sabe, indo tão rápido. Sabe essa sensação? Quando você está lá sentado, um caminhão passa e a rua toda retumba?

Elliot sentiu o corpo tremer de forma involuntária.

— Meu Deus! — exclamou ele. — Podia ter sido ela. Podia ter sido minha mãe.

Olympia contraiu os lábios e inclinou a cabeça.

— É uma tragédia.

— Eu ficaria órfão — disse Elliot, reflexivo.

Olympia colocou a mão livre no ombro dele e a deixou lá por alguns segundos antes de voltar a atenção para os outros clientes.

Pelo menos duas vezes por semana, Elliot fingia ter reuniões matinais para poder sair cedo e tomar café da manhã sozinho. As refeições em casa muitas vezes eram um desastre, com resquícios de mingau de aveia em superfícies que não estavam nem remotamente perto de onde o alimento havia sido comido, e com fragmentos de ovos mexidos flutuando empapados no seu café. E isso nos dias em que os gêmeos se comportavam mais ou menos bem. Ele nunca tinha gritado como Aidan e Zachary gritavam, nunca — se tivesse, Astrid o teria colocado do lado de fora de casa, sentado no degrau da frente. Elliot e Wendy obviamente estavam fazendo as coisas do jeito errado, mas ele não sabia como consertar. Wendy era a parte paciente da família. Não era machista dizer isso. Os meninos com certeza iriam crescer em algum momento e deixar a insanidade para trás, e Elliot iria, mais uma vez, ficar maravilhado com eles, como ficou quando nasceram, seguro de que o nascimento dos dois era a maior realização da sua vida, tendo participado daquela criação, mesmo com a ajuda de alguns médicos e, claro, o corpo de Wendy para abrigar e carregar e parir. Talvez fosse uma bênção da infância que a maior parte das pessoas não conseguisse lembrar de muita coisa antes dos 5 anos — que bem faria recordar a vida como uma criancinha selvagem, totalmente apartada das normas da sociedade? Era como se cada humano tivesse evoluído de um chimpanzé em uma única vida. Ninguém queria lembrar da selva.

Mesmo quando vinha almoçar, como hoje, Elliot sempre se sentava no balcão e pedia a mesma coisa — ovos com gema mole, bacon extra, pão torrado, sem batatas. Olympia enchia e tornava a encher o copo de água toda vez que ele tomava um gole, o jarro de prata gelado e suado pingando na pilha de guardanapos de papel perto dele. A WCLP estava tocando no rádio da lanchonete, como sempre, e tinha acabado de mudar de *Notícias locais com Wesley Drewes* para *Já ouviu essa, Clapham?*, o programa de trivialidades apresentado por Jenna Johansson, uma das ex-namoradas de Nicky, seu irmão mais novo. Clapham era assim — todo mundo foi o namoradinho de colégio de alguém, ou a mãe de outra pessoa, ou o melhor amigo do seu primo na colônia de férias. Elliot gostava do lugar de onde vinha e quase sempre gostava de *estar* no lugar de onde vinha, mas tinha devaneios ocasionais que eram exatamente como sua vida normal, porém sem mulher e filhos, e passava um dia inteiro sem esbarrar nas seis pessoas que conhecia desde a infância, sem saber direito onde e quando ia encontrá-las. Mas no geral, achava que, quanto mais tempo conhecia alguém, e se esse alguém conhecia a família dele, maiores as chances de as pessoas o contratarem, e assim Clapham parecia o melhor lugar para ganhar a vida.

— Café grande com avelã, quatro colheres de açúcar, um bocado de chantili — afirmou Olympia. — Barbara era assim. Durante uma fase curta, talvez uns dez anos atrás, ela gostou de claras de ovos, mas não mais. Meu irmão disse que pararam o ônibus logo depois da área das feiras. Estacionaram dois carros de polícia, e ele podia ter batido bem no meio deles, mas não bateu. Diminuiu a velocidade na hora.

— Era o próprio motorista do ônibus? O motorista do ônibus escolar?

Elliot passou o bacon na gema em seu prato. Ainda estava pensando em quantas vezes ele, a mãe, a mulher e a irmã estacionavam na rotatória toda semana, na facilidade com que, agora mesmo, a pessoa golpeada para o esquecimento podia ter sido sua mãe. Quando o pai morreu, Elliot era jovem demais para ter conquistado qualquer coisa — era uma larva, ainda cheio de potencial ilimitado. A tragédia tinha sido essa, todas as coisas que o pai não ia ver. Mas, se a mãe morresse agora, hoje, seria uma tragédia de outro tipo. O que mais ele tinha se tornado? Claro, tinha mulher, tinha filhos, tinha um negócio, uma casa, mas Elliot achou que, quando estivesse na casa dos 40, ele teria *mais*. A parte mais cruel de chegar na meia-idade era que aquilo vinha no encalço da própria juventude, e não de uma outra juventude, melhor, e que era tarde demais para começar de novo.

— Quem mais teria sido?

O avô de Olympia tinha vindo da Grécia, mas ela nasceu em Clapham. Era dez anos mais velha que Elliot e tinha os próprios filhos, um dos quais, uma menina, tinha acabado de se formar no ensino médio, o que Elliot só sabia porque a foto com o chapéu e a beca estava colada bem atrás da cabeça de Olympia. Pelo menos ele achava que era a filha dela. Formavam uma família enorme, e Olympia tinha duas irmãs, Elliot sabia — a formanda poderia ser de qualquer uma delas. Ele deveria saber, mas não sabia.

— Pensei que era alguém que só queria dar uma voltinha, sabe, uma criança. Um viciado em drogas, não sei! Não achei que fosse o próprio motorista do ônibus — disse Elliot, e então enfiou meia torrada na boca. — Isso é assustador pra caralho, perdoe o palavreado. Minha sobrinha vai estar naquele ônibus em algumas semanas, meus filhos vão pegar aquele ônibus um dia. Eu peguei aquele ônibus.

Olympia se benzeu de um jeito leviano e beijou os dedos.

— Vão ter um motorista diferente até lá — disse ela.

Alguém gritou da cozinha, e Olympia olhou para o prato de Elliot.

— Quer mais torrada?

Ele assentiu, e ela empurrou a porta vaivém, voltando para a cozinha.

A lanchonete tinha 50 anos, talvez mais. Alguns anos atrás, depois do avô morrer, Olympia tinha trocado algumas mesas na parte de trás, e uns anos depois trocou as cadeiras do balcão e o próprio balcão. A jukebox era a mesma, estava lá desde a infância de Elliot, assim como a antiga máquina de milkshake prateada que parecia um enorme desentupidor de banheiro de metal, mas que fazia os melhores milkshakes da cidade, sem dúvida. Wendy, a mulher de Elliot, nunca teve muito interesse pelo Spiro, porque achava que o lugar era sujo, mas a maioria das pessoas concordava que era um dos principais centros da vida da cidade, e era onde Elliot frequentemente encontrava com seus clientes, para provar que ele carregava Clapham na veia.

Algumas pessoas queriam sair da cidade natal a fim de provar o próprio valor. Era o jeito antigo, partir para a cidade grande a pé e voltar para casa dirigindo um Rolls-Royce. Elliot queria exatamente o oposto. O que importava o sucesso se acontecesse em outro lugar? Ele queria testemunhas. Foi por isso que, quando o prédio na esquina apareceu à venda de novo, ele comprou. Ele, Elliot Strick. Ele comprou o prédio com cada centavo do próprio dinheiro e fez o negócio através de uma corporação e de um endereço que pertenciam aos pais de Wendy na Califórnia. Cabia a ele decidir o que fazer, decidir o que construir. E quando fizesse isso, todo o mundo saberia. Pensar nisso fez seu estômago doer.

Elliot girou no banquinho, do mesmo jeito que fazia quando era criança. Diferentemente das outras babás, que eram desatentas e descuidadas, mais interessadas nos lanchinhos na despensa e na TV a cabo, Olympia tinha sido durona. Era um alívio, de certa forma, saber que ela também tinha limites e regras, como a mãe deles. Alguns dos amigos de Elliot tinham mães que andavam descalças, mães cujos sutiãs de seda ficavam pendurados em cima da haste do chuveiro, mães que largavam velas acesas e iam para a cama, e elas deixavam-no tão nervoso que Elliot não conseguia mais ir à casa deles.

O celular vibrou sobre o balcão, e Elliot o virou para cima. Era sua irmã, Porter. *Só checando, você vem ver a Cece hoje? Além disso oi você tem cheiro de cocô.* Elliot revirou os olhos e riu sem querer. Digitou de volta: *A gente é obrigado a ir ao Casarão dar boas-vindas pra ela? Tenho uma reunião, os meninos têm jiu-jitsu. Wendy tá me enchendo.*

Elliot observou os três pontinhos surgirem e desaparecerem, como se a irmã estivesse começando e recomeçando o que quer que tivesse a dizer. Não eram particularmente legais um com o outro; algum irmão adulto era? Se viam quando a mãe mandava. Elliot não se importava, estava tudo certo. Finalmente Porter respondeu: *Ela é uma adolescente e juro que tá pouco se lixando se você aparecer.*

Pode ser neste fim de semana. Se demorar mais que isso, Astrid vai te matar durante seu sono.

Elliot não respondeu. Olympia empurrou a porta vaivém e deslizou outra pilha bem-arrumada de torradas com manteiga ao lado do prato quase vazio dele. Uma vez, quando ele tinha uns 7 ou 8 anos, Olympia flagrou Elliot trapaceando no Banco Imobiliário e o expulsou para o quintal como um cachorro pulguento. Ele tinha uma quedinha por ela na época.

— Ouvi dizer que o prédio na esquina foi vendido de novo, você soube disso?

Olympia esticou o pescoço a fim de olhar por cima das cabeças dos clientes, pela janela, para o outro lado da rotatória.

— Seja lá quem for, queria que simplesmente acabasse logo com isso. Qual é o objetivo? Compre, transforme em um banco, tanto faz, só faça alguma coisa, sabe?

Ela balançou a cabeça.

— Você não quer que seja um banco. O que você acha que deveria ser? — perguntou Elliot.

— Eu ia gostar de um bom restaurante mexicano, acho. Ou japonês. Mas me contentaria com qualquer coisa, desde que não fosse outra lanchonete.

— A gente não precisa de outra lanchonete — afirmou Elliot.

— Claro que não — disse Olympia e piscou um dos olhos.

Elliot terminou o café, mas permaneceu sentado. Ainda faltava meia hora para a reunião, e Wendy estava encarregada de levar os meninos aonde precisavam ir naquela tarde. O trânsito seguia normal lá fora. Tinha sido só há algumas horas, Barbara e o ônibus. Elliot observou os carros dando voltas e voltas, ele mesmo sem nenhum lugar específico para ir.

Capítulo 6

O CASARÃO

O nome Casarão parecia impressionante para quem nunca tivesse visto o lugar, mas, assim que visse, a pessoa entenderia que era um diminutivo fofinho, como chamar uma casa de pilha de tijolos ou de cabana do amor. Era uma mansão de pedra de três andares construída em 1890, uma entre dezenas semelhantes que pontilhavam o vale do Hudson, encarapitadas bem acima do rio. Como havia outras semelhantes, e eles tinham o dinheiro, a casa nem parecia tão extraordinária quando Astrid e Russell a compraram em 1975. Era grande o suficiente para eles, o bebê Elliot e os irmãos que imaginavam que ele teria. O quintal com vários hectares fazia um declive em direção à água, ainda que a inclinação só pudesse ser percorrida a pé por mais ou menos trinta metros antes que a descida se tornasse íngreme demais. Tinham perdido um monte de brinquedos nostálgicos dessa forma, vendo a que distância alguém podia arremessar um boneco dos Comandos em Ação, se iam conseguir ouvir um *splash* ou não. (Nunca conseguiram ouvir um *splash*.)

Astrid ajudou Cecelia a ir para o quarto e depois deu à menina um pouco de privacidade para se instalar. Talvez aquilo fosse parte do problema, o pouco espaço que Cecelia tinha em casa, os três sempre um em cima do outro, tipo os avós do Charlie Bucket, todos em uma mesma cama. Desceu para a cozinha na ponta dos pés e abriu a geladeira. Fazia tanto tempo que não havia uma criança na casa que Astrid tinha passado dias comprando comida, assando e cozinhando. A nutrição de Cecelia estava em jogo, a energia dela. Astrid tinha preparado muffins de abobrinha com nozes, uma caçarola enorme de macarrão com queijo, almôndegas de peru, biscoitos com gotas de chocolate, barras de cereal cravejadas com uvas-passas bem gorduchas. Comprou oito bananas. Havia tomates suficientes para fazer sopa e molho, e congelar para um inverno inteiro. Manteiga de amendoim, manteiga de amêndoa, três tipos de geleia. Se Cecelia fosse como o pai, ou a tia e o tio, ainda assim iria abrir a geladeira e a despensa e choramingar que não havia nada para comer. Mas Astrid cumpriu seu dever. A bênção de ser avó era saber todas as coisas que tinham de ser feitas e ter o tempo necessário para fazê-las. Algumas das amigas dela achavam que a paciência extra vinha com a idade, mas não era isso, claro. As agendas delas simplesmente não estavam tão cheias. Astrid tinha consciência da posição que ocupava. Nicky não tinha dito: "Ah, mãe, por favor converse com a Cecelia a respeito de tudo, por favor, ajude." Ele tinha perguntado: "Ela pode ir?" E a resposta foi sim. Astrid era forte e saudável; era um porto seguro. Ele estava elogiando a capacidade dela de manter as crianças vivas, não suas habilidades maternais. Astrid sabia que, de todos os seus filhos, Nicky era o que menos confiava em suas decisões. Ela não era a primeira escolha dele, e a situação tinha que estar bem terrível para ele sequer levar a ideia em consideração.

Astrid queria ligar para Bob Baker. Ela estivera lá, no fim das contas, e vira aquilo acontecer. Será que ele não ia querer um telefonema dela? Astrid nunca tinha ligado para ele na vida. Devia escrever um bilhete, devia levar um prato de frango assado até a porta dele. Faria isso também. Mas enquanto estava ali parada, não mais sozinha, de certa forma, em sua casa imensa, só conseguia pensar em Bob, recém-sozinho, na casa dele. Astrid se aproximou do telefone na parede — ah, como Elliot tirava sarro dela pelo aparelho de disco, de cor creme e pesado como um tijolo — e ligou. Bob atendeu na mesma hora e, quando isso aconteceu, ela percebeu que não tinha imaginado um cenário em que ele realmente fosse atender. Tinha sido hoje, afinal, de algum jeito tinha sido ainda *hoje*, e Astrid sabia pela própria viuvez quantas coisas iam estar na lista imediata de Bob, coisas em que ele provavelmente nunca tinha pensado: hospitais, necrotérios, funerárias, ligar para o resto da família para dar a notícia. Astrid conhecia algumas pessoas (mulheres organizadas, todas) com câncer terminal que tinham feito listas de telefones elaboradas, exatamente como haviam feito para os dias de escola com neve inesperada antes de surgir o e-mail, para avisar a todo mundo da morte delas quando a hora chegasse. Bob não tinha uma lista de telefones. De alguma forma, ele estava em casa. Por uma fração de segundo, Astrid ficou preocupada que Bob não soubesse, e que teria que ser ela a contar para ele.

— Oi, Bob, aqui é Astrid Strick.

Tentou se lembrar da última vez em que de fato trocaram algo além de um aceno superficial. Talvez quando ficou atrás dele na fila da Clapham Orgânicos, ou quando pararam em bombas vizinhas no posto de gasolina? Mas até isso foi só conversa fiada por educação, nada além da que você teria com um estranho. É provável que tivessem se passado trinta anos desde que realmente se falaram, na época dos dinossauros, quando ela era jovem o bastante para achar que a idade era um princípio para a amizade.

— Olá.

Bob esperou. Não pareceu surpreso ao receber o telefonema dela. É claro.

— Fiquei sabendo que você estava lá quando tudo aconteceu.

— Eu estava, Bob — disse Astrid, enrolando o fio em volta do dedo, observando a pele ficar rosada e inchar. — Foi a coisa mais cruel do mundo, e eu sinto muito. Barbara merecia coisa melhor.

— Merecia mesmo.

Bob não era um homem loquaz.

— Estou com a minha neta aqui agora, Bob, mas gostaria de levar alguma comida amanhã ou depois, tudo bem pra você? Deixaria um prato, sabe, alguma coisa fácil de esquentar. Só pra riscar uma coisa da lista, pode ser?

— Claro, Astrid.

Bob fez uma pausa tão longa que Astrid pensou que ele tivesse desligado. Então, inalou com força e sem pressa, quase um ronco.

— Ela estava morando na casa da mãe nos últimos meses. Em Heron Meadows. Então, aprendi muito bem a me alimentar direito. Mas, ainda assim, eu ficaria feliz com uma comida. Não me entenda mal, só queria que você soubesse.

Astrid inclinou a cabeça para a esquerda.

— Não me diga! Bem, um homem tem que comer. Passo aí. Obrigada, Bob. Sinto muito mais uma vez. Já passei por isso. É uma coisa horrível de se lidar, e eu sinto muito mesmo.

Astrid desligou o telefone com uma pancada decisiva e imediatamente se dobrou às gargalhadas, embora não soubesse exatamente por quê. A sensação veio subindo dos dedos dos pés, passou agitada pela barriga e saiu pela boca como um arroto, e por alguns minutos Astrid constatou que não conseguia parar. Os olhos se encheram de água, as lágrimas começaram a correr e então tudo ficou embaçado. Astrid entrou no banheiro e fechou a porta atrás de si, para o caso de Cecelia descer as escadas e dar de cara com ela. Os próprios filhos nunca a tinham visto chorar. Sentou na tampa do vaso fechado e tentou respirar fundo. Quando Russell morreu, ela acompanhou o corpo até a funerária e pegou as camisas dele na lavanderia a caminho de casa. A maior força de Astrid, como pessoa, sempre tinham sido os dutos lacrimais de ferro. Quando Russell morreu, ela reinou como uma rainha, ou como o ditador de um país muito pequeno. Tudo foi feito pontualmente, tudo foi resolvido. O que aconteceu com Barbara parecia cruel demais para se imaginar: uma mulher que tinha finalmente decidido resolver as coisas por conta própria, como desejava. Podia ter sido ela, Astrid, apanhada pelo para-choque do ônibus ou podia ter sido Birdie, e aí? Cada uma choraria o luto de uma amiga. Os filhos de Astrid seguiriam em frente sem a ajuda dela, a trancos e barrancos. Isso também a dilacera — pensar nos filhos sozinhos, nenhum dos três totalmente adulto, nem mesmo agora, ainda! Quando tinha a idade deles, ela já era velha. Isso não era engraçado, nada disso era engraçado. Foi como se Astrid estivesse com uma intoxicação alimentar, como se o que ingeriu fosse sujo e estragado e precisasse sair do corpo dela de um jeito ou de outro. Astrid puxou o ar pelo nariz e soltou pela boca, como fazia quando havia turbulência no avião. Quando estava finalmente calma de novo, Astrid pegou o telefone outra vez e ligou para o celular de Birdie, sem nem dar a ela a chance de dizer alô.

— Birdie, sua safada, você não me contou — disse ela, e repetiu o que Bob tinha dito.

— Você não perguntou! Aquilo não era da minha conta! — afirmou Birdie.

Ela não era fofoqueira, Astrid sabia. Birdie provavelmente via todo tipo de coisa no Heron Meadows, as várias humilhações da idade, e nunca disse uma só palavra. Astrid foi atravessada por uma pontada aguda de desejo — queria que Birdie aparecesse, agora mesmo; queria deitar a cabeça no colo dela e chorar ou rir ou as duas coisas. Aquilo era romance ou codependência, a necessidade esmagadora da outra pessoa para poder voltar ao eixo? Birdie estava fazendo o balanço semanal do salão e se ofereceu para ir com Astrid até a estação de trem e depois para casa, o que ela quisesse, mas Astrid havia recusado. Ainda eram cuidadosas em público, mas, sinceramente, não mais cuidadosas do que Astrid teria sido com um homem. Não gostava de exibições públicas de nenhum tipo, exceto de irritação com aqueles que não seguiam regras, tipo motoristas que davam freadas repentinas ou pessoas que não limpavam a sujeira dos próprios cachorros. Era difícil guardar um segredo em uma cidade pequena, mas, como Astrid aprendeu, tudo era mais fácil quando você era uma mulher com mais de 50 anos. Foi isso o que fez Astrid chorar, ela percebeu — Barbara sabia disso também.

Capítulo 7

AUGUST NO PURGATÓRIO

August se sentou no banco de trás do carro dos pais. Como tudo o mais que eles tinham, era velho de propósito, como se existir por tempo suficiente conferisse um valor adicional às coisas, em vez do contrário. Eles eram donos de uma loja de roupas e móveis antigos, Novidades Usadas, então ele supunha que era verdade, que os pais literalmente vendiam coisas por mais dinheiro do que valiam, mas ainda assim parecia uma ideia estranha. O carro era especial, no entanto, o tipo de coisa para a qual jovens de barba e óculos coloridos diziam ooh e aah quando ficava estacionado nas ruas de Clapham. Era enorme, do tamanho de um transatlântico, e tão quadrado quanto um carro de mentira feito de caixa de papelão. Chamavam o carro de Harold. O ar-condicionado estava quebrado, então a janela de August estava toda abaixada, e o vento soprava o cabelo dele em volta do rosto como uma máquina de lavar roupa.

— Querido — chamou a mãe, virando o rosto para o banco de trás.

A voz mal era audível por cima do barulho do vento, um sinal através da estática.

— Hum — murmurou August, mantendo os olhos nas árvores chicoteando enquanto passavam.

Estavam na metade do caminho de casa e logo iam parar para almoçar em Great Barrington, como sempre faziam quando saíam do acampamento.

Faltava uma semana para o início das aulas. O oitavo ano. Que o acampamento durasse até cinco minutos antes do início das aulas, era isso que August desejava. A escola era cheia de pessoas que August passava o verão inteiro esquecendo completamente, às vezes tão bem que ficava surpreso quando as via no outono, como se tivessem morrido e voltado do mundo dos mortos. Não que todas fossem pessoas horríveis — só algumas eram horríveis, como as meninas que estavam sempre no Desfile da Colheita, uma nova safra todos os anos, meninas que acenavam com um movimento do cotovelo ao pulso, como Miss-Estados-Unidos-em-treinamento —, simplesmente não eram a tribo dele, e era legal não ter que reservar espaço para coisas que a gente não precisa.

Os pais não enxergavam as coisas dessa maneira. Eles eram restauradores por natureza, reparadores, e pensavam que tudo podia ser resolvido conversando até a exaustão.

— Querido — chamou a mãe de August de novo.

Ela fez um gesto para ele levantar a janela, o que ele fez, com relutância, cortando o barulho da estrada com um baque.

— Oi.

Agora ele conseguia ouvir a música que estavam escutando no banco da frente, Paul Simon, trilha sonora oficial dos pais liberais de todos os lugares. Às vezes, August se perguntava se existia um manual que vinha com a paternidade e a maternidade, repleto das músicas e dos filmes que você devia gostar (Aretha, Chabon, documentários) e do tipo de comida que devia insistir que era deliciosa quando claramente não era (homus caseiro, sopa de lentilha).

— Você quer falar sobre isso?

O pai girou e apoiou as mãos ao redor do encosto de cabeça.

— Falar sobre o quê?

August prendeu o cabelo atrás das orelhas.

— Você não parou de chorar desde que a gente te buscou — disse o pai com uma voz suave.

Ele tinha boas intenções. Os dois tinham. A culpa não era deles.

— Eu não tinha reparado — respondeu August, o que era verdade.

Os adultos, até mesmo os tipos legais como os pais dele, que entendem que os filhos são pessoas humanas autônomas e não robôs criados só para agradá-los, não conseguiam lembrar como era. Aqui está uma breve lista de como era (estar vivo): era como estar pelado no meio da Times Square, como estar pelado no meio do refeitório. Era como ser um caranguejo eremita disparando pelo fundo do oceano à procura de uma concha nova. Como ser um bebê tartaruga no meio de uma autoestrada de seis pistas. Isso nem chegava perto de descrever todas as formas que August se sentia esquisito, e estranho e errado todos os dias.

— Ah — exclamou a mãe, virando para trás e colocando a mão no joelho dele. — Te amo, filhote.

August baixou a janela outra vez, e eles o deixaram em paz até o almoço.

Se o acampamento era o paraíso e sua casa era o inferno, então Great Barrington era o purgatório, um bom lugar para parar e ir ao banheiro. Tinha bons sanduíches e um local na esquina com um sorvete mais do que bom. Com relutância, August pediu um cone de *waffle* com pedaços de chocolate de menta e confeitos coloridos, pois quantidade nenhuma de doce ia fazer com que ficasse menos triste, que era o que ele queria, ficar triste por mais um tempinho. Eles se sentaram do lado de dentro, em uma pequena mesa quadrada, os seis joelhos se encostando.

— Você ainda pode voltar no ano que vem — comentou sua mãe.

Havia uma contagem regressiva interna. August tinha mais um verão antes da idade-limite. Como um bichinho de pelúcia na cama de uma adolescente, os dias dele estavam contados. Todos tentavam não falar disso, e essa menção precoce da mãe ao tempo se esgotando pareceu falta de educação. Ele devia estar chorando muito para ela já recorrer à promessa do verão seguinte, antes mesmo de terem se passado duas horas da partida deles.

A mãe de August, Ruth, tinha cabelos castanhos compridos e franja reta, como uma adolescente dos anos 1970. Usava calça jeans justa e tinha dentes tortos encantadores, e sempre, sempre tinha sido popular. August costumava assisti-la interagir com as pessoas — funcionários de sorveterias, amigos, desconhecidos aleatórios no mercado — e se perguntava como a vida seria se pudesse ser como ela. Todo ano ela dizia que aquele seria o ano em que ele finalmente encontraria sua tribo na escola, não só no acampamento. Ele não tinha coragem de dizer a ela que aquilo era tão plausível quanto ser atingido por um raio enquanto fazia malabarismo com pinos de boliche. Havia pessoas na escola que ele conseguia tolerar, pessoas para quem podia ligar para falar do dever de casa se estivesse doente, mas não eram amigos dele. Eram colegas do ramo de sobrevivência ao ensino médio. Nas melhores e mais belas fantasias de August, ele recebia seu diploma aos 15 anos e ia direto para a faculdade em Nova York ou em São Francisco, e seria monitor do acampamento nos verões e só voltaria para Clapham nos feriados. Mas não podia contar isso para a mãe. Ela achava, equivocadamente, que ele ainda era uma criança.

— Eu sei — retrucou August.

O pai esfregou a barba.

A sorveteria estava lotada, e a mesa deles ficava bem debaixo de um quadro comunitário enorme coberto de cartazes caseiros afixados — serviços de passeador de cachorros, aulas de guitarra e fotos de gatos desaparecidos.

— Aah — disse Ruth, apontando para um cartaz de venda de espólio.

Aquela tinha sido a infância de August inteirinha, seguindo os pais por casas velhas e úmidas cheias de pertences de uma pessoa morta.

— Com certeza — concordou John.

Ele se apaixonou primeiro por Ruth, depois pelas coisas velhas. Tinha sido capitão do time de tênis quando frequentou o ensino médio em Clapham, todo engomadinho, com o cabelo esvoaçante como a crista de uma onda. Aos poucos, sua mãe tinha substituído as peças básicas em tons pastel do armário do pai por versões mais antigas da mesma coisa, e agora ele se vestia tão mal quanto ela, em shorts curtos que os pais teriam usado para buscar os filhos no acampamento em 1980. De alguma forma, mesmo quando os pais compravam roupas novas, elas ainda pareciam velhas.

— Você se importa, querido? — perguntou Ruth.

Mas não estava realmente perguntando. Era isso o que os Sullivan faziam. Compravam coisas velhas em grande quantidade e, graças ao toque deles, transformavam em algo desejável, algo novo. August desejou que os pais pudessem fazer essa magia nele também.

A casa era pequena, de um azul desbotado pelo sol, como de um barco parado na água salgada por décadas. Alguns abelhudos estavam de pé do lado de fora da garagem, mas não era aquela loucura do jeito que às vezes era nos bairros mais chiques, com vários olheiros como os pais esticando o pescoço à procura de coisas caras para expor nas vitrines de suas lojas. Essa era só uma casa pequena em uma cidade pequena que precisava ser esvaziada, de uma forma ou de outra. August seguiu os pais pela porta da frente. Conhecia o procedimento.

Procuravam por móveis primeiro, porque era o que custava mais caro, e algo de valor (um credenza de meados do século, espelhos antigos, luminárias de vidro leitoso) que seria vendido rápido. E, então, procuravam por objetos e roupas e arte, nessa ordem. Você não acreditaria no quanto alguém pagaria por um pato de madeira esculpido a mão. Os pais se dividiram, um na parte de cima, outro na de baixo, o olhar treinado para o nível dos joelhos. August seguiu o pai até o andar de cima e entrou pé ante pé em um dos quartos.

August tinha descrito esse processo para os amigos no acampamento, e de forma unânime eles tinham declarado que era sinistro pra caralho. Adoravam falar disso nas noites ao ar livre, sentados ao redor do fogo, marshmellows em palitos.

— Tipo, as pessoas estão *mortas*, certo? — perguntou Emily, a melhor amiga dele.

— Supermortas. Pelo menos acho que sim. Quer dizer, caso contrário seria só uma venda de garagem, e eles iam ficar lá sentados com uma pochete dizendo quanto custa o espremedor de frutas.

— Por que é que os maridos ou mulheres ou filhos não fazem alguma coisa com os objetos deles? Parece tão triste, abrir a porta e ficar, tipo, vão em frente — disse Quinn, balançando a cabeça em negação.

— Acho que é assim que eles lidam com isso. E algumas pessoas não têm maridos, mulheres ou filhos, sabe? Ou talvez morem longe. Todos compartilharam uma paralisia silenciosa.

— Caramba — disse Emily finalmente.

— Mas eles acham coisas legais? — questionou Quinn.

— Às vezes. Às vezes acham bonecas esquisitas com um olho só. Minha mãe adora elas, pra falar a verdade.

Emily bateu em August e enterrou a cabeça na barriga dele.

— Ai, meu Deus, você vai me dar pesadelos!

O quarto no qual August tinha entrado discretamente estava quase vazio, e seu papel de parede, rosa com estampa floral, estava pálido e desbotado. Havia uma cama pequenina com pilhas de colchas bolorentas em cima — sua mãe ia querer. Havia uma enorme casa de bonecas artesanal perto do parapeito de uma janela, e August se ajoelhou ao lado dela. A mãe ia querer aquilo também — tinha um rolo de papel higiênico em miniatura no minibanheiro. Ela amava esse tipo de coisa, algo que a avó de alguém tinha feito. As pessoinhas tinham desaparecido, mas isso não importava. Pessoinhas eram fáceis de achar. Pressionou o dedo contra uma minúscula porta de vaivém e a observou balançar para um lado e para o outro. August tomou impulso para ficar de pé.

Havia os colégios internos, mas esses lugares eram piores. August tinha lido em livros: drogas, distúrbios alimentares, assassinato. Havia o ensino domiciliar, mas nem o pai nem a mãe dele sabiam matemática. E o ensino médio tinha obrigação de ser melhor, certo? Uma revolta adolescente tinha que ajudar, não? E havia mais alguns lugares artísticos no vale do Hudson, escolas particulares que os pais dele conseguiriam pagar caso vendessem mil casas de boneca por dia. Uma garota de um blog que ele gostava tinha convencido os pais a comprar um motorhome e passar o primeiro ano do ensino médio dirigindo pelo México. Sua mãe enfiou a cabeça no quarto e gemeu de emoção. Os pais dele só dirigiam por aí em busca de mais coisas a que se apegar. August puxou a cortina empoeirada para trás e olhou pela janela. No acampamento, ele podia ser ele mesmo, e as pessoas o amavam por isso. Na escola, um disfarce era necessário.

A mãe começou a fuçar nas colchas da cama, separando-as em pilhas de acordo com as cores e padrões de que gostava, e desdobrando-as para procurar por manchas. Estava absorta, acariciando os quadrados de algodão engomado, claramente pensando em quanto pagaria e em quanto cobraria por elas na loja quando as levasse para casa. August se virou para o armário, que estava aberto, como se a garota que viveu no quarto estivesse no processo de se vestir e tivesse acabado de ser arrebatada.

O armário não estava cheio; tinha mais ou menos uma dúzia de coisas nos cabides, balançando de leve com o movimento da mão de August. Ele deslizou os dedos por elas, sentindo o tecido. Era fácil dizer quando uma coisa era bem-feita, se valia dinheiro, e isso tinha pouca relação com a etiqueta do lado de dentro. Parou em um vestido branco com ilhoses e girou a saia para poder vê-lo inteiro.

— Bonito — afirmou a mãe, olhando por cima do ombro. — Últimos dias do verão? A gente consegue vender isso. Até mesmo depois do Dia do Trabalho.

Ela endireitou as costas e abraçou uma pequena pilha de colchas contra o peito.

— Pensei que estava se referindo a mim — disse August, e agitou os cílios.

— Sempre — retrucou a mãe, soprando um beijo no ar.

August se parecia mais com a mãe do que com o pai, fato que sempre o deixou feliz. August mandou um beijo de volta, fazendo do seu rosto o espelho do dela, e ela sorriu para ele antes de se virar para a casa de bonecas e fazer um estardalhaço, como ele sabia que faria.

Capítulo 8

UMA HISTÓRIA ENGRAÇADA

Porter tinha uma chave do Casarão, ainda que tenha precisado vasculhar os bolsos várias vezes para lembrar se estava com ela — estava descobrindo que a gravidez era um tipo de estado dissociativo em que, com frequência, não conseguia lembrar se tinha ou não escovado os dentes, ou lavado o cabelo, e acabava fazendo uma das coisas duas ou três vezes só para ter certeza, ou percebendo ao meio-dia que não tinha feito nenhuma das duas. Porter tirou os sapatos na porta e entrou.

— Mãe? Cecelia? Alguém em casa?

Porter sabia que alguns dos amigos com quem ela havia crescido, aqueles que tinham saído da cidade, sentiam como se viajassem no tempo, de volta para aquele período na adolescência em que ficavam perto dos pais e cercado pelas paredes do quarto da infância, como se as fotos de Marilyn Monroe e Joe McIntyre coladas no papel de parede estivessem prontas para retomar a conversa que estavam tendo. Isso era fácil, voltar para casa e ser criança de novo, porque supostamente eles têm de ser adultos nos outros 360 dias do ano. Quando você estava direto na sua casa de infância, era mais difícil separar o passado do presente — nostalgia só funcionava a distância.

Porter estava animada para ver Cecelia, a segunda melhor coisa que seu irmão mais novo já tinha feito, depois de ensiná-la a maneira correta de enrolar um baseado quando estava no ensino médio, apesar de ser mais novo que ela. Ele sempre tinha sido assim — com uma confiança sobrenatural nas próprias habilidades. Ele devia ter praticado no escuro por horas, mas Porter não tinha visto. Pensou em contar para o irmão que estava grávida — ele seria o membro mais entusiasmado da família, ela sabia —, mas, ainda que Porter lembrasse nitidamente do dia em que Cecelia nasceu, a experiência do irmão agora parecia um continente remoto, longe demais da barriga crescente dela para falar a mesma língua. Nicky tinha então 23 anos, era um garoto. Não havia nada na experiência dele que ressoasse a dela. O mesmo com Elliot, que tinha uma mulher e um plano e uma lista de coisas a fazer e uma mala de hospital parada ao lado da porta na semana 25. Era mais fácil manter o segredo dentro dela. Era onde o bebê estava, afinal de contas.

Porter viu a mãe de costas perto do balcão, abanando no ar, os cotovelos apoiados na ilha da cozinha, o telefone aninhado entre a orelha e o ombro, uma adolescente dos anos 1950. Astrid estava cochichando.

— Mãe — chamou Porter mais uma vez, chegando perto o suficiente para tocar Astrid de leve nas costas.

Não queria assustá-la — Astrid tinha quase 70 anos, e, embora a mãe sempre tenha parecido forte e em forma, em um grau quase imortal, Porter soube de Barbara Baker pelo Wesley Drewes, e a morte súbita parecia mais próxima, ainda que do ponto de vista estatístico só estivesse, é claro, mais distante. De qualquer forma, Porter estava nervosa.

Astrid se virou.

— Ah, oi! Oi. Tudo bem — disse ela ao telefone. — Escute, Porter acabou de entrar pela porta, falo com você mais tarde, tudo bem? Tudo bem. Sim. Eu também. Muito obrigada, tudo bem. Tchauzinho.

— Cadê a Cecelia? — perguntou Porter, largando uma caixa de muffins na ilha da cozinha.

Astrid se agitou, seguindo o fio de volta à parede, e desligou o telefone.

— Lá em cima, tomando banho, acho. Escute, você não vai acreditar nisso, mas liguei para o Bob. Você soube da Barbara, né?

Porter assentiu.

— Liguei para o Bob para dar as condolências, porque eu estava *lá*, sabe, e você sabe o que ele me disse? — A boca de Astrid se abriu como uma abóbora de Halloween, uma bocarra larga e escancarada. — Que ela havia acabado de *largá-lo* e ido morar com a mãe no Heron Meadows! Ela estava morando com a mãe! No lar dos velhinhos! A mãe dela é tão fora da casinha, coitada, provavelmente achou que Barbara era a nova enfermeira. É a coisa mais doida que já ouvi.

Astrid soltou o ar pelo nariz, um bufo involuntário.

Porter abriu a caixa de muffins e começou a comer um, com a mão em concha por baixo para segurar os farelos.

— Essa é uma história engraçada?

Astrid agitou a mão na frente do rosto.

— Nada é engraçado, tudo é engraçado! É a vida! A vida finalmente decide que ficar com a mãe demente... é essa que é a palavra? Demenciada? Enfim, que ficar com a mãe anciã é mais divertido que ficar com o marido após 35 anos de casados, e aí você é atropelada por um ônibus escolar! Ela provavelmente estava enviando os papéis do divórcio, não acha? Tenho que perguntar para o Darrell. Ele entrega a correspondência no Shear Beauty, aposto que vai saber. Aquela caixa de correio deve ficar na rota dele.

— Mãe, você está parecendo uma maluca.

— E daí? — perguntou Astrid, ajeitando o cabelo. — Sou uma pessoa *curiosa*.

— Na verdade, tem uma coisa que eu gostaria de conversar com você, mãe — anunciou Porter.

Abriu a geladeira e sentiu os braços começarem a pinicar de arrepio. Fechou os olhos e fingiu que estava só conversando com os ovos. Se o pai estivesse ali, teria esfregado as mãos, animado com o que quer que ela tivesse a dizer. Se o pai estivesse ali, ela seria jovem demais para ter um bebê.

— Porter! Oi!

Cecelia deslizou para a cozinha com meias nos pés.

Porter se virou e abriu bem os braços, deixando Cecelia se jogar em cima dela. Os filhos de Elliot eram verdadeiros monstros, criaturas que sem dúvida cometeriam crimes de colarinho branco traiçoeiros e maldosos, mas Cecelia provavelmente era a razão número um pela qual Porter queria ter um filho — para ter uma pessoa tão inteligente, tão engraçada, tão atenciosa na vida, e obrigada a amá-la para sempre. Não tinha certeza se queria cloná-la, adotá-la ou ser ela. Talvez as três coisas.

— Como foi no trem? Como está o idiota do meu irmão?

Porter beijou Cecelia na bochecha, uma de cada vez, do jeito que Juliette fazia.

— Bem. Foi tudo bem no trem. Acordei com Harry e Hermione indo pra casa dos·pais dele, onde a mulher se transforma em cobra. Comi um sanduíche de peru com um pedaço de alface grudento e um tomate nojento, e agora provavelmente estou com intoxicação alimentar.

Cecelia deu de ombros e então se inclinou sobre o balcão, deixando o tronco desmoronar até se apoiar no granito. Nos meses desde que Porter a tinha visto pela última vez, Cecelia se tornou uma adolescente e passou a ser indiferente à maioria das coisas, como previsto. Da última vez em que esteve na cidade — só oito meses antes, no Natal —, ela não era assim, e ver uma adolescente rabugenta na cozinha onde ela fora uma adolescente rabugenta deixou o coração de Porter radiante.

— Mãe, deixa eu levar essa criança pra almoçar — disse Porter, agarrando Cecelia pela mão. — Estou tão feliz de ver você, Franguinha.

— Não me chama assim, por favor — pediu Cecelia, mas estava sorrindo.

Porter chamou Astrid, agora de volta ao seu eu austero.

— A casa está cheia de comida! Mas tudo bem. Também tenho uma coisa pra falar pra você.

Birdie não se importaria. Birdie ficaria emocionada.

— Nada disso — afirmou Porter.

Cecelia inclinou a cabeça para o lado, como um cachorro. Era bem como quando os pais tentavam não brigar na frente dela, só abrindo e fechando a boca, como um peixe fora d'água.

Cecelia tirou um folhado de maçã da caixa e deu uma mordida.

— Precisam de privacidade? Posso esperar no meu quarto.

Olhou para Astrid e então para Porter.

— Você é uma pessoa magnífica — disse Porter. — Sério. Como é que você ficou tão fantástica e madura? Sim, ótimo. Quer fazer um lanche na cidade? Em alguns minutos?

Tanto as mulheres grávidas quanto as adolescentes podiam comer um número ilimitado de refeições em um dia qualquer, o corpo delas trabalhando muito para se transformar em algo novo.

— Claro — respondeu Cecelia.

Astrid enfiou um prato embaixo do folhado, e Cecelia se apressou escada acima. Ambas, Porter e Astrid, esperaram até ela desaparecer e depois pelo barulho da porta, a porta do quarto de infância de Porter, antes de falarem de novo.

— Acho que a gente devia convidar o Elliot e a família dele para um brunch neste fim de semana — sugeriu Astrid. — Você viria? Vou convidar a Birdie. Você conhece a Birdie, né? E Cecelia, é claro.

— Estou grávida, mãe, e é claro que eu conheço a Birdie, ela corta o seu cabelo há anos e você almoça com ela todas as segundas-feiras — falou Porter.

— O quê? — perguntou Astrid.

— Estou grávida — repetiu Porter. — Ou você se referia a você e a Birdie almoçarem?

— Perdão, Porter — retrucou Astrid. — Da última vez que cheguei, realmente não tinha perigo de isso acontecer. Tivemos aquela conversa, lembro bem, e a enfermeira Johnson sempre teve a tigela de preservativos no consultório dela. *Aquilo* foi um desastre total com o conselho da cidade, Deus, aqueles imbecis! Sei que foi há muito tempo, mas com certeza você se lembra do básico. O que aconteceu? Me fala.

Astrid alisou a parte da frente do suéter com zíper, as "roupas de usar em casa" dela. Puxou o cabelo para cima, dando tapinhas como em um cão de exposição. O cabelo dela sempre tinha sido escuro, e agora, em vez disso, era prata brilhante, um sino polido. Não era isso que imaginava — pensou em Barbara Baker de novo, que havia flutuado por tanto tempo na periferia da visão dela. Tudo pode acabar em um instante. Ela podia ser diferente; ainda dava tempo. Astrid pensou em Birdie, em como se sentia quando estavam sozinhas. Queria ser um tipo diferente de mãe do que tinha sido; era tão difícil assim de dizer?

— Muitas mulheres passam por isso.

— Estou grávida por opção, na verdade. Vou ter um bebê. Sozinha.

Porter sentiu o corpo esquentando, começando pelo peito e se movendo para além dele, um incêndio florestal vertiginoso. Manteve os pés plantados na cozinha, as mãos espalmadas contra o balcão de mármore frio, e disse o que tinha praticado no espelho do banheiro.

— Pensei nisso por um bom tempo e acho que é a decisão certa. Sei que não é algo que você faria, mas é a minha escolha, e espero que você consiga me apoiar. Você vai ter outro neto.

Soou como algo saído de um filme reprisado à tarde, mas não havia mesmo outro jeito de dizer isso. Havia um bebê no corpo dela, e ela havia colocado ele lá. Esse era outro subproduto de permanecer na cidade natal: os pais não estavam paralisados em âmbar, fixos no momento em que você partiu, proporcionando uma linha divisória ordenada entre pais e filhos. Porter não conseguia diferenciar a pessoa que Astrid era agora da pessoa que tinha sido na sua infância. Talvez Nicky conseguisse ver diferenças, como ela conseguia ver diferenças em Cecelia — a ausência tornava o contraste evidente. Não que isso importasse agora. Porter e a mãe eram ambas adultas. Começar essa conversa tinha sido assustador, mas agora a coisa estava engrenada e acontecendo, e ela não podia cair fora. Porter expirou pela boca.

— Quem é o pai? Você e o Ryan estão juntos de novo? Não é o Jeremy Fogelman, é?

Astrid nunca tinha gostado de nenhum dos namorados de Porter, ninguém tinha. Sacudiu a cabeça, como se pudesse se livrar da notícia se a rejeitasse completamente.

— Você só tem 38 anos. Estou tentando ser receptiva aqui, quero entender. Consegue me ajudar a entender? As garotas em Nova York nem sequer se casaram com essa idade, você não está muito atrás. Você vai conhecer alguém, e então o quê? Ele vai virar o padrasto? Ai, Deus... — disse Astrid, fazendo as contas mentalmente. — De quanto tempo você está? Você definitivamente vai levar adiante? Não que eu não tenha *evoluído*, Porter, é que de fato criei três filhos e passei a entender que não é trabalho para uma pessoa só. Por que é que você nunca falou comigo a respeito disso? Há quanto tempo você planeja fazer isso?

— Mãe. É claro que vou *levar adiante*, eu *paguei* para ter essa pessoa criada e inserida dentro do meu corpo. E o pai é uma pessoa. Um homem. No mundo, em algum lugar. Quando a criança tiver 18 anos, vai poder entrar em contato com ele através do banco de esperma, e então, não sei, a gente vai ver. Sei que você não vai gostar, mas é isso o que está acontecendo.

Porter respirou fundo. Foi por isso que ela esperou para contar para a mãe. Os padrões que Astrid tinha para todos os outros eram idênticos aos padrões que tinha para ela mesma, aqueles que não deixavam espaço para erros.

— E por que você sugeriu Jeremy Fogelman? Que absurdo. Por isso que não contei pra você. Sabia que era assim que você reagiria e não queria que você me convencesse do contrário. É uma *boa notícia*, tá bem?

Astrid a encarou.

— Você sempre foi assim. Tudo sempre tinha que ser do jeito que você queria. Lembra quando você foi a Rainha da Colheita e fez todos os outros no carro alegórico ficarem no nível mais baixo do carro para que você fosse a mais alta?

Astrid se sentou na cadeira à mesa da cozinha e puxou um ovo cozido de um cesto. Quebrou-o com firmeza na borda da mesa e começou a descascá-lo.

— Se acha que pode fazer isso com apenas dois braços e duas mãos, talvez possa.

Porter observou a mãe fazer uma pilha arrumada de casca de ovo.

— Eu disse mil vezes, o carro alegórico foi *construído* daquela forma, só tinha espaço pra uma pessoa na parte de cima do carro naquele ano.

O tema tinha sido Studio 54.

— Aham — Astrid concluiu, salpicando um pouco de sal na película lisa da clara do ovo, e deu uma pequena mordida. — Gostei que você estivesse no topo, parecia a Estátua da Liberdade naquele vestido verde.

— Devo agradecer?

Se Astrid tivesse falado desse jeito com qualquer um dos irmãos de Porter, eles teriam saído da sala. Porter achava que tinha a ver com o fato de ela ser a única menina, sempre ansiosa para agradar, condicionada pelo mundo exterior a reagir com suavidade e com um sorriso a tudo que não envolvesse lesão corporal. O bom convívio era importante, e havia jeitos de lidar com Astrid. Nicky fugiu para evitá-la, e Elliot só queria ser aquilo que lembrava do pai, que era a visão de um homem adulto de vinte e poucos anos, um boneco Ken com contas para pagar. E assim restaram Porter e a mãe.

— Você precisa de um médico? Em qual você está indo? — perguntou Astrid.

— Na Doutora Beth McConnell, do Northern Dutchess — respondeu Porter.

— Conheço a Beth — disse Astrid. — Ela falou pra diretoria do hospital no nosso almoço anual no ano passado.

— E você não pode acreditar que ela não tenha ligado pra você.

Porter revirou os olhos.

Cecelia voltou para a cozinha, balançando a mochila em grandes círculos. Astrid levantou os olhos do ovo e acenou com um dedo.

— Continuamos essa conversa depois — sugeriu Porter. — Tchau, mãe.

— Até mais, querida. Use o cinto de segurança.

E com isso, Astrid ficou de pé, juntou todos os pedaços da casca de ovo na palma da mão e mandou um beijo meio torto com a mão livre, o carinho mais espontâneo que tinha dado a Porter desde o último aniversário dela. Era um começo.

Capítulo 9

CHAPEUZINHO VERMELHO

O hospital Northern Dutchess ficava em Rhinebeck, uma cidade ao norte. Fora construído na década de 1980 e tinha tijolos de vidro para provar isso. Porter deixou o carro no estacionamento coberto e atravessou o saguão, que era pintado em vários tons pastel e parecia menos antisséptico que a maioria dos hospitais, e mais como um chá de bebê de gênero neutro. A Ginecologia e Obstetrícia ficava no segundo andar. Tinha feito um tour pelas salas de parto, todas com vista para o estacionamento, possivelmente porque as pessoas não ficavam muito tempo e não costumavam reclamar da falta de uma vista quando tinham um novo bebê para olhar. Porter chegou dez minutos adiantada e escolheu uma cadeira no canto.

Salas de espera repletas de grávidas e de mulheres que queriam ficar grávidas eram mais cheias de códigos que a maleta de um espião russo. Porter ficava fazendo anotações no celular, em tese para lembrar da experiência, mas basicamente porque estava sempre ali sozinha e a maioria das mulheres estava com o companheiro, e ela queria parecer ocupada. As únicas mulheres que de fato pareciam estar cagando e andando eram as que já tinham um ou dois filhos em casa, que recebiam ligações de babás e respondiam perguntas sobre biscoitos e a hora do iPad, e aí espalhavam os pertences como se fosse um dia no spa, tão felizes por não ter ninguém tocando nelas, nenhum bumbum para limpar, nenhum dedo misteriosamente pegajoso para lavar. Algumas mulheres jovens vinham com os companheiros e acariciavam as barrigas como anéis de diamante enormes, os nervos sossegados pela adoração do amado. Eram de todas as raças e idades no âmbito da reprodução humana. Às vezes, eram adolescentes nervosos, de mãos dadas como se pudessem apertar um botão e ir parar na fila do cinema para ver um filme, como em um encontro normal, em vez de estarem sentados em cadeiras acolchoadas esperando o médico chamar seu nome. Às vezes, os casais brigavam em silêncio, o rosto da mulher contraído de raiva, e Porter se divertia tentando imaginar o que o marido ou namorado tinha dito. Gostava mais daqueles casais.

Então havia as mulheres que vinham sozinhas, como ela, e que pareciam ser mães de primeira viagem. Essas mulheres estavam mais nervosas, roendo as unhas, com novas rugas de preocupação cruzando a testa. Sempre verificava os dedos em busca de um anel, e na maior parte das vezes havia um. Quando os dedos estavam sem nada, Porter olhava com mais atenção. Eram mais jovens que ela ou mais velhas? Será que as barrigas estavam tão grandes que o corpo inteiro tinha começado a inchar, incluindo os dedos? Havia, claro, aquelas mulheres grávidas que precisavam remover temporariamente os anéis porque os dedos tinham ficado gordos demais. E então verificava se havia uma corrente em volta do pescoço. Ela não queria se importar. Estava muito empenhada tentando não se importar. Havia um grupo, Mães Solteiras Por Escolha, que a médica tinha recomendado, junto com uma lista de doulas e pediatras, mas Porter não tinha ido além de uma pesquisa superficial no Google. Nos quatro meses de gravidez, Porter tinha registrado só outras três mulheres que se encaixavam no perfil dela.

Porter puxou a bolsa grande para o colo e esticou a mão, tateando em busca do seu livro. Estava tentando ser o tipo de mulher que gostaria de ter como mãe — instruída, mente aberta, esse tipo de coisa. Harriet participava de um clube do livro no Oregon e sempre mandava recomendações. Esse era um romance sobre uma livraria em Paris que escondia crianças judias que haviam escapado dos nazistas, e tinha um pássaro mágico falante. Porter sabia de tudo isso pelo e-mail de Harriet — ela mesma estava só na página cinco, e fazia algum tempo. O livro tinha seiscentas páginas — nesse ritmo, terminaria quando a criança ainda para nascer se formasse no ensino médio.

Uma enfermeira apareceu e chamou um nome. Um dos casais abraçados do outro lado da sala se levantou e saiu andando, radiantes, como se tivessem ganhado na loteria. Porter revirou os olhos, e alguém riu. Porter virou rapidamente a cabeça para o lado, uma espécie de canto escondido da sala de espera, o lugar onde as mulheres de aparência mais triste costumavam se sentar (as mulheres tristes de qualquer sala de espera de ginecologia-obstetrícia eram sempre as sem barriga, nem sequer uma bola de basquete esvaziada de uma barriga anterior, aquelas que ainda ficavam se amaldiçoando no banheiro quando menstruavam a cada mês). Viu uma mulher rindo.

— Eu vi isso — disse ela. — Oi, Porter Strick.

A mulher estava mais ou menos do tamanho de Porter, só uma lua crescente de barriga. Sorriu largo, mostrando um espaço entre os dentes.

— Ai, meu Deus, Rachel, o que você está fazendo aqui?

Porter se levantou depressa, derrubando o livro no chão. Deu um pontapé para tirá-lo do caminho e o deixou lá.

Rachel tinha sido a melhor amiga de Porter do sétimo ano do fundamental até o segundo ano do ensino médio. Usaram fantasias de Halloween iguais três vezes (Chapeuzinho Vermelho, bala, vampiras). Os pais dela se mudaram para Chicago no primeiro ano do ensino médio e perderam o contato. Isso foi antes da internet; não era culpa de ninguém. Rachel tinha voltado há alguns anos, Porter sabia, mas não haviam se encontrado. Cada uma tinha os próprios amigos e a própria vida, e sempre havia desculpas. Ou melhor, nunca houvera uma razão para tentar reatar o laço de amizade da infância.

— O que você acha que estou fazendo aqui, meu imposto de renda? — Rachel se levantou para abraçar Porter, e as barrigas grávidas se trombaram como bolas quicando. — Deixa eu olhar pra você! — Ela recuou, ainda segurando as duas mãos de Porter, de forma acolhedora. — Você parece tão bem. Tão bem. De quantas semanas você está?

— Vinte.

— Eu também! Bom, vinte e uma. Gêmeas! Nós duas, digo. Não vou ter gêmeas, graças a Deus. Enfim, adorei! Isso é tão emocionante! Onde é que você está morando agora, perto da sua mãe? Eu... a gente está morando lá para o norte, perto de Clapham Heights, mas mais longe da água. Em direção a Bard.

As bochechas de Rachel estavam rosadas. Ela vestia uma camiseta da Fleetwood Mac e parecia um pouco desleixada, como se estivesse usando duas meias diferentes, talvez, não de propósito, e Porter se sentiu de imediato inundada por um amor recordado e renovado: amor pelo caminho mais curto, amor por memória muscular.

— E o seu marido, o que ele faz mesmo?

Porter sabia um pouco, pelo Facebook. Lembrava de alguém pequeno e de cabelo escuro, como Rachel, mas não sabia de nenhum detalhe.

Rachel levantou a mão, que Porter não tinha verificado, e agitou os dedos sem adornos.

— No momento, ele faz coisas com outras pessoas, acho. Não tenho certeza.

E aí se desmanchou em lágrimas e soluços altos que ecoaram pela sala. *Eles deveriam ter isolamento acústico para isso*, pensou Porter, enquanto abraçava Rachel. Isso devia acontecer o tempo todo.

Depois das consultas, Porter e Rachel se sentaram no refeitório do hospital e, com um banquete medíocre de macarrão com queijo, salada de alface americana e batatinhas, colocaram a conversa em dia. Foi bem fácil resumir alguns anos em uma frase ou duas — Chicago era uma cidade fria mas divertida, Rachel tinha ido para Vassar, o irmão mais novo dela era casado e morava em Oakland, ela ensinava inglês na escola de Clapham e na maior parte do tempo adorava o que fazia ("Ah! Talvez você seja professora da minha sobrinha, Cecelia!", interrompeu Porter, batendo palmas) — mas o passado recente levou mais tempo.

Acontece que Rachel e o marido, Josh, ficaram juntos por cinco anos entre idas e vindas antes de se casarem, e aí passaram bem depressa a tentar ter um bebê. Ela teve um aborto espontâneo, depois outro, e finalmente descobriram que Rachel tinha o que descreveu como "útero esquisito", o que, junto com a baixa contagem de espermatozoides de Josh, dificultava a concepção. Fizeram inseminação intrauterina, sem sucesso, e então fertilização *in vitro*, que exigiu três tentativas. Porter sabia como era — todas as agulhas, todos os exames de sangue, todos os xixis em copos descartáveis minúsculos. Ela murmurou alguns sons solidários. Quando Rachel finalmente engravidou, estava aliviada, feliz e exausta, dormindo todas as horas em que não estava na escola, justo como as coisas deviam ser. Então um dia olhou o celular do marido e viu páginas e páginas de mensagens de texto com uma mulher cujo nome ela não reconheceu.

— Que tipo de mensagem? — perguntou Porter.

— Não do tipo bom. Não, tipo, "ah, você é uma mulher e também é minha amiga, então o que é que devo comprar pra minha mulher no aniversário dela?". Do tipo ruim. Tipo, "quero lamber seu cu enquanto você se senta na minha cara".

— Nãããããããããããão — resmungou Porter, fazendo uma careta.

Rachel pôs um punhado de batatas fritas na boca.

— Ah — continuou ela, mastigando. — Sim. E ele não podia mentir sobre isso, porque o que é que ele faria, arrancar o celular da minha mão e me dar o remédio de amnésia que se toma antes de fazer colonoscopia? Acho que não.

— E agora?

Rachel girou o saco de batatinhas na mesa para ficar mais fácil para Porter pegar algumas. Ela seria uma boa mãe. Porter colocou duas das batatinhas doces e salgadas na língua e cerrou os dentes, mastigando como um monstro com alguém entre as presas. Havia uma pequena parte dela que ficou entusiasmada com essa história. Era uma parte feia dela, uma parte vergonhosa, mas estava começando a brilhar e a dançar assim mesmo.

— Dei um pé na bunda dele. Ele está na casa do idiota do amigo, em Kingston. Minha mãe veio e me ajudou a ajeitar as coisas, e ela vai estar aqui quando o bebê nascer. Ficar por seis meses, talvez, não sei. É muita coisa pra lidar, quero me sentir protegida e feliz e pronta. Não estou pra brincadeira. Fazer isso sozinha não é bem o que imaginei. Sem ofensa. Então, posso perguntar?

Porter bateu as migalhas das mãos.

— Pode.

Não conseguia imaginar Astrid morando com ela nem em um milhão de anos. Conseguia imaginar Astrid passando o número de telefone de uma conceituada agência de babás, ou de uma mulher que ajudava os bebês a aprenderem a dormir, mas não indo pessoalmente ficar com ela, não, isso não. E se fosse ficar com ela, em algum universo alternativo, o que é que faria? Apontaria o dedo para todas as coisas que Porter estava fazendo errado, todas as xícaras de chá vazias espalhadas pela sala como pistas de uma caça ao tesouro de criança? Dizer que Porter devia comer quando o bebê comia ou dormir quando o bebê dormia? Astrid sempre sabia o melhor jeito de fazer tudo, e isso era cansativo.

— Quem é o pai? Ou você foi a um banco de esperma? Essa é uma coisa muito indelicada de se perguntar?

Rachel olhou para ela com os olhos bem abertos, curiosa, tanto de um jeito específico quanto genérico. Porter podia ver o futuro tão bem: Rachel faria coisas de cartolina e caixas de papelão, faria panquecas em forma de elefante. Quem quer que fosse o idiota do marido dela, ele não importava. Rachel seria ótima.

Porter não tinha contado para ninguém, exceto para a mãe. A obstetra sabia. O especialista em reprodução humana sabia. As enfermeiras sabiam. Mas ninguém mais. De um jeito engraçado, estar grávida significava expor informações e partes do corpo privadas a um número enorme de pessoas, todas elas estranhas. Era mais difícil contar para alguém que conhecia outras partes da vida dela além do útero.

— Não é indelicado, você perguntou antes se podia. Fui a um banco de esperma.

— Sabe, posso dizer com sinceridade que isso nunca soou mais fascinante pra mim do que neste exato momento. Tipo, os genes do meu marido são bons; ele é bonito, amo os pais dele e tal. Mas a ideia de que eu podia ter essas coisas sem nunca precisar sequer falar com ele de novo é tipo, uau.

Rachel levantou a lata de água com gás.

Porter corou, mais aliviada do que imaginava por ter contado a uma pessoa de quem gostava, e porque essa pessoa tinha tido uma reação positiva, e fez um brinde com a lata de Rachel.

— Obrigada. Quer dizer, vamos ver. Tenho certeza que isso vai significar algumas conversas sérias com meu filho no futuro, mas todo mundo passa por isso: filhos adotivos, filhos cujos pais se separam, pais que têm que dizer para os filhos que a avó foi atropelada pelo ônibus da escola deles. Era a coisa certa pra mim, e era a hora certa. Sabe o que é engraçado? Como somos três filhos, sempre pensei que teria três, mas não consigo me imaginar tendo outro. Acho que poderia acontecer, mas as chances são muito pequenas.

— Uau! — exclamou Rachel. — Sim. Sempre pensei que a gente teria alguns, mas agora eu já não sei. Cara, realmente não tinha pensado nisso.

— Mas não diga nada para ninguém, tudo bem? Óbvio que você não faria isso. Só, por favor, não faça. Tudo bem? Não contei pra ninguém a respeito do bebê. Nem do doador.

Porter ficou com medo de parecer envergonhada ou constrangida. Nenhuma das coisas era verdade, só estava pensando no futuro. Por enquanto, o bebê ainda parecia um segredo escondido dentro do corpo dela, e queria proteger a ambos do mundo exterior, para todo o sempre.

— Às manas, fazendo isso por conta própria — afirmou Rachel, e tomou um longo gole da água, deixando escapar um arrotinho acanhado. — Da próxima vez com birita. Ah, sabe quem vi outro dia na mercearia? Jeremy. Seu namorado.

— Quando a gente tava no ensino médio.

As bochechas de Porter ficaram roxas.

— Sim, mas ainda assim. Não sei se são meus hormônios ou o quê, porque basicamente odeio todos os homens no momento, mas ele parecia uma casquinha de sorvete. Sempre foi um otário, mas um otário fofo.

— Aham — Porter concordou. — Ele é fofo. Sempre foi. Tem uma mulher fofa e filhos fofos, também. Um cachorro fofo. E é provável que tenha camundongos fofos embaixo das tábuas do assoalho.

Uma imagem de Jeremy seminu surgiu na imaginação dela. Tinha ouvido que a gravidez deixava as mulheres com tesão, mas até então aquilo parecia absurdo, já que só sentia tesão por antiácidos e biscoitos Saltine. Mas ali estava ele, no cérebro dela, Jeremy Fogelman, seu primeiro amor, tão educativo de um ponto de vista sexual quanto Phoebe Cates saindo da piscina no filme *Picardias estudantis*, ou quanto um romance da Judy Blume. Crescer era, em grande parte, se distanciar das experiências da infância e fingir que elas não importavam, para em seguida, já na vida adulta, perceber que eram tudo o que importava e que compunham 90% de todo o seu ser. Se você não lembrasse como se sentia durante aquele jogo de Verdade ou Consequência quando era estudante do segundo ano do ensino médio, quem era você? Foi bom saber que aqueles sentimentos vibrantes, lá no fundo do corpo dela, não tinham desaparecido de vez. E parte da graça de continuar no lugar em que nasceu era que você nunca estava muito longe de outras pessoas que lembravam de tudo que você já tinha feito. Era como estar cercada por um exército de soldados de terracota, só que todos se pareciam com você — a vez que você vomitou no baile, a vez que você ficou com as calças cheias de sangue na aula de matemática, a vez que você foi pega roubando camisinhas na farmácia.

— É uma pena — falou Rachel. — Da próxima vez com martínis.

— Da próxima vez com uísque *e* martínis — Porter reforçou. — Vamos dar o fora daqui.

Capítulo 10

PMF

Astrid queria que todos aparecessem às onze horas, mas os gêmeos de Elliot cochilavam ao meio-dia, então o brunch aconteceu às dez. Os dois não paravam, Aidan e Zachary, e Astrid sabia que Wendy apreciava aquelas horas no meio do dia quando eles estavam dormindo. Dos três filhos de Astrid, ela sempre pensou que Elliot seria o único a ter uma família grande de verdade, em parte porque era o que tinha menos probabilidade de ser um pai presente todos os dias, então qual era a diferença entre um e cinco filhos além do volume de barulho durante as refeições? Mas os gêmeos nasceram quando ele tinha 38 anos, e Astrid tinha certeza de que Wendy tinha fechado a fábrica, em parte porque queria voltar ao trabalho algum dia e também porque os meninos eram tão endiabrados que só um imbecil ia querer mais de bom grado.

Às vezes, quando mais de um dos filhos dela estavam na mesma sala, Astrid pensava no pai deles entrando — o pai deles, o marido dela, Russell, que não tinha chegado ao século XXI, que nunca tinha tido um celular. Às vezes Astrid pensava nisso, em Russell indo de casa para o escritório e do escritório para casa, de telefone fixo para telefone fixo, e isso parecia incrivelmente pitoresco. Ela vivera a maior parte da vida sem um também, é claro — tinha um celular de abrir até Cecelia nascer e ela descobrir a magia de sempre ter uma câmera no bolso —, mas Russell nunca tocou em um, ela achava que não. Um dos amigos dele da faculdade, um ricaço que adorava aparecer e que eles visitavam de vez em quando na Califórnia, tinha um telefone do tamanho de uma caixa de sapatos, e era algo de que eles riam, esse figurão imbecil que pensava que o que tinha a dizer era tão importante que precisava estar disponível até mesmo no *carro*. Ela havia sonhado que estava sentada em um restaurante com Birdie, visto Russell passar do lado de fora e corrido para a porta a fim de alcançá-lo, mas, até chegar do lado de fora, ele tinha ido embora e, de qualquer maneira, ela descobriu que estava descalça, e então o restaurante tinha desaparecido e ela teve que caminhar até em casa. Sonhos não significavam nada. Nicky achava que sim, mas Nicky sempre tinha sido tão bonito que acreditava em todo tipo de coisa que as pessoas menos bonitas não conseguiam acreditar, porque as outras pessoas ririam delas. Ninguém ria de homens brancos lindos. Era uma falha no projeto do universo.

Antes de Barbara morrer, Astrid pensou em contar aos filhos a respeito de Birdie, mas aquilo nunca parecia ter importância. Agora era o momento. Era o momento. Eles eram adultos, e ela também. Astrid podia contar a verdade.

Eram 10h20, e ninguém tinha chegado ainda. Até mesmo Cecelia continuava no quarto, ainda que Astrid tenha escutado os estrondos dela no andar de cima.

Talvez não fosse justo comparar noras, assim como não era justo comparar filhos, mas Astrid não conseguia evitar. Crianças eram quem eram desde o começo e, com exceção de alguns costumes sociais (cutucar o nariz em público, musiquinhas sobre cocô), raramente mudavam de forma drástica depois da primeira infância. Nicky sempre tinha sido uma folha em um rio, feliz em flutuar. A vida inteira, a desenvoltura dele na própria pele fez com que fosse irresistível para as outras pessoas. Elliot era o contrário — tentou tanto ser crescidinho, inteligente, charmoso, que não era nenhum dos três. Era dedicado à ideia de perfeição. Quando menino, choramingava pelo brinquedo maior, a maior bola de sorvete, o posto de titular no time de jogadores juniores de basquete do colégio, quaisquer que fossem as habilidades dele. E os dois, Nicky e Elliot, encontraram as companheiras de que precisavam. Pelo menos encontraram companheiras, ao contrário da coitada da irmã.

Era como assombrar a casa do seu viúvo e da nova mulher dele, ver as necessidades que os filhos adultos tinham e as pessoas que as preenchiam. Nicky conheceu Juliette em uma festa, e os dois se casaram no cartório duas semanas depois, os dedos sempre entremeados, como aranhas em acasalamento. Ela era determinada e focada, um pouco autodestrutiva, era *francesa*, e, assim que Astrid conheceu Juliette, foi capaz de enxergar tudo: o caso de amor, a criança não planejada, o mergulho na normalidade, a separação gradual, o fim. Sentiu-se uma vidente com visões de desgraça. Não importava que ainda estivessem casados — estavam tentando viver uma fantasia descontraída, inventada em uma cerimônia na floresta, guiados por um cristal. Era bobagem e todo mundo sabia, menos eles. Com Elliot era o contrário. Tanto Elliot quanto Wendy seguiam passo a passo o manual de como ser adulto. Deram uma festa de noivado. Fizeram um casamento para duzentas pessoas, três quartos sendo da enorme família chinesa de Wendy, e uma festa com troca de roupa na metade. Deram um chá de bebê, uma festa de revelação de gênero, e em cada situação, Elliot e Wendy sorriam da mesma maneira equilibrada e falsa, as mãos pousadas de leve nas costas um do outro, e Astrid pensava, *Que merda é essa?*. De certa forma, Astrid achou que Wendy era exatamente como ela, uma perfeccionista, e ficou lisonjeada que Elliot tivesse procurado pela mãe, de alguma maneira, bem como os gregos diziam. Mas o perfeccionismo de Wendy não tinha nada a ver com Astrid, não mesmo — ela se preocupava com nutrição, não com o gosto. Ela se preocupava com calorias, não com os exercícios. Mas sogras não contavam nos casamentos, exceto como pontos de contraste.

Russell Strick nunca entendeu nem uma palavra que a mãe de Astrid tinha dito, o inglês dela leve na garganta e pesado no sotaque romeno, mas gostava do *kasha varnishkes* dela. A mãe dele era quieta, um ratinho, e Astrid sabia que ele gostava de ter uma mulher que não tinha medo de falar. As mães não faziam parte do dia a dia deles enquanto mães. Não ficavam no pé deles, brincando com as crianças no tapete, do jeito que os avós ficavam hoje em dia, do jeito que os filhos de Astrid esperavam que ela ficasse. Russell tinha sido o molenga dos dois. Teria deixado Cecelia cobrir o rosto dele com adesivos, deixado os gêmeos usarem o corpo dele como trampolim. O que Russell teria achado de Birdie como sucessora dele na cama de Astrid? Teria gostado dela, e então teria lhe estendido o prato sujo para levar de volta à pia. Não teria entendido. Russell era o tipo de homem que conhecia mulheres que tinham vivido com outra mulher por cinquenta anos e pensava, *Ah, que legal, colegas de quarto*. Mas a própria Astrid tinha mudado nos últimos vinte anos — sem dúvida Russell também teria. Era um mistério triste: como os pelos do peito dele teriam ficado grisalhos, como se sentiria com os banheiros neutros em termos de gênero, o que pensaria de Donald Trump. Às vezes Astrid achava que era a mesma pessoa que tinha sido quando o marido morreu, mas, na maior parte do tempo, aquela pessoa parecia uma parente distante, uma prima em outro fuso horário, vista principalmente com roupas fora de moda em fotografias antigas.

O cardápio era simples: panquecas, bacon, ovos mexidos, torrada, geleia, suco fresquinho, fruta. Os gêmeos não comiam glúten, assim como Wendy, então Astrid fez uma pequena porção de massa de panqueca sem farinha. Ela nunca tinha ouvido falar de crianças com doença celíaca antes de os gêmeos nascerem, e não era que não acreditasse nisso — conhecia algumas pessoas celíacas de verdade —, era só que os gêmeos não eram nada daquilo, nem Wendy. Ela estava criando distúrbios alimentares graças à superproteção, e Elliot não dizia uma palavra em relação a isso. Ele era como o cachorro da família que aparecia na hora das refeições, com a língua para fora e ofegante. As duas tigelas de massa estavam prontas no balcão, cada uma com a própria concha. O bacon estava esfriando em um prato ovalado comprido. Astrid pegou um pedaço e comeu com os dedos.

A campainha tocou, e Astrid correu para a entrada, mesmo que ninguém que estivesse vindo fosse esperar ela abrir a porta. Quando chegou à porta, que ainda estava fechada, Astrid olhou pelo painel de vidro ao lado da porta e viu Birdie, os dois braços em volta de uma tigela coberta com plástico. A salada de frutas.

Astrid escancarou a porta.

— Você é a primeira convidada! Está todo mundo atrasado.

Birdie se inclinou e beijou Astrid na bochecha.

— Bom dia.

— Bom dia — respondeu Astrid, já amolecendo.

Birdie empurrou Astrid de leve de volta para dentro.

— Tem certeza que está pronta?

— Pronta ou não, aqui estou. Quem sabe quando é que o próximo ônibus escolar vai vir fazendo a curva.

Voltaram para a cozinha, e Birdie pôs a tigela de salada de frutas em cima da mesa.

— Há vários jeitos de fazer isso. Um de cada vez, todos de uma vez só. Contei para os meus pais quando tinha 25 anos, mesmo tendo certeza que eles sabiam desde que eu tinha 12. Escrevi uma carta, e então eles escreveram uma carta em resposta dizendo o quanto lamentavam que eu estivesse indo para o inferno, e a gente nunca mais tocou no assunto. O que foi muito bom, eu achei.

Birdie pegou um morango e o examinou.

— Bem, acho isso horrível — afirmou Astrid. — Vou contar pra todos eles de uma vez, e eles podem chorar ou rasgar as roupas se quiserem, mas aí já vai estar feito e teremos panquecas.

Tentou não ficar nervosa, mas estremeceu, incapaz de se conter. Os sentimentos eram o problema, de fato — se você perguntasse para os filhos dela, Astrid achava que eles diriam que ela não tinha nenhum, afora o básico. Com certeza não tinha medo. Controle: isso é o que Astrid sempre tivera. Controle era um sentimento? A luz do verão encheu a cozinha, listras amarelas espalhadas pelo piso de madeira. O dia seria quente, mas ainda não estava.

A amizade de Astrid e Birdie tinha sido rápida e inesperada. Birdie assumiu o lugar de Nancy no salão seis anos atrás, e Astrid mal podia acreditar que Birdie e Russell haviam morado na mesma cidade, que os dois tinham tocado o corpo dela, o mesmo corpo. Birdie havia chegado tanto tempo depois da morte de Russell que as feridas nem sequer eram recentes, aquele não tinha sido um assunto durante meses. Russell alguma vez tinha tocado a cabeça dela? Ele tinha feito massagens nos pés dela. Tinha tocado o corpo dela, as bochechas. Mas Astrid não conseguia lembrar do marido tocando o cabelo dela nenhuma vez. Talvez para colocá-lo de lado em um dia de vento? Não conseguia lembrar. Fazia tanto tempo, a ponto de já não se entristecer pelas coisas que tinha esquecido. Astrid lembrava o que lembrava, e isso era o suficiente. Quando Russell morreu, todos se aproximaram de Astrid, como as pessoas educadas fazem — enviaram cartões, ligaram e se ofereceram para fazer "qualquer coisa", o que, a bem da verdade, não significava nada além do incrível gesto de colocar o próprio cartão na caixa do correio. Nicky estava no último ano do ensino médio, a estrela da peça da primavera, e Porter estava com 20 anos, gorda e feliz com a cerveja e com a independência no dormitório. Ou pelo menos estivera feliz, até que Russell morreu. Elliot já estava fora da escola, se inscrevendo na faculdade de direito, provando ternos para ver se serviam. O que quer que tenha feito além disso, Astrid não sabia. Os quatro foram ver um terapeuta especializado em luto, sugestão da psicóloga da escola de Nicky, uma mulher que, como tanta gente, deu uma olhada nas maçãs do rosto de Nicky e quis aninhá-lo entre os seios, metaforicamente falando. O filme dele, *Jake George*, estava prestes a sair, e o potencial daquilo estava pesado no ar, como o maior e mais pesado enfeite em uma árvore de Natal. Tanto Porter quanto Nicky tinham chorado, e Astrid e Elliot tinham ficado firmes, e então acabou. Não tinha ajudado em nada.

Mas conversar era bom, era verdade, se a conversa não fosse sempre tão focada na mesma coisa, em como toda viúva era um robô triste, e assim, todos aqueles anos depois, quando Nancy se mudou para a Flórida e Birdie assumiu o salão, Astrid perguntou se ela gostaria de almoçar. Foi assim que começou. Toda segunda-feira, Astrid e Birdie iam ao Spiro comer omeletes, ou ao restaurante vegetariano na Columbus comer salada e beber chá gelado, e conversavam e riam, e aquilo fez diferença no humor dela. Astrid não precisava de um terapeuta, tinha Birdie.

O primeiro beijo não aconteceu por mais dois anos. Era fevereiro, perto do Dia dos Namorados, ainda que Astrid não tivesse pensado nisso na época. Semanas depois, quando Astrid apontou a coincidência, Birdie havia rido e disse, sim, Astrid, eu sei. Astrid tinha sido seduzida e nem sequer se deu conta. *Chocolate* estava passando no Upstate Films em Rhinebeck, em função do feriado, e Birdie sugeriu que fossem ver, o que Astrid, que estava acostumada a ficar em casa à noite, como se os filhos fossem aparecer e precisassem ser alimentados e aconchegados, achou adorável. Estava um frio congelante e ventava, e Astrid lembrava de segurar o chapéu na cabeça para que não voasse para longe enquanto caminhavam do carro para o cinema.

O filme era uma baboseira com uma fotografia bonita. Ela não tinha assistido quando passou no cinema pela primeira vez. Os atores tinham rostos extraordinários, e isso às vezes bastava. Birdie riu baixinho algumas vezes, e Astrid não mandou ela se calar. Russell também adorava ir ao cinema — qualquer filme com gângster, com a máfia, com metralhadoras, ele adorava aquilo. Isso era diferente. Birdie chegou perto para fazer comentários a respeito do personagem cigano de Johnny Depp, a respeito do diálogo, da maneira como os personagens reviravam os olhos em êxtase quando provavam o chocolate. A certa altura, Birdie correu até o saguão e voltou com um pacote de M&M's, incapaz de resistir. Quase no final do filme, quando Birdie estendeu a mão e a colocou por cima da de Astrid, ela a olhou de um jeito divertido e curioso, e assim que Astrid sentiu o toque em sua pele entendeu o que estava acontecendo dentro dela, que aquilo tinha estado lá durante todo esse tempo, logo abaixo da superfície, como uma criança que compreende plenamente uma língua antes de poder falá-la. Quando Birdie lhe deu um beijo de boa noite depois do filme, ela a beijou nos lábios, e Astrid estava pronta. Essa era a história que queria contar aos filhos, em algum universo paralelo em que todas as coisas eram igualmente apropriadas. Em que ela teria sido um tipo diferente de mãe. Nos últimos cinco anos, ela e Birdie haviam sido melhores amigas. Quando os gêmeos de Elliot nasceram, ela comprou caminhõezinhos macios em duas cores diferentes, atenciosa e generosa. Ninguém nunca tinha pensado nos almoços da mãe. Clapham era aberta à comunidade LGBT; todos os guias diziam isso. Havia bandeiras do arco-íris penduradas em janelas de lojas e restaurantes. Acontece que Astrid era ainda mais aberta do que isso.

A campainha tocou de novo, e Astrid deu um salto.

— Eu atendo! — gritou Cecelia, descendo as escadas.

Escancarou a porta, e os meninos de Elliot correram para dentro sem nem um segundo de pausa, cada um empunhando uma espada de plástico enorme. Os meninos não eram idênticos, mas por algum motivo Wendy os vestia com roupas quase idênticas todos os dias da vida deles, e era necessário desacelerar as duas crianças até pararem completamente e mantê-las lado a lado a fim de dizer qual era qual. Wendy pôs um Z e um A nas pontas dos tênis deles, que às vezes trocavam só para confundir todo mundo.

— Oi — cumprimentou Wendy, passando por cima do capacho.

— Perdão. Oi. — Levava uma bolsa de náilon de aparência pesada em cada ombro.

— Valeu! E não se preocupe, vou pegar os dois!

Cecelia saiu correndo atrás dos meninos, feliz por ter alvos reais para a energia dela.

Elliot seguiu Wendy até a cozinha. Ambos estavam com as roupas de fim de semana, o que significava bermuda de algodão com cinto e camisa polo. Podiam jogar golfe a qualquer momento, como super-heróis ricos.

— Oi, mãe — falou Elliot.

Ele deu um beijo desapaixonado na bochecha de Astrid. Olhou para Birdie, que estava parada atrás de Astrid, e fez uma pausa antes de acrescentar:

— Birdie. Bom te ver.

— Corto meu cabelo em Rhinebeck — explicou Wendy, se desculpando, como tinha feito todas as vezes em que esteve no mesmo cômodo que Birdie, como se o trabalho de Birdie exigisse uma confissão folicular. — Vou na mesma pessoa há séculos.

Wendy tinha sido a melhor da turma na escola, e depois a melhor da turma na faculdade. Depois dos gêmeos, tinha voltado ao trabalho por meio período em um escritório de advocacia em

New Paltz, mas a especialidade dela — direito corporativo — tinha sido rebaixada para pequenas empresas, e Astrid sabia que aquilo não a preenchia de fogo e paixão. O cliente mais bem-sucedido dela era um homem que era dono da maioria dos Dairy Queens do vale do Hudson.

— Sem problemas — respondeu Birdie. — Estão fazendo um ótimo trabalho, seu cabelo está com uma aparência excelente. Tão cheio. É difícil. Depois que tem filhos, a maioria das mulheres perde muito volume.

Wendy parecia satisfeita.

— É caro, mas, poxa, vale a pena, né?

Elliot pegou uma maçã da tigela no balcão e deu uma mordida enorme e barulhenta.

— Seu cabelo é sempre igual.

Wendy deu um tabefe no ombro dele, as unhas estalando uma contra a outra.

— Está lindo — concordou Astrid. — Isso é o que ele quer dizer.

Houve uma batida na porta, e Porter a abriu, trazendo mais comida. Um pouco de queijo Clap Happy, claro, e provavelmente um bom pedaço de pão crocante. Astrid gostava de coisas elaboradas, coisas com ingredientes e receitas, mas tudo o que Porter cozinhava ou fazia era — como é que diziam agora? — rústico. Porter comia todas as refeições em uma tigela enorme como uma das cabras, tudo simplesmente empilhado por cima de tudo. Astrid observou a filha avançar com dificuldade por entre as bolsas que tinham sido deixadas perto da porta, os brinquedos que Aidan e Zachary tinham de algum jeito espalhado, e um dos sapatos de Cecelia. Astrid se sentiu tomada de amor pela filha, que tinha trazido coisas e ficaria. Birdie disse a Astrid que ela devia dizer coisas assim para os filhos quando tinha pequenos momentos de afeição, que era legal saber que sua mãe pensava coisas boas de você, mesmo que fossem bobagens sem importância. Astrid sempre tinha guardado coisinhas pequenas para ela mesma, além da maior parte das coisas que não eram nem um pouco "inhas" ou pequenas. Não era pouco estar apaixonada — estava *apaixonada* — pela segunda vez na vida, e a essa altura da vida, quando se apaixonar parecia menos provável do que, bom, do que ser atropelada por um ônibus escolar. Astrid se lembrou disso, observando Birdie encher a chaleira na pia, os cachos castanho-escuros na altura do pescoço. Talvez tivesse esperado a vida toda alguém de cabelos castanhos surgir.

— Pessoal, tenho algo a dizer — anunciou Astrid.

Porter colocou as coisas no balcão e, do corredor, Cecelia enfiou a cabeça para dentro da cozinha.

— Opa, opa, opa — falou Porter, sacudindo a cabeça e gesticulando uma linha pelo pescoço com o dedo. — Mãe, não.

— Não, Porter — retrucou Astrid.

Não era a praia dela contar os segredos de outra pessoa. Porter respirou fundo e assentiu. Isso era algo, bem ali! Teria que lembrar para contar para a Birdie, era uma anedota se formando, algo que poderia contar para a neta quando ela nascesse, a última neta dela, sem dúvida. *Sua mãe pensou que eu contaria para todo mundo a seu respeito, mas a Vóvi nunca faria isso.* Elliot e Wendy estavam tendo uma conversa quase totalmente silenciosa, que envolvia ele pegar o carro e ela levar os meninos para casa, ninguém estava prestando atenção nela. Os meninos estavam correndo escada acima gritando "pou pou pou". A vida não ficaria mais tranquila do que isso. Astrid pigarreou e prosseguiu:

— Birdie e eu estamos em um relacionamento romântico já faz algum tempo. E depois de ver a Barbara, bom, não sei, não me interessa esconder de vocês por mais tempo. Se tiverem alguma questão, perguntem à vontade. Mas o brunch está servido.

— O que foi que ela disse? — perguntou Elliot a Wendy.

Porter deixou escapar uma risada gigantesca e depois bateu a palma da mão na boca. Enterrou a cabeça no ombro de Astrid.

— Uau! — exclamou e deu um beijo na bochecha da mãe. — Birdie, se prepara. — Porter caminhou até a pia e deu um abraço em Birdie. — Ou você *se preparou*, acho. Adorei.

— Mãe, você está falando sério? — Elliot manteve a voz baixa.

— Isso é totalmente insano. O que é que você tá dizendo? — perguntou ele, fazendo uma careta e se virando para Wendy. — O que é que a gente vai dizer ao Aidan e ao Zachary, que a Vóvi tem uma amiga especial? Não acredito que você está jogando isso em cima da gente desse jeito. Sinceramente, estou com ódio. — Ele cerrou o maxilar. — Há quanto tempo você vem mentindo?

— Ah, El. E sim, você pode dizer para os meninos que a Birdie, a amiga da Vóvi, é um tipo especial de amiga, eles só vão se importar se você se importar. E por que é que você se importaria? Você não precisa dar nome, não estamos fugindo com o circo. Não vou fazer uma tatuagem na testa.

Astrid sentiu as bochechas ardendo, mas continuou se mexendo e colocou uma pilha de pratos na mesa da sala de jantar. Esperava por isso, até mesmo pela palavra *mentindo*, como se essa única palavra escorregadia pudesse conter tudo o que sentia por Birdie, tudo o que sentia pelos filhos, tudo o que queria dividir e tudo o que queria guardar para si mesma.

— Por favor, sirvam-se. Bacon, Cece?

Cecelia não se moveu do canto do corredor. Astrid não conseguia ler direito a expressão no rosto dela. Caminhou devagar pelo vestíbulo e entrou na cozinha, pegando um prato e um punhado de bacon.

— Achei — falou Cecelia com cuidado, com só uma insinuação de sorriso no rosto — que eu estava aqui porque esse era um ambiente doméstico estável.

— Acredite — afirmou Birdie, pegando um prato. — Não existe nada mais estável que, desculpe, Astrid, uma lésbica idosa.

Birdie era nove anos mais nova que Astrid, tinha só 59 anos de idade. Antigamente aqueles nove anos teriam significado algo, escolas diferentes, fases distintas da vida, mas agora nove anos pareciam um piscar de olhos. Em um futuro não muito distante, nove anos seriam bastante de novo — a diferença entre 80 e 71, a diferença entre 95 e 84, mas por enquanto estavam flutuando juntas pelo tempo, as duas saudáveis e ativas, as duas respirando.

Elliot bufou.

— Vou pegar os meninos e dizer que está na hora das panquecas. Podemos, por favor, pegar leve com a palavra que começa com "l", por favor?

Saiu pisando duro em direção às escadas e chamou o nome deles, ao que a única resposta foi uma voz alta rugindo, "VOU MATAR VOCÊ NA CARA COM MINHA ESPADA!", o que podia ter sido qualquer um dos gêmeos. Wendy se apressou logo em seguida.

— Eu não me chamaria de lésbica — corrigiu Astrid. — Só pra deixar claro, sou bissexual. Acho que é essa a palavra que se usaria. Não que eu esteja usando uma palavra!

Se bem que foi eletrizante dizer em voz alta, e Astrid estava ansiosa para dizer de novo, a sós, só por diversão, para ver se subia pela espinha dela de novo, como no jogo da feira do condado com o martelo e o sino. Birdie beijou-a na bochecha.

— Tenho que dizer, mãe — afirmou Porter. — Realmente achei que você me deixaria ser a complicada da família por mais alguns minutos. Sinceramente, estou impressionada.

— PMF — concluiu Cecelia, e então cerrou os lábios com força, como se pudesse engolir algo que não deveria ter dito. Birdie e Porter e Astrid, todas olharam para ela com expectativa. Cecelia revirou os olhos. — Não me façam dizer isso — pediu, mas elas não se moveram. — Pouco me fodendo.

Astrid soltou um grito.

— Adorei! Esse é o meu novo lema, minha querida. PMF, Birdie, ouviu isso?

Quando tinha sido a última vez que tinha gritado? Do que mais era capaz? Graças a Birdie, sentia como se pudesse saltar de paraquedas de um avião, como George Bush no nonagésimo aniversário. Observou os olhos de Porter se arregalarem com surpresa e (pelo que entendeu) diversão.

— Mãe, se você começar a dizer a palavra que começa com "f" na frente do Elliot ou dos filhos dele, ele realmente vai morrer. — Porter enfiou o dedo em uma tigela de massa de panqueca e levou o dedo à boca. — O que é esse lixo?

— Sem glúten — explicou Astrid. — Experimente o outro. E vou ser boazinha, prometo.

Porter colocou uma concha da massa normal na chapa quente, e a cozinha se encheu com o cheiro de manteiga derretida. Birdie colocou a mão nas costas de Astrid e a deixou ali, e ela brilhou e cantarolou por vários minutos, até que Aidan e Zachary foram finalmente arrastados para o andar de baixo sob pena de morte e todos se sentaram à mesa e comeram, exceto Elliot, que se desculpou depois de fervilhar por quinze minutos e não foi visto novamente.

Capítulo 11

NOVIDADES USADAS

No fim de semana antes do início das aulas, Porter levou Cecelia para fazer compras. Começar o oitavo ano em uma nova escola em uma nova cidade estava longe de ser o ideal, mas oferecia uma espécie de oportunidade inesperada de reinvenção, e não havia maneira melhor para começar do que com as roupas. Porter pensou em todas as mulheres que podia ter sido se lhe fosse dada a chance de passar por uma mudança drástica na vida, até mesmo uma vez por década — uma cabeça raspada, um semestre em um país cuja língua não soubesse. Porter conhecia tantas pessoas, tanto homens quanto mulheres, que viviam como se os pais fossem só fantasmas distantes, sem força gravitacional, sem influência sobre o comportamento deles. Parecia uma bela maneira de viver, e Porter tinha certeza de que gostaria, mas para isso precisaria um dia se mudar para Marte. (Ainda que, a bem da verdade, se Porter descobrisse como chegar a Marte, Astrid estaria esperando em seu traje espacial do outro lado para buscá-la em um Rover apropriado, já tendo encontrado o *único* lugar onde se deve comprar sorvete de astronauta.)

A loja de que Porter mais gostava, Novidades Usadas, ficava a uma quadra da estação de trem de Clapham. Ao contrário da Boutique, Etc? e das outras lojas para mulheres que já tinham chegado no estágio da túnica de *chenille*, a Novidades Usadas era legal. Era pequena, mas bem abastecida, em uma casa vitoriana antiga, com móveis e utensílios domésticos no primeiro andar e roupas — camisetas desbotadas e vestidos rústicos e túnicas *disco* em poliéster e Levi's vintage — no segundo. A verdadeira razão pela qual Porter queria levar Cecelia, porém, era porque era amiga de John e Ruth Sullivan, o casal mais bem vestido da cidade, e sabia que o filho deles também ia para o oitavo ano na escola de Clapham. Talvez "amigos" fosse um pouco forçado — John tinha sido da turma de Elliot no colégio, embora não fossem amigos, e quando John se transformou em um adulto legal, com uma mulher mais legal ainda, Porter descobriu que nem sempre sabia o que dizer, mas sempre sorriam e se cumprimentavam calorosamente, e às vezes isso era suficiente. Todo mundo na cidade queria ser amigo do John e da Ruth.

Porter empurrou Cecelia pela porta barulhenta da loja e ouviu o sininho tilintar, anunciando a chegada delas. Tinha mandado um e-mail dizendo que estavam indo — era a primeira tentativa dela de armar uma emboscada e queria ter a certeza de que August estaria presente. Era engraçado pensar nas pessoas mais ou menos da idade dela com filhos adolescentes. Nicky era tão jovem quando Cecelia nasceu, e tinha sido tão inteiramente por acidente, como se ele e Juliette não fizessem ideia de como a reprodução humana funcionava. Não tinham pensado em como aquilo transformaria por completo a vida deles, e aí de algum jeito não tinha transformado — sim, tinham uma bebê amarrada ao corpo o tempo inteiro, mas a levavam a todos os lugares, museus e espetáculos de dança, a festas e restaurantes. Quando estava com uns três anos, Cecelia já tinha dormido em mais bares do que um bêbado de longa data. Se Porter tivesse tido um bebê quando era jovem, não teria sido assim. Teria medido gramas de leite, contado fraldas e ligado para o pediatra toda vez que o bebê espirrasse, cheia de ansiedade, do jeito que Deus tinha planejado. Essa era a parte para a qual Porter estava pronta agora, mesmo que isso significasse dizer adeus à liberdade da vida adulta que até então tinha curtido — tinha cinco meses restantes. Não que fosse o corredor da morte, mas ainda assim — era uma linha que cruzaria e, uma vez que estivesse do outro lado, não tinha volta. Porter olhou para as bochechas rosadas de Cecelia e lembrou da sensação de estar ao mesmo tempo constrangida e cuidada por outra pessoa.

— Olá — gritou Porter.

A loja cheirava a mofo e ao mesmo tempo a algo adocicado, e, embora as cortinas estivessem todas abertas, a casa estava situada em tal nível que ainda assim era fria e escura por dentro.

— Oi, já estou indo — avisou John de algum lugar invisível.

Cecelia vagou em direção à única prateleira de vestidos no centro do cômodo, e Porter ficou ali perto. Tudo em relação ao jeito como uma mulher se aproximava das roupas vinha direto da mãe dela — se as amava, se odiava, se sabia como passar pregas ou amarrar lenços. Astrid era prática e conservadora no que dizia respeito ao vestuário, então Porter era prática e ridícula — usava casacos de lã felpudos e calças de veludo, e meias com personagens de desenhos animados. Ela se vestia como uma menininha do jardim de infância, de verdade, para o enorme desgosto de Astrid. Juliette fazia compras como uma francesa — apesar de nunca ter tido dinheiro, sempre aparentava ter. Como o corpo dela era o mesmo de quando era adolescente, as roupas duravam eternamente, enquanto o armário de Porter estava cheio de montes de coisas que ela já não podia usar, do jeito como a pele de uma cobra se espalhava no fundo da jaula. Porter observou Cecelia pegar vestidos para olhar e depois colocá-los de volta. Não era uma gralha como tantas garotinhas, atraída apenas por coisas brilhantes. A influência de Juliette ainda estava ali, lá dentro.

Houve uma cascata de passos, tum-tum-tum, nos degraus da escada, e então John estava no cômodo. Estava usando óculos, algo que Porter achava que ele não precisava. Pareciam ossos do ofício. Além de cuidar da loja com ele, a mulher de John, Ruth, era voluntária na Câmara de Comércio de Clapham, planejando várias festividades e feiras. Ruth e Porter trabalhavam juntas todos os anos no evento de Clapham, em que todos os veranistas voltavam para um fim de semana movimentado, repleto de colheitas de maçã e donuts de sidra, e no qual Porter montava um estande para distribuir amostras de todas as variedades do Clap Happy em biscoitinhos e pequeninas colheres de bambu.

— Oi, John — disse Porter. — Essa é minha sobrinha, Cecelia, lembra? Ela está começando na escola de Clapham. Achei que August pudesse estar por aqui

— Querido! — John beijou Porter na bochecha e gritou na direção das escadas. — Vem dizer oi!

Cecelia congelou.

— Isso é uma armadilha? — sussurrou ela para Porter. — Você disse que a gente só estava indo às compras.

— E estamos — confirmou Porter. — Estamos comprando roupas e amigos.

— O August é bem legal — afirmou John. — Prometo.

— Do que é que você acha que precisa, Cecelia? — perguntou Porter, se aproximando da sobrinha. — Calça jeans? Eu meio que amo os jeans boca de sino de novo, isso é esquisito, John?

— Você sabe como funciona — disse John. — Se você tem idade suficiente pra ter usado da última vez em que esteve em alta, provavelmente a moda vai voltar. Os anos noventa foram um período fértil para os jeans no estilo náutico.

— Sou velha. Você está me dizendo que sou velha — disse Porter, fingindo se estrangular. — Mas realmente gosto deles.

Tinha usado calças bocas de sino no primeiro dia do ensino médio, com uma camiseta azul-bebê curtinha que dizia SKATE-BOARD, mesmo que nunca tivesse andado de skate na vida.

Houve outra sequência de passos nas escadas, e então August apareceu meio saltitante. Era todo braços e pernas, como um filhote de cachorro com patas enormes engraçadas — o corpo dele, como o de Cecelia, ainda estava no processo de descobrir o que era. O rosto era exatamente como o de Ruth — tinha olhos escuros, queixo pontudo e sobrancelhas como travessões na testa pálida. O cabelo caía por trás das orelhas, e aí se acomodava nos ombros como um príncipe medieval em câmera lenta.

— August, essa é a Cecelia, sobrinha da Porter. Mostra o lugar a ela.

August fingiu irritação revirando os olhos, o que fez os ombros de Cecelia se apertarem na direção do corpo como um pangolim virando um pequeno nó encouraçado; Porter assistiu àquilo acontecer. Mas aí ele acenou de um jeito amigável e a puxou pelo cotovelo.

— Vamos começar com as camisetas.

Girou nos calcanhares e subiu as escadas, Cecelia no encalço, como uma pessoa sendo enviada para o corredor da morte.

— Vamos do outro lado da rua pegar um café — gritou John.

— Está bem?

— Está bem — respondeu August.

John deu um tapinha nas costas de Porter.

— Vai ser mais fácil sem a gente aqui, confia em mim.

Tinha muito a aprender com ele. Porter teria ficado para fazer compras, mas aparentemente não era isso que os pais faziam.

— Quer ver as roupas? — perguntou August, não de um jeito rude.

— Vamos.

Virou e correu de volta pelas escadas, tão confortável no espaço que Cecelia não teve escolha a não ser fingir que também estava. Nunca tinha sido realmente amiga dos garotos, não desde a pré- -escola. Mesmo naquela época, sempre parecia haver uma ameaça de ser beijada ou esmurrada, como se os meninos não tivessem controle dos próprios corpos e fossem governados por pequeninos alienígenas que viviam no cérebro deles. Claro, agora as meninas eram ainda piores, e os meninos da antiga escola dela pareciam bichinhos de pelúcia em comparação, idiotas mansos para quem a pizza resolvia qualquer dificuldade emocional. Talvez fosse o momento de dar outra chance aos meninos. No andar de cima, August se movimentava ligeiro pelas prateleiras. Cecelia se perguntou se devia começar a fazer uma lista de todas as vezes na vida em que se sentiu deixada para trás. Quanto tempo levaria até ficar sem papel e caneta? O sino tilintou de novo no andar de baixo, o que significava que ela agora estava sozinha mais uma vez, e com essa nova pessoa. Olhou para ele de costas, os dedos finos se moviam tão rápido que ficavam quase desfocados. Ele não se virou nem reparou na presença dela por alguns minutos, o que realmente fez Cecelia se sentir mais confortável com a coisa toda, como se ele tivesse esquecido que ela estava lá e ela pudesse voltar devagar por onde tinha vindo.

— Experimenta essa — disse ele, tirando uma camisa do cabide e jogando por cima do ombro.

Cecelia tropeçou para pegar a bola de algodão voadora, e aí desenrolou-a para olhar. Parecia que tinha sido lavada mil vezes, tão macia quanto uma peça de roupa pode ficar antes da desintegração total. Havia um desenho da Estátua da Liberdade, e embaixo, em uma imitação de caligrafia, *new york city*.

— Adorei — falou Cecelia, a Liberdade acenando para ela lá de casa.

Eles (seus pais) não tinham dito quanto tempo isso duraria, o pequeno experimento, arrancando-a do ambiente original para ver se criaria raízes ou murcharia no novo solo. Um ano, achava. Mas não tinham dito. Um nó começou a se formar na base da garganta de Cecelia, e ela engoliu em seco, e engoliu de novo, até desaparecer.

— Sou bom nisso — afirmou August. — É meu trabalho de verão. E meu trabalho de outono. Et cetera. Se trabalho pode ser uma coisa pela qual você não é pago.

— Isso é tão legal — comentou Cecelia, e desejou não ter dito nada.

Não entendia o que tornava uma coisa legal, mas entendia que chamar alguma coisa de legal desfazia instantaneamente qualquer que fosse a mágica que estivesse em ação. August se virou para olhar para ela e arqueou uma sobrancelha.

— Quer dizer, se você gosta, tipo, de usar coisas.

— Certo — concluiu August. — E a cena nudista de Clapham está mesmo surgindo, não sei se sua tia te contou.

Ele atirou mais alguma coisa para ela.

— O quê? — questionou Cecelia enquanto pegava a blusa.

— Estou brincando.

Ele foi até a prateleira seguinte e tirou mais algumas coisas dos cabides, colocando os vazios em uma pilha organizada no chão.

— Aqui, experimenta essas.

August empurrou para o lado uma cortina pesada de veludo e colocou as coisas em uma cadeira estofada. Cecelia esperou ele sair antes de entrar.

Fazia seis meses que a melhor amiga de Cecelia tinha conhecido alguém. Conhecido alguém. Como se aquilo fosse uma coisa normal para uma aluna do sétimo ano fazer fora dos limites da escola, da aula de ginástica ou da festa de aniversário de alguém. Katherine foi a primeira a menstruar, a primeira a usar sutiã, a primeira a ganhar um celular, a primeira a beijar um menino no Verdade ou Consequência, a primeira a ter a própria conta no Snapchat. O cara disse que estava no ensino médio na Brooklyn Tech, que ficava só a alguns quarteirões da escola delas. Ele disse isso nas DMs dela, e depois disse pessoalmente na cafeteria da Fulton, e disse de novo no apartamento dele perto do Prospect Park, um lugar nitidamente ocupado por um homem adulto solteiro, sem pais à vista. Katherine havia dito isso a Cecelia no mesmo tom que usou para contar que tinha roubado um cigarro eletrônico de um banheiro da Starbucks, onde o encontrou na borda da pia. Ela estava empolgada, tão orgulhosa quanto um pavão abanando as penas estupendas.

Cecelia olhou para a pilha de roupas que August tinha deixado para ela — camisetas, em sua maioria, e mais alguns itens misteriosos. Ele continuava empurrando coisas por cima da haste de metal da cortina, que caíam na cabeça de Cecelia como flocos de neve enormes, se flocos de neve tivessem um vago cheiro de bolas de naftalina. Ela tirou a camiseta e ficou ali de sutiã, olhando para o reflexo no espelho sujo. Estava mais alta do que no começo do verão. Tinha uma verruga no lado esquerdo da barriga, que achava que dava a impressão de que tinha dois umbigos, como alguém em um filme realista de ficção científica, onde o mundo era basicamente o mesmo exceto pelo fato de que as pessoas tinham partes do corpo adicionais e as máquinas podiam falar. Os seios ainda eram ridículos e, Cecelia tinha certeza, disformes. Os mamilos da mãe eram bolinhas acastanhadas no corpo juvenil, mas os de Cecelia eram rosa suave, um pouco mais escuros do que o resto da pele, e aquilo parecia simplesmente errado. Também parecia errado que um garoto estivesse parado do lado de fora do provador e soubesse que ela estava pelo menos parcialmente nua. Às vezes Cecelia tinha fantasias que envolviam se mudar para a Pensilvânia rural e morar com os Amish, preparando frutas em conserva e tortas, e nadando em um vestido que ia até o chão. Coberta. Aquilo parecia tão mais fácil. Talvez uma burca.

Estendeu a mão e pegou a primeira coisa da pilha. Era um macacão antigo, vermelho-vivo com listras laranja que iam do ombro até o pulso. Cecelia entrou nele e fechou o zíper. Serviu perfeitamente e fez com que as pernas dela parecessem ter cinco quilômetros de comprimento. Virou-se para admirar a costura na parte de trás. Podia dar um chute de caratê. Podia pular. Podia consertar um carro, ou combater o crime, não que soubesse fazer qualquer uma dessas coisas. Cecelia parecia durona, algo que nunca tinha parecido antes. Cecelia pensava no próprio corpo como algo totalmente desconectado do cérebro, um girino com pés, só a meio caminho do lugar onde precisava ir. O macacão fez com que ela se sentisse um sapo adulto. Podia até mesmo saltar. Cecelia puxou a cortina para o lado, e August se curvou, satisfeito.

— Olha, *isso,* sim, é legal — disse ele, brincando. — Tipo o David Bowie. Falo como um elogio.

— Obrigada — agradeceu Cecelia.

Sabia que a mãe amava David Bowie, mas Cecelia não conhecia nenhuma das músicas dele nem sabia como ele era, então só tentou exibir uma expressão neutra.

— Fiz minha melhor amiga, Emily, experimentar, mas não serviu — contou August.

— Poxa — lamentou Cecelia, surpresa ao descobrir que se sentia como se tivesse sido cutucada no abdômen com uma vara.

— Ela veio visitar umas semanas atrás. Ela mora em Westchester, Dobbs Ferry. A gente vai para o acampamento juntos. Já faz, tipo, quatro verões. Os pais dela são terapeutas e adoram falar de sentimentos e sexo e coisas assim, mas, enfim, eles deixam ela dormir no meu quarto.

— Ah! — exclamou Cecelia, esperando que o rosto dela demonstrasse que tinha tido pelo menos um pouquinho das experiências de vida de August e que entendia completamente a situação dele.

— Legal.

— Então, você mora com sua tia? — perguntou August.

Ele recolocava itens nos cabides, e Cecelia se apressou de volta ao provador para pegar as outras coisas que tinha experimentado. Não queria deixar uma bagunça, queria ajudar.

— Minha avó. Quer dizer, por enquanto.

A parte mais estranha de tudo aquilo foi que, pela primeira vez na vida, Cecelia viu todo o seu futuro como um ponto de interrogação gigante. Foi isso que visualizou — antes, era mais um ano do ensino fundamental, depois competir por um lugar em uma das boas escolas públicas de ensino médio, e aí a faculdade. Pensou que gostaria de ficar na cidade, talvez, ou talvez não. Mas isso estava a cinco anos de distância, e cinco anos atrás ela estava com oito anos, então cinco anos pareciam uma eternidade. Agora, em vez de tudo aquilo, havia só um espaço vazio gigante, como se o futuro dela tivesse sido abduzido por alienígenas. Um ponto de interrogação flutuando no céu.

— O que aconteceu? — questionou August com gentileza.

— Não sei — respondeu Cecelia. Tinha escapado, essa era a verdade. — Coisas.

No andar de baixo o sino tilintou mais uma vez, e Porter gritou:

— Ooooi! Alguém aí?

E Cecelia se perguntou se os pais deixariam que ela dormisse na casa de um garoto. Provavelmente, sim, porque a ideia de que aquilo pudesse ser outra coisa que não uma cantoria no estilo *A Noviça Rebelde* literalmente nunca passaria pela cabeça deles, ou, mais provável ainda, não iam entender por que qualquer pai ou mãe diria não. Juliette tinha tentado falar com Cecelia a respeito de fazer amor (palavras dela) no dia em que Cecelia menstruou pela primeira vez, o que fez com que ela enterrasse o rosto em um travesseiro e gritasse. Nesse momento, Cecelia tinha certeza de que não sabia nada de nada, e era a adolescente mais patética do mundo, mas pelo menos sabia o que vestiria no primeiro dia de aula.

Capítulo 12
CONDOLÊNCIAS

Astrid fez dois pães de banana e duas travessas de bolo de carne de peru. Não era bem comida de verão, mas quem é que se importava, eram ambos pratos que conseguia fazer de olhos fechados e com uma das mãos amarrada nas costas. Barbara tinha crescido na costa de Connecticut, Astrid sabia, mas tinha transferido a mãe para Clapham há uma década, quando a saúde dela começou a ficar debilitada. Muitas pessoas faziam isso, transferir os pais idosos mais para perto em vez de arrumar um quarto na própria casa, como as gerações anteriores tinham feito. Claro que em um casamento tais decisões eram tensas e quase sempre deixavam evidente quem detinha mais poder. Barbara e Bob não tinham filhos, e Astrid imaginava que Barbara tivesse defendido a ideia de a mãe morar com ela, mas talvez estivesse errada. Era impossível saber o que acontecia na casa de qualquer outra pessoa, atrás de portas fechadas e atrás de bocas fechadas.

Os Baker moravam no lado leste da cidade, longe do rio, em uma pequena casa amarela com uma Pequena Biblioteca Livre no jardim da frente, uma caixa de madeira do tamanho de uma casa de passarinho, onde os vizinhos podiam trocar livros. Astrid espiou lá dentro e viu três romances, dois livros de autoajuda, uma aranha e meio biscoito. Imaginava que Bob tinha pouco ou nada a ver com aquilo, e que a biblioteca definharia e morreria de forma bem mais lenta que a própria Barbara.

Tocou a campainha e esperou. Quando ainda assim ninguém apareceu, tocou de novo. Astrid deixou as coisas na varanda e se virou pra voltar para o carro, então Bob abriu a porta de tela.

— Olá — disse ele, que vestia camiseta branca e calça jeans, com a cintura bem abaixo da barriga, um Papai Noel fora de época. — Obrigado.

Bob entrou de costas na casa, segurando a porta aberta atrás dele. Um gato laranja e magro saiu em disparada e desceu os degraus da frente.

— Ela vai voltar — disse ele, sem se alarmar. — Eles sempre voltam. Entre.

Astrid balançou a mão.

— Ah, não, não posso.

Mas, como Bob não se moveu, ela se abaixou para pegar os pratos e entrou devagar na casa.

Já tinha estado na casa dos Baker uma vez, para uma festa de final de ano, talvez uns trinta anos atrás. Era engraçado pensar em uma casa sobrevivendo a uma pessoa, mas é claro que aquilo geralmente acontecia. Todas as coisas de Barbara ainda estavam nos lugares de honra em cima da lareira: a cesta com os novelos e as agulhas de tricô, as fotografias emolduradas dela e de Bob no dia do casamento, o rosto de Barbara mais fino e mais radiante. As mulheres eram muito melhores nisso que os homens — não conhecia um único viúvo que tivesse limpado o armário da mulher sozinho. Astrid tinha ficado com os relógios e os prendedores de gravata de Russell, as agendas e anuários do ensino médio, a aliança de casamento e um álbum de fotos da infância, e só. Nenhum suéter, nenhum sapato, nenhum pijama. Por que deveria — por que alguém deveria — manter as gavetas lotadas de roupas que nunca mais iam ser usadas? Não era só sentimental, era estúpido. Não que Bob já devesse ter feito isso, mas Astrid sabia que, quando a hora chegasse e Bob sucumbisse ao que quer que fosse matá-lo (porque todos nós íamos morrer um dia, de um jeito ou de outro), as gavetas de Barbara ainda estariam cheias de calcinhas de algodão bem gastas e meias grossas listradas.

— Obrigado — disse Bob.

Levou a comida para a cozinha, deixando Astrid sozinha na sala de estar. Ela ficou em silêncio, segurando as mãos na frente do corpo como uma boa moça. Bob voltou correndo, batendo as mãos nas coxas.

— A irmã da Barbara está organizando o funeral, ela chegou ontem.

— Não sabia que Barbara tinha uma irmã; isso será de grande ajuda — concluiu Astrid.

Ela própria era filha única, e achava os idosos com irmãos um tanto ridículos, como se fossem pessoas de 80 anos que ainda usavam boias de braço em piscinas. Irmãos eram para os muito jovens e os carentes. Tinha dado irmãos aos filhos para se ocuparem na infância.

— Carol veio dirigindo de Vermont. Os filhos estão crescidos, e o marido está aposentado, então ele pode cuidar dos cães. Ela é criadora. Bichon Havanês. Amam animais, a família toda.

Os olhos de Bob brilharam, úmidos.

— Que lindo — falou Astrid, assentindo solenemente.

Ela olhou para o piso que precisava ser aspirado, para a cesta com as agulhas de tricô, para os copos meio vazios na mesa de café bagunçada. Bob assoou o nariz.

— Os gatos não sabem o que fazer — afirmou ele. — Quando foi embora para Heron Meadows, Barb ainda voltava todos os dias pra visitar, mas agora eles estão simplesmente enlouquecendo. Sabem que ela se foi.

— Bichinhos são um conforto tão grande nas horas difíceis — comentou Astrid.

Na verdade, achava que animais de estimação só eram úteis para ensinar crianças pequenas o conceito de morte. Sabia que era uma opinião impopular. Nos primeiros anos da relação, Birdie tinha um cachorro gordo e velhinho, um grandalhão desajeitado que dormia nos pés dela, e Astrid achava que a sensibilidade dela com Birdie depois da morte eventual, gradual e interminável do cachorro mostrava que tinha feito grandes progressos como pessoa. Poderia ter sido uma mãe melhor se tivesse comprado cachorros para os filhos, se bem que os irmãos tinham servido para isso.

— Bem, ao menos para a sua saúde.

Bob assentiu.

— Obrigado de novo.

O teto era baixo, e a sala era apertada devido ao excesso de mobília. Havia tapetes de pano trançado por toda parte, sem dúvida para manter os pés de Barbara aquecidos enquanto caminhava de gato em gato, miando incentivos maternais. Astrid não queria abraçá-lo, então não abraçou, e se apressou depressa para a saída antes que Bob começasse a chorar de verdade.

O Heron Meadows ficava longe da estrada, com uma cerca de madeira enorme e uma guarita minúscula para o segurança, cujo trabalho era garantir que a avó de ninguém escapasse de pés descalços e camisola. Astrid deixou o carro no estacionamento e entrou, cumprimentando todo mundo por quem passava. A mãe de Russell tinha vivido no Heron Meadows nos últimos dez anos de vida, e Astrid conhecia bem os pavilhões. Ninguém queria viver mais do que os filhos, então, depois que Russell morreu, Astrid se esforçou para levar as crianças para visitá-la. Era o mínimo que podia fazer, já que não as levava nunca.

Assim como a maioria dos lares de idosos, o Heron Meadows tinha um leve odor de água sanitária e urina, e reproduções emolduradas de pinturas famosas (*Os nenúfares* de Monet, *A noite estrelada* de Van Gogh, nenhum Picasso ou Caravaggio) penduradas nas paredes. Aqui e ali, plantas falsas em vasos grandes de terracota, perenes. Astrid perguntou na recepção onde Birdie estava cortando o cabelo e vagou pelos corredores até encontrá-la.

O Meadows tinha o formato de uma tarântula, com a parte do meio gorda e pernas longas se estendendo para fora, cada pavilhão ocupado pelos aposentos dos residentes. Na seção do meio, além da recepção, havia uma sala de ginástica e uma sala de fisioterapia, uma sala de televisão e uma sala de bingo. Birdie ficava na sala de bingo, que além disso era usada para jogos de bridge e por solteirões fazendo caça-palavras em livros baratos de papel-jornal. Astrid espiou pela porta aberta (as portas tinham que ser largas para permitir a passagem das cadeiras de rodas) e observou Birdie em ação.

Havia uma mulher na cadeira, de costas para a porta. O cabelo branco estava úmido, e Birdie estava passando um pente nele, capturando os fios desgarrados. Havia um tapete de plástico grande no chão para ajudar com a limpeza. Os vários instrumentos aguardavam em uma mesa redonda de madeira ali perto: dois espelhinhos de mão, um frasco de spray para desembaraçar, um frasco de spray com água, um secador de cabelos, pentes, escovas, grampos e três tesouras diferentes. Os residentes podiam agendar uma hora com antecedência ou simplesmente aparecer e esperar. Ninguém tinha pressa. No fim do dia, a sala estaria cheia de homens e mulheres pacientemente esperando, como se aguardassem um voo para casa depois do Dia de Ação de Graças, empanturrados de torta e triptofano. Birdie era rápida e eficiente, e, como todos os cabeleireiros, adepta do tipo de conversa fiada que os jovens odiavam mas os velhos amavam. Astrid observou Birdie trabalhar, as costas inclinadas em uma curva fechada, os joelhos dobrados de leve. Ela se movia como um boxeador.

— Piu piu — chamou Astrid. — Passarinho.

Birdie olhou para cima, com os óculos pousados no meio da testa. Acenou com uma tesoura.

— Doris está quase pronta — falou. — Certo, Doris? Quase pronta?

Doris deu um sorriso beatífico de gengivas rosa e sem dentes.

— Vou dar uma volta — Astrid avisou.

A mãe de Barbara, Mary Budge, estava em algum lugar do Heron Meadows, e Astrid iria encontrá-la. Voltou para a recepção e pediu instruções para chegar ao quarto de Mary Budge, e carregou a bolsa grande e cheia de comida pelos corredores largos até achá-lo.

As portas nunca eram trancadas no Heron Meadows — isso era uma precaução de segurança. E como tantos residentes tinham deficiência auditiva, cada quarto tinha uma campainha que, além de emitir um sonzinho tilintante, ligava uma luz piscante no lado de dentro, como uma boia salva-vidas no oceano. Astrid tocou a campainha e esperou. Depois de alguns minutos, a porta se abriu, e lá estava Mary Budge. Era exatamente como Barbara, só que encolhida quinze por cento em uma máquina de xerox. Os ombros dela, redondos como rodas de caminhão, eram inclinados para a frente, como se ela estivesse sempre no meio de uma tentativa de tocar os dedos dos pés.

— Olá, senhora Budge, sou Astrid — disse Astrid dando palmadinhas no peito. — Posso falar um pouquinho com a senhora? Eu conhecia a sua filha Barbara.

Mary assentiu e fechou os olhos. Abriu bem a porta e fez um gesto para Astrid entrar.

O quarto era idêntico a todos os outros quartos do Heron Meadows, alguns deles eram imagens espelhadas em vez de réplicas exatas. O quarto de Mary era do mesmo modelo que o quarto em que a mãe de Russell tinha estado, em formato de L e organizado, com cada quinquilharia empoeirada no seu lugar de destaque. A acumulação de Barbara não tinha nascido do nada, Astrid reparou.

Mary se arrastou de volta para a poltrona reclinável e se sentou com um som suave de algo sendo esmagado, cobrindo os joelhos com uma manta de crochê. Astrid pensou consigo mesma, *nunca vou ser tão velha*, embora esse fosse um dos princípios básicos da existência humana: permaneça vivo o máximo que puder. O Heron Meadows não era o único lugar para pessoas idosas em Clapham ou nos arredores — havia uma residência perto do hospital para os que precisavam de supervisão médica mais constante, e havia alguns daqueles que Astrid considerava serem pensionatos para coroas. Os homens morriam primeiro, é claro, em Clapham e em todos os outros lugares. Quando o apocalipse chegasse, iam sobrar só as mulheres idosas, com balinhas e tangerinas nas bolsas. Algumas das amigas mais velhas dela (tudo era relativo, mesmo a idade, mesmo agora) tinham começado a minguar, a desmoronar; algumas tinham morrido. Ela ainda era jovem o suficiente (de novo, relativo) para que cada morte fosse um golpe injusto e cruel, e não ainda a eventual e inevitável misericórdia que chegaria para todo mundo. Misericórdia! Astrid não estava nem perto da misericórdia. Mulheres da idade dela ainda estavam trabalhando, mesmo que ela não estivesse. Astrid tinha trabalhado no banco de Clapham depois da morte de Russell, primeiro como caixa e depois como consultora financeira, porque adorava dizer às pessoas o que fazer com o dinheiro delas. Tinha se aposentado aos 65 anos, porque havia banqueiros mais jovens e ela queria passar mais tempo no jardim. Mas veja a Ruth Bader Ginsburg! Astrid ainda tinha décadas, assim esperava.

Mary Budge se sentou em silêncio, as mãos em concha nas colinas de crochê dos joelhos. Astrid se sentou na frente dela no sofá-cama, que, percebeu logo depois, devia ser onde Barbara estava dormindo.

— Eu trouxe algumas coisas pra comer — disse Astrid, tirando algumas coisas da bolsa e mostrando.

— Sanduíches — afirmou Mary, embora não fossem sanduíches, e sorriu.

— Vou deixar tudo na sua cozinha — disse Astrid, colocando o pão de fôrma coberto com alumínio de volta na bolsa. — Sinto muito por Barbara.

— Sim, Barb — lamentou Mary.

A mãe de Astrid tinha morrido fazia trinta anos, antes de Russell, antes dos pais de Russell, antes de qualquer outra pessoa que fosse importante para ela. Tinha sido revoltante, o pior tipo de surpresa, uma prova imediata da aleatoriedade cruel do mundo, como se a fome, o genocídio e os acidentes de carro já não tivessem provado isso. A mãe dela sempre tinha parecido mais velha do que era, mas nunca foi de fato velha. Astrid imaginou o que a mãe pensaria do bebê de Porter, de Birdie, da maneira como reformou os armários da cozinha, do desabrochar das flores a cada verão, quais tinham sobrevivido, quais tinham crescido. A mãe e Russell agora viviam na mesma vizinhança da mente dela, que parecia um fiorde norueguês remoto, ou Fiji, um lugar para o qual se levava tanto tempo para viajar que ela jamais iria pessoalmente, e era tão difícil de imaginar a diferença de fuso horário que nunca era conveniente telefonar. Estavam ambos *lá*, ainda, dentro do cérebro dela, e algumas vezes ela acordava no meio da noite e pensava, *Agora, agora, se conseguisse simplesmente atender o telefone agora, talvez conseguisse alcançá-los.*

— Estou apaixonada — contou Astrid.

Mary assentiu, sorrindo.

— Por uma mulher.

Mary assentiu de novo. Havia apenas uma dúzia de homens no prédio a qualquer hora, Astrid imaginou, a maioria deles da equipe. Talvez todas as amigas de Mary tenham virado lésbicas no reino da viuvez. A maioria das mulheres com mais de 40 anos era misândrica, no fim das contas. Queriam os maridos por perto para trabalhos manuais, mas o que mais? E, é claro, quando os maridos começaram a morrer, só sobraram as mulheres mesmo, e quem se importava com quem os outros dormiam, com quem ficavam de conchinha ou se beijavam antes do café? Ninguém. Astrid se sentiu encorajada e continuou falando.

— Minha filha vai ter um bebê com um fantasma — continuou Astrid. — Não um fantasma de verdade, mas com um espaço negativo, com pessoa nenhuma.

Mary assentiu.

— Aham — disse.

Quanto tempo se passara desde que Mary Budge tinha segurado um bebê no colo? Vidas humanas eram tão longas, era difícil esticar uma rede larga o suficiente para conter todas as experiências de uma pessoa. Do que Mary se lembrava? Do casamento dela? De ser adolescente? Lembrava de Barbara perdendo um dente pela primeira vez, de como tinha enfiado uma nota de dois dólares debaixo do travesseiro dela, fresquinha do banco?

— Sua filha e eu nem sempre nos demos bem — afirmou Astrid.

— Mas a gente se conhecia há muito tempo.

Astrid não tinha pensado no que diria, mas, agora que estava falando, sabia o que queria que Mary soubesse ou pelo menos o que queria que Mary escutasse.

— Nem sempre gostei dela, mas ela era uma boa pessoa. Você fez um trabalho maravilhoso.

Nada mais importava, não é? Quaisquer que tenham sido as outras realizações dela, Astrid havia imposto três seres humanos ao planeta. Eles tornaram o mundo melhor? Ela tornou o mundo melhor? Barbara tinha tentado, à maneira intrometida, mandona e moralista dela. Era isso o que envelhecer significava, perceber que as pessoas que ela sempre tinha julgado por serem exageradas estavam certas e que ela sempre tinha feito muito pouco?

— Barb, sim — murmurou Mary.

As pálpebras dela pareciam pesadas, como se fosse cair no sono. Houve uma batida leve na porta, e em seguida uma enfermeira entrou com uma bandeja de comprimidos.

— Mary, estou vendo que você tem visita — falou a enfermeira com gentileza, dando tapinhas no ombro de Astrid. — Mary costuma tirar uma soneca a essa hora, eu não levaria para o lado pessoal.

— Vou indo — disse Astrid, que ficou de pé e tocou a mão de Mary. — Sinto muito. Por Barbara.

A enfermeira segurou o cotovelo de Astrid e a acompanhou até a porta. O aperto dela era firme.

— Não sabemos ao certo o quanto Mary compreende a respeito da filha — afirmou ela.

— Entendo — respondeu Astrid.

Que estupidez — claro, devia ter verificado. Devia ter pensado no que Mary sabia, se ficaria chateada ou confusa. A enfermeira ainda estava segurando o cotovelo de Astrid, o que parecia ao mesmo tempo generoso e solene; essa era uma mulher acostumada a segurar pessoas que não tinham estabilidade, acostumada a ajudar pessoas que não queriam ou não podiam pedir ajuda. Astrid meio que queria que as pernas dela cedessem, queria cair a fim de ser salva, mas ficou de pé.

— Deixei algumas coisas pra ela.

— Mary está agradecida — falou a enfermeira, e abriu a porta para Astrid sair.

Um ar frio e congelante soprava das saídas de ar-condicionado no teto do corredor. Uma mulher em uma cadeira de rodas estava sentada do lado de fora do quarto, no fim do corredor, e Astrid acenou. Todas as senhoras idosas se pareciam, como os bebês se pareciam por trás de uma janela de vidro, berço após berço, em fileiras. Se Barbara Baker ainda estivesse viva e dobrasse a esquina para visitar a mãe, e Astrid estivesse parada bem ali, o que ela teria feito? A verdade é que Astrid pensava em Barbara o tempo todo — não era só na morte dela, de jeito nenhum. A morte de Barbara era o barulho de algo caindo na água, mas nos últimos vinte anos Astrid tinha ficado olhando ela se balançar no trampolim.

As pessoas falavam sobre sair do armário como se fosse algo que acontecesse, como se tivesse a ver com quem você queria transar, ponto final, fim. Mas havia outras coisas que era preciso dizer também. O medo controlava tantas coisas. Astrid estendeu a mão e apoiou contra a parede fria, um suporte.

Elliot tinha 14 anos e era pequeno para a idade dele. Cursava o nono ano, estava no time de basquete, tirava boas notas e era bastante popular, até onde Astrid sabia. Nenhum problema. Não como Nicky, que dormiu no volante do carro de Astrid voltando bêbado de uma festa e quase se matou. Até Porter teve os problemas dela, do tipo adolescente dramática, mas Elliot estava no quadro de honra, era o tesoureiro da turma. Então Astrid ficou surpresa quando Barbara Baker ligou.

Barbara era guarda de trânsito nessa época, não na esquina da escola primária, mas dois quarteirões adiante, basicamente uma zona morta ao lado do rio e dos trilhos do trem. Não era um lugar movimentado, e Astrid nunca entendeu por que eles a puseram lá embaixo. Mas Barbara estava ligando para dizer que tinha visto Elliot e o amigo Jack — um garoto lindo de cabelos loiros, jogador de futebol, filho de acadêmicos que ofereciam jantares e ouviam Miles Davis em vinil — brincando nas pedras à beira do rio. É tão perigoso, você sabe, lá embaixo, era isso o que Barbara tinha dito. Parece calmo, mas a corrente é forte. Estava pensando na segurança deles. Quando Barbara estava a meio caminho de onde os garotos estavam, eles ainda não a tinham visto. O rio estava barulhento naquele dia, assim como os trens, e eram adolescentes que achavam que estavam sozinhos no mundo. Barbara era jovem nessa altura, Deus — se Elliot tinha 14, ela devia estar na casa dos 40, como Astrid, e nem em mil anos dois adolescentes iam notar uma mulher assim. Não iam notar e não tinham notado. Então ela chegou mais perto, perto o suficiente para dizer para pararem de fazer baderna, e então viu. Eles estavam se beijando.

* * *

Um enfermeiro puxando uma lata de lixo enorme com rodinhas veio pelo corredor e cumprimentou Astrid. Ela saiu do caminho e seguiu pelo corredor até a porta da frente, que era pesada e sólida, projetada para manter as pessoas do lado de dentro. Astrid empurrou e cambaleou para o brilho do sol. Tinha esquecido como estava quente do lado de fora, mas já era tarde demais, já estava lá, e de fato não podia fazer com que suas pernas a levassem para qualquer outro lugar. Sentou-se no banco mais próximo, junto a uma mulher com um tubo de oxigênio portátil.

Barbara esperou, educadamente, que Astrid respondesse. Nicky sempre tinha se empilhado por cima dos amigos como se todos fossem filhotinhos de cachorro, mas Elliot, nunca. Ela — Astrid, mãe dele — nunca havia notado nada parecido com o que Barbara estava descrevendo. Ele era o mais velho — ela havia passado os últimos 14 anos dando mais atenção para ele do que para os dois irmãos. Sabia o nome de cada professora que ele tivera, cada amigo que já tinha feito. Mas isso — não tinha notado nada disso.

Não houve um momento de tomada de decisão consciente. Só havia uma parede, erguida em um instante, que não estava lá antes. Essa era a verdade sobre a maternidade, pelo menos como Astrid a praticava — a maioria das decisões não eram planejadas, eram torniquetes, respostas imediatas a qualquer problema em questão. Astrid disse — tinha dito isso — *Não, Barbara, você está enganada. Obrigada.* E então Astrid tinha desligado o telefone. Era o segundo momento mais vergonhoso da vida dela. Não contou a ninguém — nem a Russell, nem a Porter ou Nicky, ninguém. E quando Elliot chegou da escola naquele dia, Astrid disse que tinha recebido uma ligação, sem dizer de quem, mas que alguém tinha visto ele, e que ele tinha que ser cuidadoso. Ela disse cuidadoso? Disse para não fazer aquilo. Disse para não fazer aquilo em público. *Aquilo,* ela dissera. Disse que estava constrangida. E que esse era o momento mais vergonhoso da vida dela. No final do ano, a mãe de Jack conseguiu um emprego de professora em Berkeley, e eles se mudaram para a Costa Oeste, e aí ele simplesmente desapareceu, e você sabe como são essas coisas quando você é criança. Especialmente com os meninos. Ela achava que Elliot sequer tentou manter contato — e por que tentaria? E então Jack tinha desaparecido, e Astrid estava aliviada. Desde então, pensava naquela ligação de Barbara toda vez que a via. Às vezes ficava com raiva de si mesma, às vezes ficava com raiva de Barbara — que vaca! Quem fazia isso? Quem dedurava um adolescente que não estava machucando ninguém? Mas as duas eram vacas, é claro, ela e Barbara: Astrid podia tentar pôr a culpa na geração dela, mas aquilo não adiantava nada. Não havia desculpa, exceto a justificativa de que a perfeição era impossível, e o erro, inevitável.

As pessoas sem filhos achavam que ter um recém-nascido era a parte mais difícil de ser pai ou mãe, aquela zona crepuscular, tudo de cabeça para baixo, o dia vira noite, mamadas e lamentos desdentados. Mas os pais não eram tão ingênuos. Os pais sabiam que a parte mais difícil era descobrir como fazer a coisa certa 24 horas por dia, para sempre, e sobreviver todas as vezes que você fracassava. Astrid sentiu como se tivesse amaldiçoado o próprio filho, como se tivesse colocado as bolinhas de gude na pista com aquela única conversa, e Elliot tivesse apenas rolado. Conseguia imaginar a vida que Elliot teria, se tivesse dito qualquer outra coisa. Se não tivesse dito nada, mesmo isso teria sido melhor. Em um universo paralelo, ela e Elliot tinham algo em comum, seriam próximos, mas neste ela perdera a chance. As pessoas sempre diziam que a vida era longa, mas na verdade elas se referiam às próprias memórias. A morte de Barbara significou que Astrid havia perdido o intervalo de tempo para uma recuperação completa, para de fato corrigir algum dia aquele erro específico. É provável que houvesse outros erros também, não apenas para Elliot, mas para cada um dos seus filhos. Astrid não sabia o que eram, mas estavam lá, sem dúvida, pistas que ela havia lubrificado para outras bolinhas de gude sem nem se dar conta do que estava fazendo.

A mulher com o tanque de oxigênio apontou para o outro lado do gramado verde, para uma garça na ponta dos pés indo em direção ao bebedouro gigante. Astrid tentou esboçar uma expressão educada no rosto.

Quando Barbara foi atropelada, isso era o que Astrid tinha percebido, em algum lugar das profundezas escuras do seu cérebro — ela só precisaria ter uma das duas conversas. Ela só teria que pedir desculpas a Elliot, e não a Barbara também. Era uma justificativa tão triste e patética de um sentimento, e Astrid de novo se sentiu envergonhada — envergonhada três vezes! — admitindo aquilo para si mesma.

A porta da frente se abriu, pesada, e Birdie enfiou a cabeça para fora.

— Ei — disse. — Estou fazendo uma pausa, e me indicaram esse caminho. Meu Deus, que *calor* aqui fora. Quer tomar um sorvete?

O avental de Birdie tinha pequenos cabelos grudados, galáxias inteiras no algodão azul grosso. Astrid queria muito merecê-la.

Capítulo 13
CLAP HAPPY

Porter estava animada para apresentar Rachel às cabras. As 25 nubianas e alpinas da Clap Happy viviam em um grande celeiro vermelho, com o pasto cercado cheio de grama para comer e pilhas de feno de alfafa em caixotes dispostos no chão. Elas tinham montes de pedras para escalar — o que Porter chamava de "parquinho" — e escalavam. As cabras eram divertidas, indisciplinadas e afetuosas. Astrid nunca tinha permitido animais de estimação peludos — Nicky teve um lagarto por uns anos, e Elliot pediu, ganhou e depois devolveu uma cobra —, e Porter às vezes pensava que, se tivesse crescido com cachorros ou gatos, seria uma adulta mais feliz.

Os filhotinhos nasceram no final do verão. Clap Happy não era grande o suficiente para manter todos, mas Porter adorava ver o nascimento, as pernas finas e os joelhos ossudos se endireitarem e sustentarem o peso. Tinha dois ajudantes, Grace e Hugh, e eles estavam lá dentro transformando os enormes tanques de leite em queijo. Rachel queria ver onde a mágica acontecia. Era uma excursão. Porter se apoiou na cerca e enfiou uma palha de feno nos dentes quando viu o carro de Rachel estacionar.

— Você está realmente indo com tudo, hein? — disse Rachel, brincando, e riu.

— É assim que a gente faz no campo — retrucou Porter.

— Ai, meu Deus. Elas são tão fofinhas!

Rachel enfiou a mão pela cerca, e duas da raça alpina vieram encostar o focinho nos dedos dela.

— Boo Boo e Cassius Clay — apresentou Porter.

— Você dá nome pra elas?

Rachel parecia surpresa. Os pais de Rachel eram totalmente cosmopolitas. Porter ficou surpresa por Rachel ter decidido não ser, por ter decidido voltar para Clapham.

— Claro que dou, vejo esses bichinhos o dia inteiro, tenho que chamar de alguma coisa.

— Não são todas mulheres? Digo, fêmeas? Por causa do leite?

Rachel estava sendo lambida por elas.

— Não acredito em normas de gênero — falou Porter. — Por isso o nome dela vai ser Elvis. — Esfregou sua barriga.

— Você tá brincando.

Rachel parou e olhou para ela.

— Estou. Mas talvez ela seja ele, vai saber. Tenho a mente aberta. Vamos lá, vamos entrar.

Porter abriu o portão e conduziu Rachel para o parquinho, onde outras duas cabras estavam brincando.

— Você alguma vez já teve a impressão de ter engolido uma lâmpada de lava? — perguntou Rachel. — Sabe, tipo, pequenas bolas de gosma flutuando pra cima e pra baixo?

— Haha, sim — respondeu Porter. — E também de estar ouvindo um esquilo dentro de uma parede, tipo, só dando batidinhas e tentando encontrar a saída.

— Também de que ia dar à luz ao maior cocô do mundo, sem um bebê de verdade. — Rachel parou e espalmou as mãos na barriga.

— Sinto muito. Você não é um cocô.

— Amo você — disse Porter. — Por que somos as únicas pessoas normais no mundo? Estou tão de saco cheio de todos os livros e aplicativos que ficam, tipo, caramba, é um abacate! — Ela coçou a orelha de Cassius Clay. — Já escolheu um nome?

Essa era uma das razões pelas quais Porter lamentava não ter um parceiro — não havia ninguém para rejeitar nomes, ninguém para excluir depressa Jezebel ou Amora ou Loretta. Todos, amigos e família, tinham opiniões, mas as opiniões deles não contavam, não de verdade. Era para isso que parceiros serviam. Tinha nomes na lista, nomes reais, mas existiam só em um pedaço de papel no quarto dela: *Atena Cassiopeia Ursa Agnes Eleanor Louisa*. Acrescentava e eliminava, mas ainda tinha que dar um único nome para a pessoa no corpo dela.

— O amigo do meu marido acabou de ter um bebê, e o nome dele é Felix, e eu gosto muito — contou Rachel.

Ela não sabia o sexo do bebê, uma escolha que Porter respeitava em outras pessoas, mas com a qual nunca poderia lidar sozinha, como ser uma maratonista ou acampar no inverno.

— Eu gosto de Felix — falou Porter, riscando-o da futura lista de nomes de meninos na cabeça dela.

Quase todas as mulheres que conhecia mantinham listas como essa desde que tinham 20 anos. Ela e Rachel falavam de nomes de bebês quando tinham 14 anos! Existia dentro de ambas, esse desejo. Não era para todo mundo, mas tanto Porter quanto Rachel eram do tipo que planejava com antecedência. Às vezes Porter olhava para os nomes de meninas mais populares do estado de Nova York só para excluir essas possibilidades. Não queria que a filha tivesse um nome que seis outras meninas da turma do primeiro ano iam ter, uma entre muitas. Queria escolher um nome que funcionaria para uma juíza do Supremo Tribunal, ou uma engenheira, ou uma professora de inglês do ensino médio severa porém justa, o tipo de pessoa que teria uma biblioteca com o nome dela algum dia.

— Sabe no que tenho pensado? — perguntou Rachel, estendendo a mão para receber uma fungada de Boo Boo mais uma vez, uma verdadeira desesperada por atenção, como a maioria das cabras. — Todas as pessoas com quem eu podia ter me casado. Não que mais alguém tenha me pedido! Mas todos os desconhecidos que eu podia ter escolhido pra ter um bebê. Tipo, *De caso com o acaso*, mas com a minha vida, em vez da Gwyneth Paltrow. Essa é a coisa mais deprimente que você já ouviu?

Porter fez que sim com a cabeça.

— Sim. Quer dizer, não, não é a coisa mais deprimente que eu já ouvi. É a minha vida inteira. Também é um jogo divertido de jogar com outras pessoas. A boa notícia é que acho que você precisa parar quando tem filhos, porque sabe que quem você deu à luz não estaria ali se você tivesse feito escolhas diferentes. E quando Elvis nascer, ou Felix, ou Tallulah, ou sei lá quem, você e eu vamos olhar pra eles e dizer, foda-se, estou feliz que você esteja aqui, e não outra pessoa, e qualquer escolha que você fez a levou até aquela pessoa, sua pessoinha, e então o passado se torna perfeito. O futuro pode sempre mudar, mas não o passado. Sei lá — disse ela, dando de ombros. — Pelo menos é o que eu espero.

Rachel se virou e passou os braços ao redor da cintura de Porter, o carinho mais gentil de todos.

— Obrigada por dizer isso. Por que a gente deixou de ser amigas? É tão bom ser sua amiga. Não acha? Eu sou louca?

— Você não é louca — respondeu Porter.

Ela abraçou a amiga de volta. As cabras se reuniram em volta das pernas delas, um rebanho feliz, sempre procurando por mais carinho, mais diversão. Uma pisou no seu pé e depois abanou o rabo.

— Não sei o motivo, quer dizer, não é difícil manter contato — disse Porter. — Acho que é mais fácil do que era antes. Mandar mensagens.

— Ah, vamos ser amigas que trocam mensagens de texto, sim — sugeriu Rachel. — Vamos mandar mensagens uma pra outra o dia todo. Mando uma mensagem pra você quando meus alunos estiverem me enlouquecendo porque não param de enviar mensagens.

Ela riu, ainda com os braços em volta da barriga de Porter.

— Na minha cabeça, eu já estou enviando uma mensagem pra você — brincou Porter. — Aí, acabei de enviar outra.

Tinham tido motivos, ainda que não bons. Existia bons motivos para não ser uma boa amiga? Lembrou de uma festa do pijama com seis ou sete garotas, todas em sacos de dormir no chão do quarto dela, como cachorros-quentes em uma grelha, deitadas uma do lado da outra, olhos bem abertos no escuro, falando de amor. Cada garota, na vez dela, anunciava o garoto de quem *gostava*, e aí todas as outras garotas gritavam e riam. Rachel vinha antes de Porter, e disse o nome de Jeremy primeiro. Quando Porter disse o nome dele um minuto depois, todas as outras garotas disseram *aaaaaah*, porque, é claro, só uma podia vencer. Era como votar em uma eleição primária: você só podia apoiar a quedinha de uma única amiga por um mesmo garoto. Não dava para ter duas candidatas na mesma disputa. Foi ali que a amizade delas começou a esfriar, naquela noite? Ambas tinham jurado que não era nada e se abraçado, mas alguns meses depois, quando Jeremy guardou um assento para Porter na última fileira do ônibus escolar, a Fileira dos Amassos, como chamavam, ela havia disparado para o estofado de couro falso tão rápido quanto suas pernas permitiram. Não foi nada, claro, só um romance de escola, coisa de criança. Amigas entendiam. Porter podia dizer isso para Rachel agora, que ela fora uma idiota, e ficaria tudo bem. Todos erravam, sobretudo quando estavam cheios de hormônios e luxúria, o núcleo incandescente de toda adolescente. E depois disso, o primeiro relacionamento dela, a coisa mais importante, tinha sido com o Jeremy, e tudo o mais tinha sido afetado, ainda que ela não tivesse lamentado isso na época. Podia dizer isso para Rachel também. Ia dizer, quando o momento certo chegasse.

O que Porter não podia (e não ia) confessar era a frequência com que imaginava voltar no tempo e se casar com Jeremy Fogelman. Quantas vezes ao longo do ano tinha dado murros em coisas no quarto e pensado, *Mas que porra, Porter-de-20-anos? Por quem você estava esperando?* Porque assim podia ter uma pessoa que amava em vez de só pegar essa pessoa emprestada de forma ilícita, esporádica, pelos últimos vinte anos. Não tinha contado para ninguém. Todos — a mãe dela, Rachel, John Sullivan — sabiam que Jeremy tinha sido namorado dela quando era criança, mas ninguém sabia que tinha continuado bem depois de Jeremy ter se casado. Eles se encontravam com frequência no celeiro, mas algumas vezes, quando se sentiam um pouquinho luxuosos, iam para Manhattan e reservavam o menor quarto no melhor hotel que pudessem pagar. Veterinários também tinham congressos anuais em locais sedutores como: Mineápolis em fevereiro! Memphis em agosto! Porter sempre conseguia encontrar uma boa desculpa. Voltou para fincar bandeira: ele foi dela primeiro. O que veio depois foi empilhado por cima, como chantili e confeitos. Seja lá o que ela e Jeremy fossem um para o outro, era a base. Eram as bananas da banana split.

Da última vez que dormiram juntos, quase dois anos antes, tinham ido para Nova York — até o Brooklyn, onde as pessoas da idade deles ainda estavam se encontrando. Fizeram o que costumavam fazer: Porter se hospedava em um hotel (dessa vez um lugar novo e brilhante que era do formato de uma pirâmide de cabeça para baixo), e então ela e Jeremy "esbarravam" um no outro em um bar ou restaurante ou cinema e se sentavam um ao lado do outro, chocados e surpresos com a coincidência. E então voltavam para o hotel, transavam algumas vezes, e tomavam banho, Jeremy ia embora, e Porter assistia a programas ruins na televisão e dormia sozinha em lençóis de hotel limpos. Era um combinado bem sublime se você não pensasse muito nele.

Mas dessa vez foi diferente. Porter tinha algo em mente. Jantaram em um restaurante mexicano das redondezas, e ela bebeu três margaritas fortes, cada uma fazendo a língua dela ficar mais enrolada na boca.

— Então — disse ela. Estavam tropeçando pelo corredor no hotel, esbarrando nas paredes e um no outro. — Fiquei pensando.

— Eu também — concordou Jeremy. — Fiquei pensando em tirar suas calças e lamber seu clitóris até você gritar.

— Para com isso — falou Porter. — Quer dizer, isso parece bom, vamos voltar a esse assunto em um minuto. Mas estou falando sério.

Ela desacelerou até parar, se apoiando na moldura da porta.

— Você não está feliz.

Jeremy riu.

— Como você pode dizer isso? Tenho tudo o que podia querer.

Ele chegou mais perto, apertando a cintura dela com suas mãos grandes. Porter pôs a palma da mão contra o peito dele.

— Você não me tem, não de verdade.

— Claro que tenho, olha pra gente!

Ele se inclinou para a frente e começou a beijar o pescoço dela.

— Mas você também tem a Kristen.

Jeremy recuou.

— Qual é, Port?

— Eu já disse, fiquei pensando. Você não é feliz no casamento e, porra, estou bem aqui! Você sempre disse que tudo bem se eu encontrasse alguém, e eu encontrei. Encontrei você. Quero cortar o papo furado, Jeremy. Quero ter filhos antes de ficar velha demais, e com quem eu teria filhos, se não com você?

Mas Jeremy já tinha os filhos dele. Também já tinha feito uma vasectomia, anos antes, quando o caçula estava com 4 anos. E foi isso, ela traçou o limite, uma linha esculpida com os próprios desejos e frustrações dela, e ele não ia (ou não podia) atravessar. Entraram no quarto do hotel e fizeram sexo duas vezes seguidas, o que Porter entendeu como uma admissão mútua de que nunca mais iam transar tão bem com alguém. Depois disso não houve mais quartos de hotel nem bares bem iluminados em saguões em cidades afastadas, nem transas no meio da manhã no celeiro, com as costas dela contra a madeira áspera. O único aspecto positivo de terminar com uma pessoa com quem você não era casada era que tudo podia desaparecer como uma nuvem de fumaça: não havia advogados, nenhum patrimônio comum, nenhuma estante de livros ou coleção de discos para separar. E então Porter seguiu em frente. Namorou pessoas com quem não se importava. O que ele tinha dito? Que era o momento errado. Eram jovens demais quando se conheceram, e ela não estava pronta. Quando ele estava pronto para se casar, havia Kristen, Kristen, que nasceu com uma lista de presente de casamento pronta, que tinha um formato favorito de diamante. Porter não ligava para joias. Essa era a pior parte de ser adulta, entender que não havia justiça no mundo, nenhuma mão invisível na brincadeira do copo. Havia só a internet e os caminhos que você escolhia por qualquer razão estúpida que parecia correta no momento, quando você tomava uma bebida a mais em uma festa ou se sentia sozinha no momento exato em que outra pessoa também se sentia. E não nos sentíamos todos, sempre?

Rachel estendeu a mão, e Boo Boo a lambeu de novo, e, não encontrando nada lá, deu as costas e fugiu, balindo, como se avisasse ao restante das amigas que essas duas mulheres redondas não tinham nada para oferecer. Rachel tossiu e depois riu.

— Você tem um banheiro humano aqui? Acho que acabei de molhar as calças.

— Por aqui — disse Porter, levando-a para dentro.

Capítulo 14

O PRIMEIRO DIA DE CECELIA

lapham Junior High, de fora, era uma fortaleza de tijolos. Tinha grama verde e um mastro e um estacionamento. A escola de Cecelia no Brooklyn era desinteressante de um jeito diferente — apinhada, diversificada, com crianças de mil países diferentes; comida sem graça e intragável em grandes quantidades —, mas ela ainda precisava descobrir o centro do diagrama de Venn em que as escolas se organizavam. Armários? Corredores? Não era uma lista longa. Ela entrara no prédio da escola precisamente uma vez, com Astrid, orientação para novos alunos, um passeio tagarelado de uma hora de duração com uma aluna do sétimo ano chamada Kimberly. Por que as escolas não entendiam que a melhor pessoa para apresentar uma escola nova era alguém que agisse como se aquilo não fosse grande coisa? Ninguém queria se destacar por nada. Tudo o que uma pessoa no meio da puberdade quer é uma pedra enorme para se esconder embaixo, o holofote apontado para outro lugar.

August tinha dito que o ponto de ônibus dele era antes do dela, e que era provável que estivesse nele, dependendo dos pais. Cecelia estava se esforçando para minimizar o apego à ideia de serem amigos. Talvez ele nem estivesse no ônibus, ela dizia a si mesma, e, se não estivesse, ela ficaria bem, só escolheria um assento vazio ou se sentaria do lado da garota que sorrisse, literalmente qualquer garota que sorrisse. A garota nem precisava mostrar os dentes, só os lábios na forma de uma lua crescente. Não significava nada. Era só um passeio de ônibus.

A antiga escola dela não começaria por mais uma semana, e Cecelia estava se mantendo informada sobre a vida das ex-amigas pelo Snapchat e Instagram. Havia os *fakes* e os perfis reais — as contas que os pais podiam ver, onde cada menina postava coisas sobre a escola, novos cortes de cabelo e cachorros fofos na rua, e as contas onde você podia ver mais pele nua e o verdadeiro sofrimento adolescente. Katherine a tinha bloqueado em ambos, mas algumas das amigas próximas do grupo não, e assim Cecelia conseguia ver relances do que estava acontecendo na sua antiga vida. Sonya tinha cortado o cabelo e tingido de rosa. Maddy estava postando mais selfies com beicinho que o normal, o que provavelmente significava que tinha terminado com o namorado, um menino pegajoso simpático que se oferecia para fazer massagem nas costas de todas as meninas no corredor, e então colocava as mãos um pouco perto demais dos peitos. Cecelia queria comentar, mas tinha medo de que Katherine respondesse, e então um buraco se abriria na terra e Cecelia teria que pular dentro dele. Ela já se sentia mal o suficiente com a coisa toda, de certa forma, mesmo sabendo que o que havia feito (contar para os pais, contar para os pais de Katherine, contar para a professora delas) tinha como objetivo Fazer a Coisa Certa. Às vezes fazer a coisa certa era uma merda.

A Vóvi concordou em esperar dentro de casa e não olhá-la entrar no ônibus, mas Cecelia viu o rosto dela na janela, se bem que Astrid tinha desaparecido rápido atrás da cortina. O ônibus claramente havia passado por uma manutenção desde o acidente — tinha uma pintura nova reluzente, amarelo-vivo, com letras pretas tão brilhantes que pareciam molhadas. A porta se abriu para o lado, revelando uma mulher magra com pele pálida e cabelo tingido tão escuro e molhado quanto as letras pretas pintadas. Ela parecia nervosa, o que Cecelia conseguia entender. Provavelmente não era fácil conseguir um posto de trabalho deixado por um assassino, mesmo que isso significasse que o padrão a ser superado fosse bem baixo.

— Todos a bordo — disse ela.

— É meu primeiro dia — comentou Cecelia.

— O meu também — falou a motorista, o rosto se contraindo em uma reprodução de sorriso.

Ela podia se sentar ali, bem do lado da motorista? Podia trocar a marcha, do jeito que toda criança no museu do trem fazia, fingindo ser o condutor? Cecelia subiu os degraus da maneira mais tranquila possível, tentando projetar um ar de autoconfiança. Era esse o plano: faça de conta que você é a pessoa que gostaria de ser. Ninguém sabia de nada, e assim Cecelia podia ser confiante e descolada se dissesse que era. Não que quisesse mentir ou ser falsa — não queria fazer nenhuma dessas coisas. Cecelia simplesmente sabia como as coisas funcionavam e que projetar confiança era a única esperança de sobrevivência dela, assim como algumas cobras inofensivas tinham marcas quase idênticas às das muito mortais. O ônibus estava ocupado pela metade, e ela sentiu de imediato cada um dos globos oculares nela. Cecelia passa entre as duas fileiras, e vê todas as caras feias olhando para ela, e sente o peso de cada olhar — até ver August acenando no fundo.

— Ah, graças a Deus — exclamou ela, quando finalmente alcançou a fileira dele.

A camada externa de frieza que ela havia incorporado derreteu em uma poça genuína de alívio.

— Bem-vinda ao inferno. É uma maravilha aqui, não é? — disse ele, oferecendo um muffin para ela. — Meu pai que fez.

Cecelia passou a mochila para a frente e desabou no banco ao lado dele.

— Meus pais não fazem nada. Durante um tempo eles se interessaram em fazer o próprio leite de amêndoas, aí depois o próprio pão, usando aquele fermento alienígena que guardavam na geladeira, mas não cozinham nada normal, tipo com manteiga e açúcar.

— Que pena — lamentou August. — Manteiga e açúcar são duas coisas objetivamente boas no mundo. Talvez seus pais simplesmente não gostem de carboidratos.

— Ou de cuidado — retrucou Cecelia, dando uma mordida. O muffin ainda estava morno. — Se minha avó pirar, vou morar com você.

— Eu sempre quis uma irmã — afirmou August.

— Eu também — concordou Cecelia, e deu outra mordida. — Você já sentiu que seus pais esquecem que são seus pais e não só seus amigos? Os meus são amigões. Não muito bons em disciplina. Não que eu queira disciplina, só...

— Regras. Entendo — disse ele, assentindo.

O ônibus passou rápido por cima de uma lombada na estrada, lançando Cecelia e August quase três centímetros no ar. Dobrou uma esquina e diminuiu a velocidade até parar. Um grupo de garotas de cabelos compridos subiram, uma ilusão de ótica de homogeneidade. Levou alguns momentos até Cecelia perceber que não eram três cópias da mesma garota, mas três garotas diferentes em roupas idênticas, até os buracos nos joelhos da calça jeans e umbigos visíveis espreitando por baixo das regatas curtinhas, com expressões idênticas de tédio nos rostos soberbos.

— Elas são irmãs? — perguntou Cecelia, apontando com o queixo.

— Não, mas queriam ser. Só espiritualmente. E com isso quero dizer que deram a alma para o mesmo súcubo.

As garotas se empilharam em um banco na frente do ônibus, o único vazio, duas no assento e a terceira no colo delas como uma boneca.

— Duas por banco — avisou a motorista, depois que acionou o fechamento da porta. — Encontre outro assento, senhorita.

A garota no colo revirou os olhos, e houve uma espécie de negociação sussurrada, e então todas as três trocaram de lugar, o jogo das três cartas humanas, e uma, a mais alta das três, foi cuspida para o corredor.

— Aquela é Sidney, na janela — explicou August —, e aquelas são os capangas dela, Bailey e Liesel. Liesel é a que foi chutada pra fora.

Liesel, expulsa, se amuou duas filas atrás e agora estava sentada ao lado de uma garota com fones de ouvido enormes, que não havia reparado na existência dela.

Cecelia recostou no vinil barulhento do banco do ônibus. Eles não se pareciam com os amigos dela em Nova York, na verdade — em comparação com o Brooklyn, Clapham era quase tão branca quanto uma tempestade de neve em Vermont —, mas ver todos juntos, um grupo, a fez lembrar do que não tinha mais.

Ela se sentiu ao mesmo tempo grata por estar nesse ônibus escolar, estranho e assassino, e zangada por ser a única que tinha sido considerada menos importante e chutada para o bendito corredor.

— Você está bem? — perguntou August. — Está meio verde.

— Tudo bem — respondeu Cecelia.

— Bem, chegamos.

O ônibus dobrou outra esquina e parou na frente da escola. Ele diminuiu a velocidade até parar, e todos se levantaram e se arrastaram para fora, o exato oposto das pessoas correndo para descer de um avião. Cecelia achou que, se essa nova motorista do ônibus tivesse metido o pé no acelerador e continuado dirigindo, todos iam ter se sentado, dispostos a fugir. August e Cecelia foram os últimos a sair do ônibus, e, quando Cecelia chegou ao asfalto na frente da escola, o grupo de garotas idênticas estava parado uns metros à frente dela, cada uma verificando a maquiagem na câmera frontal do seu celular.

A segunda em comando, Bailey, fez contato visual com Cecelia através da tela, e então jogou a cabeça para trás.

— O que foi?

Isso fez as outras duas garotas se virarem também. Novos alunos, em uma escola de qualquer tamanho que não gigantesca, significavam potenciais ondulações na hierarquia social. Elas tinham que garantir que Cecelia não seria uma ameaça.

— Você é nova aqui? — perguntou Sidney.

De perto, Cecelia podia ver as diferenças entre as três garotas. Liesel era uns bons dez centímetros mais alta, um fato que tentava corrigir com uma péssima postura, com um rasgo só no joelho esquerdo da calça jeans apertada. Bailey era loira, com um rosto tão redondo quanto uma lua cheia, e rasgos nos dois joelhos. E Sidney, claramente no comando, tinha um nariz arrebitado como um pug dando fungadas, que ouvia que era bonito todos os dias da sua vida de cão. A realidade não tinha influência no poder dela. Cecelia reconheceu de imediato o tipo — era o mesmo olhar que Katherine lhe daria, o olhar da abelha rainha, e de algum jeito perceber isso não diminuiu o impacto.

Cecelia fez que sim com a cabeça.

— Sim, oi!

Ela acenou, o coração batendo rápido. Simpatia era a chave para a sobrevivência.

— Ah, tá — disse Bailey, e voltou a olhar para o celular.

Liesel e Sidney seguiram o movimento. Quando elas passaram, August se inclinou e sussurrou no ouvido de Sidney:

— Ela é uma *bruxa*.

E enganchou o braço no cotovelo de Cecelia e entraram na escola. Uma vez que passaram em segurança pela porta da frente, Cecelia riu de nervoso.

— Não se preocupe — avisou August. — Se ela realmente pensa que você é uma bruxa, pelo menos vai manter uma pequena distância de você. Você não é, né?

Ele fez uma pausa de efeito e fingiu ficar aliviado quando ela balançou a cabeça. Cecelia cruzou os braços na frente do peito. O macacão era um pouco pesado para o dia, mas vestiu mesmo assim, como uma armadura. Estava tudo bem, estava tudo bem. Cecelia com frequência sentia como se estivesse atrasada para as coisas — atrasada para menstruar, atrasada para tentar colocar maquiagem nos olhos, atrasada para a vida —, mas talvez tivesse aparecido em Clapham no momento certo. Talvez aquelas garotas não fossem tão ruins. Talvez, só talvez, Cecelia fosse ser amiga de August para sempre, mesmo quando tivessem 50 anos de idade, mesmo que ele se mudasse para Buenos Aires e se tornasse instrutor de flamenco, mesmo que ele virasse dançarino, ou médico, ou astronauta. Era uma ideia tranquilizadora. Só porque os últimos amigos dela não tinham permanecido por perto não significava que isso aconteceria de novo. Ela podia ficar tranquila dessa vez; podia lidar com isso, fosse o que fosse. A amizade era tão estranha. As pessoas passavam tanto tempo falando de se apaixonar, mas fazer amigos era tão difícil quanto — parando para pensar, era uma loucura: aqui, conheça esses estranhos, conte a eles todos os seus segredos e não espere nenhuma dor ou humilhação.

— Não que eu saiba.

Ela olhou para baixo e percebeu que ainda estava segurando a metade do muffin na mão, então enfiou o resto na boca e amassou o papel na mão, mantendo-o ali como um amuleto de sorte.

O oitavo ano tinha quatro turmas diferentes, cada uma com trinta alunos. Trinta parecia muito, mas as salas eram enormes e espaçosas, com uma mesa organizada e etiquetada para cada um deles, todos com os próprios estojos compridos para guardar os lápis. O lugar de Cecelia era na segunda fileira de trás — ordem alfabética. Isso parecia discriminatório de alguma forma ou, no mínimo, rude. E se ela tivesse uma visão péssima? E se falasse baixinho? Na escola no Brooklyn, onde metade dos alunos tinha professores auxiliares para ajudar com o TDA ou TDAH ou autismo deles, os professores organizavam a sala repetidamente como uma torre do brinquedo Jenga, sempre tentando garantir que beltrano saísse pela janela ou que os pais de fulana não fossem ligar para reclamar do tratamento na máquina educacional gigantesca de Nova York. A escola de Clapham era, por dentro, como a escola dela no Brooklyn tinha sido em 1960, provavelmente. Os carpetes eram limpos, com círculos concêntricos em tom terroso. Os bebedouros jorravam gêiseres no ar. As máquinas de absorventes do banheiro funcionavam. August estava em outra turma, então precisaram se despedir depois que ele a ajudou a achar a sala e a forçar a porta do armário dela, e agora ela estava sozinha. Sozinha com outros 29 adolescentes e um adulto — a nova professora de inglês, sra. Skolnick —, Cecelia deslizou para a cadeira e colocou o caderno vazio na mesa com delicadeza.

A sra. Skolnick estava andando pelo corredor estreito entre a mesa grande e o quadro-negro. Ela era baixa e sorridente, com um suéter extremamente volumoso. Segurava um pedaço de giz em uma das mãos, equilibrado entre os dedos como um cigarro. Alguns alunos grunhiam saudações quando entravam na sala de aula, mas a maioria não. Cecelia assistiu do seu lugar. Uma abertura de ar--condicionado ficava bem em cima dela, soprando ar frio e congelante, e Cecelia se sentiu feliz, finalmente, por ter vestido o macacão.

— Tenho um casaco extra se você precisar. — Era a sra. Skolnick, que de alguma forma tinha ido pela lateral da sala até a mesa de Cecelia. — Esse lugar é o Círculo Polar Ártico. Reclamei com a manutenção milhares de vezes, mas parece que não há um jeito de moderar a temperatura, se é que você me entende.

— Tudo bem — disse Cecelia. — Eu não sabia, mas estou aquecida o suficiente.

— Você não sabia que seu lugar seria uma banca de picolés? Expulsão! Estou brincando — falou a sra. Skolnick, olhando para o rosto de Cecelia. — Não expulsamos ninguém aqui. Temos detenção, mas não expulsão.

— Estou encrencada por alguma coisa? — perguntou Cecelia.

— Não! Por quê? Você fez alguma coisa? — perguntou a senhora Skolnick, arregalando os olhos. — Só estou me apresentando, dizendo olá, oferecendo um porto seguro na tempestade. Está tudo bem. Bem-vinda! Também me mudei algumas vezes quando criança, então sei de todo o sentimento de eca-escola-nova.

Uma campainha tocou atrás da sra. Skolnick, e na mesma hora Sidney e uma das companheiras dela — Bailey, a loira — apareceram na porta, o que assustou Cecelia, mas as expressões nos rostos das garotas não se alteraram — elas se separaram sem dizer uma palavra, cada uma se dirigindo para uma mesa, pombos-correios que sabiam o caminho. Cecelia nunca tinha se sentido assim, nem mesmo na antiga escola. Mesmo que a mesa tivesse uma fotografia dela impressa no assento, ela provavelmente ainda perguntaria se estava no lugar certo.

— Essa é minha deixa — afirmou a sra. Skolnick. — Bom dia, Sidney.

Cecelia observou enquanto Sidney deslizava para o assento ao seu lado. Ela fez contato visual com Cecelia, mas quando Cecelia sorriu de um jeito que esperava que fosse normal e amigável, Sidney manteve os lábios como uma linha apertada e reta, e se virou em direção ao quadro-negro.

Cecelia estremeceu. O celular vibrou no bolso dela, e ela o puxou para fora o mínimo possível, só para saber quem tinha enviado mensagem. *Papai*, dizia, naquelas letronas maiúsculas, como se o pai dela fosse idêntico ao de qualquer outra pessoa, como se fosse um pai de seriado cômico, com uma cesta de basquete e jeans que não o favoreciam e uma caixa de ferramentas cheia de coisas que não eram maconha ou outras ervas medicinais. *Ei*, a mensagem dizia. *Saudade de você, bolinho de açúcar*. Bolinho de açúcar. Ele nem conseguia chamá-la por um apelido normal. Cecelia sentiu os olhos cheios de lágrimas e secou o canto dos olhos de uma maneira que esperava que parecesse indiferente. O pai dela tinha pegado um voo de volta para o Novo México e estava provavelmente sentado de pernas cruzadas em algum lugar com os olhos fechados. Era estranho fazer parte de um todo que não era mais um todo e ser a parte que faltava. Cecelia não queria ser a parte que faltava. Queria estar no quartinho dela no pequeno apartamento com os pais, e apertar um botão e rebobinar um pouco o tempo, de modo que todos pudessem lidar com as coisas de um jeito diferente. Queria que a mãe participasse da Associação de Pais e Mestres e assasse tortas de maçã e gritasse com toda a força dos pulmões quando uma sugestão absurda fosse feita, como os pais de Katherine.

— Eu não sou uma bruxa — esclareceu Cecelia.

Sidney arqueou uma sobrancelha, assim como alguns outros adolescentes sentados ali perto.

— Digo, é óbvio.

Sidney se inclinou.

— Sabe quem diria isso? Uma bruxa.

Ela riu e se virou para a frente da sala com os braços cruzados sobre o peito. Cecelia começou a transpirar.

Foi por isso que mandaram ela para a Vóvi, Cecelia pensou. Não era boa em lidar com as coisas por conta própria, e nem ninguém da família dela. Se o pai estivesse sentado do seu lado, ele teria concordado ou até mesmo dado uma risadinha. Ele não teria respondido com um comentário ríspido. Sua mãe — uma versão adolescente da mãe dela — teria apavorado Sidney. Mas a mãe de agora só reviraria os olhos e pensaria que era indigno da parte de Cecelia se sentir magoada. Seus pais — carinhosos, delirantes — pareciam acreditar que, se Cecelia estivesse com Astrid, se sentiria de férias de fim de ano prolongadas, em uma soneca aconchegante no sofá, mas isso obviamente não era verdade. Ela estava aqui porque ninguém tinha dito ou feito a coisa certa. Quando o orientador tinha sugerido que outra escola poderia ser mais saudável para ela, para a pessoa que tinha *sofrido* bullying, a fim de prevenir mais bullying, os pais haviam concordado. Ela estava com 13 anos. Não havia lugar no mundo em que a decisão dependesse dela. E aí quando os pais se sentaram lá na manhã seguinte, na mesinha da cozinha, e perguntaram se ela estava de acordo com a ideia, ela assentira também — que outra coisa poderia ter feito?

Um livro pousou na sua mesa com um ruído suave. *O apanhador no campo de centeio*. A sra. Skolnick estava distribuindo um por um.

— Parece chato — disse Sidney. — Não tem nem uma foto na capa. Sobre o que é, beisebol?

Alguns dos outros adolescentes deram risadinhas, não querendo parecer burros por não saber, mas tão desinformados quanto e com vontade de tirar sarro.

— Não — respondeu Cecelia. Ela lera no ano anterior. — É sobre um menino que é expulso da escola e vagueia por Nova York, e ele é meio maluco, mas também é engraçado, e é realmente um bom livro.

— Alerta de *spoiler*, Cecelia! — disse a sra. Skolnick, rindo. — Mas, sim. Não tem a ver com beisebol, estritamente falando. Leiam os dois primeiros capítulos hoje à noite, e vamos começar.

— Mascote da professora — sussurrou Sidney, implicando.

— Não enche — retrucou Cecelia. — Simplesmente já li o livro. A sra. Skolnick bateu palmas.

— Certo! Agora vamos praticar um pouco de escrita livre! Tema: Conhecendo Você! Todo mundo pega um pedaço de papel! E uma caneta! Cinco minutos! Escrevam o que quiserem, eu nunca vou olhar! Ninguém jamais vai saber! Vocês são passarinhos livres, livres!

Sidney revirou os olhos.

— Aposto que você adorou isso, bruxa. Seja livre! Lance feitiços!

Cecelia levantou a mão.

— Posso ir ao banheiro?

A sra. Skolnick assentiu e apontou para a porta.

— Você está indo muito bem — disse ela baixinho no momento em que Cecelia passava pela mesa grande. — Ótimo primeiro dia até agora, não é?

— Aham, pura perfeição.

Cecelia foi para o corredor e fechou a porta atrás dela. O chão de linóleo estava imaculado e brilhante, uma pista olímpica de patinação no gelo. Cecelia arrastou os tênis até fazerem um barulho estridente. Não tinha pressa. O corredor era largo, com armários dos dois lados, e estava vazio. O banheiro ficava quinze metros à frente, e ela caminhou devagar, espreitando as pequenas janelas das portas das salas de aula enquanto passava. As crianças estavam entediadas de jeitos diferentes em cada sala. Entediadas na aula de matemática, entediadas na aula de francês. Pálpebras pesadas; ainda era tão cedo. Depois de um verão inteiro de preguiça, os alunos não estavam acostumados a encher os cérebros a essa hora. Televisão, sim. Verbos irregulares, não. Todos iam se ajustar no devido tempo.

Na parede ao lado da porta do banheiro havia um grande quadro de avisos, repleto de anúncios impressos de aulas extraclasse, de testes para as equipes esportivas, de testes para o musical de outono e de clubes. Na antiga escola, Cecelia tinha participado do clube de debates, mas aparentemente aquilo não estava em oferta. Examinou as máscaras de comédia e tragédia — a peça era *O homem da música*, que parecia terrivelmente adequada para uma cidade pequena. Não tinha interesse em futebol ou vôlei, exercícios ilógicos de futilidade. A dança pelo menos oferecia expressão artística e beleza, mas aquilo também não era para ela. Não, a única coisa que chamou a atenção de Cecelia foi uma folha de papel no canto inferior direito do quadro, claramente o lugar dos perdedores: PESSOAL DO DESFILE! AJUDE A

PROJETAR E A CONSTRUIR O CARRO ALEGÓRICO PARA O FESTIVAL DA COLHEITA DESTE ANO! NÃO REQUER NENHUMA HABILIDADE e, embaixo disso, o nome e a sala de aula da sra. Skolnick, que Cecelia já sabia como encontrar. Construir um carro alegórico para um desfile era algo que escola nenhuma em Nova York podia oferecer. Toma essa, elite cosmopolita! Cecelia se imaginou com um martelo e bandeirinhas e baldes de glitter. Por que não?

Capítulo 15

STRICK BRICK

Quando Astrid se sentia insatisfeita em relação ao tempo que passava com os filhos, ela simplesmente aparecia e pagava uma refeição. Funcionou quando eles estavam na faculdade, sobrevivendo com pacotes de miojo e manteiga de amendoim, e funcionava agora, pelo menos com Porter, que sempre podia ser seduzida pela promessa de um risoto e de uma taça de vinho no meio do dia. Como fazia isso quando não tinha nada de especial a dizer, Astrid achou que também podia funcionar quando tinha. Astrid não gostava de pedir desculpas. Não gostava de admitir que tinha feito alguma coisa errada. Tinha se tornado mais fácil esquecer de pedir desculpas depois que Russell morreu — sem um marido com quem brigar, Astrid se limitava a pedir desculpas por pisadas acidentais em dedos dos pés ou por esbarrões com o carrinho de compras.

A construtora de Elliot, Strick Brick, ficava em um prédio projetado por eles, que ficava fora do centro da cidade e, portanto, fora da zona-limite. O prédio era azul brilhante e horroroso, com as proporções invertidas de uma casa de praia da Carolina do Norte, estacas compridas elevando a estrutura em seis metros de altura, com uma garagem ao ar livre na parte de baixo. Durante décadas, havia uma casinha ali, mas Elliot a comprou, derrubou e substituiu por um prédio novo reluzente, construído bem no limite da propriedade. Algumas pessoas reclamaram, e Astrid admitiu, em momentos vulneráveis, que se fosse filho de outra pessoa ela ficaria muito desconcertada com a inadequação do edifício em relação à vizinhança, mas porque Elliot era filho dela, e porque o projeto significava tanto para ele, ela estava orgulhosa, ou pelo menos tinha dito isso em público.

Depois da faculdade, Elliot queria muito estudar direito, mas sua pontuação nos testes de admissão era baixa, e ele não conseguiu entrar em nenhum lugar que queria, e portanto levou algum tempo até descobrir o que desejava fazer. Russell era advogado, e aquilo contava, claro — Astrid podia ver a linha direta que Elliot sempre tinha imaginado, e aquela linha se desfazendo em pedacinhos. Ele trabalhou em construção durante os verões na faculdade; todos os amigos de Clapham tinham feito isso. Era um trabalho ao ar livre e puxado, eles eram pagos em dinheiro, e os músculos cresciam, todo mundo saía ganhando. E quando aceitou um emprego na área de construção depois da graduação, era supostamente para ser temporário, até não ser mais. Sete anos depois, Elliot tinha a própria empresa. A maioria das pessoas enxergaria isso como sucesso, mas não ele.

Astrid estacionou o carro do lado de fora do prédio.

— Estou aqui — disse ela. — Apareça, é hora do almoço.

Cinco minutos depois, Elliot abriu a porta da frente do escritório com um empurrão e saiu para a calçada revestida de pedras.

— Não tenho muito tempo — reclamou ele.

— Ótimo — retrucou Astrid. — Nem eu. Só me indique o caminho, qualquer lugar está bom.

Ele apontou para a direita, e andaram depressa pela calçada, de vez em quando se esquivando dos galhos baixos. Elliot era quinze centímetros mais alto do que ela, mas Astrid andou duas vezes mais rápido e acompanhou o ritmo.

— Almoço com o chefe! — exclamou Astrid enquanto se apressava para ficar ao lado dele.

Estava quente e úmido do lado de fora, quase dava para ver a umidade do ar. A voz de Astrid sempre ficava um pouco mais alta perto de Elliot, uma compensação pelo humor frequentemente irritado dele. Desenvoltura não era o habitat natural dela, e podia ouvir como soava estranha, mas nunca conseguiu descobrir como consertar isso.

— Tenho oito funcionários, mãe, não oitocentos. Você não precisa agir assim.

— Além das equipes de construção! Você não precisa ser modesto comigo, El, isso é um bocado de gente.

Astrid agarrou o braço de Elliot, esfregando-o depressa. Nicky tinha sido um garoto afetuoso e era um homem afetuoso, beijando-a na bochecha para dizer olá e tchau quando estava por perto, às vezes até sem motivo. Elliot não tocava a mãe mais do que tocaria uma velhinha simpática que conheceu no casamento de um amigo. Era diferente ser mãe de filhos diferentes. Não só no sentido de gênero, caminhões *versus* bonecas, embora o dilema da seção cor-de-rosa tenha levado Astrid à loucura enquanto mãe jovem. Havia também as várias maneiras que as criaturas adolescentes tinham de chorar ou se esconder, e essas diferenças seguiam ali quando se tornavam adultas. Quando Nicky se casou, enviou cartões postais com a notícia, o que significou que Astrid soube logo depois da carteira. Quando Elliot se casou, Astrid, que sempre tinha sido a melhor pessoa na realização de tarefas, foi forçada a se sentar e assistir — uma espectadora! Sempre pensou que Porter seria diferente, que haveria um caminho para a vida adulta dela que não tinha encontrado com os garotos, mas agora até isso parecia ter se tornado fora de cogitação. Onde estava o portal que ela deixara escapar? Astrid acreditava em dar espaço para as pessoas, em dar espaço para os filhos. Não era isso o que todo o mundo queria? Duas das amigas de Astrid estiveram na sala de parto com as filhas, observando enquanto elas empurravam o bebê através do círculo de fogo e se tornavam elas mesmas mães, aquele derradeiro ato mágico. Astrid não tinha certeza do que queria, mas sabia que não era isso, ver sangue sendo recolhido em um saco plástico debaixo da bunda da filha enquanto ela fazia força. Quando chegasse em casa faria mais perguntas a Cecelia a respeito do dia do nascimento. Ia se sentar mais perto, segui-la pelas escadas até o quarto, até mesmo se sentar no chão.

* * *

Elliot empurrou-a pela calçada na direção do Spot, um restaurante que Astrid não frequentava há uma década, depois de um sanduíche de atum decepcionante. Tinha um toldo sujo e toalhas de mesa de plástico, além da comida medíocre, mas Astrid não reclamaria.

— Vamos nesse aqui, eles têm sanduíches — sugeriu Elliot, abrindo a porta e segurando-a entreaberta para a mãe.

Eles se sentaram em uma mesa na janela. Os cardápios eram enormes e plastificados, e Elliot deu uma rápida olhada e colocou o dele de volta na mesa, girando com ansiedade à procura da garçonete.

— Hum, sopa de tomate, parece uma boa ideia. Não sei se é quente ou fria. Uma sopa fria de tomates parece deliciosa, não acha? Não sei se é consistente. Ou se é à base de creme. Se bem que realmente não estou no clima de sopa cremosa.

Astrid dobrou o cardápio fechado para olhar a parte de trás.

— Eles têm pratos especiais! Você viu? Talvez eu peça uma sopa e meio sanduíche. Acho que vou fazer isso. Você viu os especiais de almoço?

— Estamos prontos pra pedir — afirmou Elliot, acenando para uma mulher de avental caminhando na direção deles. — Vou querer um sanduíche de peru e um chá gelado. Obrigado.

— Certo, espere, só um minuto — pediu a mulher, tirando um bloco do bolso do avental.

— Como é a sopa de tomates de vocês? — perguntou Astrid. — Muito pesada pra um dia quente?

— Meu Deus, mãe, é só uma sopa! — exclamou Elliot, colocando a cabeça entre as mãos.

A garçonete arqueou as sobrancelhas.

— É um pouco encorpada, fria. Muito boa.

— Vou querer, por favor, e meio queijo-quente. Obrigada.

Astrid devolveu o cardápio e entrelaçou os dedos sobre a mesa.

— Desculpe, só estou um pouco estressado — disse Elliot.

— Percebi — comentou Astrid. — O que está acontecendo?

— Nada. Coisas do trabalho. Os meninos são um terror do caralho.

A garçonete veio com o chá gelado de Elliot, e ele assentiu em agradecimento.

— São garotos, Elliot — retrucou Astrid. — Você já foi criança um dia.

— Eu não era assim. Eles dizem que me odeiam. Aidan disse que ia me matar durante a noite. E depois riu, como um verdadeiro psicopata. Quero mandar os dois pra escola militar, onde podem canalizar a raiva em disciplina. Sei lá.

Elliot balançou a cabeça. Retirou o canudo do chá gelado e colocou o copo largo nos lábios, levando pedacinhos de gelo até a boca.

— Eles estão acabando com a minha vida.

— É só uma fase — garantiu Astrid.

— É, uma fase ruim — lamentou Elliot. — Enfim, por que você queria almoçar? Você está com câncer? Mais alguma coisa pra qual eu deva me preparar?

— El — disse Astrid, balançando a cabeça e abrindo as mãos espalmadas na mesa, nenhuma carta escondida. — Você quer falar da Birdie?

— Não, não quero falar da Birdie, mãe. É só esquisito, você não entende? Estou no meu direito de achar esquisito.

— Não é *tão* esquisito assim. É um relacionamento como qualquer outro. Entre duas pessoas adultas.

Astrid se inclinou para trás contra o encosto duro da cadeira. Elliot estava vermelho e suado, e o pescoço, mais grosso agora do que na juventude, estava tenso no colarinho da camisa. Não era a flacidez da meia-idade, era a academia, os músculos ficando maiores, não era o resto aumentando enquanto os músculos eram ignorados. Mas Astrid pensava que o exagero em qualquer coisa provavelmente era um sinal de que algo estava errado. Se Porter tivesse um pouco da rotina de treino de Elliot, se Elliot tivesse um pouco da desenvoltura dos irmãos nos próprios corpos, se Nicky tivesse um pouco do comodismo de Elliot e se Porter tivesse um pouco do carisma de Nicky, então talvez ela tivesse um filho perfeito. Todos eram perfeitos, claro, à maneira deles, na medida em que cada um era o próprio emaranhado perfeito de coisas positivas e negativas, mas juntos, as arestas aparadas assim, podiam ter produzido um humano impecável. Astrid sabia que essa não era uma maneira justa de pensar a respeito dos filhos, mas fazer o quê?

— Sim, mas a outra pessoa adulta é sua cabeleireira, que é o que torna a situação estranha. Meu Deus, você não consegue ver o quanto isso pode ser constrangedor? Pra todos nós? — perguntou Elliot, e acenou para a garçonete, dessa vez com o copo vazio.

— Lamento que isso faça você se sentir assim — disse Astrid.

A garçonete veio deslizando até a mesa, segurando uma bandeja larga contra o ombro. Largou os pratos com uma flexão de joelhos elegante e pegou o copo de Elliot.

— Já volto — avisou.

Tanto Elliot quanto Astrid esperaram em silêncio que ela saísse antes de falarem. Elliot tirou o telefone do bolso e digitou um e-mail com os polegares.

— Sei lá — disse ele. — É a sua vida. Só que ela afeta a minha vida também. Acho que estou surpreso que você não esteja mais consciente de como isso pode ser importante pra mim e pra sua família, de como as pessoas julgam as nossas ações.

Astrid ficou parada e olhou para a sopa. Não era o tipo de gaspacho de que ela gostava, nem um pouco, na verdade. Astrid odiava desonestidade em funcionários de restaurantes, nos "especiais" que de fato eram só para utilizar ingredientes que estavam prestes a estragar, pessoas que diziam que cada prato que você mencionava era um dos favoritos delas. A sopa seria comestível. Tudo bem. Mas não seria nada boa. Não importava. Não voltaria neste lugar. Era só uma refeição.

— Certo — disse Astrid. — Compreendo.

— As coisas só estão um pouco cagadas no momento, mãe — explicou Elliot. — O escritório está sobrecarregado, a casa está uma bagunça, Wendy está com raiva de mim, tudo meio que está uma merda.

— Lamento ouvir isso, querido.

Astrid pegou a colher e provou a sopa. Era melhor do que parecia. Observou Elliot dilacerar o sanduíche com os dentes. Ele comia como se tivesse pulado várias das refeições anteriores, como fazia quando era criança depois das aulas de natação, o corpo precisando com urgência de calorias. Ela queria conversar com ele, de fato conversar com ele, mas era tão difícil saber por onde começar.

De repente — depois de quarenta anos sendo mãe dele! —, parecia que ela estava sobre areia movediça. Se o filho se sentia assim em relação aos próprios filhos, se estavam cometendo erros, quantos outros erros ela cometera sem admitir para si mesma? Os filhos eram como eram por causa de todas as coisas que ela havia feito e por todas as coisas que não havia feito.

— Eu te amo — disse Astrid.

Estendeu a mão e tocou a ponta do dedo de Elliot. Ele recuou a mão para o telefone e o virou para baixo.

— Preciso voltar para o trabalho, mãe — respondeu ele.

Astrid deu tapinhas nos cantos da boca com o guardanapo e depois colocou dinheiro em cima da mesa. Não havia precedente no relacionamento deles para o que ela precisava dizer, como contar a ele a respeito de Birdie, coisa que não tinha dado certo. Astrid decidiu que tentaria de novo em outro momento; aquele não era o dia.

Capítulo 16

FOGELMAN

Não foi acidental a forma como Porter se viu de pé na calçada em frente ao local de trabalho de Jeremy Fogelman. Porter não queria admitir que o fato de sua mãe ter se apaixonado a tinha transformado, mas tinha. Se Astrid Strick podia encontrar o amor de novo, contra todas as probabilidades e deficiências de personalidade, então talvez Porter também pudesse. Depois do término oficial deles aos 16 anos, Jeremy continuou em um caminho claro e bem iluminado, veja só, por todos esses anos. Ele tinha sido o rei do baile, Jordan Rothman fora seu par, a colega que Porter detestava desde a pré-escola pela combinação tóxica de beleza, porte atlético e autoconfiança saudável. Jeremy ficou perto de casa e foi para a Universidade do Estado de Nova York em New Paltz, onde estudou medicina veterinária, e aí se tornou veterinário como o pai dele, para salvar gatos velhinhos, cachorros com tumores, tartarugas de estimação e coisas selvagens ocasionais encontradas no quintal de alguém. Jeremy tinha se casado com Kristen quando tinham 23 anos, e os filhos dele agora eram humanos vivazes que podiam ser vistos vestindo camisetas que diziam FOGELMAN nas costas, sempre correndo para a frente e para trás nos campos de futebol. Porter frequentava o outro veterinário da cidade, em parte porque era mais perto, mas sobretudo porque teria parecido óbvio demais ter um motivo para ver Jeremy com tanta frequência. Não fazia sentido, mas Porter sempre gostou do subterfúgio.

A Clínica Veterinária East Clapham já tinha sido branca um dia, e agora era um pouco menos do que isso, um prédio cor de neve suja com uma rampa larga levando à porta lateral e uma porta de tela estridente balançando na frente. Porter ficou de pé do lado de fora e desejou que ainda fosse fumante, como quando ela e Jeremy eram amantes. Era tão engraçado, olhar para um homem adulto e saber como o corpo dele tinha sido quando era adolescente, a suavidade do peito sem pelos, quando só uns fios ondulados corajosos começavam a se anunciar. Independentemente do quanto a mulher dele achava que o conhecia, independentemente de quais amigos ele tivesse agora e de quantas vezes saíam para jantar e discutiam os detalhes chatos do dia a dia da vida deles, Porter sempre ia conhecê-lo melhor. Era quase maternal, conhecer um corpo por tanto tempo e observá-lo mudando. Ou não — maternal não, Porter pensou, sacudindo a cabeça. Quase conjugal. O corpo dele pertencia a ela; Jeremy pertencia a ela. Mas talvez ela só tivesse pensado isso porque nunca havia se casado.

— Porter Strick, em carne e osso.

Jeremy estava vindo pela calçada, saindo do estacionamento atrás do prédio. Ele deu um sorriso largo. Viver na cidadezinha em que você cresceu significava às vezes ignorar educadamente as pessoas que conhecia há décadas, porque, caso contrário, você nunca conseguiria terminar suas compras no supermercado. Ao longo dos últimos dois anos, Porter e Jeremy tinham se visto em público centenas de vezes, sempre evitando que os corpos se tocassem, um balé planetário.

— Eu tenho cabras — afirmou Porter. — Você atende cabras?

Jeremy riu, o que foi bondoso. Uma vez que decidisse que alguém era engraçado, era provável que você risse de qualquer coisa antiga que a pessoa dissesse.

— Claro. Quem atende você é o doutor Gordon no Clapham Animal, certo?

Ele sabia aonde ela ia, óbvio. Ele estava consentindo em ser um ator na peça de teatro dela, curioso para ver onde aquilo daria. Jeremy cruzou os braços no peito. Ele vestia uma camisa com botões enfiada para dentro da calça jeans. Rachel estava certa — ele parecia uma casquinha de sorvete, cem por cento lambível, como sempre tinha sido. Ela sentiu tudo de uma vez: a maneira como o hálito dele sempre cheirava a ovos mexidos no ônibus escolar; o modo como segurava a mão dela quando andavam no corredor; o jeito como tentou colocar um dedo nela pela primeira vez, quase escorregando a mão toda no buraco errado; a maneira como olhou para ela durante a festa do seu casamento e na última noite deles no hotel.

A faculdade de Jeremy e a faculdade de Porter não ficavam muito longe e, no início, quando ambos ainda estavam apegados à juventude e como qualquer um que conhecessem antes era preferível a um estranho, mantiveram contato. Fizeram visitas breves facilitadas pelos ônibus da Greyhound, visitas que terminavam com infecções urinárias por sexo em excesso e chupões para cobrir com maquiagem. Os encontros eram irregulares, o que significava intervalos irregulares, mas sempre foram mutuamente satisfatórios. Era quase preferível não serem exclusivos, não ficarem "juntos", porque queria dizer que toda vez que se viam, independentemente dos meses que tinham se passado naquele intervalo, os dois, Jeremy e Porter, tinham aprendido alguns truques novos com outras pessoas.

— Sim, ele mesmo, mas pensei, sei lá, quem sabe seja hora de mudar — disse Porter, se perguntando se parecia diferente do que era antes aos olhos dele. — E estava bem aqui na vizinhança, então pensei em dizer oi.

Podia estar dizendo qualquer coisa, falando palavras sem sentido. No momento, Jeremy estava tentando descobrir por que Porter tinha vindo e o que queria. Quando descobrisse, saberia o que fazer.

— Estava indo buscar um café antes de entrar, quer um café?

Jeremy apontou para o quarteirão abaixo. Na luz da manhã, os olhos castanhos de Jeremy pareciam dourados. A mulher dele era uma dona de casa loira que desenvolvia os próprios projetos artísticos com palitos de picolé e feltro. Porter tinha visto os dois juntos incontáveis vezes, mas ela e Kristen só tinham se encontrado algumas: na reunião de cinco anos de formatura do ensino médio, antes de se casarem; no casamento deles, no qual Porter ficou extremamente bêbada e dançou com todas as criancinhas pequenas; e só uma vez por acidente, quando não estava esperando, no shopping em New Paltz, quando estavam experimentando roupas em provadores vizinhos na Gap. Kristen era o tipo de mulher que murmurava com doçura para crianças de estranhos que gritavam no elevador, quando todos os outros viravam os olhos para o teto e rezavam para ser sugados para o espaço sideral por um raio.

— Uma xícara — disse Porter, sem ter essa intenção.

Ela nunca tinha essa intenção, não com Jeremy, com quem não havia limites. Seguiu-o de volta para a parte de trás do prédio, para o carro dele, e quando ele abriu a porta para o banco do passageiro, ela entrou.

— Preciso pegar algo em casa primeiro, pode ser? — perguntou ele, com a mão no câmbio.

— Pode.

E assim se foram. Porter nunca se importou com um pequeno subterfúgio.

Havia vários bairros diferentes em Clapham: Clapham Village, que continha os trechos comerciais e todas as casas em um raio de três quilômetros da rotatória; Clapham Heights, onde a mãe e Elliot moravam, subindo a colina; Clapham Valley, onde ela morava, na base da colina; e então havia Clapham Road, que levava para fora do vale e para as cidades ao sul. Jeremy morava a meio caminho da casa de Porter e da fazenda, e, embora ela tivesse dirigido por ali algumas vezes, e vez ou outra, sido convidada para grandes festas, Porter nunca tinha chegado a estacionar na frente da casa dele.

Ela estava grávida. Ele era casado. Aquilo não era um encontro. Jeremy estacionou o carro dentro da garagem e fechou a porta atrás deles.

— Onde está todo mundo? — perguntou Porter, sem se mover.

— Não tem ninguém em casa — respondeu Jeremy. — Entre.

Esperou ela sair do carro, e então caminhou até o lado dela do carro e lhe deu um empurrãozinho amigável em direção à porta da casa.

Ela vira o interior da casa centenas de vezes em fotos no Facebook e no Instagram, em vídeos de quando os filhos dele começaram a andar ou quando o gato fazia algo engraçado. Ela sabia como era a ilha da cozinha, qual a cor da pintura da sala de estar, conhecia os móveis do jardim. Entrar ali era como entrar em um livro infantil que ela amava, surpreendida por ver as coisas de repente tridimensionais.

A casa era pequena e superamontoada: chuteiras e chinelos de dedos perto da porta em um cesto transbordante, casacos arremessados desordenadamente em ganchos. A sala de estar era cheia de prateleiras de livros, com dois sofás bem desgastados, um dos quais ocupado por um cachorro dormindo, o outro, por um gato dormindo, cada um enroscado como uma rosquinha. Antes de Porter percorrer todo o caminho da sala de estar até a cozinha, ela sabia o que encontraria ali: tigelas de guloseimas e frutas transbordando; na parede, uma tabela de altura toda marcada com caneta. A casa toda era um anel de diamante.

— E então, onde está a família?

Porter sentou em um banco no balcão da cozinha.

Jeremy deu de ombros.

— Em um hotel-restaurante medíocre com uma dúzia de crianças fedorentas, suponho. Torneio de futebol, com a equipe de viagem.

— Ah! — exclamou Porter. — E você não precisa estar no trabalho agora?

— Isso pareceu interessante o suficiente pra fazer uma pausa.

Jeremy abriu a geladeira e tirou uma garrafa de vinho branco com uma mão e uma garrafa de água com gás com a outra.

— Sede?

— São dez da manhã, qual é o seu problema? — perguntou Porter. — Água com gás está bom. E você vai beber mesmo? E se você tiver que operar o gato de alguém?

134

Jeremy deu de ombros e colocou a água na frente dela.

— Vai agitar um pouco as coisas. É brincadeira.

Estar na casa de alguém é como ter acesso imediato ao mundo particular das pessoas. Não só as coisas, os objetos, mas também do que elas se alimentam, o que fazem com as próprias mãos para alimentar o corpo. Durante todo o tempo que passaram juntos, Jeremy nunca tinha preparado uma refeição para Porter — a oportunidade nunca tinha surgido. Ela não tinha ideia se ele sabia cozinhar ou não, o que parecia uma informação importante para não saber a respeito de alguém com quem você fez sexo tantas vezes. Porter partiu uma castanha-de-caju na boca antes de dar cabo de toda a tigela na frente dela. Tinha coisas para comer por todo lado, era o paraíso. Ela se perguntou que tipo de lençóis Jeremy tinha, se tinha um ventilador de teto, se havia um lugar para se sentar no quintal, se pensava nela quando se masturbava, se a mulher dele alguma vez o observava, do jeito que Porter às vezes fazia em quartos de hotéis. Havia uma foto do casamento na prateleira, e Porter desviou depressa o olhar. Era mais difícil ignorar a outra vida dele quando estava sentada na casa dele, cercada das provas daquilo, mas não estava interessada em alterar a rota agora.

— Sanduíche de pasta de ovo?

Jeremy abriu a porta pesada de inox da geladeira. A geladeira tinha vindo com a casa? Parecia nova. Comprar eletrodomésticos, isso era algo que nunca tinham feito juntos.

— Pode ser — respondeu Porter. — Vou ser sua ajudante.

Era a coisa mais próxima da adolescência que faziam em anos. A casa dos pais de Jeremy tinha carpete por todo lado — a cozinha, as escadas, até o teto da sala de recreação no porão. A casa estava sempre com cheiro de canil, o que ela era, mais ou menos, com um ou dois animais machucados sempre mancando por ali. Porter olhou em volta da cozinha bagunçada de Jeremy. Do que a mulher dele se queixava? Porter não conseguia pensar em uma única coisa, com exceção do sexo do outro lado da cerca. E aquilo não era mais um problema, o que fazia com que desaparecesse no ar, uma nuvem de chuva empurrada para mais longe no céu.

Jeremy deixou a geladeira aberta e atravessou a cozinha até uma porta de tela, que abriu, revelando o quintal com uma casinha de brinquedo de madeira, uma churrasqueira de aço inoxidável e uma pequena mesa com bancos. Um comedouro de pássaros estava pendurado na árvore mais próxima. Era quase demais.

— Nada mau — disse Porter, espiando pela porta, como se não tivesse visto milhares de fotos dele e das crianças brincando na grama irregular.

Jeremy caminhou de volta para a geladeira e começou a empilhar coisas no balcão — pão, dois ovos, um pedaço do que Porter reconheceu como o próprio queijo dela. Ele tinha pensado nela, um segundo antes de ela surgir do lado de fora da clínica. Ela se perguntou se ele alguma vez tinha sonhado com ela dormindo ao seu lado e acordara surpreso por ter os braços em volta da esposa. Jeremy se inclinou sobre Porter para alcançar uma panela e depois ligou o fogão. Ela ficou parada perto dele, os corpos quase se tocando, e assistiram, lado a lado, os ovos cozinharem.

— Então, Porter — perguntou Jeremy. — Qual é a história?

Porter pensou. Não transava com ninguém havia muito tempo — mais de um ano —, o período de seca mais longo da vida adulta dela. Seu corpo estava ficando cada vez maior, e quando o bebê nascesse, como seria ter um encontro? Era com isso que a mãe dela se preocupava, Porter sabia, entre outras coisas, e ficava mortificada por concordar com ela. Ninguém sabia realmente quais as mudanças que a maternidade podia trazer — para o corpo, para o desejo sexual, para qualquer coisa. Era como ir para outro país sabendo que você poderia nunca mais voltar para casa. No futuro não-muito-distante, tudo seria diferente, e Porter não conseguia imaginar isso, assim como não conseguia imaginar a vida após a morte. Mas, parada no ar quente da tarde, Porter sabia qual era a história, a história acontecendo neste exato momento. Jeremy colocou os ovos dentro do pão.

Não era um encontro, não tinha sido um encontro. Ficou parada ao lado de Jeremy e olhou direto para a comida na frente deles, o estômago roncando com uma fome que não sabia que estava lá — e aí estendeu uma mão e a colocou na parte mais baixa das costas dele. Jeremy fechou os olhos, uma faca de manteiga na mão. Ele deixou a faca cair no balcão e puxou a mão de Porter para a barriga, colocando-a espalmada contra o algodão da camiseta. Não era inesperado se você considerasse os últimos vinte anos como um namoro muito, muito lento, ou se você piscasse e os últimos anos desaparecessem como um pesadelo.

— Hum — murmurou Porter.

— Hum — gemeu Jeremy, e deslizou a mão dela mais para o sul, até repousar em sua ereção repentina.

Eles estavam se beijando e, do nada, estavam tirando a roupa um do outro como se o tempo estivesse sendo marcado por um treinador com um cronômetro. A língua dele era desajeitada, ansiosa, escorregava para dentro e para fora da boca. Porter ficou grata pela luz entrando pela porta aberta do quintal e pelas janelas. Lambeu o umbigo dele; não se conteve. Estar na casa de Jeremy era mais gostoso que milhares de quartos de hotel imaculados, que pareciam projetados para parecer temporários. Estar na casa dele era como o momento no clipe do A-ha em que eles saíam do desenho animado. Aquilo era a vida real.

— Você está... — falou ele, com os olhos na barriga dela.

— Estou grávida — completou ela. — Produção independente.

Porter não queria esperar que ele perguntasse, que ele imaginasse que havia outra pessoa, o que obviamente era ridículo, mas fazer o quê?

— Certo, já percebi — afirmou Jeremy. — Você está tão linda, Porter. Caramba. Estou falando sério. Isso significa que não preciso usar camisinha?

Porter pensou a respeito.

— Sim, põe pra dentro, anda... Antes que eu mude de ideia e pergunte coisas demais pra você.

Não precisou pedir duas vezes. A sensação do tapete de pano da cozinha era boa em suas costas, mas então lembrou do bebê e rolou para ficar por cima de Jeremy. Ela gozou em minutos, e Jeremy estremeceu debaixo dela. Porter levantou um joelho e ele rolou para o lado, e depois a carregou para o sofá, onde a deitou de costas e a chupou com tamanha maestria que ela riu.

— Você é eficiente pra caralho — disse Porter. — Sinto muito por estar grávida, se é esquisito pra você. Quer dizer, não sinto muito por estar grávida, estou feliz por estar grávida, só quero dizer que sinto muito por não ter dito a você oficialmente antes de tirar minha roupa.

— Estar grávida são nove meses sem um bebê. É legal.

Ele já tinha feito aquilo antes, certamente. Era ao mesmo tempo reconfortante e desconcertante lembrar que Jeremy tinha transado com uma mulher grávida antes. Casamento era algo que Porter não entendia direito, um fato pelo qual culpava a mãe. Ou melhor, culpava a morte do pai, e então a facilidade da mãe em ficar sozinha. O pai morreu antes de ela sair do período solipsista da juventude, quando os pais só existiam em relação aos filhos, não um em relação ao outro. Estavam tão perto do ninho vazio, os pais dela, e de qualquer fase que viria a seguir. Porter sentiu pena da mãe, pela primeira vez. Astrid ficaria horrorizada, talvez ainda mais horrorizada do que ficaria diante do que Porter tinha acabado de fazer no chão da cozinha dos Fogelman.

Desde sempre, Porter imaginou que teria um casamento igualzinho aos pais — *legal*. Eles brigavam, mas só às vezes. Eram afetuosos, mas só às vezes. Reviravam os olhos à mesa de jantar e guardavam as discussões importantes para quando as crianças estivessem fora do alcance da voz deles. Esse parecia ser o objetivo — outra pessoa para ajudar a administrar a logística de uma vida cheia e movimentada, alguém de cujo rosto você gostasse, alguém com quem você pudesse viver por cinquenta anos sem um atirar o outro pela janela. Nicky fazia o casamento parecer um projeto artístico, e Elliot o fazia parecer uma prisão. Porter podia contar nos dedos de uma das mãos o número de casais cujos relacionamentos realmente cobiçava, e a maioria deles era de pessoas famosas (Mel Brooks e Anne Bancroft, Barack e Michelle Obama), então quem é que sabia o que acontecia de fato debaixo dos panos?

Olhou para Jeremy e tentou lembrar o motivo de não querer casar com ele quando tinha vinte anos. Era jovem demais, só isso. Que porra de escolha ridícula, que arrogância! Pensar que haveria um número ilimitado de pretendentes disponíveis, como no *The Bache-*

lor, uma fila interminável de homens saindo de uma limusine como palhaços no circo. Porter não tinha visto o quarto de Jeremy, e então só imaginou o quarto da adolescência dele no topo da escada da sua casa de adulto, os pôsteres de Patrick Ewing e Pamela Anderson no auge em *Baywatch*. Os filhos dele — seres humanos em tamanho grande com mochilas enormes e consultas com ortodontistas — não importavam para ela. Eram algo completamente diferente, um conceito tão remoto quanto ter nascido menino ou com três globos oculares. A mulher dele não estava lá, e Porter baniu-a para os limites longínquos da sua galáxia psíquica. Havia tanto espaço dentro do seu corpo. A gravidez era tão bizarra, tão cheia de efeitos inesperados e efeitos colaterais e efeitos colaterais secundários que Porter se sentia ao mesmo tempo conectada a todas as mulheres que já tinham vivido e também como se ela fosse a primeira pessoa na terra a quem isso havia acontecido.

— Por que você veio me ver? — perguntou Jeremy, a cabeça meio escondida sob o cobertor no colo dela. — Senti uma saudade do caralho, Porter.

Porter acariciou o pescoço de Jeremy, seguindo a curva suave ao longo da coluna.

— Também senti saudade.

A cachorra — o nome era Ginger, ela lembrou — acordou e veio caminhando a passos curtos, pressionando o nariz molhado na palma de Porter. Fechou os olhos e fingiu que tudo aquilo pertencia a ela: a cachorra, a casa, o garoto. Talvez ainda fosse possível. Era ilusório, ela sabia, mas Porter também sabia que essa era a última chance de se iludir. Logo teria que se ajustar, pôr a cabeça no lugar, estabelecer limites para doces, tempo de tela, toque de recolher e qualquer coisa ruim que surgisse e da qual ninguém tivesse ouvido falar ainda. No momento era só ela, só uma pessoa, com ninguém a quem dar satisfações. Portanto, se quisesse transar com o ex no chão da cozinha dele, ela ia transar. Porter não acreditava que tudo acontecia por uma razão — isso era absurdo —, mas acreditava que uma coisa levava a outra. A mãe dela tinha se apaixonado sem pensar nas consequências, Porter tinha encontrado a melhor amiga de infância, e tudo isso a levou ao consultório de Jeremy, e o carro dele a levou para a casa dele, e então os corpos voltaram a se reunir como sempre, sempre tinham feito tão bem, o que os levou até aqui, a este momento, que parecia um começo ou pelo menos o abrir de uma porta.

Quando Jeremy os levou de volta ao consultório dele e Porter voltou para o carro para ir para casa, encostou a testa no volante e chorou. Estava feliz. Fazer coisas estúpidas não era algo a ser desperdiçado com os jovens.

Capítulo 17

WENDY ACORDA

Eram 12h30, o que significava que Wendy havia começado a desfrutar de duas horas completas de silêncio. Os meninos tinham acabado de completar três anos, e ela sabia que eles não iam cochilar para sempre, e talvez nem devessem estar cochilando agora, considerando que acordaram às cinco, mas Wendy preferia estar de pé antes do amanhecer e ter uma folga no meio do dia. No próximo ano eles estariam na escola, e seriam o problema de outra pessoa, aí poderiam parar de tirar uma soneca. Ah, como Wendy odiava as amigas que tinham meninas, criaturinhas obedientes que podiam se sentar quietas a uma mesa com nada além de um pedaço de papel e um copo cheio de lápis de cor. Se os filhos dela estivessem acordados, estariam correndo na velocidade máxima, gritando como Mel Gibson em *Coração Valente*. Ela usava protetores auriculares quando o tom subia demais, o que era frequente. Agora escondia caixinhas com protetores auriculares em cada cômodo da casa, como um viciado escondendo drogas.

Wendy se sentou no escritório, um cômodo com o único propósito de organizar a vida deles. Trabalhava vinte horas por semana, um curto período de tempo, em New Paltz, e amava essas horas como amava oxigênio. Gostava das partes chatas, das partes tediosas, descer a barra de rolagem dos e-mails até esquecer o que estava procurando. Adorava o bebedouro, sobretudo porque nunca era tarefa dela fazer a substituição quando o suprimento estava ficando baixo. Não comprava o papel higiênico; nem mesmo, o que era emocionante, substituía o rolo quando só restavam alguns quadrados. Não era responsável nem por preparar o almoço dos colegas nem por garantir que eles comessem. O escritório em casa era para ser um lugar onde ela pudesse trabalhar se precisasse, e até respondia um e-mail entre aquelas paredes de tempos em tempos, mas de fato era apenas um cubículo bem projetado. Era onde todos os documentos da família ficavam arquivados, as coisas que ninguém queria ver, mas tinha medo de jogar fora: impostos dos anos anteriores, formulários do seguro de saúde, extratos bancários. O cômodo tinha uma janela com vista para o quintal, que estava cheio de brinquedos enormes de plástico em cores primárias, tacos de beisebol gigantescos e aros de basquete desmontados. Elliot queria que eles fossem atletas, embora até agora os dois meninos mostrassem aptidão apenas para a destruição total. Fazia um dia lindo lá fora, e uma brisa soprava os ramos das árvores. Wendy se perguntou quanto vento era necessário para derrubar a casa inteira.

Ela pressionara para ser Chappaqua, Bedford, Scarsdale, alguma coisa que fizesse o trajeto até a cidade parecer um esforço viável e não o roteiro sofrido de uma maluca viciada em trabalho, como era a partir de Clapham. Isso foi antes de ela engravidar. Elliot quase concordou. Corretores de imóveis com hálito de hortelã passaram devagar por marcos históricos de cidades, passaram pelas escolas públicas com melhor avaliação, passaram por casas pitorescas e novas. Ela quase conseguiu, mas engravidou mais cedo do que imaginava — Wendy era pragmática e tinha planejado tentar por pelo menos um ano, na idade dela, com o histórico dela (toda mulher tinha um histórico). Mas, quando o óvulo foi fecundado e ela contou a Elliot, Wendy sabia que não iriam sair de Clapham. Ele ligou para a mãe primeiro. Wendy pediu para a mãe vir quando o bebê nascesse, e logo eles souberam que o bebê seria dois bebês, e ela era mais necessária ainda.

Morar em Clapham era como morar em um parque de diversões horrível, uma atração pretensiosa na beira da estrada. As escolas eram muito bem avaliadas, a praça era bonita, mas todo lugar onde Wendy ia era como um museu Strick. *Essa* era a casa onde o marido dela tinha perdido a virgindade. *Esse* era o campo que ele e os amigos usavam no Quatro de Julho para, escondidos, soltarem fogos de artifício zunindo para o espaço. *Esse* era o restaurante com o melhor hambúrguer, *esse* era o bar com as melhores mesas. Ele era o especialista na vida deles, e ela, a turista. Quando tiveram os gêmeos, ela se tornou especialista neles, o que por algum tempo foi o suficiente. Aidan só dormia por 45 minutos de cada vez, Zachary preferia purê de maçã misturado com iogurte em proporções iguais. Aidan fazia xixi no penico, porém não mais, Zachary sempre, sempre fazia na fralda, até que ela tirou as fraldas e atirou-as no lixo com um grande floreio, como tinha feito antes com as chupetas. Elliot voltava para casa e manifestava admiração pelo trabalho dela. "Trabalho" dela. Era trabalho, é claro, mas, quando ele dizia isso, ela sabia que ele sussurrava aquelas frases feitas, que ele achava que qualquer coisa que acontecesse dentro de casa era passatempo. Como se as brincadeiras das crianças fossem brincadeiras para os pais. Como se não fosse trabalho evitar que a casa e as crianças explodissem em chamas, evitar que ela mesma acendesse o fósforo. Homens entendiam tão pouco.

Quando Wendy estava grávida de sete meses, a mãe dela veio de São Francisco — gêmeos sempre chegavam mais cedo, e as duas mulheres Chan gostavam de estar preparadas. O pai de Wendy ficou em casa — honestamente, algum dia existiu uma figura mais inútil que um avô? Vivian Chan escolheu o quarto ao lado do quarto dos gêmeos, embora houvesse uma suíte para *au pair* no primeiro andar, junto à garagem, com a própria entrada e uma cozinha pequena. Ela disse que se mudaria lá para baixo quando os meninos dormissem a noite toda e, quando eles estavam com seis meses, fez isso. Wendy sempre amou a mãe, do jeito dela, do mesmo jeito que se ama um avião por não colidir com uma montanha, mas, depois que os meninos nasceram, ela passou a dar valor a ela também. As duas mulheres atravessavam os dias juntas sem falar, passando coisas para lá e para cá com nada além de um aceno de cabeça: uma fralda, um pacote de lenços umedecidos, uma mamadeira, um paninho. Eram nadadoras sincronizadas. Elliot era o treinador ausente, que de vez em quando vagava até o quarto e encontrava cada uma delas segurando um bebê adormecido e oferecia um efusivo polegar apontado para cima, zunindo porta afora antes de ter a chance de perguntar se os braços delas haviam adormecido, se estavam com fome ou sede, se tinham o celular à mão. Quando a mãe voltou para São Francisco depois do primeiro aniversário dos meninos, Wendy chorou como nunca tinha chorado na vida.

Assim como Wendy tinha se transformado quando as crianças nasceram, Elliot também tinha, só que ela dera um passo em direção a outras experiências humanas, e ele tinha dado um passo para trás, abalado que estava pelos fluidos viscerais, as tarefas domésticas e o tédio. Ele não era capacitado — tinha dito isso para Wendy, incrédulo pelo pedido dela de ajuda para trocar Aidan uma manhã, quando a mãe e Zachary já estavam lá embaixo e Aidan tinha produzido um cocô amarelo vivo espantoso, que cobria a metade inferior e as costas dele, o trocador e as duas mãos de Wendy. Disse isso como se as aulas *dela* em Princeton incluíssem Economia Doméstica e Cuidado Infantil Para Iniciantes. Como se houvesse um manual e ela o tivesse lido. (Havia manuais, claro, centenas de livros contraditórios, e ela lera dezenas deles, mas não era essa a questão. A questão era que sempre deixava os livros, sublinhados e com a ponta da página dobrada, do lado dele na cama, e ele nunca tinha aberto nenhum.)

Wendy estava decidindo o que fazer: podia tirar uma soneca em cima da cama arrumada, podia dobrar a roupa limpa, podia fazer almôndegas para o jantar dos meninos, podia ver um dos vídeos de exercícios dela. Decidiu tirar uma soneca, ou pelo menos descansar os olhos, e caminhou de volta para o quarto principal, uma suíte — armários dele e dela, até mesmo os sanitários dele e dela dentro do banheiro principal. Astrid ficou chocada quando mostraram o projeto a ela — era a maior casa que Elliot já tinha construído e, assim como o escritório dele, significativamente maior do que a casa que substituiria. Havia tantas casas grandes e *antigas* em Clapham, casas como o Casarão, esse era o argumento de Astrid, como se

144

estivesse dizendo para eles lembrarem de reciclar o lixo de papel e plástico. Mas não queriam a casa de outra pessoa. Wendy gostava das coisas limpas tanto quanto Elliot, frescas, e era o trabalho dele construir coisas novas. Astrid nunca tinha entendido Elliot — Wendy achava cruel sequer pensar isso a respeito de outra mãe, mas era verdade. Também era bom lembrar que ela e Elliot estavam unidos em certas coisas, do jeito que costumavam ser em relação a tudo. Desabou de costas em seu lado da cama e se arrastou para cima até a cabeça alcançar o travesseiro. Podia tirar uma soneca desse jeito, sem ficar desarrumada ou desarrumar os lençóis, por pelo menos trinta minutos. Wendy mal tinha fechado os olhos quando escutou a porta da garagem se abrir.

Ela correu para a janela — ninguém deveria estar entrando, a menos que alguma coisa estivesse errada. Chegou ao vidro bem a tempo de ver o para-choque traseiro do carro de Elliot estacionar. Wendy se olhou no espelho e deu batidinhas nas bolsas debaixo dos olhos, beliscando a pele das bochechas. Caminhou de volta para a cozinha e encontrou Elliot sentado à mesa.

— Oi — disse ela.

— Onde estão todos? — perguntou Elliot.

— Os meninos estão dormindo.

Ele saberia os detalhes se escutasse o que ela dizia.

— Certo — concluiu Elliot.

Ele parecia suado. Setembro ainda era verão, afinal de contas, e ainda quente o suficiente do lado de fora para fazer qualquer pessoa transpirar se ficasse no sol por mais de alguns minutos.

Wendy cruzou os braços e esperou que ele dissesse por que estava sentado à mesa deles, e não à mesa dele no escritório dele. Em vez disso, ele se inclinou para frente e descansou a testa na madeira.

— Você está doente?

Wendy olhou para o relógio. Tinham uma hora, talvez menos. Ele não entendia que a vida dela inteira era cronometrada de forma mais cuidadosa que um parquímetro?

— Não exatamente — respondeu Elliot, que se sentou e fez uma cara de alguém que talvez precisasse enfiar a cabeça dentro de uma lixeira de plástico. — Tenho uma boa notícia.

— Você quase me enganou — afirmou Wendy, inclinando a cabeça para o lado. — Que tipo de boa notícia?

Ele apontou para algumas pastas lustrosas espalhadas no balcão.

— Recebi uma oferta. Uma oferta de verdade.

As sobrancelhas da Wendy se arquearam.

Elliot tinha comprado um terreno na rotatória um ano atrás. Era difícil manter um segredo em Clapham e também no ramo imobiliário, mas não impossível. Ainda assim, Wendy ficou surpresa que Elliot tivesse conseguido esconder da mãe. Astrid achava que sabia o que era melhor para todo mundo — para Elliot, para os gêmeos, para a cidade inteira. A ideia era essa: trazer Clapham para este século. Construir uma nova âncora para a cidade. Fazer dela um destino. Elliot tinha uma lista longa do que a cidade precisava: um hotel de luxo, um bar que não tivesse uma placa em neon da Budweiser, um Shake Shack, uma dessas salas de cinemas onde você podia jantar na poltrona. Elliot tinha um milhão de planos e queria levar todos eles a cabo. Ele amava a cidade, mas não tanto quanto amava a ideia do que ela podia se tornar. Era o que o pai ia querer para ele: que deixasse sua marca.

— Quem? — perguntou Wendy.

Durante meses, Elliot andou cortejando o maior número possível de prováveis licitantes. Era mais difícil do que tinha imaginado transformar Clapham na sua visão do futuro. Ele mudava a apresentação dependendo da pessoa com quem estava falando — Clapham era a nova Westport, o Vale do Hudson era o novo Hamptons. No último ano, seis empresas diferentes tinham feito propostas: uma loja de suprimentos para tratores, uma padaria vegana, uma loja que vendia modelos de trens para adultos, um salão de beleza para animais de estimação e um restaurante mexicano. Alguns deles colocaram as propostas por baixo da porta, outros enviaram maços de papel para o endereço listado, a casa dos pais de Wendy. Elliot conheceu o cara dos suprimentos para tratores e o do salão de beleza para animais de estimação. Os dois conversaram com ele no balcão do Spiro, sem saber.

— Beauty Bar.

— Merda.

— O quê? Eles são gigantescos, seria o destino pra toda mulher em oitenta quilômetros!

Elliot ainda parecia nauseado.

— Sim, é grande e chamativo e vai estar bem do outro lado da rua do salão da namorada da sua mãe. Não é nisso que você está pensando?

Wendy estendeu a mão e pegou a pasta preta. Podia ver os dois *bês*, um de costas para o outro, do logotipo da Beauty Bar gravados em relevo na capa, e correu os dedos por cima.

— Caro.

— É um bom negócio, acho. Preciso de um advogado para ler a proposta, mas a pessoa com quem falei, Debra, me disse que é realmente um bom negócio. Eles querem que eu construa, querem que eu o alugue por dez anos, vão pagar mais do que qualquer um está pagando na Main Street. Duas vezes mais, talvez mais. O suficiente para a gente comprar mais prédios, fazer o shopping perto do posto de gasolina.

Elliot queria transformar o vale no Corredor Strick Brick, com os prédios e negócios dele indo de Nova York a Albany.

No andar de cima, uma lamúria e então um baque. Os gêmeos deveriam ter dormido mais 45 minutos, pelo menos.

— Sou advogada, você sabe — comentou Wendy.

— Vou dar um jeito — disse Elliot, engolindo em seco.

— Deixa eu ler. E por que é que você não fala com sua mãe sobre disso? A decisão é sua, mas você não quer fazer nada que possa se arrepender.

— Porra, por que eu perguntaria pra minha mãe? Meu Deus, Wendy!

As bochechas de Elliot estavam manchadas e as narinas, dilatadas.

— A decisão é minha!

— Caramba, tudo bem — falou Wendy, erguendo as mãos em sinal de rendição.

— A decisão é minha! — repetiu Elliot, como se ela não tivesse entendido da primeira vez.

Acima das cabeças deles, Wendy ouviu um par de pés se transformar em dois, um pequeno bando. Conseguia enxergar o resto do dia: Elliot trancado no escritório dando telefonemas, ou talvez só lançando bolas de golfe no quintal, o fone de ouvido Bluetooth ligado, enquanto ela domava Aidan e Zachary da soneca até a hora de dormir, com papai entrando em ação para um beijo de boa noite. Se ele quisesse viver em outro lugar, eles poderiam ter feito isso.

Um dos meninos — parecia Aidan — soltou um grito a plenos pulmões.

— Você vai ver que merda tá acontecendo lá em cima? — perguntou Elliot a ela.

— Não — respondeu Wendy, amando o som da palavra na boca agora. — Me dá a proposta, me mostra o que eles disseram de fato. Vou ler.

— Que porra é essa? É um dia de trabalho, Wen!

Ele continuava sentado, como um cliente impaciente em um restaurante. Wendy pegou as chaves dele de cima da mesa.

— Estou fazendo um favor pra você, pode simplesmente dizer obrigado.

A boca de Elliot se abriu em tal estado de choque — *que insulto!* — que Wendy riu.

— Se eu tivesse que adivinhar, diria que o Aidan quer fazer cocô. Verifique o penico quando subir, a menos que queira passar a próxima hora limpando detritos das paredes e do chão enquanto duas crianças trepam em cima de você. Vou estar em casa logo, pra ajudar. Até a hora deles dormirem, com certeza.

Elliot arfou. Ele estava com medo dos próprios filhos, Wendy percebeu.

— Você vai ficar bem — afirmou ela e saiu.

Capítulo 18
REFEIÇÃO EM FAMÍLIA

A strid confiava em um bom jantar, sempre tinha funcionado. No início, quando eram só ela e Russell, era como brincar de casinha, com guardanapos de tecido e castiçais; e então com o bebê Elliot, que tinha sido uma criaturinha frágil e solene, como um monge careca, feliz em roer um único pedaço de pão por 15 minutos; depois Porter, que berrava e algumas vezes arremessava um punhado de ervilhas, mas que comia qualquer coisa ao alcance da mão, até ostras escorregadias; depois o bebê Nicky, que adorava a sensação de comida macia esmagada contra a pele e tinha que ser lavado depois de cada refeição, e Astrid enxaguava o purê de cenouras, a manteiga de amendoim, o creme de milho, o que quer que tivessem colocado no prato dele. Esses foram os melhores anos, os anos em que as crianças estavam todas crescendo, quando as diferenças entre elas eram tão grandes (um aprendendo a tabuada, um descobrindo as orelhas de coelho dos cadarços, um caminhando, de pé, de um lado a outro de um tapete) que Astrid e Russell ficavam genuinamente maravilhados durante pelo menos cinco minutos do dia, por mais agitados e frustrantes que fossem os outros 1.435 minutos. Quando Elliot partiu para a faculdade e Porter e Nicky eram adolescentes, a montanha-russa entrou em um túnel escuro, e, antes que pudessem sair do outro lado, Russell morreu e o túnel tornou-se permanente. Astrid estava ansiosa para sair do outro lado — viajar para países estrangeiros e se amontoar em volta de um guia turístico segurando uma bandeira colorida no alto, alugar uma casa flutuante, sabe-se lá. Era fácil dizer que teria sido um capítulo maravilhoso e emocionante da vida deles agora que era puramente hipotético.

A inclusão de Birdie e Cecelia era uma sensação boa, era como voltar à forma. Astrid estava de saco cheio de cozinhar só para ela mesma — tantas coisas pareciam não valer mais o esforço. Adeus, costelinhas, adeus, *coq au vin*. Cada configuração tinha cabido nas mesmas duas mesas, o retângulo enorme da sala de jantar ou, com maior frequência, a mesinha da cozinha encostada no canto. Guardanapos de tecido em cada um dos lugares. Ela não lamentou quando as crianças ficaram grandes o suficiente para ajudar a limpar e quando pararam de jogar comida no chão. Todos os pais haviam passado tempo suficiente de joelhos tentando raspar pedaços de macarrão do dia anterior do chão.

Por que Barbara Baker não tinha tido filhos? Astrid sempre achou estranho — não que uma mulher pudesse ou não escolher não ter filhos, embora fosse menos comum quando eram jovens, mais difícil de desafiar as expectativas. Mas Barbara, em especial, sempre se curvava para conversar com os pequeninos enquanto atravessavam a rua, colocava M&M's no biscoito de arroz que fazia em eventos da prefeitura, se fantasiava para o Halloween. Sem falar em todos os animais de estimação. De várias maneiras, Astrid pensou que Barbara era mais adequada à maternidade que ela — mais paciente, provavelmente, mais disposta a ter conversas sem fim a respeito de dinossauros, mais hábil com tesouras apropriadas para crianças. Astrid conhecia os próprios limites, é claro que sim. Limites eram importantes. Era por isso que seus filhos eram educados com estranhos.

Cecelia estava lendo sentada à mesa. Astrid ficou surpresa que ainda ensinassem J. D. Salinger na escola — ele tinha dormido com uma adolescente, não tinha? Deveriam estar lendo só Toni Morrison. Parecia tão simples dar fim a esquisitões e predadores sexuais simplesmente eliminando todos os homens. Claro, perderíamos algumas pessoas decentes, mas o resultado final seria tão positivo, quem reclamaria? Mesmo assim era legal ver um rosto pequeno escondido atrás de uma brochura, cotovelos abertos em cima da madeira. Astrid parou no balcão e só observou. Era isso que ela queria — era isso que todo mundo queria. Ter os filhos dos filhos por perto, ser jovem o suficiente para vê-los crescer e serem autossuficientes, dentro do possível. Ser avó não era o mesmo que ser mãe, graças a Deus, mesmo em casos como esse. Não conseguia imaginar os filhos de Elliot chegando a esse ponto — ela estaria velha, ou morta, quando conseguissem se sentar quietos e ler livros. Mas Cecelia estava aqui, uma hóspede tranquila. Isso significava que, afinal de contas, ela fizera alguma coisa certa com Nicky, quer ele admitisse ou não. Ela parecia tão jovem para Astrid, evidentemente ainda uma criança — quando Porter tinha 13 anos, Astrid a via como uma jovem mulher, tão próxima quanto agora da idade de Astrid. Quando Porter era adolescente, as próprias memórias de adolescência de Astrid pareciam uma parte relevante do DNA dela, ao passo que agora essas mesmas memórias pareciam um filme triste e chato, de cujo enredo ela não conseguia lembrar direito. Cecelia era uma criança. Astrid desejou que soubesse disso quando os filhos eram adolescentes, embora achasse que não sabia. Tudo era tão mais fácil com a distância.

Um cronômetro vibrou, e Birdie se animou. Ela estava misturando um molho de salada — tahine e iogurte, o novo favorito de Astrid.

— Quentinho e prontinho! — exclamou Birdie.

Ela abriu o forno e puxou uma assadeira com abóboras caramelizadas e cebolas roxas. Astrid observou enquanto Birdie se livrava da luva e começava a montar pratos para as três.

Houve outros momentos em que Astrid pensou em contar para os filhos a respeito de Birdie. Para Porter, pelo menos. No último Natal e nos dois últimos aniversários dela. Mas Birdie tinha ido visitar a irmã na época das festas, e os filhos nunca apareciam ao mesmo tempo para o aniversário dela, se é que chegavam a aparecer, e então Astrid ia, na verdade, contar a Birdie sobre Birdie, e ela obviamente já sabia. Nunca pareceu necessário, e Birdie repetiu diversas vezes para Astrid que o que ela contava para a família e os amigos dependia inteiramente dela. Estavam felizes juntas, era isso o que importava. Algumas vezes Astrid pensava que, se gostasse de Birdie um pouquinho mais, teria contado às pessoas duas vezes mais rápido.

— É tão bom cozinhar pra mais de uma pessoa — comentou Birdie.

— É tão bom ser alimentada — falou Astrid.

— É tão bom que vocês esquecem que a pizza foi inventada. — Cecelia largou o livro. — Estou brincando.

Normalmente, os pais dela eram vegetarianos, e Cecelia estava acostumada a banquetes com cogumelos e tempeh.

Birdie entregou a Astrid os pratos servidos, que os levou em poucos passos até a mesa. Astrid se sentou na cadeira em frente ao banco de Cecelia, deixando a cadeira ao lado dela livre.

— E aí, como é a escola, Cecelia? Já encontrou mais alguém de quem você gosta?

Era uma conversa permanente. Birdie não tinha convivido com uma adolescente desde a sua própria adolescência e estava realmente curiosa. Astrid queria explicar que adolescentes não falam, não exatamente, mas era fofo vê-la tentar.

— É legal. Minha professora de inglês é legal.

Birdie e Astrid trocaram olhares.

— Alguém com menos de 25 anos? — perguntou Birdie.

— Ela pode ter menos de 25, pode ter 50, como eu vou saber? É uma professora. E o August.

— Além do August? — perguntou Astrid.

Garotas precisam de amigas por um milhão de razões: porque têm absorventes, porque gostam de falar ao telefone, porque sempre querem saber como você está se sentindo. Nicky sempre gostou de falar dos sentimentos dele também, mas tinha sido um unicórnio.

— Nada.

— Estive pensando — sugeriu Astrid, mudando de assunto. — Em ir ver o motorista do ônibus.

— A nova? Ela é muito esquisita. Tipo, muito nervosa.

Cecelia pegou um garfo e arrastou um pouco da abóbora assada pelo molho espesso e delicioso de Birdie, que Astrid tinha esparramado por cima.

— Não, o antigo. Ele está na prisão, aguardando julgamento. Minha amiga que trabalha no gabinete do secretário da câmara me disse.

Astrid procurou o moedor de pimenta, os dedos se agitando sobre a mesa como uma toupeira farejando uma refeição. Birdie e Cecelia fizeram contato visual e depois se viraram para Astrid.

— Por que cargas d'água? — perguntou Birdie.

— Isso é maluquice — completou Cecelia.

— Só estou curiosa! Acho que ele pode ter tido um motivo. Não que estivesse mirando em Barbara em especial, não necessariamente, mas estava mirando em alguém. Acho que queria sentir esse poder. São sempre homens brancos, sabe, nove em cada dez vezes. São homens brancos que apelam pra violência contra a família, contra estranhos, contra o mundo.

Astrid pôs uma garfada de comida na boca.

— Claro, é verdade — concluiu Birdie. — Mas o que é que isso tem a ver? Você não é a Miss Marple! Você quer fazer justiça com as próprias mãos? Ele já está na prisão, Astrid. Foi ele. Todo mundo viu. Não é um mistério.

— E o que é que você diria pra ele?

Birdie ofereceu um pouco de salada para Cecelia, e ela encheu os copos de água das três.

— Eu ia perguntar a ele por quê! Ia perguntar como ele estava se sentindo. É óbvio que existem problemas de saúde mental ali — disse Astrid, olhando para elas. — Guardanapos!

— Vóvi, realmente acho que essa é uma ideia estranha e ruim. Se é importante pra você, vou fazer mais amigos — afirmou Cecelia, pegando um guardanapo de tecido da avó.

— Concordo com a Cecelia — acrescentou Birdie. — Ele enlouqueceu. Ou simplesmente estava drogado! Ele não vai fazer isso de novo. Seja qual for a razão, não foi um ataque pessoal a Barbara. Sei que não é justo, mas isso não significa que existe uma razão secreta por trás de tudo — disse ela, colocando a mão no ombro de Astrid. — Mesmo.

— Foi só uma ideia! Acho que só quero alguma coisa pra consertar. Tive um almoço horrível com o Elliot — disse Astrid, fazendo uma careta para Cecelia. — Eu não devia dizer isso na sua frente.

— Tudo bem — falou Cecelia. — Ele não é meu pai. Você pode dizer coisas ruins sobre meus tios. Eu vou ser babá dos gêmeos, Wendy me pediu.

— O que seu pai diz a meu respeito, Cecelia? — perguntou Astrid.

Cecelia olhou para ela de um jeito ansioso, o garfo pairando no ar a cinco centímetros do rosto. Birdie arqueou uma sobrancelha.

— Astrid!

— Como assim? — perguntou Cecelia, levando as cebolas assadas e doces à boca como um engolidor de espadas. — O que ele diz a seu respeito quando?

— Quer dizer, se sua mãe perguntasse ao seu pai se ele tinha falado comigo, o que ele diria? Que expressão estaria no rosto dele? Estou curiosa.

Birdie estalou a língua.

— Astrid.

— O quê? Esta é uma oportunidade única — disse ela, olhando para Cecelia. — Você não precisa me dizer.

— Hum — murmurou Cecelia. — Quer dizer que você quer saber que coisas ruins ele diz a seu respeito? Tipo, as queixas dele?

— Ou não! As coisas boas também, é claro!

Birdie franziu a testa para Astrid.

— Isso não é o tipo de coisa que termina bem.

Astrid se inclinou e beijou-a na boca:

— Estou tentando uma nova abordagem radical da vida. Chama-se: fazer perguntas.

— A honestidade pode sair pela culatra, só pra você saber — disse Cecelia. — Não sei se você está pronta, Vóvi.

Astrid assentiu com solenidade.

— Eu dou conta.

Cecelia pousou o garfo na borda do prato e limpou a boca com o canto do guardanapo.

— Para de enrolar — pediu Astrid.

— Credo! Tá bom! Tá bom — disse Cecelia revirando os olhos.

— Acho que meu pai pensa que você é um pouco... é... inflexível.

— Tipo, forte?

Astrid sentiu as pálpebras tremerem.

— Tipo... é... rígida? Tipo, você sabe. Intransigente.

— Um pouco dura, talvez? — acrescentou Birdie.

— Argh! — resmungou Astrid, beliscando a coxa da Birdie. — Traidora!

— Só estou tentando ajudar!

Birdie agarrou a cadeira pelo assento e chegou mais para perto de Cecelia.

— Ele com certeza diria que você é bem-organizada. Arrumada. Sei que gosta disso, mesmo que ele próprio não seja capaz de ser assim — assumiu Cecelia. — Meus pais estão sempre discutindo de quem é a vez de lavar a louça, mesmo que nenhum dos dois queira fazer isso.

— Viu? Eu realmente consigo me reconhecer aí — concluiu Astrid. — Tudo bem, isso não é tão ruim.

Ela mostraria a Nicky que era uma pessoa flexível. Que era divertida. Que não só era capaz de dar abrigo e alimento para a filha dele, mas também de proporcionar um cuidado efetivo. Astrid não teve tempo de ser calorosa quando as crianças eram pequenas, eles eram três, afinal de contas, e ela não queria enlouquecer. Quando eram adolescentes, não prestavam atenção nela. Astrid lembra de colher flores para Porter quando ela foi uma das Rainhas da Colheita no desfile anual da escola, uma honra que Porter levou tão a sério quanto um peido, e nem sequer agradeceu. Quando Russell morreu, Astrid teve que ser forte. Uma viúva chorosa e destroçada não serviria para nada, serviria? Astrid achava que não. Mas agora, talvez agora, ela podia tentar.

— Certo, acho que já comemos o suficiente, Cecelia, não acha? — perguntou Birdie. — Quer um pouco de sorvete?

— Sim, por favor — respondeu Cecelia, virando criança de novo com o prato vazio nas mãos.

Capítulo 19

VINTE SEMANAS

Mulheres grávidas viam os médicos mais do que viam os amigos, ou pelo menos com Porter era assim. Quase mais do que via as cabras. Mas Porter adorava a doutora McConnell. Beth McConnell era uma mulher afro-americana de Albany, com óculos de aros de tartaruga enormes e um espaço entre os dentes da frente, a garota mais inteligente e nerd de qualquer turma do terceiro ano. O que Porter mais amava na doutora McConnell era que ela praguejava ("Ah, merda, esqueci a gosma, já volto") e era despretensiosa, mas o melhor de tudo é que tinha a idade de Porter e não era casada.

Vinte semanas marcavam a metade do caminho, e a consulta do dia era para o exame de anatomia, que ampliava cada parte do corpo do bebê, um filme em tempo real detalhado e com movimentos lentos mostrando a realidade inteiramente natural e, ao mesmo tempo, absolutamente estranha de um ser humano crescendo dentro de outro. Porter estava nervosa.

— Então, você vai conseguir ver tudo. Tudo mesmo.

Fazia semanas que Porter sabia que teria uma menina. Mães com mais de 35 tinham que fazer exames de sangue adicionais, porque os riscos de todos os tipos de terríveis malformações congênitas disparavam, como uma punição pela procriação tardia, como se os próprios óvulos estivessem revoltados, irritados por não terem sido convidados para a festa mais cedo.

— Sim — disse a doutora McConnell. — As cavidades cardíacas, o sangue, os rins, os dedos dos pés, a coluna vertebral...

— Espero que não nessa ordem.

Porter se deitou na cadeira e levantou a blusa até o topo da caixa torácica. Por um longo tempo só parecia que ela estava ficando mais gorda e macia, o corpo todo mais suave em todos os lugares exceto os seios, pedrinhas duras que sonhavam em se tornar rochas. Agora a barriga se curvava para fora em um bom parêntese, mesmo quando estava deitada de costas.

— Ah, não — falou a doutora McConnell, esfregando as mãos vigorosamente. — Sei que não está frio lá fora, mas o ar-condicionado está bombando aqui dentro e minhas mãos estão congelando, desculpe — disse, cutucando a barriga de Porter, as pontas macias dos dedos pressionando com firmeza o osso púbico. — Aqui está o fundo do seu útero. — E alguns centímetros abaixo do esterno: — E aqui está o topo, isso é ótimo. Suas medidas estão perfeitas.

Preparou a máquina para o ultrassom, de volta às tarefas rotineiras.

A palavra *perfeitas* fez os olhos de Porter lacrimejarem. A doutora McConnell provavelmente dizia isso o tempo todo, mas Porter ficou grata mesmo assim. A ideia de que qualquer coisa relacionada ao que ela estava fazendo na vida era perfeita era novidade. Seria bom, Porter pensou, ouvir isso de vez em quando. Os pais de Rachel estavam sempre arrulhando em torno das conquistas dela — no Facebook, o *feed* de Rachel estava sempre cheio de posts da mãe dela: fotos de bebê, recortes de jornais, fotos de hipopótamos abraçados em rios lamacentos. O subtexto sempre era: *Você é perfeita.* Talvez ela sempre tivesse feito isso ou talvez estivesse tentando compensar pelo marido da Rachel, mas não importava. Ela seguia fazendo isso, e Rachel certamente não havia pedido. Astrid às vezes dizia coisas assim para Nicky. Não a palavra *"perfeito"*, porque não era assim que ela era, mas dizia coisas como "Ah, eu estava na livraria da Susan, e essas duas jovens no caixa estavam falando de um novo livro, e aí uma delas disse, 'É igual ao *Jake George*!' E então as duas puseram a mão no coração e suspiraram." Ela nunca dizia coisas assim em relação a Porter, embora ela soubesse que a mãe sentia orgulho do seu trabalho duro e do que tinha conquistado. Mas se a doutora McConnell dizia que Porter estava com as medidas perfeitas, isso significava que ambas, ela e a bebê, estavam no caminho certo.

— Bem, vamos dar uma olhada mais de perto, então. Tenho certeza de que você quer ver sua bebê.

Deslizou o banquinho de rodinhas até a parede e apagou a luz. No momento em que a doutora McConnell ampliou a primeira parte do corpo, a coluna vertebral, Porter já estava chorando.

— Sinto muito — desculpou-se Porter.

Os batimentos cardíacos da bebê piscavam na tela como um avião se movendo pelo céu noturno, forte e estável.

— Eu não — retrucou a doutora McConnell. — Ela é maravilhosa.

Porter chorou durante o resto do exame, enxugando os olhos com um lenço de papel a cada trinta segundos. A bebê estava enrolada como um camarão, as pernas chutando suavemente, os braços dobrados apontando para o rosto.

— Você pode trazer um acompanhante, você sabe — reforçou a doutora McConnell. — Sua mãe? Um irmão?

Porter imaginou Astrid sentada ali ao lado, segurando a mão dela. Será que estaria chorando? Porter estaria chorando se a mãe dela estivesse ali? Imaginou Elliot, checando o celular no canto, balançando a cabeça de vez em quando, em uma demonstração falsa de apoio. Nicky podia ter chorado. Cecelia também. Ela devia ter convidado Rachel — por que não tinha feito isso? Uma podia ser a acompanhante da outra! A mãe de Rachel já era a acompanhante dela. Será que Jeremy viria? Ela o tinha visto três vezes agora, no celeiro, na casa dela e uma na parte de trás da clínica veterinária, no meio da noite. Eles não falaram da bebê, não exatamente, embora ele tivesse posto a mão na barriga dela, como a doutora tinha acabado de fazer. É claro, ele sabia o que estava apalpando. A doutora McConnell moveu o bastão, e o rosto da bebê surgiu em primeiro plano. Ela apertou um botão na máquina, e a imagem se transformou em 3D. A imagem era de um marrom lamacento, pixelada, como se a informação tivesse percorrido uma grande distância, o que Porter supunha ser o caso — o caminho todo através da pele dela, de dentro para fora.

Porter pensou em todos os homens do mundo que tinham que fingir que haviam feito o trabalho só porque agora estavam perdendo algumas horas de sono. Eles não tinham feito aquilo. As mulheres estavam sempre sozinhas, sozinhas com os bebês. Havia alguns fardos — algumas *experiências* — que não podiam ser compartilhados. Porter parou de chorar e observou a bebê ter um soluço, o corpinho flutuando dentro dela, mas já tendo vida própria.

Porter voltou ao trabalho e depois ligou para o irmão do meio do curral. Normalmente era preciso seis tentativas para conseguir que Nicky atendesse o telefone — Porter sempre achava que teria que deixar algumas mensagens antes de conseguir falar com ele —, e ficou surpresa quando ele atendeu depois de três toques.

— Puerto! — exclamou ele. — Mamãe me falou do bebê. Isso é ótimo.

Porter afastou uma cabra da canela.

— Ela contou? Eu ia contar! E por que não me ligou, seu animal?

— Isso é ótimo, eu disse! As coisas estão corridas! Amo você!

Nicky tossiu. Ele estava sempre, sempre fumando maconha. Porter achou que aquilo era algo que passaria com o tempo, mas ele estava com 36 anos agora, o irmãozinho dela, e a maconha era uma parte tão importante da vida dele quanto tinha sido quando era adolescente. Se ele fosse um tipo diferente de homem, estaria planejando um império de óleo de canabidiol ou um campo de pés de maconha altíssimos. Mas não Nicky — ele só estava curtindo. Não havia muita gente capaz de desistir de ser um Ator Famoso, mas esse era o irmão dela. Maconha, sim. Fama, não. Havia tantas coisas de que as outras pessoas gostavam e que Nicky rejeitava — festas em Hollywood, ser famoso o suficiente para ter a própria foto nas revistas, sexo casual —, mas nunca a maconha.

— É menina.

— As meninas são melhores. Como está a minha?

Ele respirou fundo.

— Ela é ótima, não graças a você.

Não era uma coisa legal de se dizer, mas Nicky era irmão dela, e é para isso que servem os irmãos, para treinar a pontaria. E ela sabia que ele não morderia a isca.

— Ela é, é verdade. Sempre foi. Levei um tempo pra entender. Eles são quem são desde o momento em que nascem. Ela e Astrid estão se entendendo?

— Parece que sim. Acho que a mamãe ainda não está deixando ela maluca.

O dia estava glorioso, avançando em direção ao outono, mas quente e iluminado e lindo. Se existisse um lugar que fosse durante os doze meses como Clapham era em meados de setembro, Porter se mudaria para lá. E o norte da Califórnia não contava, era longe demais.

— Que bom. Eu fico ligando, mas é difícil falar com ela no telefone. Não ria — pediu, mas Porter já estava rindo.

— O sujo falando do mal lavado — afirmou ela. — Saudade de você.

— Saudade de você também. Realmente queria poder ver você grávida. É muito louco, Puerto. Você vai ser ótima. E não escute a Astrid, você não precisa de ninguém. Quer dizer, você não precisa de um marido. Você precisa de uma comunidade, você precisa de amigos que possam levar comida e lavar a louça e lavar a roupa. Mas você não precisa de um marido. Confie em mim. Não somos assim tão bons.

— Você não é tão ruim assim.

Porter enfiou a mão no bolso e encontrou uma barra de chocolate que não se lembrava de ter comprado.

— E você está se sentindo bem? Nenhum enjoo matinal? Juliette vomitava umas quatro vezes por dia durante meses. Meu Deus, eu não pensava nisso há anos. Ela carregava balas de hortelã no bolso, em todas as bolsas. Por anos, sempre que a gente usava uma bolsa, havia um pequeno pacote de balas de vômito no fundo. Era assim que ela chamava, balas de vômito.

Porter ficou quieta. Ela percebeu que o irmão não tinha terminado, não exatamente.

— É tão estranho a Cecelia não estar com um de nós. É como estar em uma constelação. Você não consegue visualizar toda a imagem quando é uma das estrelas, sabe? Isso é o que eu sinto agora. A ponta de uma flecha. O fundo de uma colher. Nada. Juliette e eu estamos fazendo nosso lance, sabe, aqui e ali, juntos, sozinhos, não importa. Mas sem Cecelia aqui parece fingimento, como se nós dois pudéssemos só girar na nossa órbita sem ninguém perceber ou se importar. Não existe nenhum peso nos segurando juntos.

Também era assim que Porter se sentia em relação a ela mesma e aos irmãos, que eram três partes de um todo que, de algum jeito, havia se desembaraçado. Ela lembrava da infância, de amar os irmãos mais do que amava qualquer outra coisa no mundo, de pensar (antes da morte do pai) que os três podiam fugir e viver aventuras e que nada de ruim jamais aconteceria, porque tinham um ao outro. Nicky e Elliot eram tão diferentes um do outro agora, e sempre tinham sido, mas com a proximidade da infância as diferenças pareciam não importar, era só uma parte de uma peça cômica, como rivais em um seriado. Nicky era o pequeno mascote selvagem, Elliot era o líder *de facto* e Porter era a manteiga de amendoim, a cola. Os dois a amavam mais do que amavam um ao outro. Depois de Nicky ter aparecido no filme e as pessoas começarem a prestar atenção nele, do nada, sem aviso, Porter e Elliot se adiantaram como dois guarda-costas. Ele foi o primeiro a se afastar, e, quando o pai morreu, aquilo desatou o resto, e Porter passou toda a vida adulta tentando descobrir como emendar tudo de novo. Jeremy tinha dito mil vezes que irmãos não importavam — ele não falava com o irmão mais de uma vez por ano, e daí? —, mas Porter nunca quis desistir. Ela nunca ligava para Elliot e ele nunca ligava para ela, e quando estavam juntos, Porter se sentia mais irritada do que qualquer outra coisa, mas ainda assim. Mas ainda assim.

— Eu te amo, Nicky.

Ele teria chorado no ultrassom, teria segurado a mão dela. Teria dito algo do pai deles que ela esquecera. Não era justo quando as pessoas se mudavam. Elas levavam muito de você com elas, mesmo sem querer.

— Também te amo, mana — falou Nicky. — Dá um abraço naquela garota por mim, tá?

— Claro — respondeu Porter, envolvendo o próprio corpo com os braços.

Às vezes se perguntava se tinha sido bem-sucedida demais em convencer todo mundo na cidade de que era tão durona quanto a mãe, tão durona quanto os irmãos. Era tão durona que ninguém jamais procurava por ela só para ter certeza de que estava bem, porque sempre estava. Isso não era verdade, claro, mas ninguém nunca se incomodou em descobrir. Era outra coisa que Porter faria como mãe: perguntar para a filha como ela estava e o que estava sentindo, pelo menos uma vez por semana ou até uma vez por dia. E ia esperar pela resposta.

Capítulo 20

AUGUST DIZ A VERDADE, PARTE UM

O primeiro jeito que August tinha de entender isso era pensar em como foi feito, o momento em que suas células começaram a se juntar e a se multiplicar. Seus pais lhe contaram, quando tinha idade suficiente para entender. Fazer um bebê era como assar um bolo, sua mãe, Ruth, disse com ingredientes e uma ordem específica a seguir, e aí você tinha que esperar para ver se a receita tinha dado certo. *Então*, August pensava, *talvez tenham errado parte da receita e colocaram demais da minha mãe e não o suficiente do meu pai.* Talvez por isso se sentisse dessa maneira. Mais tarde, August se sentiria envergonhado desse pensamento, que era completamente equivocado, mas crianças são crianças. August tinha apenas 8 anos.

Não era errado. Só diferente. Do jeito como duas pessoas diferentes podem seguir a mesma receita e fazer dois bolos diferentes, dependendo da quantidade de baunilha que você coloca, do tipo de manteiga que você usa, de quanto tempo você fica misturando as coisas. Do quão paciente você é. De quantas vezes você abre o forno, só para verificar.

* * *

A roupa ajudava — a loja estava sempre cheia de possibilidades diferentes. Seus pais pensavam nelas como figurinos, mas August não era tão ingênuo, mesmo que nunca dissesse isso. Quando tinha 10 anos, seus pais o levaram para o acampamento de verão pela primeira vez. August implorou para ir — ele já gostava de ler, então encontrou online o acampamento, sem ajuda de ninguém. Era evoluído, mesmo para Clapham, mesmo para o nordeste, mesmo para pessoas como seus pais que faziam compostagem com minhocas. A camiseta do acampamento dizia "O ACAMPAMENTO ALDEIA DO SOL NÃO É COMPETITIVO, NÃO É RACISTA, NÃO É HOMOFÓBICO, NÃO É TRANSFÓBICO, NÃO É MACHISTA, NÃO TEM FINS LUCRATIVOS". A palavra vibrava ali no meio e eletrificava os olhos de August toda vez que se permitia olhar para ela. O acampamento ficava escondido nos bosques de Massachusetts, a poucas horas de distância, mas quando John embicou o carro na estrada particular que levava ao acampamento, uma coleção de celeiros antigos e prédios rústicos remodelados, sentiu que vomitaria — era ali, August sabia, que ele faria o teste. Veria se mais alguém notava.

No acampamento, todo mundo estava fazendo um experimento com alguma coisa: macramê, bissexualidade, slime, frisbee, beijo de língua, maquiagem, raspar as pernas. August decidiu começar com um novo nome. Seu alojamento foi chamado de Sempre-Viva, e August era uma entre doze crianças, todas equipadas com dois jogos de lençóis, um saco de dormir, um cantil, quatro bermudas, oito camisetas, dois moletons e tantas roupas íntimas quantas tivessem. A cama de August era na parte de baixo de um beliche, o que era cobiçado, embora quisesse dormir em cima, então quando se ofereceu para trocar com seu novo colega de quarto, Danny, um loiro de cabelos cacheados do Brooklyn, August ficou feliz e o abraçou, dizendo "Cara! Você é demais!". Quando o alojamento se reuniu em seu primeiro círculo, onde cada um se apresentou e disse de onde era, ele contou a todos que, apesar do seu nome ser August, todos em casa o chamavam pelo nome do meio, que era Robin, e que eles também deviam fazer isso. E assim fizeram. Fácil desse jeito. Parecia um pequeno fio de luz perfurando uma sala escura.

Às vezes uma mentira não é uma mentira quando ela aproxima você da verdade. Às vezes a mentira é mais como um desejo, ou uma oração.

Robin Sullivan. O tipo de nome que você não saberia dizer. Era um nome intermediário, um nome prático, talvez. As garotas do alojamento ao lado eram as amigas mais próximas de August, e quando ele passava pela mesa delas no refeitório todas as manhãs, elas cantavam *"Rockin' Robin, tweet, tweedly twee"* em uníssono, e os olhos de August se reviravam de puro prazer, como um cachorro tendo a barriguinha esfregada. Elas não eram como as garotas de Clapham, que usavam *leggings* e deixavam o cabelo crescer até a metade das costas e andavam de bicicleta cor-de-rosa com fitinhas cor-de-rosa e roxas e compravam a mesma cor de batom na farmácia. As garotas do acampamento eram diferentes. Uma delas tinha o cabelo raspado, outra tinha três furos em uma das orelhas. As monitoras também eram diferentes: algumas usavam bermudas jeans folgadas e tinham argolas no nariz, e algumas usavam vestidos florais e tinham cabelo de Rapunzel. Uma, que todo mundo chamava de Gansa, se gabava de nunca ter cortado as unhas dos pés. As garotas negras dormiam com os cabelos envoltos em lenços de seda. Todas as garotas peidavam alto e depois riam. August não tinha certeza antes, porque tinha uma ideia tão específica do que significava ser uma garota, mas no acampamento viu que as garotas não eram todas como aquelas que ele conhecia em Clapham, e não eram todas iguais. Todos achavam que August era gay e ele não corrigiu ninguém. Havia muitos adolescentes gays no acampamento, e alguns dos mais velhos se juntavam em pares e davam as mãos e se beijavam no final dos bailes semanais, ou atrás dos alojamentos quando pensavam que ninguém estava olhando, igualzinho aos casais heterossexuais. Parecia que uma vez que você cruzasse o portão, todas as regras de como as coisas deveriam funcionar eram apagadas, e em vez disso elas podiam funcionar do jeito que quisessem, do jeito que fosse melhor, e ninguém nunca era alvo de piada. Parecia um outro planeta. Um planeta bom.

August tinha escolhido o acampamento em parte porque ninguém de Clapham ia para lá, e uma vez que seus pais fossem embora, não haveria ninguém prestando atenção às coisas que ele dizia. Ninguém comparando o que disse com as coisas que sabiam ser verdade. Coisas que pensavam que sabiam, porque August nunca tinha dito o contrário.

As semanas passaram rápido: eles passearam de canoa, cantaram ao redor de uma fogueira, cada um deles ficou mais bronzeado e mais sardento do sol. O companheiro de beliche de August, Danny, roncava, mas ele se acostumou com aquilo. John e Ruth ligavam uma vez por semana e mandavam cartas todos os dias, então não era como se ele estivesse perdendo alguma coisa.

O fim de semana dos pais era uma semana antes do acampamento terminar. August disse para os seus pais que eles não precisavam vir, mas eles queriam, claro, e ele não podia discutir demais.

Durante os dias, August experimentou coisas: a blusinha com mangas de babados de uma amiga. Um colar de miçangas. Todo mundo pintava as unhas uns dos outros. Até mesmo os garotos mais bonitos que jogavam basquete com os times divididos entre com camisa e sem camisa. Eles estavam tão confortáveis em seus próprios corpos que não se importavam se as outras pessoas olhassem.

Toda noite, deitado na cama, August se perguntava:
Qual é a diferença entre seu corpo e seu cérebro? Nenhuma? Toda?

Qual é a diferença entre o que você é e o que você diz que é?
Qual é a diferença entre uma mentira e um segredo?
Qual é a diferença entre medo e vergonha?
Qual é a diferença entre o interior e o exterior?
Qual é a diferença entre um meteoro e um meteorito? O meteorito atinge a Terra. Ele faz contato. Existia uma palavra para um meteoro que tinha que escolher quando e se iria colidir?

August não era o único.

A atividade mais popular do acampamento era Observação de Nuvens, e tudo o que você tinha que fazer era deitar de costas na grande colina inclinada e olhar para cima. Às vezes havia muitas nuvens para observar e às vezes não, mas isso não importava. Tinha sempre um monitor ali, lendo um livro ou de olhos fechados, e todas as crianças iam cercá-lo como pétalas em uma flor. A monitora que propunha a atividade de Observação de Nuvens com mais frequência era alta e magra, com um nariz sardento e cabelos castanhos encaracolados que apontavam em todas as direções de uma vez só. O nome dela era Sarah e, de acordo com algumas das crianças do alojamento, Sarah era chamada por outro nome antes. Um nome de garoto. O nome morto dela — era como o pessoal que tinha estado lá vários verões chamavam, o que fazia aquilo soar como uma história de terror. Mas era assim que Sarah se referia ao nome, e todos amavam Sarah, então ninguém usava o nome morto, nunca. August sempre ia Observar Nuvens com a Sarah e se apressava para poder se deitar perto dela, as cabeças quase se tocando. Alguns dos garotos provocavam August com gentileza (certo, então havia provocação, uma provocação gentil), dizendo que ele tinha uma queda por ela, e era verdade, de certa forma, mas não como eles achavam.

Na manhã em que os pais vieram, todo mundo estava nervoso e empolgado. Sabiam que o verão tinha os mudado — todos os verões os mudavam. Esse era o motivo de todas as crianças parecerem diferentes na escola em setembro. O estacionamento ficava no topo da colina, ao lado das quadras de basquete, que quase ninguém usava e estavam cheias de ervas daninhas. Não era esse tipo de acampamento.

August pensou muito em que roupa iria usar, e finalmente decidiu: trocar com Emily uma camiseta de tênis de John da escola de Clapham — velha, muito usada, com uma gola puída — por um vestido longo listrado de mangas curtas. Era náutico e fazia August parecer alto e gracioso, como uma dançarina em um filme dos anos 1940 que se passava em um navio. Isso era o que todas as suas amigas diziam, e quando caminhou de um lado a outro do alojamento delas como se fosse uma passarela, todas aplaudiram. Robin estava usando um vestido no dia da visita. Todos esperaram no gramado principal até os pais chegarem. Uma por uma, as crianças levantavam e corriam pelo gramado e pulavam nos braços dos pais. Até as crianças que alegavam que não tinham sentido um segundo de saudade pulavam. Todo mundo tinha um poço de sentimentos que estava fora da vista; August gostou disso.

August viu seus pais antes que eles o vissem. Estavam de mãos dadas enquanto davam a volta, mas soltaram para evitar que fossem atropelados por milhares de crianças correndo em mil direções diferentes. Ruth virou a cabeça para um lado e para o outro, procurando o rosto de August. John colocou a mão em concha na testa para bloquear o sol. Estavam a nove metros de distância, depois seis, depois três. August caminhou na direção deles, e quando sua mãe o viu, ela ofegou e correu direto para ele, de braços abertos. August era tão alto quanto ela, mas isso não importava, ela sempre seria grande o suficiente para abraçá-lo. Ele tentou abrir as pernas para pular, mas o vestido era comprido e só esticava até certo ponto. Estava nos braços dela e sentiu John pulando em cima deles, um grupo feliz. Aguentou firme o quanto podia. Enquanto estavam se abraçando não haveria perguntas, só amor.

* * *

Havia um tempo livre, depois o almoço, quando os pais podiam levar você para algum lugar, se você quisesse, depois tinha a peça do acampamento e depois eles iam embora. A ideia era, acho, que quando os pais fossem embora, você estivesse tão cansado do dia que não conseguisse ficar triste.

August guiou Ruth pela mão no quarto, mostrando onde cada um dormia, mostrando a fresta na parede onde todas as cartas dela estavam enfiadas. Ela subiu na parte de cima com August enquanto John ia ao banheiro ("Fede como se doze garotos estivessem mijando direto no chão!", ele disse quando voltou), e eles sussurraram:

— Gostei do seu vestido — disse ela, e tocou o tecido no joelho de August.

— É da minha amiga — falou. — Estou só usando.

— Tudo bem. Fica legal em você.

— Valeu — agradeceu.

August tocou as paredes de madeira, onde gerações de crianças tinham escrito seus nomes e os verões em que tinham dormido lá. Às vezes era o beliche de uma garota e às vezes era o beliche de um garoto. Tocou o ponto onde alguém tinha escrito ZOE em letras bem arredondadas, dois pequenos pontos roxos acima do O.

— Quem é Robin? — perguntou ela, a voz calma. — É assim que todo mundo está te chamando?

August não tinha certeza de que eles tinham notado.

— Sim — respondeu. — É uma coisa de apelido.

— Você quer que a gente tente também? — sussurrou ela. — Em casa?

— Talvez — falou. — Talvez não. Não tenho certeza.

— Do que é que vocês estão falando aí em cima? — perguntou John, o rosto dele no nível do colchão.

Ele pressionou o nariz no pedacinho do joelho de August que estava contra as ripas da madeira da cama, como um cachorro farejando um petisco. Todos os outros estavam sentados do lado de fora, na grama, esperando o show de talentos. O alojamento Sempre-Viva cantaria uma música dos Beatles, com a Sarah tocando guitarra. Ela havia começado a ensinar August, só alguns acordes aqui e ali. Onde colocar as mãos, como posicionar os dedos. Ele observava cada movimento dela.

— Vamos falar disso mais tarde — concluiu Ruth, olhando August nos olhos. — A não ser que você queira falar disso agora.

— Vamos falar disso em casa — concordou.

— Eu não quero perder o show! — exclamou John.

Ele amava o acampamento de verão, da maneira como alguns adultos amam, onde podiam começar a cantar uma música inventada em um piscar de olhos.

— Nem eu — disse August.

Ruth se virou e desceu a escada, e os dois ficaram parados lá embaixo, como dois bombeiros com um trampolim.

— Cuidado — disse ela. — É mais difícil de vestido.

— Você consegue — completou John. — E a gente está aqui se você cair.

August fechou os olhos e foi baixando um pé, baixando, baixando, até sentir algo firme.

Capítulo 21

PÁSSAROS MORTOS

O plano era esse: Cecelia descia do ônibus escolar, subia na bicicleta confortável de Astrid e então pedalava até a casa de Elliot, onde ele ou Wendy estaria esperando na porta da frente, o som de gritos ecoando nas paredes do hall. Ela entrava e eles saíam, para retornar às 18h. Nesse meio-tempo, Cecelia era responsável por manter Aidan e Zachary vivos. Para isso ela ganharia cem dólares, mais dinheiro do que já tinha recebido dos pais por fazer qualquer tipo de tarefa, portanto, aquilo parecia um bom negócio para ambas as partes.

Antes de se mudar para a casa da avó, Cecelia provavelmente tinha passado espantosos três minutos sozinha com Elliot — se tanto. Ela o viu na porta enquanto pedalava na entrada semicircular. Ele marchava para lá e para cá, uma bola de pingue-pongue com mais de 1,80m de altura.

— Oi — cumprimentou Cecelia.

Balançou a perna para fora da bicicleta e deslizou até parar.

— Ei, obrigado por ter vindo — falou Elliot.

Cecelia se perguntou se ele tinha esquecido o nome dela. Elliot e Porter pareciam tão mais velhos que o pai dela. Talvez fosse só porque ela o conhecia melhor, mas Cecelia achava que não era isso. Era como se, para cada ano entre eles e o irmão mais novo, Porter e

Elliot estivessem um passo mais próximos da geração anterior. O tio dela parecia antiquado, como se não entendesse totalmente como a internet funcionava ou não soubesse que chamar uma mulher que ele não conhecia de "querida" era algo ruim. Talvez isso acontecesse porque ela nunca tinha tido um avô, e ele era o homem mais velho da família.

— Vou mostrar a casa pra você rapidinho.

Ele se virou e entrou antes que o apoio da bicicleta batesse no chão. Cecelia podia ouvir gritos de guerra vindos de um recinto da casa.

Elliot, Wendy e os meninos moravam a poucos quarteirões de distância do Casarão, mas, ao contrário da casa da Vóvi, que mostrava a idade nos rangidos das escadas e nos ornamentos elaborados, maçanetas pesadas que, com frequência, não funcionavam direito, os gemidos noturnos, tão barulhentos e irregulares quanto um velho resfriado, a casa de Elliot — ela sentiu isso no momento em que entrou — nem sequer sussurrava. Era o Anticasarão, a versão invertida, mas com mais ou menos a mesma metragem. As paredes eram acinzentadas, o sofá era bege. A casa de Astrid não era bagunçada, mas era cheia de vida — arte pendendo de todas as paredes, livros em todos os cômodos. A casa de Elliot era vazia, se você não contasse todos os Legos enormes espalhados pelo tapete, que também era em tons pastel.

— Bela casa — elogiou Cecelia, no momento que Zachary esbarrou nela por trás.

Parecia um hotel ou o cenário de uma novela. As únicas coisas em cima da lareira gigantesca eram velas falsas que se acendiam com um interruptor. Os pais dela teriam rido. Os pais dela se referiam às casas que Elliot construía como McMansões, o que não era um elogio.

— Hahahahaha, sua bunda! — exclamou Zachary, e saiu correndo de novo na direção contrária.

— A cozinha é aqui — disse Elliot, caminhando e apontando. — Banheiros ali. O quarto deles é no andar de cima, eles podem te mostrar. É uma bagunça gigantesca. Não dá pra acreditar na confusão que aquilo é. A porta para o quintal é aqui, recomendo empurrar os dois pra fora e depois fechar a porta — disse ele, cruzando os braços. — O que mais? Deixe que comam qualquer coisa da geladeira, é problema da Wendy se não quiserem jantar. — Ele piscou. — Não conta pra ela que eu disse isso. Eu volto, ou a Wendy volta. Tem dinheiro no balcão, e meu número, se você precisar.

Nesse momento, os dois meninos correram a toda velocidade em direção à porta do quintal e bateram contra o vidro.

— Somos pássaros! — gritou Zachary.

— Pássaros mortos! — completou Aidan, alegre.

— Tivemos alguns problemas. As janelas são muito grandes, os pássaros não entendem que é vidro — disse Elliot, franzindo a testa. — Até onde sei, nenhum dos meus clientes teve esse problema, mas vai saber, talvez só não tenham dito nada. Você tem certeza de que vai ficar bem? Ah, e além disso, eu perdi meu celular em algum lugar da casa, então se você pudesse ficar de olho, seria ótimo. Está aqui em algum lugar, porque fiquei preso com esses dois por duas horas, e agora, não sei como, não consigo encontrar.

Ele deu tapinhas nos bolsos da frente e de trás de novo, como se a coisa pudesse se materializar.

— Com certeza. Vamos lá pra fora, carinhas! — chamou Cecelia, na melhor imitação de uma voz de monitor de acampamento, e então acenou para Elliot. — Até mais.

O pátio era amplo e plano, com uma cerca alta de madeira nos três lados que não eram voltados para a casa. Os gêmeos passaram correndo pelo balanço até a parte de trás do quintal, onde começaram a construir algo com gravetos. Cecelia vagou na direção deles, mas parou e se sentou no balanço de pneu. Deitou de costas e ficou olhando para as nuvens passando para lá e para cá acima da cabeça dela.

Elliot se parecia bastante com o pai dela. Ou se parecia com o pai dela caso alguém o levasse a um programa de transformação da TV — roupas mais ajustadas, arrumado, cabelo curto, sem barba, sapatos de verdade. Até as vozes eram parecidas: mais altas do que a média, com um toque de caramelo na parte de trás da língua. O pai era um ótimo cantor — Smokey Robinson, esse tipo de coisa.

Cecelia se perguntava se Elliot já havia cantado. Ela não conseguia imaginar isso — de acordo com o pai, Elliot sempre tinha sido tenso, e todo mundo sabia que pessoas tensas não conseguiam cantar. (Ela mesma era muito tímida para cantar na frente de alguém e entendia a sensação.) Famílias eram a coisa mais esquisita do mundo. Seu pai, Elliot e Porter, todos morando na mesma casa? Tomando café da manhã e jantando juntos todo dia? Compartilhando um quarto de hotel nas férias? Era como um videogame — junte todas essas pessoas e veja qual delas sobrevive. Um dos meninos gritou, e Cecelia ergueu a cabeça. Pareciam perfeitamente bem a distância, mas quando firmou o pé no chão e se aproximou alguns passos, pôde ver que um dos gêmeos — Zachary, se os sapatos estivessem nos pés da pessoa certa — estava sangrando no rosto.

— Merda — xingou ela, movendo-se mais rápido agora, com os meninos correndo em sua direção. — Merda merda merda merda merda.

Não havia Band-Aids no banheiro para onde Elliot tinha apontado, nem nas gavetas da cozinha, que Cecelia vasculhou uma por uma, abrindo e fechando com uma batida enquanto segurava o gêmeo sangrando no colo; ele pesava pelo menos uns treze quilos, talvez mais, e o outro gêmeo tentava escalar pelo outro lado.

— Vamos olhar lá em cima, está tudo bem, está tudo bem — disse Cecelia.

No entanto, não estava nem de longe segura de que isso fosse verdade. Observou enquanto gotinhas de sangue caíam na blusa dela, no tapete da sala de estar, no piso reluzente de madeira. Zachary gritava — o corte era bem embaixo do olho dele, uma linha reta, com mais ou menos dois centímetros de comprimento. Dois centímetros pareciam um quilômetro em um rosto pequeno. Cecelia o levantou um pouco mais no colo e segurou Aidan pela mão, arrastando-o junto.

O quarto de Elliot era impecável. Cecelia achava que nunca tinha visto um quarto sem roupas empilhadas aqui ou ali. Zachary enterrou o rosto no peito dela, deixando manchas de sangue em sua blusa. Cecelia o acomodou sentado na borda da pia e abriu o armário de remédios. Havia Band-Aids e tubos de pomada antisséptica e pinças e mais frascos de creme para a pele do que já tinha visto na vida, exceto em uma Sephora. Puxou uma caixa e abriu rápido um Band-Aid. Zachary parou de chorar o suficiente para olhar para ela, desconfiado.

— Você vai arrancar o olho dele? — perguntou Aidan.

Ele estava com o queixo na altura do osso do quadril dela. Soava esperançoso.

— O quê?! Não, ele só precisa de um Band-Aid — afirmou Cecelia.

Aidan beliscou a coxa dela para demonstrar decepção. Zachary choramingava enquanto Cecelia segurava o canto da toalha no rosto dele para estancar o sangramento. A toalha parecia limpa, como tudo o mais na casa, e eles certamente não iam reclamar de uma mancha de sangue do próprio filho. Ela deixou a toalha cair no chão e colocou o Band-Aid no corte. Ele parecia a versão infantil do Rocky.

— Você vai ficar bem — garantiu ela. — Prometo. Vamos assistir a um pouco de TV.

Zachary não precisou ouvir aquilo duas vezes. Ele pulou para o chão e desceu as escadas correndo, sem desacelerar por um segundo, o irmão dois passos na frente. Cecelia se inclinou para pegar a toalha e, depois de abrir e fechar algumas portas, achou a lavanderia. Abriu a porta da máquina de lavar e, um pouco antes de soltar a toalha ensanguentada, notou um iPhone lá dentro. Aquilo parecia o universo recuperando um pouquinho do equilíbrio: o lado negativo era que uma criança estava sangrando, mas o lado positivo era que havia encontrado o celular perdido de Elliot. Talvez não fosse a pior babá do mundo, afinal de contas. Ficou meio surpresa que ele tivesse pedido a ela, dada a sua nova condição de imprestável. Talvez perder o telefone fosse um teste, e ele estivesse verificando se ela era uma ladra ou coisa assim.

No andar de baixo, o som da *Patrulha Canina* enchia a casa. As crianças sabiam como fazer tudo agora. Cecelia enfiou a cabeça no cômodo ao lado — um escritório. Em vez do bege do restante da casa, o cômodo era forrado de madeira grossa escura e tinha uma escrivaninha pesada que deveria parecer velha, mas obviamente não era.

Cecelia procurou um pedaço de papel para escrever um bilhete — havia um bloco na mesa, claramente feito por Wendy, com fotos dos gêmeos sorridentes no cabeçalho de cada página. Cecelia rasgou um pedaço e abriu a escrivaninha de Elliot para procurar uma caneta. Na gaveta, logo atrás de algumas canetas e lápis soltos e de umas moedinhas, havia uma pasta preta brilhante. Cecelia pegou a pasta sem nem mesmo se perguntar por quê — era brilhosa, com o logotipo da Beauty Bar. Elliot não parecia ser do tipo que frequenta o Beauty Bar, mas Wendy, sim. Quando a primeira filial no Brooklyn abriu, Katherine e Cecelia e as amigas foram lá e testaram cada amostra, independentemente de precisarem ou não daquilo: batom, creme antirrugas, blush, spray de volume, redutor de cutícula. As lojas eram tão brilhosas e pretas quanto a pasta, com pisos que pareciam piscinas de tinta molhada. Cecelia abriu a pasta e olhou para o desenho na primeira página. Era um desenho da rotatória, com a livraria da Susan e o Spiro e o Shear Beauty e a loja de ferragens, cada um no seu lugar, firmes como os guardas do lado de fora do Palácio de Buckingham, mas no canto superior esquerdo, ao lado da pizzaria, estava o Beauty Bar. Ele ofuscava todo o resto, o edifício era mais alto, mais largo, mais escuro, como um furacão que tinha decidido ficar parado.

— Ugh — resmungou Cecelia.

Puxou a primeira folha e continuou lendo. Quando terminou, Cecelia escreveu um bilhete, deixou-o junto com o celular de Elliot na mesa, e desceu as escadas, onde encontrou Aidan e Zachary deitados nos respectivos pufes com monograma. Ela se apertou no estreito espaço entre eles, e cada um dos meninos moveu a cabeça alguns centímetros mais para perto dela.

— Então, sobre o que é esse programa, afinal?

Não era do tempo dela, e foi meio legal perceber isso, que a própria infância estava distante a ponto de desenhos novos terem sido inventados. Um dia ela também seria velha, como Elliot, e Aidan e Zachary iam ter que explicar todas as coisas que entendiam automaticamente, assim como era natural para ela que gays podiam se casar ou que o Google era capaz de responder a qualquer pergunta em uma fração de segundo. Esperava ansiosa que houvesse coisas que os jovens tivessem que explicar com esforço, os olhos rolando em direção ao céu. Os meninos não responderam, imersos demais nos comas de prazer simultâneo, então Cecelia simplesmente assistiu com eles. Depois que viram cinco episódios e meio, e ela passou a conhecer todos os filhotes pelo nome, a música tema e os personagens secundários que circulavam por Adventure Bay, a fim de garantir que os filhotes não estivessem apenas salvando a si mesmos. Quando ouviram a chave de Wendy na porta, Cecelia se despediu e voltou para a bicicleta da avó para pedalar de volta ao Casarão, o bolso cheio de dinheiro.

Capítulo 22

ENCONTRO DAS MENINAS

Porter buscou Rachel antes do jantar — não havia razão para ambas dirigirem.

— Você é a motorista da ida, e eu serei a motorista da volta — sugeriu Rachel, enquanto sentava no banco do passageiro do carro de Porter. — Ou talvez a gente possa encontrar uns bêbados e levá-los pra casa também, em vez de só desperdiçar nossa sobriedade uma com a outra. Como as guardiãs do Condado de Dutchess.

Porter queria levar Rachel para A Coruja Amarela, um restaurante do tipo da-fazenda-para-a-mesa em Tivoli que já existia fazia alguns anos. Era um dos poucos lugares que satisfazia quem queria dar uma escapada do Brooklyn e também os fotógrafos de comida, o que significava que tinha couve, crudo e tigelas caras de ragu. O interior do restaurante era tão escuro e o espaço entre as mesas era tão estreito que Rachel e Porter esbarraram em quase todas a caminho da delas, como Tweedledee e Tweedledum.

— Que angústia! — disse Rachel, depois que estavam sentadas.

Um trio de velas ficava no meio da pequena mesa. Ela pegou o cardápio e o examinou rapidamente.

— Vou pedir o macarrão. Tudo o que eu quero é macarrão, três refeições por dia.

— É bom. Eles usam o meu queijo para o ravioli.

Porter comeu um grissini. Ela observou Rachel esfregar a barriga no ritmo da canção tocando no som.

— Raviolo. É só um ravioli gigante. É meio estranho, sei lá.

— Teve notícias do seu marido?

Rachel revirou os olhos.

— Sim. Eu ia mandar uma mensagem pra você, mas aí pareceu ridículo e triste demais. Ele fica me ligando. Escrevendo esses e-mails enormes, gigantescos. É como se tivesse sido viciado em sexo e agora fosse viciado em pedir desculpas. Ele apareceu outro dia, também.

— Apareceu onde?

— Na minha casa. Foi tipo algo saído de um filme dos anos noventa com a Julia Roberts. Você sabe de qual estou falando, aquele em que ela tem que aprender a nadar pra fugir do marido abusivo? Como se ele estivesse me seguindo. Ele está, na verdade. Quer dizer, ele sabia onde me encontrar, obviamente, mas também é óbvio que eu não estava respondendo e não tinha interesse em encontrar com ele — disse Rachel, triturando um grissini com os dentes de trás. — Isso é bom.

— Você falou com ele?

Na mesa ao lado, um casal estava em um encontro. Pareciam ter uns 25 anos e estavam de mãos dadas sobre a mesa, nem aí para as velas. Porter se perguntou o que eles tinham feito certo que ela e Rachel evidentemente tinham feito tão errado.

— Não, eu não estava em casa, graças a Deus. Ele topou com a minha mãe, que é, tipo, o pior pesadelo dele. Mesmo quando ele e eu estávamos na boa, ela era a criptonita dele. Agora, bom, pode esquecer. Você nunca viu uma pessoa furiosa mais satisfeita do que uma mulher que esperou a vida toda pra ser avó — disse Rachel, rindo. — Ela disse pra ele se afogar no mar mais próximo. Eu não sei, ele chorou. Se eu estivesse lá, teria me sentido mal. Mas minha mãe não se sentiu. É meio impressionante.

Porter concordou.

— Você acha que pode mudar de ideia? E querer que ele fique por perto?

— Quando o bebê nascer, você quer dizer?

— Sim, ou depois. Quer dizer, estou do seu lado, é óbvio, mas só me pergunto se você já levou em consideração que o comportamento dele pode ser, tipo, uma insanidade temporária. Alguns homens realmente têm medo disso. Ou seja, medo da gente, com esta aparência, e o que quer que venha depois. Vaginas distendidas, leite materno, você sabe, os benefícios.

Porter colocou as mãos na barriga. Rachel pensou.

— Talvez. Não sei. A ideia de ser a minha mãe e eu na sala de parto meio que acaba comigo. Tipo, ele me pôs nessa e não está lá pra ver os gritos e a dor? Para cuidar das minhas hemorroidas? Para me dizer que minhas estrias são lindas? Isso é uma merda. Ele devia sofrer. Do jeito como as coisas estão, é como se ele estivesse sendo premiado. Tipo, você não precisa acordar no meio da noite, parabéns, filho da puta! Não sei, cara. Acho que vou falar com ele mais cedo ou mais tarde. É meu marido, sabe? Ele pode até ser um cuzão, mas legalmente é *meu* cuzão. Mas é como se eu quisesse ele por perto só para puni-lo, como se ter o bebê fosse um castigo, o que não é. Só sei que vai ser difícil, e quero ajuda, mas ainda estou tão, tão furiosa. Porra!

O casal da mesa ao lado se virou para olhar para ela.

— Desculpe — disse Rachel. — Hormônios.

— Transei com o Jeremy — comentou Porter.

Falou de um jeito brusco e em seguida fez uma careta. O garçom apareceu e perguntou se queriam alguma coisa para beber, e Rachel olhou fixamente para ele até ele ir embora.

— A gente transa. Transamos por um bom tempo, e aí paramos durante um tempo, e agora voltamos. Não neste exato momento, é claro. Mas a gente transou. Foi mal! Estou meio nervosa de te contar, tenho a impressão de que isso está saindo de um jeito estranho.

— Você está brincando?

Porter não tinha pensado bem nisso, ela percebeu enquanto observava a expressão no rosto de Rachel se alternar entre a surpresa, a raiva e a dor. Tinha ficado ansiosa para contar para Rachel a respeito do sexo propriamente dito, que era meio engraçado e novo, mas também sobre as fantasias recentes dela. Era basicamente uma fantasia — Porter sabia disso —, mas ao mesmo tempo não conseguia impedir que sonhasse acordada: Jeremy finalmente se separaria de Kristen, se mudaria para uma casa nova com Porter e seria um pai coruja e privado de sono ao lado dela. O momento não era o melhor, mas a vida não era perfeita. Ele embarcaria nessa, ela conseguia enxergar tudo agora. Todo o trabalho de Jeremy seria cuidar de pequenas criaturas! Ele não ficava enojado com nada. Ele já tinha dois filhos. O homem era praticamente uma doula. Porter não tinha falado isso em voz alta, mas queria tentar, ver se soava totalmente delirante ou se soava como uma história de amor a ser publicada no *New York Times*. Ela não tinha certeza.

— Não — respondeu Porter. — Simplesmente aconteceu.

— O que isso significa, simplesmente aconteceu? Você estava hipnotizada? Chapada? O quê? Eu realmente adoraria saber.

Rachel cruzou os braços em cima da mesa, a boca cerrada. Largou o cigarro de grissini.

— Esbarrei com ele, a gente almoçou e então transou. Foi como andar de bicicleta. Mais ou menos. Sei que parece rápido demais, mas, sério, simplesmente aconteceu, e, porque já tinha acontecido antes, não pareceu grande coisa.

Não tinha soado bem. De fato, a situação toda soou muito pior quando Porter a relatou em voz alta, mais premeditada, como supôs que tivesse sido o caso. Tinha imaginado ele sem roupa quando estavam parados na frente da clínica veterinária, tinha passado a língua no lábio superior. Quis entrar no carro dele para que ele a levasse a algum lugar. Quis cada momento daquilo.

— O que a gente teve foi sério. Por um bom tempo. Acho que ainda é. Acho que ele é o amor da minha vida. Sei que soa esquisito e brega, mas acho que é verdade.

— Não me importo se soa brega, Porter. Brega é bom! Estamos grávidas! Você não acha brega que estranhos me chamem de "mamãe" na rua? Que meus parentes tenham começado a me mandar macacões com filhotes de patinhos? Me importo porque ele é casado, Porter. Com filhos, certo? O que faz de você, basicamente, o mesmo que a mulher por quem meu marido estava tão interessado.

O casal na mesa ao lado podia muito bem ser Mórmon, dois missionários; pareciam bem horrorizados diante dos pequenos coquetéis e do frango com limão em conserva e lentilhas picantes.

— Não é a mesma coisa — afirmou Porter, discutindo, porque não queria que aquilo fosse verdade. — Eles não estão felizes. E ele foi meu primeiro.

Era um argumento ruim, ela sabia, mas era como se sentia.

— Como você sabe se estão felizes? Tudo o que você sabe é que eles são casados, que têm uma família e que ele transou com você mesmo assim, o que, sem ofensa, não é um bom sinal. Você está prestes a ser a mãe de alguém. E, se bem me lembro, você já não fez isso com ele? — Rachel se levantou fazendo um "*aaaf*" e arrastou a cadeira para o lado, lutando para sair de trás da mesa. — Isso está muito errado. Sinto muito, mas simplesmente não dá. Esse sempre foi seu problema, sabe? Tipo, você não é mais a Rainha da Colheita, andando em um carro alegórico. Você é adulta.

O restaurante sussurrava. Só o casal ao lado notou, e o garçom, quando voltou.

— Ah, só um? — perguntou ele, referindo-se apenas ao número de cardápios necessários. Porter concordou.

— Só um.

Olhou para o cardápio. Tudo e nada parecia bom. Queria sopa de galinha, ou macarrão com almôndegas. Queria panquecas do Spiro. Rachel não sabia o que estava dizendo — só porque o marido dela tinha dormido com outra pessoa não significava que Porter e Jeremy não pudessem ter algo real. A falácia da superioridade moral era constrangedora. Porter era adulta! Ela era. Se alguém não era adulta, era Rachel, por achar que tudo e todos podiam caber em caixas minúsculas e ordenadas. Era totalmente possível que Jeremy estivesse prestes a deixar a mulher. *Deixar*. Até essa linguagem era antiquada, anos 1950, como se Jeremy fosse pegar uma mala e nunca mais vê-la. Isso era Clapham no século XXI. Ninguém mais deixava os filhos ou mulheres. As pessoas hospedavam os ex no Natal e postavam fotos no Instagram. #Misturados, #excasalconsciente. Era como o Príncipe Charles e Camilla — Diana tinha a beleza e o charme, mas, bem no fundo, todo mundo sabia que Camilla era a escolha certa.

Porter não queria ser Camilla, e não queria que Kristen morresse em um acidente de carro terrível, mas estaria mentindo se dissesse que o cenário nunca lhe ocorreu no meio do banho. Ela seria uma madrasta coruja. Podia acontecer. Todo mundo podia ir se foder.

— Quero o macarrão — pediu Porter, quando o garçom voltou.

— E o bife.

O bebê precisava de comida. Ela seria uma boa mãe, achava. E se o casal ao lado estivesse assustado porque ela estava chorando enquanto comia, bom, que pena para eles.

Capítulo 23

ELIZABETH TAYLOR

August não tinha certeza quanto à Equipe do Desfile.

— É só que, não, não sei... — começou ele, repetindo aquilo muitas vezes.

— Pode ser sincero — falou Cecelia. — Você acha brega.

Era a sala de estudos, e estavam sentados bem na última mesa da biblioteca, com o celular de August escorado atrás do livro de História da América. August tinha assumido a tarefa de educar Cecelia em matéria de Elizabeth Taylor, sua atriz favorita. Já tinham assistido a vários vídeos de *Gata em teto de zinco quente* e *Cleópatra* e tinham passado para *Assim caminha a humanidade*, que era o favorito dele. Estavam compartilhando um par de fones, com um pequeno botão no ouvido direito de August e o outro no esquerdo de Cecelia.

— Não me entenda mal, eu amo construir coisas e decorar coisas — explicou August, sempre maravilhosamente cuidadoso com as palavras. — É mais porque o Desfile do Festival da Colheita está sempre cheio de garotas tipo a Sidney e o bando dela, que sempre usam os mesmos vestidos de tiras e sandálias de tiras e os mesmos cachos ridículos de rainha da beleza, como se nunca tivessem visto uma revista. Acho que seria muito mais divertido construir, tipo, um desfile alternativo, que aconteceria no mesmo dia do outro lado da cidade.

— Como meu único amigo, você não acha que devia me apoiar? — perguntou Cecelia que, disfarçadamente, pegou balas de goma do bolso e passou uma para August. — E você provavelmente podia fazer o carro alegórico tipo cem vezes melhor! Por que você não faz isso comigo? É mais fácil mudar as coisas de dentro pra fora, certo? E se *eu* fosse a Rainha da Colheita? Você sabe o que dizem: se você pode sonhar, você pode realizar.

Elizabeth Taylor fazia o Texas parecer quase tão opressivo quanto o Wisconsin, mas Cecelia estava interessada de qualquer forma.

— E quanto a mim? Eu podia ser a Rainha da Colheita também! Pelo menos eu vestiria algo interessante. Tá bom, tá bom. Eu participo. Não me deixe afastar você dos seus sonhos.

Nicky e Juliette não eram grandes fãs de festividades — no geral havia flores e chocolates no Dia dos Namorados e panquecas de comemoração pela manhã nos aniversários, mas o Natal e o Dia de Ação de Graças eles costumavam passar com outras pessoas, em casas mais organizadas. Nenhuma árvore, nenhum peru. A única coisa que sempre tinham feito, no entanto, desde o ano em que Cecelia nasceu, era pegar o metrô até o Museu de História Natural na noite anterior ao Dia de Ação de Graças e observar todos os balões serem inflados. O fato de ser à noite fazia tudo parecer meio secreto, ainda que sempre houvesse centenas ou milhares de outras pessoas ali também. Cecelia nunca se importou com as multidões. Era como uma versão bem amplificada de estar na escola depois de escurecer, um pouco furtivo, mesmo que nada furtivo estivesse acontecendo. Ela dava as mãos ao pai e à mãe — por que alguém ia querer ser qualquer outra coisa além de um filho único? Ela ficava no meio, agarrada aos dois, no próprio centro do mundo. Essa era a razão dela querer construir um carro alegórico. Talvez se o carro fosse grande o bastante, ou brilhante o bastante, poderia fazer os pais acordarem, entrarem em um trem, virem para o Casarão, buscá--la e levá-la para casa. Era um desejo humilhante e infantil, e ela preferia morrer a admitir aquilo em voz alta, mas fazer o quê? Era como se tivesse se mostrado problemática *demais* depois de doze anos de comportamento perfeito, normal e tranquilo, seguidos de vários meses de meia dúzia de ligações confusas do escritório do orientador e de lágrimas e de conversas com outros pais, que não eram só para discutir brincadeiras. Os pais precisavam de uma folga da função de pais. Era como ela via aquilo — traição mascarada de preocupação. Os pais de Katherine, com seus sapatos de couro e roupas certinhas, forçaram a escola a pedir desculpas, ameaçaram com um processo, mantiveram a filha em casa por uma semana durante a suspensão e então começaram a preencher os formulários para as escolas particulares. Não teve importância.

— Só quero aprender a fazer as coisas — disse Cecelia.

— Justo — concordou August. — Agora, olha a *túnica* dela.

— Você é a única pessoa com menos de 50 anos que usa a palavra "túnica", August — implicou Cecelia.

— Sim, e você pode aprender comigo, também.

Ele se curvou em reverência.

A biblioteca estava silenciosa — só um terço do oitavo ano tinha que frequentar a sala de estudos, e ainda estava bastante agradável para que pudessem se sentar do lado de fora, no gramado, que era o que quase todo mundo tinha decidido fazer. Umas poucas garotas estudiosas estavam fazendo a lição de matemática na mesa ao lado, perto da porta, e havia algumas crianças sentadas sozinhas, lendo. Cecelia sentiu o coração apertar de afeição por August, pela tia Porter, pelo universo. Ter amigos era algo para ser valorizado.

Liesel apareceu na porta aberta da biblioteca, e, mesmo que Cecelia não pudesse ver com quem ela estava falando no corredor, era capaz de adivinhar. Cutucou o cotovelo de August, e ambos observaram Liesel percorrer as estantes baixas até chegar na mesa deles. Ela estendeu um quadrado de papel dobrado, e Cecelia o pegou devagar, como se pudesse mordê-la. Quando pegou, Liesel se virou depressa e correu de volta para o corredor.

— Deixa eu ver isso — disse August.

Ele tirou o bilhete da mão dela e o desdobrou com cuidado até ficar um pedaço de papel basicamente plano, embora cheio de vincos.

UMA BRUXA É MELHOR DO QUE UMA DEDO-DURO, PIRANHA.

Cecelia ficou sem ar.

— Como é que ela sabe?

— Não sei. Pela internet? Como alguém sabe de alguma coisa? Espera, tem mais — August continuou, arrastando o dedo pela página até a folha inteira estar desdobrada.

Também era possível, supôs August, que ele tivesse contado para a mãe, e que a mãe tivesse contado para a mãe de Sidney, porque elas faziam aula de ioga juntas, mas não queria admitir que ele podia muito bem ser a fonte do vazamento. Melhor culpar Sidney e a busca dela pelo Instagram, coisa que ela sem dúvida estava fazendo. Bem embaixo, em letras pequenas, dizia:

E SEU PAI ERA SUPERGOSTOSO, PQP.

— Ah, meu Deus! — exclamou August. — Isso é, tipo, ruim, até mesmo pra elas! Esse é o tipo de bilhete que alguém põe na sua bandeja de almoço na prisão um pouco antes de te apunhalar com uma escova de dentes pontuda!

Cecelia deixou a cabeça cair nas mãos.

— O que aconteceu exatamente, afinal?

Eles não tinham falado dos detalhes, só em linhas gerais, porque os detalhes não faziam sentido, porque era mais fácil manter as coisas simples com os novos amigos.

Na minúscula tela retangular na frente deles, Elizabeth Taylor estava envelhecendo a intervalos de três minutos. Alguém tinha se dado ao trabalho de colocar o filme inteiro de três horas no YouTube, e eles estavam assistindo, pulando a cada poucos minutos para conseguir ver o máximo possível em 45 minutos. Cecelia só queria ver tudo de uma vez, para saber como as coisas iam acabar. Tudo demorava muito tempo — a escola, as brigas dos pais, a puberdade, o acampamento de verão, a fila na loja de bagels nas manhãs dos dias de semana. Cecelia queria a versão hollywoodiana da própria vida — avanço rápido, com rugas feitas de papel machê. Era muito difícil esperar para ver.

Quando Cecelia era pequena e a mãe mais dançava do que ensinava, Juliette estava quase sempre fora de casa à noite na hora de dormir. Nicky estava sempre por perto, o trabalho dele sendo mais ou menos de faz de conta, e o pai enchia a banheira com bolhas e contava histórias de sereias até que as pálpebras dela começassem a piscar e a se fechar. Ela não reclamava, porque era legal passar um tempo com o pai também, mas Cecelia lembrava do dia em que finalmente entendeu: a mãe não estava ali porque estava em *outro lugar*. Ela não tinha simplesmente evaporado durante a noite, ela fora para *outro lugar*, para fazer coisas com *outras pessoas*. Era de partir o coração. O pai não entendeu a razão de Cecelia chorar tanto, porque ela não conseguiu explicar direito — tinha a ver com a injustiça de ser uma criança em uma família de adultos, de ser deixada de fora, de ser deixada para trás. Juliette sempre estava ali de manhã, mas de manhã Cecelia estava cansada, e ainda agarrada à raiva como a um cobertor confortável. Nenhuma criança queria que os pais pertencessem ao mundo exterior, não exatamente. Ninguém queria uma mãe independente. Naquelas noites em que ela era pequena, Cecelia muitas vezes tinha ido dormir dizendo *depressa, depressa, depressa*, porque quanto mais cedo fosse dormir, mais cedo acordaria e mais rápido o tempo passaria. Não queria ficar mais velha, só queria estar do outro lado do que quer que fosse. Seja lá o que sua mãe estivesse fazendo, ela queria que acabasse.

— Eu te falei. Minha amiga Katherine — explicou ela — me meteu em uma encrenca porque eu fiz o mesmo com ela, basicamente. Ela conheceu esse cara que se mostrou outra coisa. Tipo, um adulto. E eu contei porque não queria que ela fosse assassinada, e aí ela me acusou de estar perseguindo ela, só que eu não estava. E agora ela ainda está me causando problemas, o que foi a razão pela qual meus pais quiseram que eu viesse pra cá, pra que tudo acabasse, fim, como se a vida funcionasse desse jeito. Por que eu sei disso e eles não? É tipo, caras, a internet existe. A internet não está nem aí para o código postal em que você está. Literalmente não existe escapatória. Talvez na Antártida.

August balançou a cabeça.

— Não sei.

— Vou fazer parte da Equipe do Desfile.

Cecelia dobrou o bilhete de volta e o guardou na mochila. Ela não queria jogar fora, a bibliotecária podia encontrar e a coisa toda começar de novo.

— Tudo bem — falou August. — Vou fazer isso com você.

— Mesmo? Obrigada. Você é um bom amigo. Obrigada.

Ela cruzou os pés e assistiu Elizabeth Taylor se apoiar contra a moldura da porta. Parecia que ela queria apertar o botão contrário. Rebobinar. Lavar tudo e começar de novo. Talvez algum dia Cecelia desejasse isso também, mas não ainda.

Capítulo 24

TEMPO QUENTE NA CIDADE

Depois de colocarem Cecelia no trem, Nicky pegou um táxi para o aeroporto JFK, onde tinha um voo para Albuquerque com escala em Dallas, mas assim que passou pela segurança, ele soube que não podia ir. Deu meia-volta, puxando a pequena mala com rodinhas atrás, e foi para o fim da fila de táxis. Estar longe de Cecelia era estranho o suficiente; não queria ficar longe de Juliette também. Os dois caminharam pelo apartamento em círculos por vários dias, sonâmbulos em um duelo, evitando conversas, mas contentes pela companhia um do outro. Por fim, Nicky fez o que sempre fazia quando se sentia péssimo — foi aos banhos russos na Tenth Street e tentou fazer tudo aquilo sair pelos poros na forma de suor. Quando estava em Taos, Nicky gostava de dirigir até as margens do Rio Grande, onde havia águas termais naturais, piscininhas de água quente revestidas de pedra, mas não havia rio calmo na cidade de Nova York, nenhum espaço vazio e silencioso, então Nicky pegou o trem para Manhattan, caminhou para o East Village e trocou as roupas de passeio por um short de elástico tamanho único e uma sauna.

Ele tinha ido ao banho pela primeira vez durante a faculdade, no meio das filmagens de *A vida e os tempos de Jake George*, e quando o filme foi lançado oito meses depois. Foi ideia de Jerry Pustilnik, o ator que interpretou o pai dele no filme, que havia feito o papel de pai de meia dúzia de galãs adolescentes, bem como de dezenas de detetives de polícia e de criminosos de vários tipos, graças à barriga protuberante e às bochechas redondas que podiam parecer ou ameaçadoras ou severas. Jerry ia aos banhos sempre que estava na cidade e tinha dito ao jovem Nicky que era uma experiência transformadora, e então marcaram um dia para ir juntos. Nicky levou a roupa de banho na mochila, não sabendo o que esperar, mas em pouco tempo estavam cercados por judeus russos com barrigas que fizeram a de Jerry parecer pequenina. Em uma das saunas, Jerry pagou dez dólares a um cara para bater nas costas dele com folhas de carvalho gigantes e depois comeram picles e sopa de beterraba. A pele de Jerry ficou vermelho-eletrificado, e Nicky teve certeza de que Jerry estava certo. O desconforto proposital — em um ambiente comunitário, nada menos do que isso! — tinha um efeito entorpecedor na mente, porque você só conseguia pensar em como cada gota d'água no seu corpo estava tentando sair.

O espaço tinha sido ligeiramente melhorado, mas não tinham removido o cheiro de mofo, que, claro, vivia atrás de cada azulejo e embaixo de cada tábua do assoalho. As torneiras corriam 24 horas por dia, água fria para jogar no próprio corpo quando o calor se tornasse insuportável. Ainda tinha só o básico, de modo geral, apesar da mudança demográfica do East Village e do russo corpulento que havia coletado o dinheiro dele na porta. O short era o mesmo, e, ainda que parecesse improvável — Nicky não aparecia havia pelo menos seis meses, talvez um ano —, ele reconheceu os rostos e corpos de alguns homens na sauna. Abriu a toalha e esticou o corpo por cima dela. Era um dia misto, que não era o favorito de ninguém, exceto dos caras ricos que vinham com as namoradas modelos, casais para quem desconforto físico e esquisitice pareciam fazer parte do plano. Era quente demais para o corpo humano, e então o suor simplesmente veio. Os verdadeiros entusiastas cobriam o peito e as pernas com uma camada de vaselina, dificultando ainda mais a transpiração. Nicky fechou os olhos e respirou, cada célula do corpo dizendo que aquela era uma péssima ideia. Fazia parte do prazer, lutar contra a urgência de ir embora, mas tinha passado os últimos vinte anos meditando, e era a mesma coisa. Fique com o desconforto. Fique com você mesmo. Só fique.

Quando ele tinha 18 anos, seu corpo podia fazer qualquer coisa — podia correr por quilômetros sem ficar cansado, podia praticar um novo esporte de forma satisfatória só aprendendo as regras. Não era competitivo, mas adorava esportes de equipe — quando viu Juliette dançar pela primeira vez na noite em que se conheceram, em uma festa de noivado de amigos em comum que tinham se divorciado havia muito tempo, ela e as amigas dançavam com tamanho abandono, braços e pernas se projetando, se estendendo, se erguendo e se agitando, tudo para fazer uma à outra e os outros rirem, ele entendeu. Tinha entendido ela, a maneira como se movia no mundo, o corpo primeiro.

Vinham aqui juntos de tempos em tempos, ainda que Nicky tivesse passado a vir com menos frequência quando a demografia do lugar começou a mudar mais depressa. Gostava da variedade de idades e corpos, os chassídicos, os caras dos sindicatos que vinham depois de trabalhar a noite toda, cada um tentando se livrar de alguma coisa que havia sob a pele através do suor. Quando veio da primeira vez com Jerry, Nicky estava se livrando do luto — a morte do pai tinha sido súbita, e a reação da mãe foi como fechar uma porta para manter o frio do lado de fora. Estava feito; estava acabado. Não houve uma discussão significativa. Quando os professores insistiram em algum tipo de terapia familiar, Astrid revirou os olhos, mas concordou, nitidamente só para riscar aquele item da lista e seguir o protocolo. Nicky lembrava da sala — um sofá de veludo roxo-escuro, uma mesa de centro de vidro com uma caixa de lenços de papel no meio, algumas cadeiras de couro gasto do lado oposto. Porter e Nicky se sentavam juntos em um dos cantos do sofá, com Astrid empoleirada e inclinada para a frente na outra extremidade e Elliot na frente deles em uma cadeira, joelhos balançando. Nicky e Porter se enrolaram um no outro e soluçaram. Só o terapeuta pensou em empurrar a caixa de lenços de papel na direção deles.

Atuar nunca tinha sido particularmente interessante para Nicky, mas era algo que ele sabia fazer. Conseguia memorizar falas e declamar em público e em salas escuras, com uma luz apontada para o rosto. A performance do oitavo ano de *Pacífico Sul* tinha sido inconsistente — Jamie Van Dusen, que fazia o papel de Nellie, tinha uma voz fina e tímida, e dava uma risadinha entrecortada sempre que estava prestes a começar a cantar, como uma declaração de que sabia que não seria fantástica, mas daria seu máximo. Depois da apresentação, Russell correu até Nicky, deixando Astrid e Porter com as flores, e o abraçou. Nicky podia sentir o hálito quente do pai no ouvido, ainda podia ouvi-lo dizer "Filho, isso foi *maravilhoso*", como se a genialidade não se devesse a Rodgers ou a Hammerstein, mas como se ele, Nicholas Strick, fosse o único responsável por aquilo. Incentivo era capaz de fazer qualquer coisa. Incentivo e uma inclinação natural. Russell poderia ter encorajado Porter a ser atriz todos os dias da vida dela e ainda assim ela ficaria vermelha como beterraba e tentaria engolir a própria língua diante daquela ideia. Nicky reconhecia isso, que havia algo nele, alguma coisa genuína que o pai tinha enxergado. Depois daquilo, Nicky estava em todas: *My Fair Lady*, *Rent*, *Nossa cidade*, *As bruxas de Salem*. E quando o professor de teatro do ensino médio recomendou um teste para um filme, Russell se animou. Sabia que Nicky conseguiria o papel — estavam à procura de um galã, um sedutor, alguém que metade do público fingisse beijar no quarto à noite e a outra metade imitasse nos corredores da escola. Russell teria adorado o filme, mesmo que fosse medíocre, na melhor das hipóteses, e agora parecesse terrivelmente datado. Mas Russell teria adorado ver o rosto do filho na revista *People*. Imagine, Nicky Strick, na sala de espera de todos os dentistas do país! Russell teria dado tapinhas nos ombros de estranhos. Teria ficado radiante. Em vez disso, morreu entre a filmagem e o lançamento, suspenso no tempo em que algo poderia acontecer, ou nada. Russell teria ficado orgulhoso de qualquer forma.

Alguém tocou o pé de Nicky, e ele abriu os olhos. Era um homem jovem com um cabelo loiro raspado.

— Massagem? — perguntou ele.

Todos os que trabalhavam nos banhos eram parentes. Jerry Pustilnik contou toda a saga para Nicky uma vez, como o lugar havia pertencido a irmãos que se desentenderam e como agora eles administravam o negócio em dias diferentes; que se você comprava uma entrada do Dmitri, só podia usar nos dias do Dmitri, que o irmão dele, Ivan, franzia a testa e mandava você embora. O resto da equipe era composto de membros da família que tinham permanecido neutros, como tantas crianças em divórcios. Esse jovem era sobrinho ou primo de alguém. Nicky sempre quis esse tipo de família, tão grande que você talvez nunca viesse a saber se era primo em segundo grau de alguém ou primo em terceiro grau com uma geração de diferença, porque não importava, você era da família, e esse era o único rótulo que contava. Mas você precisava de tantas pessoas a bordo para que isso acontecesse, gerações de membros, e os Strick não tinham isso.

— Não, obrigado — respondeu Nicky.

O jovem seguiu em frente, para a próxima vítima em potencial. Do outro lado da sala, Nicky observou duas jovens cochichando entre si. Estavam mais perto da idade de Cecelia do que da idade dele, bem mais perto. Cecelia, que tinha sido adulta a vida inteira. Astrid ficou horrorizada quando ele disse que tinham deixado Cecelia pegar o metrô sozinha quando ela estava com 10 anos, mas Cecelia estava pronta! Ela era cuidadosa, prestava atenção, nunca tinha pegado no sono no trem D e acordado em Coney Island, como ele tinha feito na faculdade. Por isso que a coisa toda com a escola e as amigas dela tinha sido tão confusa, como se, depois de tantos anos, os dois tirassem a venda e lhes fosse revelado que Cecelia era, de fato, só uma criança. Nunca tinham pensado nela dessa forma antes.

Nicky não sabia dizer ao certo o que Cecelia havia feito. A melhor amiga dela, Katherine, disse que elas conheceram alguém na internet. Ela e Cecelia, juntas. Que tinham conversado com um homem que pensavam que fosse um garoto. Que tinham ido para o apartamento dele. Cecelia disse que não tinha ido, mas Katherine disse que tinha, e aí Cecelia disse que tinha ido, mas que esperou do lado de fora ou que buscou Katherine e que ela *sabia*, sabia o tempo inteiro, e só o fato de que isso podia acontecer, que havia homens se passando por adolescentes em um lugar (a internet) onde podiam interagir com a filha dele, era demais. Nicky fez o que qualquer pai faria: abriu o paraquedas de segurança e a afastou de lá. Era melhor ou pior do que deixá-la em um atoleiro tóxico, não importa quem tenha feito o quê? Você não podia pedir às crianças para mudarem. Era mais rápido mudar o clima.

Nicky sabia que não adiantava apontar culpados. Você não podia esperar demais dos outros, até mesmo dos pais. Talvez principalmente dos pais, as pessoas que mais se importavam e que viam tanto de si em cada reflexo. Quando o filme foi lançado, Nicky tinha acabado de se mudar para os dormitórios da Universidade de Nova York, como se a vida dele tivesse algo em comum com aquela vida de um ano antes, quando tinha se candidatado às faculdades. Ele era um garoto popular tentando preencher o vazio deixado pelo pai com o que quer que pudesse pôr na boca, com partes do corpo coladas a garotas bonitas, com baseados sem fim, com papo furado em festas, gritando mais alto que o DJ no Don Hill enquanto jovens atrizes dançavam em volta dele, todas estrelando uma produção ao vivo de *Isso é divertido, estamos nos divertindo*, encenada pela cidade 24 horas por dia.

O diretor de *Jake George*, do centro-oeste, com óculos grandes e quadrados, tinha dito a Nicky que queria apresentá-lo a um amigo, um diretor que fazia filmes artísticos. O amigo — Robert Turk, já uma lenda, apesar de ter feito só três filmes — tinha visto as cenas iniciais de *Jake George* e adorou Nicky. Números de telefone foram trocados, e Robert ligou para Nicky em uma sexta-feira à noite e disse que estava dando uma pequena festa, nada chique, só uns poucos amigos. Nicky trocou de roupa três vezes antes de pegar o metrô até o centro.

Robert Turk morava em um prédio com porteiro na West End Avenue com a Eightieth Street. O saguão era de mármore branco, com um funcionário na porta e outro atrás de uma mesa, ambos de uniforme e chapéu.

— Oi — disse Nicky. — Vim para a festa. Turk.

Os homens não sorriram, mas acenaram na direção do elevador.

— Sexto andar, fim do corredor à direita.

Eram dez da noite. Só um ano antes, Nicky lembrava, o final de uma festa seria às dez, mais ou menos, não o começo. A identidade falsa dele era uma merda, e ele não conhecia nenhuma das delicatessens no centro da cidade e não queria correr nenhum risco. Como sabia que era grosseiro aparecer em uma festa sem nada, estava com dois baseados na carteira. Podia não ser o tipo de festa com maconha, mas podia ser, e nunca era demais estar preparado. Quando Turk ligou, tinha dito a Nicky para não trazer uma galera, porque era uma festa exclusiva, então Nicky foi sozinho. Não se importava. Todo mundo estava sempre sozinho de uma forma ou de outra, independentemente de perceberem isso ou não.

Nicky bateu na porta, 6E. Alguém gritou para ele entrar, então girou a maçaneta e empurrou a porta. O apartamento era mais moderno do que esperava — luzes suaves, superfícies impecáveis, pôsteres de filmes emoldurados em todas as paredes.

— Olá — chamou Nicky.

Deu alguns passos hesitantes pelo corredor.

— Ei — disse Robert Turk, enfiando a cabeça para fora de uma porta. — Aqui.

Nicky tirou a mochila e a deixou no corredor. Entrelaçou as mãos.

— Cheguei muito cedo?

Chegou à porta e viu que era uma cozinha estreita e minúscula. As janelas davam para um pátio e para todos os outros apartamentos. Estavam todos iluminados como árvores de Natal, e quase nenhum tinha cortinas, como se todos no edifício tivessem concordado de forma tácita que a luz era mais importante do que a privacidade. Robert deu um copo de vinho a Nicky.

— Eu sei, é melhor que televisão — afirmou ele. Tilintou o copo contra o de Nicky e tomou um longo gole. — Estou muito feliz que você veio.

Não havia mais ninguém ali, isso estava claro. Nicky bebeu o copo de vinho e olhou para os livros nas estantes de Robert, tentando entender se o que estava acontecendo era estranho ou não. Suas bochechas já estavam coradas. Robert estava andando para lá e para cá atrás dele, observando a um metro de distância, do jeito como você às vezes fazia o mesmo percurso de um animal no zoológico, para ver melhor, para ver como ele era de outro ângulo.

— Posso dar um telefonema rápido? — perguntou Nicky. — Sinto muito, eu esqueci, devia ter ligado pra minha namorada, ela vai ficar muito puta. Você se incomoda?

Robert apontou para um quarto.

— Tem um telefone ali dentro. Vai em frente.

Ele se acomodou no sofá e cruzou o tornozelo sobre o joelho.

Nicky se esquivou até o quarto e fechou a porta atrás dele. Não tinha namorada. Pegou o telefone e ligou para a mãe.

— É praticamente meia-noite — disse Astrid, depois que Nicky se identificou, a mão em concha ao redor do fone. — O que está acontecendo?

— Estou no apartamento desse diretor — explicou Nicky. — Não sei, ele disse que era uma festa, mas só tem eu aqui, estou achando meio esquisito.

— Sei.

Astrid já devia estar na cama, lendo um livro. Nicky conseguia imaginá-la, olhos fechados, o livro pela metade aberto como uma tenda.

— Você acha que eu devia ir embora?

— Você é adulto, Nicky! Como eu vou saber? Você quer ir embora?

— Eu não sei.

Queria que ela dissesse para ele ir embora. Queria que ela dissesse que chamaria um táxi e pediria que esperasse lá embaixo, que ele devia sair correndo se quisesse, que o conforto dele era o alarme dela, que não havia nada a temer, que ela estava lá, sempre acordada e esperando, como quando ele era pequeno e acordava no meio da noite com um pesadelo.

— Eu não sei o que eu quero que você diga.

Astrid riu.

— Nicky, querido, vou dormir. Confio em você. Tome um drinque. Vai dar tudo certo.

Nicky abriu a porta do quarto, e Robert sorriu. Ele se mexeu no sofá, e Nicky viu a barraca dele armada na calça jeans, apontando na direção do céu.

— Ela está muito puta — falou Nicky, colocando a taça de vinho na mesa de centro. — Tenho que ir.

— Tem certeza? — perguntou Robert, acariciando a costura do zíper com o dedo. — Eu realmente ia gostar de conhecer você melhor, Nick. Acho que a gente podia fazer coisas bem grandes juntos. E a gente podia começar agora mesmo.

Robert deu uma piscadinha, e Nicky entendeu que ele fazia isso o tempo todo e que, normalmente, funcionava.

— Sim, obrigado, valeu, tenho certeza.

Nicky pegou a mochila e a segurou contra o peito enquanto corria na direção do elevador. Demorou uma eternidade para chegar, e o coração dele estava batendo tão alto que achou que Robert podia ouvi-lo de dentro do apartamento.

Estava ventando muito no West End quando passou pelo porteiro, e Nicky fechou o casaco enquanto corria para a Broadway. Não sabia por que estava correndo. Podia ligar para o Jerry, ou um amigo, mas por quê? Durante toda a sua vida, as pessoas o trataram como uma boneca de papel, algo que podiam vestir ou despir, um brinquedo lindo e maleável. Não importava o que ele queria, não de verdade — ele se tornou ator porque o pai ficava com lágrimas nos olhos. Ele se tornou uma estrela de cinema porque conseguiu o papel. Tinha dançado e beijado garotas bonitas porque eram bonitas, mas sobretudo porque elas estavam fazendo a mesma coisa que ele, fingindo que os papéis atribuídos a eles tinham sido de forma justa, que tinham alguma voz ativa. Fotógrafos conseguiram uma fotografia da mão dele na coxa de uma modelo, e então estavam saindo juntos, e então ela era a namorada dele, e então terminaram, tudo antes de compartilharem uma refeição ou saberem o nome dos irmãos um do outro.

Os banhos russos eram escorregadios e salgados, todas as superfícies molhadas. Os poros de Nicky estavam bem abertos. Podia sentir tudo saindo, cada sentimento de raiva, cada vez que se deixou abater dizendo sim em vez de dizer não. Viu a si mesmo saindo depressa e com raiva daquele apartamento centenas de vezes antes de abrir os olhos e, através de todo o vapor e todo o calor, viu a si mesmo sentado ao lado de Robert, deixando-o brincar com bonecas de papel. Nicky não sabia se algum dia seria pai, se algum dia ia se casar, algo assim — mas sabia que, se isso acontecesse, se isso *acontecesse*, ele sempre ouviria aquela voz lá de dentro e tentaria responder a todas as perguntas, as que estavam sendo feitas e as escondidas por trás delas. Nicky se forçou a ficar de pé, encheu o balde e derramou a água gelada na cabeça. Era a hora de ir.

Capítulo 25

TRABALHANDO JUNTOS

O contrato não era tão consistente quanto parecia. Wendy passou depressa por todos os pontos. Estavam sozinhos no escritório de Elliot. Era por isso que precisavam de ajuda extra com as crianças — porque além do trabalho de meio período, Wendy agora tinha um cliente *pro bono*: o marido. O Beauty Bar estava oferecendo mais dinheiro que os outros negócios da Main Street, era verdade, mas estavam oferecendo uma locação de apenas cinco anos, com uma opção de renovação, com aumento de aluguel de apenas meio por cento para toda a duração do contrato de locação. Queriam que o proprietário pagasse por todo o resto — remoção da neve, ar-condicionado, o aluguel durante o tempo necessário para construir o salão, o que poderia levar até nove meses, muito além do padrão de três.

— Então, de jeito nenhum! Certo?

Elliot tinha fechado a porta do escritório para conversarem em particular. Ele tinha feito carreira construindo casas, o que basicamente envolvia o gerenciamento de equipes, e no geral os arquitetos e designers de interiores eram os maiores responsáveis pelos problemas. O maior problema que ele tinha era quando as pessoas queriam mudar as tomadas e os banheiros de lugar, sem entender que tanto a energia como a água vinham de outro lugar e não simplesmente apareciam em uma parede como mágica.

— Essa é uma primeira oferta — disse Wendy. — Estão testando você.

Elliot concordou.

— Certo. Certo. E agora o quê?

— Você faz uma contraproposta, corta toda essa baboseira e diz o que realmente quer, e se eles não concordarem, eu te dou um milhão de dólares. Você sabe quanto dinheiro eles têm, El? Essa companhia ganha bilhões de dólares. Eles têm como pagar por tudo. Eles só não querem se não precisarem.

— E se eles aceitarem? — perguntou ele, avistando pela janela dois esquilos se perseguindo no galho de uma árvore. — A gente tem que fechar o acordo?

— Você não precisa fazer nada até ter assinado um contrato — afirmou Wendy.

Elliot colocou a mão no queixo e esfregou-o.

— Acho que estou rangendo os dentes — disse ele, dando alguns passos. — Por um lado, eu quero fazer isso. É uma coisa que mudaria a cidade inteira, e seria obra minha. Mas por outro, isso mudaria a cidade inteira, e seria obra minha.

— Vai haver outras ofertas — garantiu Wendy. — Podemos fazer mais pesquisas, fazer algumas sondagens, sabe, descobrir o que as pessoas querem. Querem produtos de beleza? Claro. Mas talvez haja algo que queiram mais. Estou te dizendo, El, essa oferta não muito boa é sinal de que provavelmente vão fazer uma oferta boa, boa mesmo. Tenho certeza — disse ela, abrindo o notebook e começando a digitar. — Estou só tirando tudo e começando de novo. Adoro isso. Me sinto uma assassina.

Elliot ergueu a sobrancelha.

— Ah, é?

Wendy não olhou para ele.

— Isso é meio excitante, Wen.

Agora ela olhou para ele. Elliot caminhou devagar de volta à mesa. O gerente do escritório ficava lá fora, no final do corredor. Fora do alcance dos olhos e fora do alcance dos ouvidos, sobretudo quando a porta estava fechada.

— Vou te dizer quando algo for excitante — disse Wendy, desmascarada por um tremor no lábio inferior. — Senta aí.

Elliot girou a cadeira para que ficasse ao lado da dela, ambos de costas para a porta. Wendy desabotoou a própria calça, depois a dele.

— Me pergunta se você pode me tocar — pediu ela.

— Posso te tocar? — perguntou Elliot.

— Sim.

Wendy pegou a mão de Elliot e deslizou-a pela cintura dela.

— Não vou perguntar nada — disse ela. — Só vou fazer o que quiser com você, e você vai gostar.

— Sim — concordou Elliot.

Ele fechou os olhos, vibrando de concentração. Era como na época em que estavam na biblioteca da faculdade, tão famintos pelo corpo um do outro que transavam nos banheiros unissex. Não que as crianças tivessem destruído o desejo de Elliot pela mulher, ou a admiração pelo corpo dela e por todas as coisas que era capaz de fazer. É que estavam sempre tão acabados, tão exaustos o tempo todo. No mundo antes dos filhos, Elliot amava Wendy feito um louco — o quanto era inteligente, o quanto era bonita, o quanto era confiante. Ela sempre tinha sido muita areia para o caminhão dele, mas, de algum jeito, ela também o amava. Os dois queriam filhos, mas era tão bom lembrar a intensidade com que queriam um ao outro antes disso. Como alguém com crianças com menos de 6 anos faz alguma coisa? Desse jeito, talvez. Faziam coisas durante o dia — questões legais, coisas agradáveis, qualquer coisa. Ele queria fazer o que ela dissesse para sempre.

Capítulo 26

PARTICIPAÇÃO NO DESFÍLE

A Equipe do Desfile se reunia no sétimo período, quando o dia na escola terminava oficialmente e todas as equipes esportivas treinavam, e os corredores se enchiam com os sons dos estudantes de música arrastando os cases de violoncelo pelo piso. Cecelia esperou no corredor até pouco antes do sinal tocar, e entrou na sala de aula. Não estava com pressa.

A sra. Skolnick estava sentada na sua mesa com os joelhos bem afastados, uma mesa dobrável na frente dela. Havia meia dúzia de crianças espalhadas pelo cômodo, nenhuma que Cecelia reconhecesse. Um garoto no fundo da sala parecia ter um sombreado de barba, o que o teria feio parecer um adulto se não estivesse usando também uma camiseta tie-dye do Pokémon e um calção de ginástica da escola. Uma garota com os cabelos compridos e pretos se sentou na primeira fila, as mãos entrelaçadas na frente, como se estivesse de joelhos na igreja. Um garoto e uma garota se sentaram na segunda fila, as mãos dadas no espaço entre as mesas. O garoto tinha uma coroa feita de fita isolante. August, já revirando os olhos, bateu palmas.

— Cecelia! — chamou a sra. Skolnick, com entusiasmo genuíno. — Eba! Entre!

Cecelia caminhou até o lugar ao lado de August e encaixou a mochila entre os pés.

— Agora sim, olá! Como a maioria de vocês já sabe, esse grupo vai se mudar pra marcenaria na semana que vem a fim de começar a trabalhar, mas a gente vai passar a primeira reunião aqui planejando. É um processo conhecido por ser rápido e superdivertido! Vamos começar lançando algumas ideias! Para os que não estavam aqui — a sra. Skolnick piscou para Cecelia —, o tema do ano passado para o carro alegórico foi *O Senhor dos Anéis*. Alguém quer começar? Alguém quer pegar o giz?

O garoto com a coroa de fita adesiva levantou em um salto, segurou a palma aberta para receber o giz e depois deu um giro de volta.

— Milady — disse ele.

O garoto ficou de joelhos e segurou o pequeno pedaço de giz branco acima da cabeça como se fosse a menor espada do mundo. A namorada dele, uma ruiva vestindo uma camiseta do Fortnite, curvou-se em reverência e depois deslizou para fora da mesa, pegou o giz e caminhou para o quadro-negro balançando os quadris como uma modelo da Victoria's Secret.

— Que porra é essa? — cochichou Cecelia para August.

August se inclinou mais para perto.

— Ah, é assim mesmo. Megan e James estão juntos desde o quinto ano. Provavelmente vão se casar. Aparentemente ela faz um boquete nele no banheiro toda sexta-feira durante o almoço. Não que eu queira espalhar boatos! Mas é isso que as pessoas comentam. Eles fazem técnicas de som e cenário de teatro, sabe, e isso inclui carros alegóricos, acho.

A ruiva, Megan, foi até o quadro-negro e limpou a garganta.

— Bob's Burgers, o desenho animado! — sugeriu o garoto de tie-dye.

Megan escreveu devagar, em letras arredondadas.

— Dentro da Floresta! — propôs James. — Ou, em termos mais gerais, contos de fadas.

— Elizabeth Taylor — disse August.

Quando Cecelia se virou para olhar, surpresa porque ele tinha falado, ele completou:

— O quê? Já que estou aqui, é melhor contribuir.

Quinze minutos depois, a seguinte lista estava no quadro: Bob's Burgers, Dentro da Floresta/contos de fadas, Elizabeth Taylor, As Mil e Uma Noites, Rock and Roll, Anos Oitenta, Shakespeare, Empire State e Clapham Para Sempre. August se levantou para ir ao banheiro, e tão logo ele saiu, a garota sentada na frente de Cecelia se virou.

— Ei — falou a garota, a que se vestia toda de preto, até as unhas e o delineador. — Cecelia, certo?

Aquilo não soava promissor.

— Isso? — confirmou Cecelia, como se estivesse insegura da resposta.

— Melody — disse a garota. — Sétimo ano.

— Oi — falou Cecelia.

— Posso te perguntar uma coisa? Bem, duas coisas, na verdade.

— Melody esperou.

— Pode — respondeu Cecelia.

Melody se inclinou no espaço entre as mesas e, depois de um momento de hesitação, Cecelia se inclinou na outra direção para se juntar a ela, as cabeças quase se tocando.

— Você é amiga do August, certo? Ele é gay? Ele é gay, né?

Os olhos de Cecelia estavam no nível da têmpora de Melody, e ela observou a pele fina pulsando enquanto Melody respirava.

— Não sei — disse Cecelia.

Aquilo não tinha lhe ocorrido, na verdade, o que de cara a fez se sentir muito, muito idiota, mesmo que, é claro, ela não soubesse se era ou não verdade. A geração dela, pelo menos em casa, era mente aberta, ou era o que seu pai dizia, com admiração, *vocês são todos tão abertos*, mesmo que a alternativa fosse escolher viver em uma encarnação anterior do mundo, como as pessoas que gostavam da era vitoriana e usavam cartolas. Mas vai saber se isso valia aqui. Era assim que as fofocas funcionavam: não importava se uma coisa era verdade ou não, se *soasse* como verdade e não como algo que você tivesse imaginado, então a veracidade parecia três vezes mais provável. Quem se importava se Megan e James tinham realmente transado ou tinham feito seja lá o que for em um banheiro? Se todo mundo dissesse que tinham, qual era a diferença? Foi assim que ela acabou em Clapham. Obviamente Cecelia não tinha entendido tanto quanto achava sobre a maneira como a geração dela funcionava.

— Certo, bem, tanto faz — retrucou Melody. — Segunda pergunta. É verdade que você foi expulsa da escola anterior por ter dormido com alguém que conheceu na internet? Como descobriram? A escola, digo. Porque... — Melody fez uma pausa e respirou fundo — ...porque estou conversando com um carinha que é calouro do ensino médio, e ele é amigo do meu irmão mais velho, e nada aconteceu ainda, mas ele disse que, em dois anos, quando eu for caloura e ele estiver no terceiro ano, ele quer me levar para o baile de formatura, o que na real parece fofo, mas ele não é, tipo, meu namorado, e eu definitivamente não quero ser expulsa da escola. O que você acha?

Cecelia recostou na cadeira e meneou a cabeça.

— Não, eu não fiz isso.

Melody ficou onde estava, claramente ainda esperando por uma resposta.

— Não sei — continuou Cecelia. — Isso não parece algo que pudesse fazer você ser expulsa da escola. Melhor contar para os seus pais, não?

— Ah, eles sabem — afirmou Melody. Ela assentiu vigorosamente. — Mas ok, obrigada!

A sra. Skolnick tinha levantado da mesa. Pegou uma xícara, verificou se estava vazia e falou:

— Certo, pessoal! Hora de votar! Peguem um pedaço de papel, escrevam o voto de vocês e depositem aqui!

Cecelia ficou feliz com a interrupção. Rasgou um cantinho do caderno e se curvou. August sentou de volta no seu lugar.

— Hora da votação? É melhor você votar na minha ideia.

Ele se curvou também, como se fossem fazer um teste e ele não quisesse que ela copiasse da folha dele. Talvez estivessem fazendo um teste.

A sra. Skolnick andou para cima e para baixo nos corredores, segurando a xícara como um mendigo, até que todos tivessem votado com seus papéis dobrados. Quando cada um tinha depositado seu voto, ela caminhou de volta para a mesa.

— Alguém quer fazer a contagem?

Megan andou devagar até o quadro como uma Vanna White entediada.

No final, foi uma leve vantagem para Clapham Para Sempre, que faturou o primeiro lugar por um único voto de diferença.

— Bem, certo — concluiu a sra. Skolnick, surpresa. — Não tenho certeza do que isso significa, mas nós podemos fazer dar certo.

— Talvez possa ser redondo, com um coreto no centro — disse Cecelia. — Sabe, como a cidade? Não sei. Talvez isso seja idiota.

Mais do que qualquer outra coisa, Cecelia estava com raiva dos pais e de Katherine por fazerem-na questionar cada decisão que tomava.

August falou ofegante:

— Essa é mesmo uma ideia muito boa.

A sra. Skolnick concordou, e o resto da Equipe do Desfile se virou para olhar para Cecelia, o azarão deles.

Capítulo 27

WENDY PEDE UMA MÃOZINHA

Wendy tinha ligado e pedido para Porter encontrá-la no Spiro, o que não era nem de longe o estilo dela. Porter achava que nunca tinha visto Wendy comer uma refeição em um restaurante de Clapham, e ela estava casada com o irmão de Porter fazia uma década. Beber café gelado, talvez, enquanto cortava uvas ao meio para os filhos, ou enquanto fazia perguntas sobre a procedência da carne do hambúrguer, mas nunca, de fato, sentar e comer. Porter estava curiosa, mas também faminta. Saiu de casa vinte minutos mais cedo do que o necessário e começou a dirigir.

Agora que tinha entrado na casa de Jeremy, parar na frente dela não parecia grande coisa. Estacionou o carro, mas não desligou o motor, só por precaução. Era uma manhã de um dia de semana, e ela supôs que Jeremy estivesse no trabalho, mas a mulher dele podia estar em casa. Podia estar no supermercado, ou na Associação Cristã de Moços, ou no banco, ou fazendo as unhas, ou fazendo trabalho voluntário na escola dos filhos, ou cozinhando sopa para os pobres. Porter passou um bom tempo imaginando Kristen fazendo cada uma dessas atividades e outras mais, cada uma mais e mais virtuosa do que a outra, até não conseguir se conter e acreditar que Kristen estava doando um rim para um estranho ao mesmo tempo em que lia para os cegos. Kristen era boa, e ela era má. Kristen era linda, e ela era feia. Kristen era magra, e ela era gorda. Kristen tinha feito todas as escolhas certas, desde o comecinho da vida, incluindo que tipo de roupa íntima usar sob determinada roupa, que tipo de corte de cabelo escolher, de que jeito transar e em que data, o que dizer depois de alguém ter dito que ama você, o que dizer quando alguém diz que quer casar com você. Ela fizera tudo certo, e Porter tinha se arrastado por todo o caminho, cometendo erros bobos e estúpidos, pensando que haveria tempo para corrigir o rumo das coisas. Agora ela estava grávida e sentada em um carro ligado, como um piloto de fuga, os olhos fixos na porta da casa.

A luz mudou; alguma coisa dentro da casa tinha se movido — o gato, possivelmente — e Porter foi embora sem esperar para ver o que era. Passou pela clínica, diminuindo a velocidade o suficiente para conferir se o carro de Jeremy estava no estacionamento. Pensou nos assentos de tecido no Honda dele, manchados por anos de excessos, e se perguntou como os partos de Kristen tinham sido. As gestações. Tinha ficado enjoada, dormido? Tinha tido parto normal sem anestesia, a Madonna da maternidade? Ou tinha circulado uma data no calendário e feito uma depilação íntima para se preparar para a cirurgia, só para parecer bonita? Porter sentiu uma onda de náusea perturbar o esôfago e apertou o botão para abaixar o vidro. O que ela estava fazendo era doentio, e sabia disso. Era doentio, mas também estava lhe dando o mesmo tipo de sensação de formigamento que tinha no ensino médio e na faculdade quando via alguém por quem tinha uma queda, e ninguém mais precisava saber, ainda não. Os seres humanos mereciam as coisas que mantinham em segredo. Era isso o que ela queria. Todo mundo tem seus fetiches, certo?

No momento em que Porter deu meia-volta até o Spiro e entrou, encontrou Wendy já ocupando um lugar ótimo em uma das mesas grandes lá do fundo. Wesley Drewes falava na rádio, a voz sonora conversando com um interlocutor a respeito do Festival da Colheita de Clapham e as hordas anuais de turistas que logo viriam para o vale do Hudson atrás das folhas multicoloridas do outono, ocupando vagas de estacionamento e mesas de restaurantes, enchendo quartos de hotéis e acampamentos. O Festival acontecia em meados de outubro todos os anos, e era um fim de semana importante para a cidade e para o queijo Clap Happy. Se toda pessoa que viesse para Clapham naquele fim de semana comprasse um dos queijos dela, Porter poderia se aposentar aos 40. O ponto alto para Porter era o desfile, que apresentava carros alegóricos construídos e comandados por estudantes. O ano em que ela circulou em um como Rainha da Colheita tinha sido um desastre, mas como espectadora ela sempre gostou.

Porter se espremeu na mesa de frente para Wendy, que tinha a metade de uma toranja na frente dela e um prato de torradas e queijo cottage.

— Oi — disse Porter. — Como você está? Como estão todos? Dia maravilhoso lá fora, não é?

Wendy balançou a cabeça.

— Você não precisa fazer isso.

Olympia veio caminhando com uma pilha de pratos sujos em cada mão. Parou.

— Panquecas?

Porter fez que sim com a cabeça.

— Certo — falou Porter, aliviada. — Você está bem? Por que queria me ver?

Correu uma mão pela barriga. Era algo que observava em outras mulheres grávidas também, o desejo insaciável de tocar em si mesma, como se fosse tanto uma maneira de lembrar daquela existência dupla quanto uma tentativa de se conectar com a pessoa do outro lado, como alguém tocando um lado do vidro em uma sala de visitas da prisão.

— Dicas de parto? Conselhos de maternidade?

Wendy balançou a cabeça.

— Na verdade, não, mas, com certeza, a gente pode falar disso se você quiser. Sei que você é mais, bom, *pé no chão* do que eu, mas boa parte disso é desnecessário: os óleos essenciais, a máscara para os olhos, o CD com músicas de parto, doulas. Há coisas que você de fato deve levar para o hospital: meias, pijamas, um bom travesseiro para amamentação, uma muda de roupas para o... ah. Acho que você não precisa se preocupar com isso.

— Para o meu marido imaginário? É, acho que ele não precisa de mudas de roupa — disse Porter que, de forma irracional, sentia-se irritada. — Então o que era? Do que você queria falar?

Podia estar tomando café da manhã com as cabras ou sentada no carro em frente a uma clínica veterinária, não precisava disso. Se quisesse ser julgada, podia ligar para a mãe ou para Rachel. E havia mulheres de sobra que tinham tido bebês que podiam lhe dizer o que era papo furado e o que não era.

— Vamos lá. Duas coisas. Então, uma das coisas que Elliot e eu ficávamos adiando indefinidamente, qualquer que fosse a razão, é fazer um testamento. Mas decidi ir em frente e fazê-lo. E tudo bem. É só um pedaço de papel, certo? Sou advogada, a gente sabe como funciona. Mas uma coisa que você tem que fazer é escolher alguém que vai ser o guardião dos seus filhos se você morrer.

Wendy fez uma pausa e então soluçou. Quando é que ela havia começado a chorar? Porter nunca tinha visto Wendy ou Elliot chorarem, nem no casamento deles, nem no nascimento dos filhos. Elliot sequer tinha chorado, ao menos não na frente dela, quando o pai morreu.

— E a gente escolheu você. Se você concordar em ser escolhida. Sei que você está prestes a ter um bebê, e que você está sozinha, então fique à vontade pra dizer não. Astrid é muito velha, meus pais são muito velhos e estão do outro lado do país. Não tenho irmãos. Seu irmão Nicky é um maconheiro. Sobra você. Você é daqui, então eles não teriam que se mudar e abandonar a vida deles. Você ama os meninos, eles amam você. Podem nem sempre demonstrar, mas amam. A gente ia garantir que você tivesse dinheiro suficiente pra tudo o que precisasse. A casa, se quisesse. Ou o dinheiro da casa. Se estivermos mortos, não precisaremos dela, né?

— Uau — exclamou Porter.

Aquele não era um pensamento que tivesse alguma vez passado pela cabeça dela. Quando o pai morreu, Porter lembrava de Astrid se sentar com eles e dizer que pertenciam um ao outro, que se ela morresse, Elliot e Porter seriam os guardiões legais de Nicky, e que as finanças iam ser administradas pelo senhor Chang, do banco, o colega de trabalho predileto de Astrid. Porter às vezes sonhava que a mãe estava morta e que os três irmãos iam ter que morar com o senhor Chang, apesar de serem adultos e de serem capazes, em tese, de cuidar de si mesmos, e que o senhor Chang e a mulher ensinavam para eles coisas que os pais nunca tinham ensinado, como tocar piano e fazer massa do zero, e quando Porter acordava, ela se sentia culpada por gostar da nova vida paralela.

— Então, se vocês dois morressem, os meninos ficariam comigo. Wendy assentiu.

— E a bebê. Então você teria três. O que é um monte de crianças. Sobretudo para uma mãe solteira. Se for demais, por favor, diga.

Ela ainda estava chorando em silêncio, exceto por alguns soluços errantes aqui e ali. Porter nunca tinha entendido a cunhada, mas conseguia imaginar um mundo em um-futuro-não-muito-distante onde podiam de fato ser amigas, do jeito como, em mundos pós--apocalípticos arruinados por pragas e zumbis, você podia ser a melhor amiga de alguém que nunca conheceria de outra forma. Talvez a maternidade fosse isso, um sentimento de benevolência por todos os seres humanos.

Porter tirou a mão da barriga e a estendeu por cima da mesa.

— Claro — respondeu ela. — Caso você seja atropelada por um ônibus escolar. Só por curiosidade, existe alguma razão para não ser o meu irmão a me pedir isso?

Wendy secou as bochechas com um dedo.

— Vamos esperar que nunca aconteça, mas, sim. E seu irmão é homem, a razão é essa. Você acha que algum homem já tomou a frente e cuidou de coisas assim? Nenhum homem que eu já tenha conhecido. A gente falou disso anos atrás, e ele disse que pediria, e aqui estou eu.

— Justo. Mas você confia em mim? Em relação aos seus filhos? — perguntou Porter. — Sinto muito, não é isso o que você quer ouvir. Estou dizendo que sim, não estou dizendo que não. Isso significa muito para mim. Que você ache que eu sou capaz de dar conta.

— É claro que você dá conta — afirmou Wendy, voltando depressa ao modo mais conhecido dela, curta e grossa. — Mulheres podem fazer qualquer coisa. Todas as coisas para as quais os homens são úteis. Pense nisso, que coisas são essas? Levantar algo pesado? Levar o lixo pra fora? Grelhar bifes? Me poupe. Elliot nunca fez um bife decente na vida. E preciso dizer pra ele quando é o dia do lixeiro. E posso pagar alguém pra trocar um sofá de lugar.

— Acho que você está certa — disse Porter. — Acho que gosto de você, Wendy.

— Bom, obrigada. Vou cuidar da papelada — falou Wendy, tomando um gole de água longo e demorado. — Se alguma vez precisar de alguém, sabe, um par de mãos a mais, pode me chamar. Não quero soar como a sua mãe, mas é um trabalhão. Uma amiga minha da faculdade de direito que teve um filho sozinha contratou uma enfermeira noturna pelos três primeiros meses. Aquela mulher adorável aparecia todas as noites, e minha amiga conseguia dormir, a não ser quando estava amamentando o bebê. Existem maneiras de facilitar as coisas.

Não parecia justo, depois de passar tanto tempo pensando se queria ficar grávida, descobrindo como ficar grávida e ficando grávida, que você tivesse que pensar tão cedo na realidade de ter um filho fora do corpo também. Sim, uma coisa levava à outra, claro — Porter conhecia a reprodução humana —, mas reduzir o estado físico e mental da gravidez a uma mera estação, como uma estação de ônibus, de repente pareceu tão profundamente misógino que Porter se sentiu ofendida, sem culpar ninguém. Culpava as pessoas. Os homens.

— Ok, e o que era a outra coisa? — perguntou Porter.

Lá dentro, a bebê deu uma cambalhota. Lá fora, Clapham estava curtindo a tarde. O coreto no pequeno centro gramado da rotatória era um parquinho improvisado para duas crianças com braços e pernas longos e bronzeados.

— Tem a ver com aquilo, na verdade — respondeu Wendy, apontando.

— O coreto?

Porter observou as crianças subindo em toda parte, como ela e os irmãos tinham feito quando eram crianças, se revezando para saltar do corrimão para o centro, zunindo carros de brinquedo em volta dos bancos de madeira. O cérebro dela havia começado a imaginar Aidan e Zachary e a filha sem nome, alguns anos no futuro, irmãos, de certa forma, quando percebeu que conhecia as crianças.

— Elliot comprou. Não o coreto, o prédio do outro lado. O vazio.

— Fogelmans! — exclamou ela, sem ouvir direito o que Wendy tinha dito.

— Como é? — questionou Wendy, seguindo o olhar de Porter.

— Aquelas crianças — respondeu Porter. — Conheço o pai delas. A garota, filha de Jeremy, era a mais velha dos dois e tinha cabelos loiros compridos como a mãe. O cabelo balançava para a frente e para trás enquanto ela se agarrava no topo do coreto. Ela nunca tinha visto as crianças assim tão de perto, eram mais velhos do que imaginava, provavelmente quase a idade de Cecelia. Por que não estavam na escola? Então Jeremy avançou, câmera na mão, uma de verdade, do tipo que as pessoas compravam para fazer safári, não só o celular deitado de lado. Ele se agachou para tirar uma foto.

— Você está bem?

Wendy arqueou uma sobrancelha.

— Estou. Espera, o quê? Elliot comprou aquele prédio? O que é que ele vai fazer com aquilo? Astrid vai ficar uma fera. Tenho certeza de que ele sabe disso. Você devia ter ouvido as coisas que ela falou quando houve rumores de que a Urban Outfitters compraria a loja da Boutique Etc?. Foi como nos anos 1980, quando as mães amalucadas pensavam que os discos do Judas Priest tentavam fazer os filhos delas adorarem Satanás.

Olympia voltou com uma pilha muito alta de panquecas. Isso era algo que uma mãe devia saber fazer — as de Porter nunca eram tão boas, nem perto das de Astrid. Bicarbonato de sódio a menos, talvez? Ela nunca tinha tentado descobrir.

— Eu sei. Ele está realmente preocupado com isso.

Wendy pôs uma colherada pequena de queijo cottage na boca.

— Por que ele simplesmente não constrói alguma coisa? Ou muda o escritório dele pra lá, não sei.

Porter às vezes pensava no irmão como uma criatura alienígena que tinha feito um pouso forçado no Casarão durante a puberdade. Ele parecia o mesmo, mas não agia da mesma maneira. Todo mundo que Porter conhecia se beneficiaria de uma terapia familiar que durasse a vida inteira, mas quem faria isso? As relações entre irmãos eram tão complicadas quanto qualquer casamento, sem a possibilidade de divórcio. Quais seriam as consequências do afastamento quando seus pais morressem e vocês sentassem um de frente para o outro, examinando décadas de fotografias e talheres de jogos diferentes?

— Dei a ideia de ele perguntar à mãe o que ela achava — contou Wendy, e então se virou para olhar pela janela. — E ele meio que surtou. Não sei se é a Birdie, sabe, e a novidade toda da mãe de vocês, mas foi estranho mesmo. Acho que ela daria uma boa contribuição. Ninguém se importa com Clapham mais do que ela. Você sabia que ela conhece os nomes de todos os entregadores dos correios?

— Você não sabe o nome do rapaz que entrega sua correspondência? — perguntou Porter. — Elliot é um homem crescido. Ele deveria construir o que quiser. Qual é o problema?

— Sei o nome do rapaz que entrega a *nossa* correspondência. Astrid sabe o nome de *todos* eles — disse Wendy, sacudindo a cabeça. — Não tenho certeza se o Elliot sabe o que quer.

Porter olhou para a cunhada.

— Ah — resmungou.

— O quê? — questionou Wendy.

— É engraçado. Você conhece ele. Digo, claro que conhece, você é casada com ele, mas é curioso que você conheça a mesma pessoa que eu conheço. É estranho. Entende o que eu quero dizer?

Porter sentiu a bebê dar um pulo. Parecia a fração de segundo sem gravidade quando estamos em uma montanha-russa, o momento antes da queda.

— Sim — concordou Wendy. — Eu sei. Você falaria disso com ele? Ele jamais me pediria pra perguntar pra você, mas acho que o Elliot gosta que lhe digam o que fazer, não concorda? Ele gosta de ser autorizado.

— Olha, meu irmão está pouco se *lixando* para o que eu acho — disse Porter. — Sou a perdida na vida, você não ouviu? Ao menos El e Nicky fizeram festas de casamento e bebês pra mamãe. Eu só estou dando uma gravidez geriátrica solo. Não acho que ele queira meu conselho.

Enfiou um pedaço enorme de panqueca dentro da boca, deixando um rastro de gotas de xarope de bordo em cima da mesa, do guardanapo e então, sim, da camiseta.

Wendy apoiou os cotovelos na mesa.

— Espero que você saiba que isso não é verdade. Não quero ser desleal, Porter, mas vou te dizer agora, isso não é verdade.

Era difícil responder à sinceridade, então Porter só mastigou. Depois de engolir, tomou um longo gole de água.

— Bom, acho que posso tentar.

— Obrigada — agradeceu Wendy, levantando e deixando uma nota de vinte dólares sobre a mesa. — É por minha conta.

Ao sair do Spiro, Porter viu Jeremy e os filhos ainda tirando fotos no coreto. Do contrário ela não teria dito olá, mas agora que estavam todos do lado de fora, e era mais ou menos o caminho para o carro dela, parecia bobo evitá-los. Jeremy estava agachado na grama, as lentes da câmera apontadas na direção do céu.

A filha de Jeremy estava com o moletom da escola, e a expressão no rosto dela dizia algo entre *morra* e *desapareça*, possibilidades que, de cara, fizeram Porter gostar de Cecelia ainda mais do que antes.

— Oi — disse Porter, dando um tapinha no ombro de Jeremy.

— Ei — respondeu Jeremy.

Ele se virou de um jeito bizarro, ajoelhou e se esforçou para ficar em pé. Deu um abraço nela e um beijo na bochecha, nem mais nem menos do que qualquer um faria com uma velha amiga.

— Querida, quer dizer oi?

A filha ofereceu um revirar de olhos para eliminar essa possibilidade, e então se arrastou na direção deles como se estivesse sendo puxada por uma corrente invisível. Porter ficou parada, um sorriso educado estampado no rosto.

— Sidney, essa é minha amiga Porter, aquela que faz os queijos que você gosta.

— Prazer — disse Porter, estendendo a mão, mas Sidney cruzou os braços. — Você estuda aqui em Clapham? Minha sobrinha, Cecelia, acabou de começar o oitavo ano. Cecelia Raskin-Strick, você conhece?

— Ah, sim — respondeu Sidney. — A gente tem aula de inglês e de matemática juntas.

— Uau! Vocês são amigas? Isso é incrível!

— Hum, não — disse Sidney.

E então a garota correu de volta para o coreto, onde o irmão mais novo estava esperando. Porter se perguntou que tipo de irmãos eles eram, se davam as mãos quando ficavam com medo, se Jeremy gritava, se esmurravam um ao outro quando os pais não estavam vendo.

— Desculpe — disse Jeremy, a voz baixa. — No momento, ela é basicamente insuportável.

— Tudo bem — retrucou Porter.

De algum jeito, nunca tinha lhe ocorrido que sua filha também pudesse ser insuportável. Aquele parecia um estágio da maternidade que ainda não tinha imaginado, longe o suficiente para pensar nela sendo babaca. Sempre havia mais níveis, como o Super Mario Bros, subindo e subindo para nuvens cada vez mais altas.

— Vai passar — garantiu Jeremy. — Essa é a única verdade sobre a paternidade que posso te oferecer. Tudo passa. As coisas boas, as coisas ruins, tudo. Nada dura — disse ele, dando de ombros.

Sidney estava pulando para cima e para baixo no centro do coreto.

— Pai! — chamou ela. — Vaaaaaamos!

— O que você está fazendo, afinal? — perguntou Porter.

Ela colocou a mão no braço dele de leve, como se faz antes de pedir informações a um estranho. Ela e Jeremy haviam feito as coisas funcionarem por tanto tempo e ninguém tinha se machucado. Tinham se feito felizes, e todos queriam ver os pais felizes. Isso é o que todos os filhos de pais divorciados sempre diziam, não importa quão ruim ou feio tenha sido o divórcio, era melhor do que viver em um casamento triste ou coisa pior. Claro, Jeremy não tinha se divorciado.

— Ela está concorrendo à Rainha da Colheita Infantojuvenil — respondeu ele. — Você não foi Rainha da Colheita uma vez?

Os votos haviam sido inteiramente devido à popularidade dos irmãos dela, mas Porter tinha vencido, um prêmio que incluía uma voltinha em uma caminhonete cheia de feno, uma faixa e um cetro feito de espiga de milho. Tinha 16 anos, estava no terceiro ano do ensino médio, e os pais tinham ficado orgulhosos a ponto de chorar, como se ela realmente tivesse *feito* alguma coisa, o que a levou a se sentir ridiculamente feliz e totalmente furiosa. Se soubesse que em três anos o pai estaria morto, ela teria aproveitado mais. A maior implicância de Porter era quando as pessoas reclamavam de ter que fazer coisas com a família — Dia de Ação de Graças na casa dos sogros, uma festa de aniversário, um chá de bebê formal para as amigas da mãe. Será que essas pessoas não entendiam que a morte estava marchando na direção de todo mundo, todos os dias? Porter pensou em fazer uma linha de cartões que simplesmente dissesse: "Surpresa! Você está morrendo e todo mundo também! Não se leve tão a sério!" Seriam bons para qualquer ocasião.

— Preciso ir. Mas foi bom ver você. Podemos? Nos ver de novo? — perguntou ele arqueando a sobrancelha, como se um sinal assim fosse necessário.

— Sempre. Me liga. Ou só aparece, tanto faz — disse, tentando ser casual. — Se quiser.

Jeremy piscou e correu para o coreto, onde Sidney estava sapateando de chinelos de dedo no chão de madeira e olhando para a pequena tela do celular. Quando o pai se aproximou com a câmera, ela alargou a boca em um sorriso falso e jogou o cabelo por cima do ombro. Era linda, de certa forma, como uma modelo de catálogo, tudo no lugar certo, mas não tinha nada extraordinário que pudesse distrair os olhos dos shorts que ela estava vendendo. Jeremy se agachou para tirar a foto, e Sidney ficou mudando de posição a cada poucos segundos. O Fogelman menor, um garoto loirinho com fones de ouvido e um iPhone, se inclinou na parede oposta do coreto, a cabeça acomodada em um arbusto de peônia. Porter acenou como uma rainha de concurso, do cotovelo ao pulso.

Capítulo 28

AUGUST DIZ A VERDADE, PARTE DOIS

Pintar de branco um milhão de pedaços de madeira de 76 milímetros de comprimento deu a Cecelia bastante tempo para pensar. A Equipe do Desfile se revelou, afinal, uma reunião de pequenos projetos de arte, como as brincadeiras paralelas da pré--escola, onde você basicamente fazia as próprias coisas, mas perto de outras pessoas, e a sra. Skolnick colocava uma música boa para tocar, e era divertido. As mãos de Cecelia tinham manchas brancas, os jeans tinham manchas brancas, e seu cabelo também. Mas ela não se importava. Gostava de se sentar na carpintaria arejada e fazer coisas.

— Acho que é por isso que os adultos curtem livros de colorir — disse August. — É como se o meu cérebro estivesse dentro de um vidro em cima da mesa.

— Sei o que você quer dizer — concordou Cecelia.

E sabia mesmo, de certa forma. Mas, mais do que isso, entendia que era assim que August se sentia. O que *ela* sentia, com as mãos ocupadas, a boca fechada e todo o oxigênio suplementar que o vale do Hudson tinha a oferecer, era que seu maior problema era tentar ser agradável. Uma boa garota, fosse qual fosse a situação. Flexível com os pais, flexível com os amigos. Não fazia perguntas se achasse que as respostas iam render conversas que não estava pronta para ter. O objetivo da vida, Cecelia pensava, era se manter distante de conflitos, se dar bem com todos. Era isso que o pai dela tinha passado anos aprendendo a fazer através da meditação. A mãe não estava nem um pouco interessada em se dar bem com as pessoas, nem em ser simpática, mas Nicky era tão simpático que Juliette não precisava ser. E como Cecelia sabia que não podia mudar as outras pessoas, tentava ao máximo estar aberta a tudo o que o outro tinha em mente.

Foi por isso que, quando Katherine falou para Cecelia do cara com quem estava conversando online, Cecelia não disse nada. Sim, a internet estava cheia de cantos escuros e assustadores, mas também estava cheia de crianças como ela, e Cecelia decidiu acreditar em Katherine, ou ao menos decidiu acreditar no que Katherine tinha decidido acreditar. O nome do cara era Jesse, @jdogg99 no Insta, e só postava fotos de pichação, pôr do sol e cachorro. Cecelia observou que, se Jesse tinha nascido em 1999, isso significava que ele tinha 18 anos, o que não era *supernojento*, mas ainda assim não era o melhor dos mundos. Um cara de 18 anos que queria conversar com uma garota que estava entrando no oitavo ano era estranho. Mesmo os alunos do nono ano que conhecia, como o irmão mais velho de Katherine, Lucas, e os amigos dele, chamavam elas de bebês e queriam manter pelo menos três metros de distância quando andavam juntos na rua. Mas Katherine tinha insistido que Jesse era legal. E então Cecelia não dissera mais nada.

A certa altura, Jesse e Katherine mandavam mensagens um para o outro o tempo todo. Ela salvou o nome dele no celular como Jessica, só por garantia, caso a mãe olhasse. Antes da escola, depois da escola, a noite toda. Cecelia se acostumou a ficar sentada na frente de Katherine em uma mesinha minúscula do Starbucks, só observando ela sorrir e dar risada, os dedos se movendo na velocidade da luz. De vez em quando, Katherine inclinava o celular por cima da mesa e dizia, "você tem que ouvir isso", e aí lia uma sequência de mensagens. Mas nunca tirava as mãos do aparelho de fato, como se ao fazer isso pudesse cortar o contato para sempre. Cecelia sabia que aquilo não acabaria bem — tinha sacado. Ele continuava perguntando a idade dela e dizendo que não podia contar a ninguém a respeito deles. Um garoto de 18 anos diria isso? Talvez. Mas lá no fundo Cecelia sabia que era algo pior. Mas não queria chatear Katherine. E então só assistiu ao desenrolar das coisas, embora conseguisse vê-las em câmera lenta.

— Você está bem? — perguntou August.

Cecelia ergueu os olhos para ele.

— Sim, por quê?

— Porque você está pintando o mesmo palito de picolé de novo e de novo. Acho que esse aí está bom.

Ele apontou com o pincel. De fato o pedaço de madeira que Cecelia estava pintando ficou permanentemente grudado ao jornal que estava embaixo dele.

A primeira vez que Katherine e Jesse iam se encontrar, Cecelia foi também. Katherine — admitindo alguma forma de fraqueza ou talvez apenas porque assistisse a *Dateline* — pediu para ela ir junto e só ficar em segundo plano, para que, se Jesse estivesse observando, pensasse que ela estava sozinha, como tinham combinado. Deveriam se encontrar na Grand Army Plaza, nos bancos de pedra bem na frente da entrada do Prospect Park, onde ficava a feira dos agricultores nas manhãs de sábado. Nas noites de sábado estava vazio, com alguns tomates esmagados no chão. Pessoas por todos os lados. Essa era a ideia.

Katherine ficou lá por quase uma hora antes de desistir e se refugiar no banco em que Cecelia estava sentada. Devia ter contado aos pais depois disso. *Ele deve ter vindo*, Cecelia pensou, *e visto mais de uma garota*. Havia policiais em volta também, só conversando ao lado da viatura. Se Jesse fosse realmente um adolescente, ele teria se aproximado delas como o irmão mais velho de Katherine teria feito, com uma expressão idiota no rosto e medo estampado nos olhos. Cecelia devia ter contado naquele momento. Da próxima vez que alguém lhe contasse alguma coisa, espalharia aos quatro ventos. Seria clara e direta. Era o único jeito.

August e Cecelia caminharam juntos até o ponto de ônibus depois da escola. Tinham ficado até mais tarde para ajudar a sra. Skolnick a guardar as coisas depois de secarem e a preparar a próxima rodada de coisas que precisavam ser pintadas, o que significava cortar minúsculas portas e janelas para o carro alegórico, e August ia jantar na casa de Cecelia. O sol estava suspenso acima das árvores, tornando o céu violeta e cor-de-rosa, e ambos puseram as mãos em concha sobre os olhos para bloquear a claridade.

— Posso perguntar uma coisa? — disse ela para August, que reorganizava as coisas em sua mochila.

— Aham — respondeu ele, sem erguer os olhos.

— Você é gay?

Cecelia sentiu o coração bater mais rápido. Estava nervosa. Que maluquice perguntar isso assim a alguém, do nada, do lado de fora, no meio de toda aquela luz e aquele ar.

August olhou para cima. Não parecia a pergunta que ele estava esperando.

— Alguém disse isso?

— Uma garota me perguntou, da Equipe do Desfile. A do sétimo ano, com todas aquelas sardas. Eu disse que não sabia — explicou Cecelia e fechou os olhos, a determinação sumindo depressa. — Me desculpa, foi uma maneira bizarra de perguntar isso. Você não precisa me dizer nada que não queira.

August fechou a mochila e a jogou por cima do ombro. Uma longa mecha de cabelo ficou presa debaixo da tira, e ele a soltou com delicadeza.

— As pessoas me perguntam isso há muito tempo. Por um tempo eu pensei que era. Mas não sou.

Na outra ponta da rua larga, um adolescente dirigia o carro muito rápido e freou fazendo um barulho agudo até parar no sinal. Era um milagre alguém ter sobrevivido à adolescência, sinceramente.

— Tenho uma amiga no acampamento que é trans, você sabe o que é isso? — perguntou August, falando baixinho.

Ele se ajeitou e se aproximou um passo para que ela pudesse ouvi-lo.

Cecelia fez que sim. Conhecia alguns jovens lá no Brooklyn, pessoas que tinham pedido aos professores para dizer Ela em vez de Ele, mas nenhuma tinha de fato sido amiga dela, apenas conhecidas da escola. Olhou para a frente, para a barreira de árvores, para o céu púrpura, para as fileiras perfeitas de pássaros pousados nos fios dos telefones. Aquilo era importante — *não fode com isso*, disse a si mesma. *O que quer que tenha feito antes, não faça agora. Não perca seu único amigo. Reaja da forma perfeita. O que quer que seja, reaja da forma perfeita, só isso.*

— Trans é quando você nasce em um corpo que não corresponde ao que está dentro de sua cabeça. Minha amiga nasceu parecendo menino, então todos tratavam ela como menino, mas por dentro ela sempre soube que era menina. Tipo, sempre. Desde a pré-escola. Ela sempre soube que era menina.

August se movia de um lado para o outro. Também estava nervoso, Cecelia percebeu. Algumas crianças passavam pelos portões principais da escola, a uns 15 metros de distância, e riam alto. As vozes ecoavam no interior das árvores.

— Certo — confirmou Cecelia. — Ela.

— Ela — repetiu August. — Sim. Mas é difícil contar pra todo mundo, então ela ainda não fez isso. Só no acampamento e quando está sozinha com os pais, por enquanto.

Cecelia deslocou o corpo para que ficassem um ao lado do outro em vez de um de frente para o outro, e pressionou a lateral do corpo dela contra a lateral do corpo dele, e juntos olharam ao redor, como se quisessem expressar que estavam unidos naquele espaço, que eram um oásis humano no meio das Sidney Fogelman do mundo. A ponta do cotovelo de Cecelia tocava a ponta do de August, dois pontinhos no escuro.

— Parece uma amiga próxima.

— Muito próxima.

A voz de August era suave, pouco mais que um sussurro.

— Quão próxima? — perguntou Cecelia, sussurrando. — Tipo a sua melhor amiga? Emily?

— Tipo mais próxima do que a Emily. Tão perto quanto dentro do meu corpo — contou August, agora quase inaudível.

— Ela tem um nome? Tipo, um nome diferente?

As pessoas diziam que o passado e o futuro não existiam, mas existiam, sim. Só não ao mesmo tempo. O passado estava ali se você quisesse olhar. O único segredo era saber que seu passado nunca era o mesmo duas vezes, e o passado nunca era o mesmo para duas pessoas. Todo mundo olhava as coisas pelos próprios olhos, e a partir de cada coisinha que tinha acontecido antes de determinado momento. Até o presente era duvidoso.

— Robin — disse August. — É meu nome do meio. Funciona nos dois gêneros. É usado para os dois, meninos e meninas, quero dizer.

— Prazer em conhecer você, Robin — falou Cecelia. — Não vou contar pra ninguém, juro. Ninguém no mundo, enquanto viver, não até você me dizer que está tudo bem.

Era importante que August soubesse, que Robin soubesse disso. Estava de saco cheio de contar segredos. Não contaria para os amigos, para a avó, para ninguém. Cecelia se inclinou para o lado, até suas cabeças se encostarem. Entendeu que não era a única que queria que o tempo passasse rápido. Talvez todo mundo quisesse viajar pelo espaço em uma direção ou outra, e o segredo era encontrar pessoas que queriam ir na mesma direção que você, para ajudar o tempo a passar. O ônibus dobrou a esquina, voltando para pegar as crianças que vinham das atividades extraclasse, e a motorista deu uma buzinada amigável, um reconhecimento de que os tinha visto ali. Cecelia achava que um alarme muito maior deveria soar toda vez que alguém na escola falava ou pensava ou fazia alguma coisa enorme e transformadora, algo que seus eus adultos iam lembrar pelo resto da vida, toda vez que uma bola pesada de boliche começasse a rolar. Mas é claro que esse alarme soaria sempre, o dia inteiro, e ninguém conseguiria aprender absolutamente nada.

Capítulo 29

BARBARA BAKER, DESCANSE EM PAZ

Barbara era quaker, de modo que o funeral seria na Congregação de Amigos do Vale de Clapham, seguido da recepção no subsolo. Astrid arrastou Porter e Cecelia com a promessa de levá-las ao cinema depois, todas as três carregadas com caramelos caseiros e biscoitos e saladas com um molho misteriosamente rosa, os únicos alimentos que Astrid tinha visto servidos no subsolo de uma igreja de qualquer religião. Birdie ia encontrá-las na igreja. Astrid nem conseguia pensar naquilo, de tão nervosa que ficava. Ela e Birdie tinham estado em mil lugares juntas — na loja, no cinema, em todos os restaurantes da cidade, na lavanderia, na livraria, na loja de jardinagem, no Heron Meadows. Havia muitos casais de gays e lésbicas em Clapham e nas cidades vizinhas, muitos de cabelos grisalhos como Birdie e ela, tomando café da manhã no Spiro, discutindo qual mangueira nova comprar na loja de ferragens do Frank, folheando livros na livraria da Susan, todas as coisas que constituíam os dias e vidas de alguém. Mas de certa forma aquilo parecia diferente — era Uma Ocasião, o tipo de evento que as pessoas ficam de mãos dadas com os cônjuges e pensam nos arranjos do próprio funeral. Astrid estava nervosa.

— O que é que são quakers? — perguntou Cecelia baixinho, enquanto abriam a porta de madeira clara. — Digo, tipo, onde eles estão na escala de céu/inferno?

Porter deu de ombros.

— Acho que eles são da religião tipo faça-bem-aos-outros — respondeu ela. — Nem no céu, nem no inferno.

— Céu! — exclamou Astrid. — Por que não acreditar no céu? É absurdo, mas todas as outras coisas na vida também são. É a sobremesa, certo, o céu? O que você ganha no final por ter sido uma boa pessoa?

— Você acredita em céu, mãe? — perguntou Porter, parando no meio do caminho. — Sério? Tipo, anjos?

Do outro lado da porta, uma grande multidão enchia quase todos os bancos. O lugar era simples, com janelas vermelhas, amarelas e verdes em forma de diamantes. Era como Porter imaginava que fosse a pré-escola na Suécia. Suave, com luz solar.

— Claro que não, não no sentido literal. Mas não sou humanista. Meus avós deixaram o país deles em busca de mais liberdade — disse Astrid, revirando os olhos. — É claro que a Barbara acreditava nas pessoas fazendo o bem, pelo amor de Deus. Caramba, parece até a letra de uma musiquinha natalina!

Bob Baker estava parado a alguns metros depois da porta, saudando as pessoas à medida que entravam. De pé ao lado dele estava uma mulher que se parecia com Barbara, mas com o cabelo loiro curto, em camadas, a franja flutuando para os lados como uma apresentadora de TV, uma mulher que encontrou o Seu Visual em 1984 e estava apegada a ele faça chuva ou faça sol. Astrid balançou a cabeça.

— É a irmã.

— A irmã de Barbara? — perguntou Porter. — Ela mora aqui?

— Vermont — sussurrou Astrid por entre os dentes cerrados. — Criadora de cachorros.

— Isso não é um pouco como ser um cafetão? — questionou Cecelia. — Tipo, nós todos não concordamos, como cultura, que o conceito de "puro-sangue" soa como eugenia, e que só deveríamos adotar animais? Que tipo de aberração escolhe material genético?

— Hum, olá! Em primeiro lugar, você poderia ser um pouco menos inteligente, por favor? — disse Porter, apontando para a barriga. — Em segundo lugar, alguns de nós precisam de uma ajudinha, sabe.

— Por que você não adotou, Porter? Essa é, na verdade, uma excelente pergunta, Cecelia — disse Astrid, e depois de uma pausa, perguntou: — Você nunca pensou nisso? Sem julgamentos. Só estou curiosa.

Porter revirou os olhos.

— Estamos em um funeral. Dá pra falar da minha decisão de ter minha filha biológica mais tarde?

Empurrou Cecelia pelas costas.

— Eu estava falando de cachorros — retrucou Cecelia.

— Você também ama cachorros? — perguntou uma voz.

As três Stricks se viraram e depararam com a irmã de Barbara olhando fixamente para elas. Havia cachorros bordados por todo o suéter dela. Barbara jamais teria usado algo tão espalhafatoso.

— Tenho cabras — afirmou Porter. — Mas, sim, amamos muito cachorros, todas nós. Sinto muito por sua perda.

Astrid estendeu a mão.

— Sinto muito pela sua perda. Esses eventos não são fáceis, eu sei. Perdi meu marido. As pessoas esperam que você seja a anfitriã, quando tudo o que você quer é ficar na cama. Bob me disse que você tem sido de grande ajuda.

A irmã de Barbara assentiu.

— Ele é um homem maravilhoso. Formavam um grande casal. Para ficar na história — disse, e olhou para cima. — Acho que vamos começar logo se vocês quiserem sentar.

— Obrigada, vamos sim — falou Astrid, e conduziu Cecelia pelo ombro até o último corredor, o mais perto da saída. — Aposto um milhão de dólares que Barbara odiava a irmã. Dois milhões. Na história meu cu. Você acha que a irmã dela sabia que Barbara estava vivendo no Heron Meadows? Duvido. Você acha que esses gatos todos são de raça pura? De jeito nenhum.

Astrid olhou em direção à porta e viu Birdie.

Estava tão bem-vestida quanto era capaz. Birdie usava uma camisa de botão azul-marinho e calças listradas com uma gravata cowboy fina e prateada. A gravata fazia a mecha grisalha no cabelo dela brilhar — cintilação, Astrid soube que se chamava, como Susan Sontag ou Cruella de Vil. Pelo menos para Astrid parecia brilhar. Ela parou e acenou, um sorriso talvez largo demais para a ocasião.

Veio e se foi, a coragem dela. Tinha sentido pela manhã, a coragem, uma nuvenzinha flutuando no lado da Birdie na cama. Birdie, que sempre tinha sido ela mesma. Astrid nunca mentiu, mas também nunca tinha falado abertamente. Tentou imaginar o que Russell teria dito se lhe contasse que algumas vezes imaginou estar com uma mulher. Não mais do que imaginou estar com um homem, só algumas vezes. De vez em quando, uma vez a cada cinco anos, mais ou menos, tinha alguém que chamava a atenção dela e Astrid imaginava um primeiro beijo com essa pessoa, e o sexo, e o casamento e depois de uns poucos meses aquele sentimento passava. O professor de Porter do quinto ano tinha durado; era alto e musculoso, e uma vez Astrid teve uma fantasia duradoura em que ele a levava para acampar nas montanhas Catskills, imaginando o que ele faria com o corpo dela na barraca à noite. Outra foi com uma mulher com sobrancelhas lindas e escuras que tinha trabalhado na livraria da Susan e depois saído para ir para a biblioteca da escola. Russell era sensível e tímido, e teria ficado magoado se soubesse. Mas se ele estivesse vivo, ela teria permanecido casada e nunca teria dito nada a ele. Essa era a verdade que Astrid tinha compreendido sobre um casamento bem-sucedido: tudo o que você tinha que fazer era não se divorciar ou morrer! Todo o resto era jogo limpo. O que tinha sido conquistado estava conquistado. Todo amor se acomoda. Não é que se acomodasse com algo menos do que você merecia, só se acomodava, como a respiração se acomoda em um corpo adormecido, que não fazia mais do que o necessário. Era isso o que Nicky e Juliette estavam tentando evitar, o tédio de um casamento comum? Era por isso que Elliot e Wendy pareciam tão infelizes? Astrid entendia. Parecia antiquado e deprimente, mas era assim que as coisas eram, ela queria dizer aos filhos. Todos os três precisavam ouvir isso! Era assim que as coisas eram! Você acha que seus avós e bisavós e tataravós sempre tinham sido apaixonados? Você ouviu falar daqueles casais, aqueles que dançavam ao lado da mesa da sala de jantar todas as noites, que ficavam de mãos dadas todos os dias até os 90 anos de idade e depois morriam com dois dias de diferença porque não podiam suportar a perda? Mas essas eram exceções, não eram? Astrid achava que sim, mas não podia ter certeza. Ela e Russell tinham sido um bom casal, mas nada extraordinário. Ele ouvia músicas horríveis. Eles discutiam e se acusavam; ambos tinham passado noites dormindo no sofá, com raiva demais para ficar na cama do lado do outro. Se ele ainda estivesse vivo, eles sem dúvida ainda estariam discutindo. E será que ela e Birdie teriam começado a sair para almoçar? Teriam ido ao cinema e dividido pipoca, as mãos procurando dentro da embalagem amanteigada ao mesmo tempo, os dedos se esbarrando? E Astrid teria sentido um pequeno arrepio subir pela espinha? Ela não sabia. Não sabia.

— Vóvi, eu acho que você é uma *stan* da Barbara — sussurrou Cecelia.

— O que é isso, uma marca de eletrodomésticos?

Astrid esticou o pescoço, observando Birdie abrir caminho pela multidão até a fila delas. Funerais eram exatamente como casamentos — você nunca tinha falado com as pessoas cujos nomes estavam no convite, e você passava o tempo todo conversando com conhecidos enquanto segurava pratinhos descartáveis e guardanapos de papel.

— Não, é alguém que odeia e ama ao mesmo tempo. Você é *stan* dela.

— Entendi — disse Astrid. — Agora fiquem quietas, as duas.

Ela se levantou e deu um empurrãozinho em Cecelia e em Porter para que Birdie pudesse se sentar do outro lado.

— Oi — falou Birdie, quando finalmente as alcançou. — Ficou com os assentos baratos, né.

Astrid riu e depois beijou Birdie de leve nos lábios. Birdie pareceu agradavelmente surpresa, o que fez Astrid se sentir ao mesmo tempo mal por ter demorado tanto tempo e feliz por ter finalmente feito isso. Elas se espremeram no banco e olharam para a frente, atentas. Astrid se perguntou se alguém tinha visto, se ouviria falar daquilo mais tarde, perguntas gentis na calçada em frente ao supermercado.

Uma mulher com uma túnica preta e um cachecol trançado nas cores do arco-íris subiu no púlpito e cumprimentou a todos com um gesto de cabeça, fazendo contato visual, até que a multidão silenciou.

— Estamos aqui a fim de celebrar a vida da nossa amiga, vizinha, irmã e esposa Barbara Baker...

Para a própria surpresa, foi o que bastou para Astrid explodir em lágrimas. Birdie segurou a mão dela, e entrelaçaram os dedos. Nunca tinham feito aquilo antes, não em público, não assim, no meio do dia, com a cidade inteira em volta. Isso fez Astrid chorar ainda mais. Agora que tinha contado para os filhos, podia contar para qualquer pessoa. E foi Barbara Baker, a infeliz da Barbara Baker, que havia tornado aquilo possível, de certa forma. Uma mulher na fileira à frente delas — Susan Kenney-Jones, dona da livraria, cujos filhos tinham mais ou menos a idade dos de Astrid, mas eram crescidos e viviam em outro lugar — passou para trás um pacotinho de Kleenex. A livraria de Susan ficava a duas portas do Shear Beauty, elas a viam todos os dias. Astrid conhecia Susan havia ainda mais tempo do que conhecia Barbara. O marido de Susan também tinha morrido, uns quatro anos antes. Câncer no cérebro. Mais lágrimas. Astrid nunca tinha chorado tanto na vida, em público ou entre quatro paredes. Porter lançou um olhar alarmado.

— Você está bem? — sussurrou Birdie no ouvido de Astrid. — A gente pode ir se você quiser; as garotas vão ficar bem.

Astrid sacudiu a cabeça e se obrigou a parar. A pastora continuou:

— Para aqueles que nunca acompanharam um funeral quaker antes, todos vamos nos sentar em silêncio pela próxima hora, criando uma comunidade por meio dos nossos corpos e da nossa respiração. Caso se sinta tentado a falar, por favor, fique em pé e assim o faça. Assim será. Obrigada.

Ela baixou a cabeça, e todos fizeram o mesmo.

Astrid tinha vindo de uma família — duas famílias, na verdade — em que se perder nos próprios pensamentos durante uma cerimônia religiosa era algo inconfessável. Ela gostava de fingir que prestava atenção em alguém com uma voz forte, especialista no campo da fé, falando para um lugar lotado de pessoas em que elas deviam acreditar e por quê. Aquilo parecia meio que um desperdício de dinheiro, no sentido de experiência religiosa. Era uma religião? Ela devia saber disso. Astrid enxugou os olhos e então se virou para olhar para Porter. Ela havia fechado os olhos com força e tinha um leve sorriso no rosto. As mãos alisavam a barriga. Ela estava no meio de uma conversa, claramente, o diálogo não verbal contínuo que as mães de primeira viagem mantêm com os filhos ainda não nascidos. Astrid se lembrava de estar grávida de Elliot, de como tinha ficado aterrorizada e animada, de como tinha sussurrado para ele no meio da noite, antes de ele ter um rosto, antes de ter um nome. Elliot estava escutando, então?

Uma mulher sentada do outro lado da sala se levantou. Tirou o cabelo da frente dos olhos e disse alguma coisa a respeito da salada de batata de Barbara, e aí se sentou de novo. Os olhos de Porter se abriram e se fecharam de novo. A cada poucos minutos, outra pessoa se levantava, dizia umas poucas palavras e se sentava de novo. Astrid sentiu que estava agitada e se remexeu no assento. Depois de uma longa pausa, esticou as pernas.

— Olá — disse ela.

Agarrada à mão de Birdie. Porter e Cecelia olharam ao mesmo tempo para ela, surpresas.

— Meu nome é Astrid Strick, e eu e Barbara convivemos por quarenta anos. Nunca fiz isso antes, então peço desculpas caso não esteja fazendo certo, mas o quero dizer é o seguinte: Barbara dizia a verdade.

Por toda a sala, as pessoas balançaram a cabeça, concordando.

— E isso não é uma coisa fácil de se fazer. É tudo o que quero dizer — completou Astrid, fazendo um aceno bizarro com a mão livre e voltando a sentar.

— Bom trabalho, Vóvi — sussurrou Cecelia, esfregando o rosto no braço magro da avó.

Astrid levantou o braço e passou pelas costas de Cecelia. O que teria acontecido na vida dela se tivesse sido honesta desde o princípio? Com os filhos, com ela mesma, com o marido, com Birdie. E se todas as mães confusas tinham razão e ela estava errada? Astrid se sentiu cheia de coisas que queria anunciar para um grupo silencioso e respeitoso. Era mais um exemplo da sinceridade de Barbara triunfando sobre o que quer que tivesse governado a vida de Astrid até então — questão de prioridade, foi como pensou naquilo. Tinha sido uma questão de prioridade com três crianças pequenas, e de-

231

pois tinha sido uma questão de prioridade como jovem viúva. Ela não teve tempo para planejar as coisas de forma impecável, ou de educar de forma refletida, como algumas mulheres que conhecia haviam feito, com perguntas bem ponderadas nas visitas às pré--escolas locais. Astrid sempre tentou sobreviver a cada dia para que pudesse viver o dia seguinte. Era algo que sempre pensou que deixaria de fazer, mas de alguma forma sempre parecia haver tantas tarefas para concluir em um único dia. Barbara parecia ter tempo para todos, e para si própria.

Bob Baker estava sentado no banco da frente, cercado de ambos os lados por um monte de mulheres, todas com as costas curvadas como um caramujo, a postura de qualquer mulher colocando um Band-Aid no machucado de uma criança. Eram muito fáceis de identificar vistas de trás — Astrid contou pelo menos duas viúvas no bando, mais uma mulher cujo marido morava no Heron Meadows. Havia algumas pessoas que só precisavam estar casadas, que sentiam como se estivessem calçando um único sapato quando estavam sozinhas. Astrid tinha algumas amigas assim — ou tivera. Mulheres que precisavam de um companheiro de forma tão desesperada tendiam a ser amigas não confiáveis, Astrid descobriu, e era por isso que precisavam de um novo companheiro de forma tão desesperada quando o primeiro morria, sufocado por toda a atenção conjugal.

Certamente o objetivo não era olhar ao redor para todas as outras pessoas, mas Astrid não pôde evitar. Parecia que estava em um navio, atravessando um oceano. Além da Susan da livraria, havia Olympia do Spiro e a professora avoada de ioga que estava lá quando Barbara foi atropelada. O que aconteceria quando ela, Astrid, morresse? Birdie e Porter iam organizar um funeral juntas? *Seria como esse*, pensou Astrid, *uma sala cheia de velhinhas e membros gentis da comunidade.* Quem realmente se importaria se ela tivesse morrido? Cecelia, tão querida, se importaria, mas quem é que podia saber onde ela estaria até lá — de volta ao Brooklyn, na faculdade, ou em algum outro lugar, ocupada demais para a avó. Não havia muitos homens na sala, então Astrid começou a contar. Começou pelo lado esquerdo da sala, todo o trajeto até o final do corredor, e quando chegou em três quartos do lugar, contou Elliot como o número quatro.

Ele estava sentado sozinho — isto é, não estava com ninguém que ela conhecesse, mas cercado de ambos os lados por senhoras de cabelos brancos. Astrid gesticulou no ar, tentando chamar a atenção dele, mas Elliot não notou e, em vez disso, Astrid recebeu uns olhares esquisitos de outras pessoas. Finalmente, a pastora se levantou mais uma vez e comunicou o encerramento da cerimônia.

— Venha, venha.

Astrid içou Cecelia e Porter pelas axilas, guiando-as para o corredor. Birdie seguia atrás, o último vagão.

— Com licença.

Astrid abriu caminho, se espremendo no emaranhado de enlutados. Tentou atravessar a igreja até onde Elliot estava sentado, mas, em vez disso, foi empurrada para a escada, para baixo, para a área de recepção no subsolo. Foram conduzidas para as longas mesas dobráveis com pratinhos de queijos e *minibrownies* arrumados com cuidado. Evitou a irmã de Barbara em volta das jarras de limonada e chá gelado, e continuou rodando, tentando encontrar o filho. Quando ele finalmente conseguiu atravessar a multidão até elas, Astrid se deu conta de que estava transpirando, e quando o abraçou para cumprimentá-lo, ela disse:

— Está tão quente aqui, não é?

Porter deu de ombros.

— Estou sempre com calor, estou carregando um ser vivo.

— Um pouco — concordou Cecelia.

— Nem tanto — retrucou Elliot. — Mas as mulheres estão sempre com calor ou com frio.

Porter lhe deu um tapa no peito.

— Isso é tão machista, cala a boca.

— Não sabia que você vinha, querido, devia ter vindo com a gente! — disse Astrid, afastando o braço de Porter. — Por que você veio?

Sentia o rosto quente. Ele não tinha como saber, a respeito de Barbara, da ligação, tinha? Astrid procurou alguma indicação no rosto dele, mas não encontrou nada. Além de Barbara, Elliot era o único que sabia que ela era uma hipócrita.

— Bob trabalha na companhia elétrica, fizemos vários trabalhos com eles. — Estava olhando por cima do ombro dela, para as comidas. — Porter, pega um desses biscoitos pra mim? Sim, esses. De mãos dadas em público, é um grande passo.

Ele balançou a cabeça para o nó entrelaçado das mãos de Birdie e Astrid. Ela se perguntou quem mais estava olhando para elas, quem mais estava tomando conhecimento, qual clube do livro fofocaria sobre elas segurando saladas caprese e macarrão ao pesto. *Deixe que falem*, ela pensou, e puxou Birdie ainda mais para perto.

Astrid observou enquanto Elliot enfiava um biscoito inteiro na boca. Elliot tossiu e então engoliu em um segundo. Wendy não teria aprovado. Uma vez ela serviu a metade de uma melancia no lugar de um bolo de aniversário na festa dos gêmeos, insistindo que eles não gostavam de açúcar.

— Tenho que voltar ao trabalho.

— Tão cedo? — perguntou Astrid. — Você tem mesmo que ir?

— Mãe, preciso ir. Tchau para todos.

Elliot arrematou um último biscoito para viagem, e todos o observaram abrir caminho por entre as pessoas de cabelos brancos e prateados, até desaparecer pelas escadas. Astrid queria parar o tempo, correr lá para fora, ser a mãe dele, como deveria ser. Quantas chances tinha? Esse era o ponto, não é? Era isso o que Barbara queria dizer — o ônibus, não o telefonema. Astrid observou a parte de trás da cabeça de Elliot sumir e soube que mais uma vez tinha perdido a chance de dizer a coisa certa.

Capítulo 30

ALARME

Quando Porter estava se sentindo deprimida, as cabras sempre a animavam, e quando estava se sentindo idiota, os narizinhos que a acariciavam a deixavam bastante eufórica. Ela se abaixou para limpar um pouco de baba de cabra do tornozelo e sentiu uma dor súbita na barriga. O banheiro mais próximo ficava lá dentro, um canto do escritório feito com placas de gesso que estava pensando em transformar em um lindo banheiro há anos, mas funcionava suficientemente bem, então tinha deixado assim. Porter se sentou no vaso sanitário e se inclinou para a frente, os cotovelos afundados nas coxas. Parecia cólica, mas não podia ser. Tocou entre as pernas com um chumaço de papel higiênico e puxou o braço para trás devagar, revelando um pequeno arquipélago de sangue. Porter estava com o celular na outra mão e ligou para a doutora McConnell. Em cinco minutos estava a caminho do hospital. Enviou uma mensagem para Rachel no trajeto, ainda que não tivessem se falado desde o jantar. *Porra*, ela ditou para o celular dentro do carro. *Coisas assustadoras acontecendo, indo direto para a médica, se você estiver livre adoraria ter você lá. Estou com saudade.* Quando não obteve resposta imediata, também enviou uma mensagem para a mãe e disse para onde estava indo. E, então, Porter começou a chorar.

Havia uma única mulher na sala de espera quando Porter chegou, tricotando uma manta de bebê azul-clara, a parte já tricotada caída em cima da barriga montanhosa. Estava criando aconchego em tempo real, por dentro e por fora. Porter hesitou na recepção, esperando alguém aparecer, apertando as mãos para não tocar a pequena campainha que estava lá para ser tocada. A recepcionista voltou, uma mulher com idade suficiente para ser mãe, uma mulher que podia ser mãe, e Porter estendeu a mão para a borda do balcão para se manter de pé. Não era dor o que a derrubava, era medo. Com Jeremy e Astrid e Birdie e Cecelia, tantas distrações, Porter tinha se permitido esquecer o quanto queria aquilo. Passou anos pensando naquilo, imaginando o corpo crescendo em uma curva suave, imaginando uma pessoa minúscula e macia só para ela. Ela queria aquilo. Queria a bebê. Queria ser a mãe de alguém. A falta de sono, o sistema nervoso cansado, os mamilos doloridos, quem se importava? Queria aquilo também. Porter estava cansada de encontrar velhas amigas e ouvi-las se gabar de acordar supercedo, das camisetas manchadas de baba.

— Strick? — perguntou a mulher. — Sala três. A doutora McConnell já vem.

Porter se apressou até a sala e se deitou na cadeira, as mãos pressionadas contra a barriga. Não doía mais, não como tinha doído na fazenda, o que fez Porter se sentir aliviada e assustada ao mesmo tempo — e se não doesse mais porque não havia ninguém ali? Você ouvia coisas desse tipo, batimentos cardíacos diminuindo até pararem.

Houve uma batida rápida na porta e a doutora McConnell enfiou a cabeça para dentro, seguida por Astrid.

— Encontrei sua mãe no corredor. Podemos entrar?

Porter assentiu. Astrid correu para o lado de Porter e agarrou a mão dela, um olhar preocupado no rosto.

— O que está acontecendo? Vamos dar uma olhada. Você disse que havia um pouco de sangue?

A doutora McConnell se sentou na cadeira com rodinhas e colocou as luvas.

Que coisa emocionalmente complicada, ser médico. Qualquer outra profissão tinha a facilidade das mentiras inofensivas, das verdades suavizadas por esperanças e sutilezas. Médicos não podiam mentir. Simplesmente davam os resultados, que nunca eram amenizados.

— Sim — respondeu Porter.

Quando seus animais estavam feridos, ela não hesitava. Chamava o doutor Gordon e levava pilhas de cobertores para o curral, e ficava lá junto com eles até que o problema tivesse passado. Podia fazer isso por si mesma também. Manter a calma. Continuar respirando. A doutora McConnell tinha tirado a roupa de Porter da cintura para baixo e colocado um cobertor fino do hospital sobre os joelhos dela. Porter se deitou e pensou em si mesma como um animal. A doutora McConnell estava quieta, só ouvindo a barriga de Porter com o estetoscópio, pressionando pontos diferentes e perguntando se doía. Astrid desviava o olhar de qualquer carne desnuda, como se não tivesse visto cada centímetro do corpo nu de Porter, como se o corpo nu de Porter não tivesse passado pelo próprio corpo nu de Astrid.

— Vou fazer um exame pélvico rápido, só para garantir que está tudo certo, Porter, tudo bem? Parece tudo certo por enquanto. Um pouco de sangue é assustador, mas é só sangue. Não significa que alguma coisa esteja errada. Se continuasse, sim, como uma menstruação forte, ou se a dor aumentasse, sim. Mas, agora, você está legal?

Porter fez que sim com a cabeça.

— E o sangramento parece só uma manchinha, não é?

Porter assentiu. Fechou os olhos. Podia ouvir a doutora McConnell e a mãe respirando, e o rangido da cadeira se movendo pelo chão.

— Certo, parece tudo bem, vamos dar uma olhada rápida.

Esguichou um montinho de gosma quente na barriga da Porter e espalhou com o transdutor. Imediatamente o som de um batimento cardíaco encheu a sala, um cavalo galopando. Porter abriu os olhos e observou a bebê executar um balé aquático elaborado. Astrid ofegou e espremeu a mão de Porter ainda mais. Quando Porter olhou para a mãe, os olhos dela estavam úmidos e cintilantes.

— Uau — exclamou Astrid. — Aí está ela! Ah, querida.

— Aí está ela, completamente saudável e ótima, a julgar pelo som e pela imagem — disse a doutora McConnell. — Você está bem, ela está bem. Nada com que se preocupar. Você está se sentindo estressada por outra coisa? Algo acontecendo?

Ela deixou o transdutor no lugar, assim toda e qualquer conversa aconteceria com a percussão reconfortante como ruído de fundo. Alguns médicos eram melhores do que outros. Porter sentiu uma pequena pontada de pena pelas mulheres grávidas com obstetras do sexo masculino.

Havia uma dúvida. Ela estava pensando nisso a manhã toda. Porter olhou para a mãe, que agora estava segurando de leve seu ombro, como uma rainha segura a borda do trono do rei.

— Mãe, não faça um escândalo, por favor — pediu Porter —, mas por causa do meu aborto...

Nesse ponto, Porter fez uma pausa. Não olhou para a mãe, mas não precisava olhar para ouvir a inspiração brusca de Astrid.

— Você sabe. Fiz um aborto há muito tempo, tive um sangramento, e hoje de manhã o sangramento me lembrou disso. Mas isso não está acontecendo, certo? Eu não estou perdendo a bebê, né?

— Não, não está — afirmou a doutora McConnell. — O útero está bonito, a gravidez está saudável, tudo está bem. Há muita coisa acontecendo aí, sabe? E tem muito sangue no seu corpo, se movimentando e fazendo o trabalho dele. Um pouco de sangue pode ser alarmante, mas isso não significa que algo esteja errado. Você fez a coisa certa vindo aqui, e agora temos certeza, está tudo bem.

— E quanto a sexo? — perguntou Porter.

— Sexo durante a gravidez é totalmente liberado — respondeu a doutora McConnell.

Como as pessoas faziam essas caras sérias incríveis? Deviam existir semestres inteiros na faculdade de medicina onde os médicos tinham que dizer coisas que fariam qualquer ser humano normal rir sem rir. Porter podia imaginar fileiras de futuros médicos olhando nos olhos uns dos outros enquanto diziam as palavras "pênis", "vagina", "testículos", "fezes" etc.

Astrid soltou o ombro de Porter e cruzou os braços sobre o peito.

— Porter. É por isso que eu perguntei sobre Jeremy Fogelman. Não pense que não tenho olhos.

— Não importa, mãe! Mas ela está bem? Eu estou bem?

— Vocês duas estão bem.

A doutora McConnell entregou a Porter uma toalhinha para limpar a gosma. Era da cor de creme dental, um azul antinatural, e não importava com quanto cuidado esfregasse, sabia que encontraria fragmentos daquilo mais tarde, grudados no elástico da calcinha ou logo abaixo da borda do umbigo.

— Como você sabe se vai ser boa nisso? — perguntou Porter.

— Boa em quê?

A doutora McConnell estava arrumando as coisas. Havia sem dúvida outra paciente esperando, outra mulher a ser tranquilizada.

— Ser mãe.

Porter se sentou, a barriga agora fria e úmida. Puxou a blusa para baixo, que grudou na sua pele em algumas partes.

— Só isso.

Astrid pigarreou. Tinha endurecido de volta à sua forma normal.

— Você está preocupada com algo específico? Existem algumas ótimas aulas de parto na cidade e grupos de apoio de cuidados a recém-nascidos, especialistas em aleitamento... — listou a doutora McConnell.

Porter riu.

— Sim, claro, tudo isso. Mas, mais do que tudo, estou com medo de não ser o suficiente. Boa o suficiente, inteligente o suficiente, paciente o suficiente. Esse tipo de coisa.

A doutora McConnell assentiu. Já tinha ouvido aquilo antes.

— Aqui está o que posso dizer. Na maioria das vezes, se você está preocupada porque não está sendo uma mãe suficientemente boa, isso significa que você é uma mãe suficientemente boa. Se você é autoconsciente o bastante pra se preocupar com a saúde mental e emocional da sua filha, você também vai ser solidária. Eu não estou preocupada — disse, colocando a mão no antebraço de Porter. — Só tente relaxar. Cuide bem de si mesma. Ioga pré-natal. Acupuntura. Meditação. Você está dialogando com a sua filha o tempo todo. Converse com ela. Diga como se sente. Vocês vão estar juntas nisso, sabe?

— Está bem — disse Porter.

Ela olhou para baixo, para a barriga.

— Vejo você em algumas semanas, certo? Astrid, foi bom ver você. Cuide da sua bebê também, está bem? A doutora McConnell abraçou Porter e Astrid, e desapareceu no corredor. Porter podia ouvi-la recebendo a paciente seguinte em uma sala de exames. Isso também era maternidade, ajudar tantas mulheres (e os parceiros delas, ela supôs) a se moverem de um lado da vida para outro, a atravessar aquela barreira profunda. Ninguém que a doutora McConnell atendia era a mesma depois que saía do consultório. Rachel tinha dito que ouviu dizer que dar à luz era a razão número um de as mulheres se tornarem doulas ou parteiras, que se sentiram tão transformadas pela experiência da gravidez e do parto que eram tipo viciadas, relutantes em deixar a zona acolhedora e quente dos úteros.

Quando chegou ao corredor, Porter esperava ver Rachel — Porter teria vindo se tivesse recebido uma mensagem como aquela, mas Rachel não estava lá. A amizade era tão misteriosa quanto o amor, sem nenhuma das regras. Ou talvez houvesse regras, que Porter desconhecia. Ela nunca tinha sido dama de honra. Isso pareceu de repente uma admissão de fracasso vergonhosa. De todas as noivas do mundo, como nenhuma a queria ao lado dela? Ela ligou, escreveu e-mails, enviou presentes para os bebês, preparou jantares. Algumas pessoas pareciam se mover pelo mundo em rebanhos, cercadas por amigos como bebês elefantes cercados por mães e tias, protegidas dos perigos da vida. Porter se sentiu — sempre se sentiu — como se estivesse sozinha. Talvez a mãe estivesse certa e ter essa bebê fosse imprudente, mas mesmo Astrid não entendia o motivo. Porter queria amar alguém de forma plena e queria ter o amor retribuído. Queria ser tão indispensável para alguém, tão importante, que uma exclusão casual fosse impossível. Algumas pessoas tinham isso com os parceiros, não tinham? A corda jurídica que fazia um nó muito mais difícil de desatar. Porter estava feliz de estar entrelaçada com a bebê, os corpos se esforçando tanto juntos, já formando uma equipe. Ela era uma boa mãe ou uma péssima mãe? Porter não tinha certeza se acreditava na doutora McConnell, mas queria acreditar. Amo você, ela disse, por dentro. *Amo você amo você amo você.*

Porter e Astrid caminharam devagar de volta ao elevador.

— Você nunca me disse que tinha feito um aborto — comentou Astrid. — Por que você não me disse?

— Ah, claro — respondeu Porter. — Tenho certeza de que teria sido *ótimo*. Tipo, no dia seguinte em que fui a Rainha da Colheita, você poderia me levar à unidade de Planejamento Familiar? Tenho certeza de que você ficaria superanimada — disse, sem querer soar como uma adolescente petulante, mas soando mesmo assim.

— Não se trata de ficar animada, Porter — disse Astrid, parando de caminhar. — É só uma coisa importante pra se carregar sozinha por tanto tempo.

— Bem, você tinha um segredo. Não estou julgando seu segredo. Então não julgue o meu. Você preferia que eu tivesse um bebê quando estava no ensino médio? Tenho certeza de que seus amigos da jardinagem e seus amigos da câmara municipal e seus amigos do tênis teriam adorado. Ah, e papai também. Isso teria sido ótimo, o papai saber. Podia ter matado ele ainda mais rápido!

— Porter Strick! — exclamou Astrid, cobrindo os olhos com as mãos. — Pare! Pare com isso.

Uma mulher imensamente grávida caminhava pelo corredor na direção delas. Dava passos pequenos e lentos e, a cada poucos passos, parava para respirar com os olhos fechados.

Porter estava prestes a perguntar se ela precisava de ajuda quando um homem com uma pequena mala e um travesseiro de amamentação enfiado embaixo do braço saltou do elevador e a segurou pelo cotovelo.

— Estamos quase lá, querida — disse ele, e a conduziu pelo corredor em direção à sala de parto.

— A gente pode só não fazer isso, por favor? — pediu Porter quando eles sumiram, e apertou o botão do elevador. — E há quanto tempo você sabe do Jeremy?

Astrid revirou os olhos.

— Há bastante tempo. E, pra ser clara, sim, não faz mal ter segredos. Todo mundo tem segredos. Somos humanos! Não gostamos de dizer tudo a todos. Está tudo bem, eu entendo. E não somos a família mais efusiva do mundo, sei disso também. Mas, Porter, eu te amo.

241

E você podia ter me contado. Eu teria pegado bolsas de água quente pra você. E Vicodin. O que quer que você precisasse. Astrid estendeu a mão para o rosto da filha. No início, Porter resistiu e se afastou, mas as mãos de Astrid se recusaram a desistir. Porter deixou a mãe virar o rosto dela.

— Amo você. Amo essa bebê — disse Astrid. Porter mordeu os lábios, um hábito que Astrid sempre tinha detestado. — Sinto muito se fiz você acreditar que não podia me contar.

Porter concordou. Tinha pensado em contar aos pais, mas aquilo fazia tanto sentido quando contratar um avião para sobrevoar Clapham e formar palavras com fumaça. Como aquilo teria ajudado?

— Sinto muito — falou Astrid de novo.

Ela puxou o rosto de Porter ainda mais para perto, o que as levou a um ligeiro desequilíbrio. Porter não estava acostumada com a mãe abraçando-a, e levaram uns minutos para descobrir quais braços deveriam ir para onde, mas afinal conseguiram.

A campainha do elevador soou, e as portas se abriram. Porter e Astrid deram um passo à frente, e de repente os celulares das duas começaram a vibrar e a apitar.

— Que porra é essa? — resmungou Porter. — O sinal de celular nesta cidade é uma merda. Você não pode ligar pra alguém pra consertar isso?

Porter segurou o celular no ouvido e começou a escutar uma série de mensagens.

Ah, merda — disse ela. — É a escola da Cecelia.

Astrid concordou, apontando para o próprio celular, também no ouvido.

— Eu também recebi — afirmou ela. — Vamos, Port. Vamos até a minha casa, e depois vamos à escola juntas, tudo bem?

— Tudo bem — respondeu Porter.

Nesse momento, percebeu que estava cravando as unhas na palma da mão.

Capítulo 31
CECELIA DÁ UM FIM

Era a última aula do dia, o que na sexta-feira significava matemática. Assim como a escola dela no Brooklyn, a escola secundária tinha dividido as aulas de matemática, o que significava que as crianças que eram boas com números estavam em uma sala e as crianças que não conseguiam fazer o básico estavam em outra. Cecelia e August estavam sentados um ao lado do outro na última fileira, onde absorviam pouco ou nenhum conhecimento duradouro, o que estava de bom tamanho para ambos. Havia pessoas que realmente precisavam de matemática avançada para se tornarem adultos que faziam coisas grandiosas específicas: cientistas, astronautas, professores que um dia seriam interpretados por um ator britânico de pele pálida em uma adaptação cinematográfica de suas vidas. Cecelia e August não eram essas pessoas.

Sidney Fogelman se sentava na fileira mais próxima do quadro-negro, separada das comparsas por aptidão, e passava a aula inteira de 45 minutos prendendo o cabelo em um rabo de cavalo alto e soltando de novo.

August arrastou o caderno em direção à borda da mesa e escreveu: *Acho que a Sidney calcula imaginando os cavalinhos do Meu Querido Pônei saltando em cima de um arco-íris.*

Cecelia riu e escreveu em seu caderno: *Acho que nem existem números no celular dela, só emojis.*

O professor de matemática, senhor Davidson, tinha 22 anos. Parecia que valia a pena prestar atenção na aula de matemática — tinham se perguntado no primeiro dia. Um professor do sexo masculino era sempre motivo para uma comemoraçãozinha, ou ao menos um *ah* interessado dos pais, mas nenhum dos pais de Cecelia perguntou pelos professores dela, não especificamente, não de cada matéria, sem realmente se dar conta do fato de que ela estava interagindo com todos aqueles adultos todos os dias e eles não faziam ideia de quem eram. Katherine teria adorado o senhor Davidson. Era alto e magro, com um bigode cujo propósito evidentemente era demonstrar que ele podia ter um. Usava calças da cor de ensopado de mariscos da Nova Inglaterra e tênis New Balance.

Havia uma elaborada equação algébrica no quadro, linhas e rabiscos que Cecelia mal conseguia entender. Em muitos aspectos, era uma boa aluna, e tudo bem se nesse único ponto fosse só aceitável. Desde que passasse de ano. Ela ergueu a mão.

— Cecelia? — disse o senhor Davidson.

— Desculpe, você poderia explicar aquele ponto de novo? Eu me perdi no x/y.

— Alguém quer vir até o quadro e fazer uma tentativa? Explicar resolvendo a equação? — perguntou ele, agitando o giz pela sala.

— Eu faço.

Sidney arrumou o cabelo de volta em um rabo de cavalo, do jeito que que uma lutadora tiraria os brincos antes de uma briga de rua. Ela se voltou e lançou a Cecelia e August um olhar malvado.

— Vocês são uns idiotas de merda.

Ela passeou entre as mesas e aceitou o giz do senhor Davidson com mais do que uma sugestão de lascívia, como se ele a houvesse selecionado, e não o contrário. Ela decifrou algumas figuras, devolveu o giz, e então limpou as mãos enquanto o senhor Davidson verificava seu trabalho.

— Ótimo, sim. Agora, você pode explicar como chegou lá?

Sidney revirou os olhos.

— É fácil. Você só precisa determinar o fator x e então multiplicar tudo o que sobrou.

— É, mais ou menos — disse o senhor Davidson.

Sidney parecia satisfeita e voltou para o lugar. Ela se ajeitou de volta e fez e desfez o rabo de cavalo até o sinal tocar. Quando todos se puseram de pé, enfiando as coisas de volta nas mochilas, Sidney girou nos calcanhares e olhou para August.

— Você acha que é muito esperto, não é? — perguntou ela, sorrindo, o que era preocupante por si só.

— Bem, eu não sou um gênio da matemática como você... ah, mas espera, você está na turma dos burros como a gente! Deixa pra lá! — disse August, dando um tapa na testa. — Falha minha.

— Tenho uma amiga que vai para o acampamento Aldeia do Sol, sabia disso? — perguntou Sidney, cruzando os braços sobre o peito. — Ela me contou uma merda muito louca. *Robin*.

— Esse é o nome do meio dele — retrucou Cecelia, as palavras saindo rápidas. — Meu nome do meio é Vivienne, e algumas vezes as pessoas me chamam assim. Principalmente o lado francês da minha família.

August respirava com dificuldade. Cecelia estendeu a mão e segurou a dele.

— Espera, então se você se veste como uma garota e se chama por um nome de garota e... — Sidney girou o corpo a fim de encarar Cecelia diretamente — ... e segura a mão de garotas, isso significa, ah meu Deus, que você também é gay? Como sua avó? Sua família é *tão* louca, sério.

Sidney se inclinou para trás e soltou uma risada-relincho gigantesca. Tirou o celular da mochila.

— Mal posso esperar pra contar pra todo mundo.

— Espera — disse Cecelia, soltando a mão de August.

— Cecelia, está tudo bem — afirmou August.

— Não faz isso! — pediu Cecelia. — Isso não é justo! Não é da sua conta, nada disso!

Cecelia queria gritar, mas em vez disso cerrou os dentes. Não deixaria aquilo acontecer de novo. Não contaria segredos, mas também não ia se deitar e deixar outro rolo compressor achatá-la contra o chão. Não tinha a ver com verdade, tinha a ver com proteção. Era isso o que tinha tentado fazer por Katherine, e era isso o que também iria fazer por Robin.

Sidney revirou os olhos.

— Eu só quero saber de me divertir. Isso é melhor que um episódio de *Vanderpump Rules*.

Cecelia olhou para August, que tinha ficado da cor de um pão de fôrma sem manteiga.

— Sinto muito — disse para ele. — Eu preciso.

— Você precisa o quê, tentar me beijar? Faz isso, eu faço um vídeo e coloco no Instagram — disse Sidney, fazendo biquinho e esticando o braço que segurava o celular. — Você também, vem aqui, *Robin*, todas as garotas em uma foto!

— Certo, já chega — falou Cecelia.

Ela puxou o braço direito para trás até que o punho tocou o ombro, e deixou ele voar direto no nariz de Sidney. Houve um barulho forte, como uma lata de alumínio sendo amassada. Um fio de sangue fininho jorrou do nariz de Sidney, como um único sachê de ketchup, e ela ofegou, de dor, de surpresa ou ambos, levando as duas mãos ao rosto. Cecelia e August esperaram pacientemente enquanto o senhor Davidson se dirigia depressa para o fundo da sala, o sorriso sumindo do rosto quando percebeu que estavam brigando por algo além de equações.

O escritório da diretora tinha uma sala de espera acarpetada, e foi ali que Cecelia ficou sentada por uma hora. Os pais de August vieram buscá-lo, saindo com o rosto úmido e um pequeno aperto de mão afetuoso em Cecelia depois de uma breve conversa privada no escritório, e então o pai de Sidney veio e a levou para casa depois de uma segunda conversa privada, e ali estava Cecelia ainda, sozinha com a recepcionista da diretora, uma mulher rechonchuda chamada Rita, que era muito amada pela escola por ter uma grande variedade de biscoitos em sua mesa, à disposição e de graça. Até aquele momento,

Cecelia tinha comido três. A própria diretora havia desaparecido com sua pasta de couro há um tempinho.

Rita segurou o telefone no ouvido, sacudiu a cabeça e o colocou de volta no lugar.

— Ainda sem resposta, querida.

— Você tentou minha tia Porter também?

Rita consultou o bloco de notas, marcando nomes com a ponta afiada do lápis.

— Tentei sua avó, sua tia, sua mãe, seu pai, e sua tia novamente. Sinto muito, querida. Tenho certeza de que algum deles vai ligar de volta logo, logo.

— Ainda podia pegar o último ônibus — comentou Cecelia, olhando para o relógio.

— É a política da escola, querida. Depois de um incidente, um adulto precisa levar vocês pra casa.

Rita usava um óculos no rosto e outro em uma corrente em volta do pescoço.

— Talvez você possa tentar ligar para o Shear Beauty? Perguntar pela Birdie?

Cecelia olhou as palmas das mãos. Havia também Elliot e Wendy, mas não queria se sentar entre as cadeirinhas dos gêmeos e ser atingida por objetos voadores ou, pior, se sentar em um carro totalmente silencioso com o tio.

A porta se abriu, e a sra. Skolnick entrou na sala, os braços cheios de livros e uma pilha de papel entre os dentes. Enfiou os papéis na caixa do correio, que era perto da porta, e então viu Cecelia e deu uma segunda olhada.

— Oi! — saudou a sra. Skolnick, olhando para Rita. — O que está acontecendo?

— Houve uma briga na aula de álgebra do oitavo ano do senhor Davidson — explicou Rita. — Estamos esperando que o pai ou a mãe venha buscá-la. Um membro da família.

Era engraçado ter adultos falando dela logo acima da sua cabeça, mas Cecelia se acostumou com a ideia de não ter voz no próprio destino. Se pudesse escolher alguém para entrar pela porta, não sabia quem seria. A Vóvi, supôs, porque era esse o combinado atual. Era isso o que deveria acontecer. Se tivesse sido a mãe ou o pai, a quem ela queria tanto ver, tanto que foi capaz de fazer algo absurdo como dar um soco na cara de uma garota má, isso significaria que algo dramático tinha acontecido. Tinha se dado conta da ironia: a raiva por ser injustamente culpada a levou a fazer algo que era, sem dúvida, culpa dela.

A sra. Skolnick andou com suavidade pelo carpete até que ficou atrás da mesa de Rita, onde se agachou. Colocou a mão em concha na frente da boca como se estivesse conferindo o hálito e falou baixo demais para Cecelia ouvir, o que ela supôs ser o objetivo. Rita assentiu.

— Você tem as chaves de casa, Cecelia? — perguntou Rita.

— Da casa da minha avó? Sim.

Cecelia tirou as chaves da mochila e agitou-as no ar.

Rita olhou para a sra. Skolnick de novo, que assentiu.

— Bem, uma vez que a diretora já foi pra casa, e não consigo falar com ninguém, vamos ter uma reunião na próxima semana, tudo bem, querida? A sra. Skolnick se ofereceu pra levar você até em casa. Tudo bem por você?

— Claro — respondeu Cecelia.

Antes que percebesse, a sra. Skolnick tinha agarrado seu cotovelo e a puxava para fora da sala, pelo corredor e pela porta da frente.

O estacionamento dos professores ficava na parte de trás do edifício, ao lado do campo de futebol. Estava cheio dos amados Hondas e Nissans, com um eventual Ford. O céu estava cor-de-rosa e laranja, com o sol já baixo no horizonte.

— Me desculpe por isso — disse Cecelia.

— Está tudo bem! Não há problema nenhum.

A sra. Skolnick começou a sacudir algumas chaves.

— Sim, mas é realmente estranho que ela não tenha conseguido entrar em contato com ninguém, literalmente. Não é sua obrigação, eu sei. Tenho uma família enorme. Mais ou menos. Quer dizer, tem uma porção de gente nela.

Cecelia roeu a unha. Quão grande era uma família se nenhum membro podia vir buscá-la? Tinha uns primos na França, talvez pudesse pegar um avião. Falava o suficiente de francês para sobreviver.

— Estou feliz por poder fazer isso, mesmo.

A sra. Skolnick colocou as mãos na barriga enquanto caminhavam, estava claramente grávida. Cecelia já havia notado antes, mas tinha sido bem treinada para ignorar tais coisas, a menos que estivesse em um vagão lotado do metrô.

— Uau, algumas vezes ela me chuta com tanta força que parece que está fazendo um teste para o *American Ninja Warrior*, e o obstáculo é sair do meu corpo.

— Parabéns — disse Cecelia.

Falar com uma professora fora da escola, mesmo no estacionamento dos professores, era como admitir algo que todo mundo passou a vida fingindo que não era verdade, que os professores eram pessoas com uma vida própria, não só fantoches que dormiam nos armários do almoxarifado, comendo apenas maçãs e sonhando com os planos de ensino.

— Você acabou de dar um soco no nariz de Sidney Fogelman, não foi?

A sra. Skolnick parou. Estavam paradas ao lado de um pequeno carro azul. A sra. Skolnick destravou o lado do motorista, entrou, e então puxou para cima a trava no lado do passageiro. Cecelia olhou para ela sem entender.

— Era assim que os carros funcionavam antigamente. Entre.

Alguns outros professores estavam no estacionamento agora, e Cecelia podia ver cigarros e cigarros eletrônicos nas mãos deles, preparados para o segundo em que estivessem fora da propriedade da escola, ou talvez na segurança dos próprios veículos. O senhor Davidson tinha colocado uma jaqueta jeans, o que fez Cecelia se sentir triste, por razões que não conseguia definir direito. Contornou o para-choque traseiro e abriu a porta. A sra. Skolnick já estava aumentando o ar-condicionado para o máximo, inclinada para a frente até onde a barriga permitia.

— Ela realmente mereceu — respondeu Cecelia. — Não posso dizer o motivo, mas acredite em mim. A garota é praticamente o diabo. Tipo, se existem pessoas boas, e pessoas mais ou menos boas, e pessoas que dariam uma rasteira em você no topo da escada, eu acho que a Sidney é do último tipo.

— Extraoficialmente, não duvido disso. Oficialmente, apoio por igual todos os meus alunos — disse a sra. Skolnick, balançando a cabeça com as bochechas vermelhas. — Sou amiga da sua tia Porter, já contei isso? Como ela está?

Cecelia apalpou o fecho da mochila. A Vóvi ainda não tinha levado a cabo a proposta de ensiná-la a dirigir, e Cecelia não tinha certeza se queria aprender. Parecia muita responsabilidade para uma pessoa estar no comando de tantos milhares de quilos de aço. Cavalos de potência, eles chamam assim, como se um cavalo pudesse fazer a um corpo humano a mesma coisa que um carro faria.

— Acho que ela está bem — falou Cecelia, sabendo, no momento que disse aquilo, que não tinha ideia de como a tia estava, não de verdade, não nesse mundo de pernas para o ar onde os adultos podiam agir como adolescentes. — Você sabe, grávida.

A sra. Skolnick pôs o carro em marcha a ré e aceleraram até a rua.

Cecelia nunca tinha batido em ninguém antes. Nem com luvas de boxe, nem de brincadeira, nunca. Os nós dos dedos dela doíam. Sidney tinha ficado tão surpresa que deixou cair o celular, que ecoou no chão de linóleo, a capa de borracha cor-de-rosa brilhante piscando para eles. August tinha ido para trás de Cecelia, e alguém na frente da sala tinha aplaudido. Se estavam aplaudindo o fato de Cecelia ter dado um soco em Sidney ou só o fato de ter havido um soco — como apimentar a aula de matemática! —, ela não tinha certeza. Definitivamente teria sido expulsa da escola no Brooklyn por isso — acontecia de tempos em tempos, brigas, e ponto final. Tolerância zero. Quando aquilo não foi mencionado de imediato, Cecelia sentiu como se tivesse atravessado para a quinta dimensão. Era um verdadeiro problema matemático — ela era culpada agora daquilo de que não havia sido culpada antes, o que quer que fosse? Se o maior pecado dela tivesse sido uma ameaça de exposição, e ela apenas tivesse impedido a exposição com violência, isso estava na coluna dos prós? Ela não sabia.

O que a fez se sentir mais estranha foi que ela sentiu, não pela primeira vez na vida, que não tinha apenas sido negligenciada da maneira que pais boêmios às vezes faziam, deixando os filhos pegarem no sono vestidos durante um jantar em um restaurante, corpinhos deitados em cima de uma pilha de casacos, mas também de uma forma menos glamourosa, na qual os pais não conseguiam focar nela, não conseguiam focar nela, não conseguiam focar nela, e aí, sim, se esqueciam dela. Onde é que estavam os seus pais? Mandavam mensagens e algumas vezes telefonavam, mas que merda era aquela? Os pais de August acenavam para ele — para *ela* — quando ele — quando *ela* — entrava no ônibus todas as manhãs, e faziam o jantar para ela à noite. Até mesmo o pai da cretina da Sidney tinha corrido para a escola, como se estivesse sentado no carro, chave na ignição, só esperando ser chamado à ação. Mas os pais dela — um em cada lugar! — não tinham sequer atendido o telefone. Cecelia se imaginou como um dragão de dez metros de altura, em tons de vermelho e cuspidor de fogo. Imaginou-se como o Godzilla, pisando no Casarão e esmagando-o com um pé gigantesco com membranas. Imaginou-se caminhando pelo rio Hudson até que estivesse de volta no Brooklyn e, então, esmagando-o também. A coisa toda. Os pais deveriam estar a postos para os filhos. Aquele era o dever deles. Bom, ruim, tanto fazia — a exigência mais básica da função era estar lá.

Quando fizeram a última curva até a entrada do Casarão, a sra. Skolnick freou para parar. O carro de Astrid estava logo na frente dando ré e parou poucos metros antes do para-brisa da sra. Skolnick. Cecelia respirou fundo.

— Vai lá — falou a sra. Skolnick. — Elas não vão morder você.

Como se ela pudesse ter certeza disso, como se fosse uma promessa que alguém pudesse fazer, mas Cecelia abriu a porta de qualquer jeito e saiu, os tênis triturando o cascalho. Astrid abriu a porta do lado do motorista, e Porter abriu a do lado do passageiro, e as duas saltaram para fora, as mãos tentando alcançar Cecelia. Observou-as se moverem em direção a ela com cuidado, caçadoras rastreando uma nova espécie: Garota em Apuros; lugar de origem: Hospital Metodista, Brooklyn, Nova York. Ela não sorriu. Queria fazer esse segundo durar o maior tempo possível, quando todos os adultos na vida dela estavam esperando sua próxima palavra.

Capítulo 32

AMIZADE E AMORIZADE

Porter abraçou Cecelia primeiro, envolvendo depressa a sobrinha nos braços, e então perguntou o que tinha acontecido.

— Essa é minha professora, a sra. Skolnick — falou Cecelia, agora se desvencilhando casualmente dos braços de Porter. — Acho que vocês duas se conhecem.

Alguns fios de cabelo estavam grudados na testa dela; seus olhos pareciam um pouco assustados. Porter acariciou as bochechas de Cecelia com o polegar e esperou Rachel sair do carro. A porta do motorista se abriu, e Rachel colocou os pés no cascalho e depois ficou de pé.

— Oi, Rach — disse Porter.

— Rachel Skolnick, olha só pra você! Deve ser um menino, você é só barriga! — exclamou Astrid.

Apontou, como se Rachel pudesse estar confusa a respeito de qual barriga ela estava falando.

— Você nunca diz isso pra mim — reclamou Porter.

— Você vai ter uma menina! — retrucou Astrid.

— Quis dizer essa coisa de ser "só barriga", o que é que eu sou? Só quadris? Só braços gordos?

Porter revirou os olhos.

— Oi, Porter; oi, Astrid — cumprimentou Rachel.

Era verdade, ela estava maravilhosa, e Porter não se sentia assim, exceto em breves momentos quando vislumbrava a silhueta atual no espelho ou na vitrine de uma loja. Porter queria abraçá-la, mas Rachel ficou parada no lado dela do carro.

— Bom ver vocês duas — mentiu Rachel, por educação. — Cecelia é uma aluna maravilhosa.

— Sou? — perguntou Cecelia.

— Claro que é! — afirmou Rachel. — E está sendo ótimo ter você na Equipe do Desfile também.

— Você está na Equipe do Desfile? — perguntou Porter. — Tipo, construindo um carro alegórico? Por que não me contou?

— Que marceneira! — falou Astrid. — Porter foi Rainha da Colheita.

Apertou o braço da filha. Era um fato que soava quase como um elogio.

— Não precisamos falar disso — concluiu Cecelia.

— Você quer entrar, Rachel? — convidou Astrid. — Vou pôr o carro de volta, você pode estacionar na entrada.

Ela não deu a Rachel a chance de responder antes de pular de volta no carro e acelerar pela entrada.

— Sinto muito, não tínhamos nenhum sinal de celular — explicou Porter. — O que aconteceu? Você está bem?

Rachel gesticulou para Cecelia responder.

— A versão resumida é que minha mão colidiu com o rosto de alguém — disse Cecelia, imediatamente cobrindo o próprio rosto com as mãos.

— O quê??!!

Porter pegou os antebraços de Cecelia e os afastou para o lado, como cortinas.

— Agora conte a versão mais longa — pediu Rachel.

Astrid buzinou e bateu a porta do carro com força.

— Vamos lá, vamos pra dentro, não quero perder nem um detalhe, e não há razão pra que todos os outros escutem.

Astrid falou da porta da frente, como se houvesse um tráfego de pedestres mais intenso do que os vizinhos donos de cachorros correndo por ali duas vezes por dia. Obediente, Rachel manobrou o próprio corpo de volta para o assento atrás do volante para estacionar na entrada, e Porter e Cecelia andaram atrás do carro até a casa.

Cecelia se sentou à mesa da cozinha, e as outras mulheres preencheram os espaços em volta dela. Astrid pegou depressa uma tigela de mirtilos da geladeira e a botou na frente dela, depois pensou melhor, pegou a tigela de volta e a substituiu por meio litro de sorvete e uma colher.

— Eu deveria socar as pessoas com mais frequência — disse Cecelia.

— Você *socou* alguém?? Eles não disseram na mensagem! Só disseram que você tinha se metido em uma briga e que a gente precisava buscá-la! — disse Astrid, colocando as mãos nas bochechas, e então se virou pra Porter: — Tiro o sorvete?

Porter agitou a mão.

— Não, não seja ridícula. O que aconteceu, Cece?

Cecelia pegou a colher e escavou na superfície dura do sorvete, raspando uma *quenelle* de chocolate.

— Tem uma garota muito má na minha turma, e tivemos um desentendimento. Ela achou que era certo tentar envergonhar e humilhar alguém, e eu discordei.

Colocou a colher na boca e retirou-a, limpa.

— Quem é essa garota? — perguntou Astrid. — O que é que ela disse? Estou chocada, Cecelia! Parece que você estava do lado certo, pelo menos até bater nela. Você não pode bater nas pessoas, sabe disso. Tenho certeza de que seu pai vai ficar horrorizado. Bater! Ele nunca matou um inseto — disse, olhando para Rachel. — Nicky é budista.

— Eu não matei ninguém, Vóvi. Foi um soco.

Cecelia escavou mais sorvete e então ofereceu a colher para Porter, que pulou para a cadeira ao lado dela.

— Então, quem é essa vaca, afinal? — perguntou Porter. — Estou totalmente disposta a odiá-la com você, não me interessa que ela seja criança.

— Essa é realmente a melhor parte. Prepare-se — disse Rachel, olhando para Cecelia. — Estou aqui como uma amiga da família, não como sua professora.

Cecelia revirou os olhos.

— O nome dela é Sidney Fogelman. E acho que ela pode estar com o nariz quebrado. Mas, provavelmente, não. Na verdade, *quebrar* um nariz deve exigir bastante força, né?

Porter tossiu um pouco de sorvete. Astrid olhou para ela, olhos arregalados.

— Fogelman? Será que é a filha do Jeremy Fogelman? — perguntou, espalmando as mãos sobre a mesa. — Ai, meu Deus.

— Ele é meio bonito para um pai, e tem cheiro de cachorro molhado? Foi ele que buscou ela. Estranho, ele não se apresentou.

Cecelia estendeu a mão para a colher. Porter ainda estava tossindo no guardanapo. Rachel se recostou, pôs as mãos na barriga e riu.

— Não, sim, estou bem — disse Porter, a mente se recuperando.

— Já volto, vocês estão bem? Tenho que fazer xixi. Já volto. Não bata na Vóvi, certo, Cecelia? Rachel, você está no comando.

Porter deu tapinhas na cabeça da Cecelia e então revirou os olhos para a mãe.

Em vez de entrar no antigo quarto, que agora era obviamente ocupado por Cecelia, Porter entrou no que tinha sido o quarto de Elliot. Parecia quase o mesmo de quando Elliot estava no ensino médio: bem limpo e arrumadinho, com um alvo de dardos muito usado pendurado atrás da porta e várias flâmulas do New York Yankees nas paredes. Porter pensou que o amor dele pelos Yankees era capaz de explicar a maioria dos problemas dela com o irmão: mais do que tudo, até mais do que dinheiro, ele queria vencer. Agora ele estava tentando vencer uma competição com ele mesmo, uma competição que (de forma tão, tão evidente) estava destinado a perder.

A cama de casal estava arrumada, como sempre, com uma colcha xadrez e catorze travesseiros, um número excessivo para uma pessoa normal. Porter tombou com delicadeza na cama, como um mergulhador ao cair no mar. Tirou o celular do bolso e rolou de lado, colocando dois travesseiros entre os joelhos.

Jeremy atendeu depois de dois toques.

— Então — disse Porter. — Acabei de saber.

— Do nariz da Sidney? Você tem sorte de eu ser médico! Caso contrário, eu ia cobrar do maluco imbecil do seu irmão.

— É... — continuou Porter, a voz baixando.— Você não é *médico* de verdade.

— Ah, você quer ser assim, quer? — perguntou Jeremy, sussurrando. — É assim que você se desculpa?

— Pensei em pedir desculpas mais tarde — sugeriu Porter. — Se você estiver livre.

— Encontro você no celeiro às dez — confirmou Jeremy. — Prevejo um animal doente. Uma ligação de emergência.

— SOS, e desculpe pelo nariz — disse Porter.

Ela esperou Jeremy desligar, e quando o celular ficou mudo, ela olhou para as prateleiras de livros de Elliot, que estavam cheias de livros de bolso que ele lia no ensino médio, vários volumes do *Guinness World Records*, troféus de esporte, e nenhum sinal de personalidade alguma.

Houve uma batida na porta.

— Sim? — gritou Porter, ainda na horizontal.

Rachel abriu a porta.

— Ei.

Porter lutou para se sentar com elegância, e falhou.

— Oi — disse ela. — Desculpe, eu já estava voltando lá pra baixo.

Rachel fechou a porta atrás de si e se recostou nela.

— Muito engraçado que Cecelia tenha dado um soco na Sidney Fogelman. Aquela garota é uma *cuzona*.

— Sabe, eu tive essa impressão — concordou Porter. — A Cecelia vai ter problemas, você não acha?

Rachel balançou a cabeça.

— Não sei exatamente o que a Sidney disse, mas acho que pode ser incluído em "discurso de ódio", então se alguém está afundada na merda, é ela.

Ficaram em silêncio por um minuto.

— Como você está? — perguntou Rachel. — Você disse que esteve no hospital?

— Eu tive um pequeno sangramento — respondeu Porter. — Mas estou bem. Como você está?

— Também estou bem — disse Rachel. — Josh e eu temos conversado um pouco. Ele veio jantar. Não sei.

— Isso parece bom — falou Porter. — Certo?

Rachel deu de ombros.

— Ainda quero matá-lo. Estou só testando, no caso de nem sempre querer acabar com ele. E quanto a você?

Porter queria contar a verdade à amiga, realmente queria. E ainda mais do que isso, queria ser o tipo de mulher que não tolera mau comportamento, dela mesma ou de qualquer outra pessoa. Queria ser uma mulher com critérios. E seria. A linha divisória era tão clara — a linha de chegada, a bandeira quadriculada, a coisa toda. Era assim que Porter via — uma data de validade. Tinha até o bebê nascer — até ela grunhir e forçar sua passagem de um tipo de pessoa para uma nova. Empurraria tudo para fora — junto com a bebê, empurraria essa parte de si mesma, a parte que era adolescente e egoísta e que estava do lado errado da própria história. Só que ainda não.

— Não tenho visto muito ele. O que poderia acontecer, de fato?

Porter estava prestes a falar mais, mas descobriu que não conseguia. Rachel se aproximou e lhe deu um abraço apertado. Mentiras por omissão não eram tão ruins, Porter disse a si mesma, e queria acreditar nisso.

Capítulo 33

SHEAR BEAUTY

A punição de Cecelia, tal como se deu, era ajudar Birdie no salão: um estágio, pelo qual não seria paga. August, que apoiou muitíssimo o soco, se ofereceu para acompanhar, e então Birdie tinha agora dois assistentes do oitavo ano. Dois outros cabeleireiros trabalhavam no salão — Ricky, que só dizia que era "mais velho do que aparentava", com calças jeans justas que estavam sempre dobradas o suficiente para mostrar as meias coloridas, e Krystal, que tinha cabelos azuis curtos, quadris largos e uma risada alta gostosa. Como em todo lugar em Clapham, o Shear Beauty era um espaço para bater papo com os vizinhos a respeito do tempo, do presidente, dos filhos, de Barbra Streisand, e embora Birdie e os empregados não entendessem nada de esportes, sabiam o suficiente para manter a conversa até terminar o corte de cabelo.

August e Cecelia se revezavam varrendo as mechas de cabelos cortadas e carregando toalhas e capas para a lavanderia na esquina. Corriam pela rotatória até o Spiro para buscar café e doces. Treinavam lavando o cabelo um do outro e se ajudavam a limpar a água que tinham espirrado sem querer no chão. Basicamente conversavam com os clientes enquanto eles esperavam, o que era bastante fácil, e August logo ensinou Birdie a instalar um leitor de cartão de crédito no celular, assim podia poupar algumas das taxas que estavam sendo cobradas.

Depois da briga, Cecelia perguntou a August como devia chamá--lo. Em público, a sós, na frente dos pais dela, na frente dos idiotas da escola. As respostas eram claras: sozinha, ela era Robin. Em público, ele era August. Não para sempre, só por enquanto. A mente de Cecelia alternava, sem experiência, mas ela entendia que uma coisa era tentar acertar o pronome de tratamento, e outra coisa bem mais difícil era Robin ter que lidar com aquilo tudo. Na maior parte do tempo, conversavam sobre outras coisas, tipo, como o senhor Davidson era lindo, e se Shawn Mendes era bonito e talentoso ou simplesmente bonito, e se os pais de Cecelia eram os piores pais que já existiram, se batata frita com queijo era melhor que batata frita normal o tempo todo ou só às vezes.

O salão fechava às oito da noite aos sábados, o que significava que Birdie garantia que eles jantassem antes de voltarem para casa. O último cliente costumava sair às 19h30, e então só tinham que varrer uma última vez, limpar todas as escovas, ver se todas as três estações de trabalho estavam bem abastecidas, se a chaleira elétrica estava desconectada e se todas as luzes estavam apagadas antes de trancarem a porta. O Spiro e a Pizzaria do Sal ficavam abertos até tarde, mas fora isso o centro de Clapham estava escuro e vazio ao cair da noite.

August estava sentado na cadeira mais perto da janela — a cadeira da Birdie —, enquanto Cecelia girava frascos de xampu para que todos os rótulos estivessem virados na mesma direção.

— O que vocês querem jantar? — gritou Birdie da parte de trás.

— Pizza do Bigode! — berrou Cecelia.

August deu de ombros, girando a cadeira para a frente e para trás com o pé.

— Você acha que eu devia cortar meu cabelo? — perguntou Cecelia.

Ela se aproximou e parou atrás de August. Pegou um chumaço de cabelo de cada lado da cabeça e segurou dos dois lados, Píppi Meialonga.

— Meu cabelo é tão ridículo. Cabelo ridículo. Você tem um cabelo lindo.

— Não é ridículo — disse August. — É clássico. Embora eu tenha um cabelo bom.

August assoprou um beijo para o espelho.

— O que você acha, Birdie? Me dê sua opinião profissional.

Cecelia deu um tapinha em August, e eles trocaram de lugar. Birdie veio da parte de trás. Estava usando os óculos de leitura em uma corrente em volta do pescoço.

— Hum... Vejamos.

Birdie afofou o cabelo de Cecelia, arranhando aqui e ali, e então inclinou a cabeça para o lado.

— Sabe, acho que você poderia ter um corte mais anguloso. Ou um pouco de cor. Você já pensou em pintar?

Cecelia nunca tinha pensado em fazer algo no cabelo que fizesse com que outras pessoas o notassem. O cabelo dela era de uma cor que ninguém conseguiria descrever, como uma pavoa de cor mais escura, tão monótono quanto cocô de rato, ou as cerdas de palha de uma vassoura.

Birdie não tinha terminado.

— Tudo bem — disse ela, erguendo a cadeira de Cecelia com o pedal e girando-a de modo que ela se olhasse. — Tudo bem, saquei. Cortar um pouquinho, na altura do queixo. E aí vamos para as chamas. Vermelho vivo. *Corra Lola, corra*. Você já assistiu? Eu acho que foi lançado antes de você nascer.

— Ah, sim! — exclamou August. — Eu já! Faz isso, Cecelia! Por que não?

Birdie pegou uma tesoura e colocou as mãos nos quadris.

— August, quer correr até o outro lado da rua e encomendar uma pizza pra nós? Posso começar?

Tirou a carteira do bolso de trás e entregou a ele. Cecelia segurou o braço de August, fingindo estar assustada. Parecia que devia pedir permissão a alguém, mas não havia ninguém a quem pedir.

— Não me deixe! Ai, não, eu quero pizza! Me deixe, mas volte logo!

August assentiu.

— Tranque a porta, ok? — pediu Birdie. — Minhas chaves estão na mesa.

August pegou as chaves e saiu, fechando a porta atrás de si. A Main Street estava escura — estavam em pleno outono agora, e já estava frio o bastante para usar um suéter. August vestia apenas uma camiseta e pensou em voltar, mas a pizzaria estava aquecida. Sentou e esperou por alguns minutos, e então, carregando a caixa de pizza na saída do Sal, viu dois homens saírem do prédio na esquina.

Os pais de August tinham uma teoria: alguém estava escondendo o jogo, esperando muito dinheiro chegar até a cidade. Alguns anos antes, a Rite Aid tinha comprado uma velha mercearia fora dos limites do condado, e todo mundo enlouqueceu, como se Clapham fosse se transformar em um shopping sem alma em um piscar de olhos. Os pais de August começaram uma petição, "Valorize o Comércio Local". Ainda se recusavam a fazer compras na Rite Aid. Ruth e John falavam do prédio na rotatória o tempo todo — se alguém dali o tivesse comprado e estivesse só esperando ter dinheiro suficiente para reformá-lo, Ruth teria ficado sabendo pelo comitê da cidade. Se fosse algum gigante corporativo, teria sabido também. Ruth e John tinham esperança de que fosse uma sorveteria muito boa ou uma grande lanchonete.

A rua estava praticamente escura, mas havia postes de iluminação aqui e ali, altos e simétricos, que faziam August pensar em Paris, embora nunca tivesse ido lá, ferro forjado com uma curva delicada que fazia você esquecer que era feito de algo tão incrivelmente duro. Havia um feixe de luz bem na esquina, e August viu quando o tio de Cecelia entrou no centro do círculo amarelo, apertou a mão de outro homem e ficou parado na calçada enquanto o outro homem se afastava. Ele então se virou para o Shear Beauty, e August e Elliot olharam ao mesmo tempo pela janela, para Cecelia e Birdie. Cecelia estava rindo e Birdie também, e August — Robin, na cabeça dela sempre foi Robin — começou a pensar no que gostaria de fazer com o cabelo algum dia. Estava pensando em cabelo de sereia, como o da mãe, o tipo de cabelo em que ela sentaria em cima sem querer.

— Por que você não entra? — sugeriu August.

Elliot pareceu assustado.

— Sou amigo da Cecelia. Quer um pedaço? — perguntou August, apontando para a janela com o canto da caixa de pizza.

— Claro, certo — falou Elliot.

August observou enquanto ele passava as mãos no cabelo algumas vezes e então atravessava a rua correndo, pegando a pizza de August enquanto ele destrancava a porta.

Birdie estava trabalhando rápido. Havia pelo menos dez centímetros do cabelo de Cecelia no chão.

— Coisas estão rolando — disse Cecelia, o rosto apontando para o chão.

— Queixo pra baixo.

— Encontrei seu tio Elliot — afirmou August.

— Hã? — perguntou Cecelia, espiando por trás de uma cortina de cabelos.

— Oi, Elliot — cumprimentou Birdie. — Que surpresa boa.

August deslizou um pedaço de pizza da caixa para um prato de papel e colocou o prato com gentileza no colo de Cecelia, antes de se enroscar em uma cadeira ao lado dela com a própria fatia.

— Sabe, eu estava querendo falar com você, Birdie.

Elliot pegou uma fatia de pizza e a dobrou no meio.

Birdie olhou para cima, a tesoura imóvel. Fez contato visual com Cecelia pelo espelho. Tudo o que Cecelia queria era deixar de ser uma pessoa em quem as outras pessoas confiavam. Não de verdade, não para sempre — mas por um tempo, com certeza. Não que o tio tivesse contado algo para ela — ele não tinha. E ela não tinha contado a ninguém a respeito do que havia visto na gaveta da mesa, o que significava que podia fingir, o que seria plausível, que não tinha visto nada. Aquilo podia nem existir.

— O que houve? — perguntou Birdie.

Os óculos dela estavam na metade do nariz; ela estava melhorando a aparência de Cecelia e estava fazendo aquilo de graça.

Cecelia nunca tinha conhecido o avô, então não sabia como ele era, mas gostava de ver a Vóvi e a Birdie se abraçando na cozinha quando achavam que ela não estava olhando. Às vezes Cecelia pensava que o superpoder dela era a habilidade de se misturar ao cenário como um papel de parede neutro. Katherine esperava que ela mantivesse a boca fechada. August também. Elliot a convidou para a casa dele, supondo que ela não abriria gavetas. Cecelia nunca era o sujeito, era um objeto. Mesmo agora, Birdie estava fazendo a transformação; Cecelia era só uma cabeça em uma cadeira.

— E então?

Birdie continuou trabalhando, cortando. August segurou a pizza na frente da boca de Cecelia e a deixou dar uma mordida antes de afastá-la para que não ficasse coberta de cabelos.

— Eu estava querendo conversar com você a respeito do prédio da esquina — explicou Elliot. — Não tenho certeza se minha mãe já sabe, mas eu comprei.

— Comprou? — perguntou Birdie e imediatamente parou o que estava fazendo. — Você sabe que Astrid está obcecada? Você deve saber disso. Sabe? Tudo que ela quer é que algo abra lá, e estou sempre dizendo a ela, alguma coisa vai abrir. Mas é você! Rá! Me pergunto por que você não contou pra ela.

— Sim — disse Elliot. — É verdade.

— Isso é animador — exclamou Birdie. — Então, qual é o plano? Sabe, eu e a livraria da Susan estamos com o mesmo locatário há dezoito anos. Antes do meu tempo em Clapham. O Spiro está lá desde o início dos tempos. Frank também. É uma grande responsabilidade, pensar na comunidade. Especialmente porque você mora aqui. A maioria dos proprietários quer ficar o mais longe possível daqui.

Voltou a atenção para a cabeça de Cecelia e a apontou de volta para o chão com gentileza.

— Sim — concordou Elliot.

— O que você realmente quer abrir lá? — perguntou August. — Digo, quando você comprou o terreno, qual era seu plano?

— Não é tão simples — respondeu Elliot. — Tem a ver com imóveis, não com serviços.

— Mas você mora aqui — falou Cecelia.

— E você deve querer coisas — completou August.

— São crianças inteligentes — concluiu Birdie.

— Quero um desses museus de Instagram — disse Cecelia. — Sabe, esses lugares que só existem para as pessoas tirarem fotos pra postar na internet.

— Isso não existe — disse Birdie. — Existe?

— Existe — garantiu Cecelia.

— Você acha que é isso que as pessoas querem? — perguntou Elliot em tom investigativo.

Cecelia e August fizeram contato visual pelo espelho e caíram na risada.

— Não, eu sabia que você estava brincando — concluiu Elliot.

Ele parecia infeliz. Conhecia essa sensação — a sensação de que estava sacando tudo errado. O irmão dele, Nicky, nunca tinha feito nada errado, não de verdade. Mesmo quando Nicky fazia algo magnificamente estúpido, ele não se deixava abalar. Porter também. Os dois irmãos podiam ter tentado praticar esqui aquático com blocos de cimento, e de alguma forma teriam deslizado pela superfície. Confiança. Era isso que eles tinham. Autoconfiança suficiente para não se preocupar em fazer dinheiro ou em ter uma casa enorme, ou em viver uma vida normal, o tipo de vida que todo mundo queria. Quando Elliot olhava para o casamento esquisito do irmão e seu apartamento minúsculo, ou a recusa da irmã em simplesmente se casar com alguém, ele se sentia envergonhado por eles, mas também sentia vergonha por si mesmo, porque eles claramente não precisavam do que ele precisava, porque eram movidos por algum mecanismo interno que ele não possuía, e se moviam no próprio ritmo, quando ele sempre tinha sido feliz com o ritmo comum. Só na sua família Elliot se sentia anormal por se casar antes de ter filhos, por ter um bebê planejado, por fazer uma lista de casamento com utensílios de cozinha.

Não podia ser tudo culpa de uma conversa, é claro. Ou podia? Elliot não sabia como os cérebros funcionavam. Porém uma conversa podia mudar o rumo de uma vida — o que dizer das pessoas cujos cônjuges tinham que dizer a elas que estavam se divorciando ou de todos os pais, mulheres ou filhos que recebiam uma ligação dizendo que alguém havia morrido em um acidente. A vida de Bob Baker tinha mudado com uma conversa, não tinha? E por que não a de Elliot também?

Foi logo depois da formatura na faculdade. Elliot queria fazer o Teste de Admissão da Faculdade de Direito imediatamente, o mais depressa possível, antes que todas as informações de todas as aulas escapassem pelo ouvido dele à noite enquanto dormia. Depois de estar longe, estudando, era bom estar de volta ao quarto dele no Casarão. Alguns dos amigos de Elliot já tinham empregos de verdade, trabalhavam nos negócios da família ou em empresas de consultoria em Manhattan e Boston. Elliot tinha pedido um emprego ao pai no escritório de advocacia dele, mas Russell não achava que aquela era uma boa ideia, por razões um tanto confusas. Queria que Elliot conseguisse um emprego em outro lugar primeiro. Poderia trabalhar com ele no futuro, disse. Depois da faculdade de direito. Depois de ter trabalhado para outra pessoa. Como se essas coisas fossem mais fáceis de fazer do que trabalhar para o próprio pai.

As notas dele eram abaixo da média. Não eram tão ruins que fizessem Elliot parecer analfabeto nem a ponto de parecer que ele tinha preenchido algo errado, mas ruins o suficiente para que não conseguisse entrar em um curso de boa reputação. E se você só conseguisse entrar em uma faculdade de direito não conceituada, quem contrataria você, afinal? Elliot tinha um emprego de verão acertado na Construtora Valley. Podia fazer a prova outra vez no outono.

Os dias eram quentes e compridos, e Elliot dormia o sono dos mortos, o corpo cansado despencando na cama, algumas vezes ainda vestido, e não se mexia por dez horas. Doze nos finais de semana. Quando descia a escada aos tropeços, de cueca samba-canção e camiseta, os pais já estavam almoçando.

Quando havia uma brisa, Astrid e Russell comiam lá fora em uma pequena mesa de ferro forjado. Russell não usava terno nos fins de semana, mas mesmo assim nunca parecia muito relaxado, como os outros pais pareciam. Vestia camisas de colarinho e calças passadas a ferro. Russell pensava que calças jeans tinham sido feitas para crianças e caubóis. Embora fosse mais caloroso que a esposa, muito mais propenso a fazer piadas ou a dar um abraço rápido e vigoroso, em certo sentido ele era como Astrid — preciso e claro. Elliot abriu a geladeira, e o ar frio era bom, tão bom que se inclinou para a frente, pressionando o nariz contra a embalagem de suco de laranja. Parecia que estava de ressaca, mas de trabalho físico em vez de álcool. A casa estava totalmente silenciosa — nenhum Wesley Drewes, nenhum dos Steely Dan que Russell ouvia quando Astrid não estava em casa. Elliot pegou o suco de laranja da geladeira, fechou a porta e se recostou nela. Colocou o bico triangular na boca e tomou direto da caixa, goles longos e lentos. Lá fora, seu pai riu.

Mais tarde, aquele riso doeria mais e mais, uma vez que ele sabia o que viria a seguir, mas naquele momento, naquela tarde ensolarada, Elliot riu para si mesmo em resposta. O riso do pai era imbecil, mais agudo do que a voz dele, uma verdadeira gargalhada. Elliot segurou a caixa contra o peito e se aproximou da porta aberta do jardim. Não podia ser visto dali. Porter estava em outro lugar — se estivesse em casa, estaria fazendo uma algazarra, falando ao telefone ou comendo mãozadas de batata frita, sentada entre os pais, provocando os dois. Ele era o único filho em casa, e queria saber o que os pais estavam falando.

— Ah, fala sério — disse Russell. — Você não quis dizer isso.

— Lamento dizer que sim! — afirmou Astrid. — Não quero acreditar. Mas sim. Acho que ele está patinando. Ele passou de raspão no colégio, mal se formou na faculdade. E agora acha que vai ser um advogado, só porque você é? Sinto *muito*. Não estamos fazendo nenhum favor elogiando ele e deixando ele acreditar que isso vai acontecer.

O garfo dela tilintou contra o prato. Elliot desviou o rosto, mas não conseguiu sair da cozinha. A mãe continuou:

— Eu só acho que ele não está preparado para o mundo dos negócios. Ele deveria abrir uma loja de iogurte, sei lá.

— Iogurte! — esbravejou Russell de volta.

A respiração de Elliot começou a se espalhar pelo corpo de novo. O pai estava saindo em defesa dele, claro que estava.

— Iogurte é para os fracos. Talvez ele fique na construção! E construa algumas mansões reluzentes na colina!

— Hum. Vamos ver. Talvez se alguém disser pra ele onde colocar as vigas. Nem todo mundo pode ser o chefe, Rusty.

Elliot ouviu o som de uma das cadeiras raspando contra o pátio de pedra, pôs o suco de laranja no balcão, saiu da cozinha rápida e silenciosamente e subiu as escadas, onde ficou pelo resto do dia.

— Quem você encontrou lá agora? — perguntou Birdie.

Elliot fez uma careta, pensativo.

— Ele faz sorvete. Mora em New Paltz. Não sei. Só pode pagar metade do que algumas das outras pessoas que me procuraram podem. Não sei. A mulher dele faz aulas de *spinning* com a Wendy. Não sei como ele descobriu que eu era o dono do prédio.

— Então ele é daqui e tem laços comunitários e também faz sorvete — resumiu August.

— Escute, é uma decisão de negócios — disse Elliot. — Tem que ter a ver com negócios.

— Você acabou de dizer "negócios" tipo dezesseis vezes — falou Cecelia. — Sem ofensa.

Ela pensou na pasta brilhante e se sentiu mais como alguém de Clapham do que já tinha se sentido antes. Astrid não ia gostar, e Elliot sabia disso. Cecelia desejou ser corajosa, mas ninguém gostava de um dedo-duro.

— Tenho certeza de que vai ser lindo.

Elliot olhou para ela, os olhos arregalados. Cecelia virou o rosto para o colo. Elliot deu duas mordidas gigantes na pizza e então se recostou na parede. Respirou fundo.

— Bem, Birdie, preciso contar. Fui procurado pelo Beauty Bar. Acho que eles não cortam cabelo, mas fazem escova. E vendem maquiagem.

— Valorize o Comércio Local! — exclamou August, repetindo o mantra dos pais.

— Nojento — esbravejou Cecelia, fingindo que não sabia, que as palavras dela tinham sido uma coincidência.

— Vocês dois se comportem — pediu Birdie, e beijou Cecelia no topo da cabeça. — Depende de você, Elliot. Se me permite? Ele assentiu.

— É preciso se sentir bem. Meus pais queriam que eu fosse professora. Mas nunca gostei de ensinar. Minhas duas irmãs moram no Texas, na mesma cidade que meus pais, e ambas são professoras. Não estou dizendo que são infelizes. Só estou dizendo que você precisa tomar decisões das quais se orgulhe e não se preocupar com o que outras pessoas vão dizer. Isso inclui sua mãe.

— Acho que você vê um lado muito diferente da minha mãe do que eu vejo — disse Elliot. — Digo, é óbvio. Mas não é só isso. Estou acostumado com minha mãe me dizendo que não faço nada certo. Sou o primeiro filho, sabe?

Birdie apontou a tesoura no ar.

— Eu também. Em solidariedade.

— Eu também — disse Cecelia.

— E eu — completou August.

— Não, não, vocês dois são *únicos* — explicou Birdie. — Isso é bem diferente. Filhos únicos são, problemas à parte, tratados como porcelana. Os filhos mais velhos são tratados como vidro e depois são prontamente ignorados pelo modelo mais fofo e mais novo. Filhos únicos são o troféu. Filhos mais velhos são o teste. Eu entendo.

Elliot deslizou outro pedaço de pizza para fora da caixa e se sentou na terceira cadeira do salão. O Beauty Bar o deixaria rico, um verdadeiro sucesso se as pessoas da cidade não o boicotassem. E não dizer sim ao Beauty Bar, abrindo mão de um montante de dinheiro, faria dele um péssimo empresário. Deixou as pernas balançarem embaixo dele, igualzinho às crianças. Não era justo, ainda precisar da aprovação dos pais. Nicky definitivamente não precisava. Porter parecia não precisar. Elliot fechou os olhos e tentou imaginar qual seria a sensação. Wendy disse que era hora de ele começar a pensar nos filhos mais do que pensava na mãe, e ele fez isso, em termos da porcentagem dos pensamentos em um determinado dia, mas não era àquilo que ela se referia. Ela pensava que as ações de alguém deviam ser motivadas tendo em vista o futuro, o que Elliot sabia que era um tipo de otimismo que ele não tinha. Sabia que a única coisa que movia alguém — que *o* movia — era o passado.

Capítulo 34
CONFIRMAÇÃO VERBAL

Fazendas eram boas para manter alguém ocupado: sempre havia coisas a fazer, tarefas a serem concluídas. Mesmo à noite. Algo sempre precisava ser limpo ou cuidado. Quando Jeremy bateu na porta dez minutos depois da hora, Porter estava organizando a montanha de papelada na mesa dela, uma tarefa que protelou até a pilha ameaçar tombar e cobrir o chão do escritório como uma camada de neve fresca. Porter gritou que a porta estava aberta, e Jeremy entrou descontraído.

— Você não tem luz aqui? — perguntou ele.

Foi a razão de Porter se dar conta de que tinha escurecido, a única luz na sala sendo o pequeno abajur na mesa.

— As cabras não precisam de luz — respondeu Porter. — A visão delas é excelente, mesmo no escuro. Você sabia que as pupilas delas são horizontais e que elas podem ver em quase todas as direções ao mesmo tempo? É tipo uma lente olho de peixe.

— Então você está dizendo que as cabras têm olhos de peixe — concluiu Jeremy.

Andou até a parte de trás da mesa de Porter e a ergueu nos braços.

— Aah, vejo que você foi pra uma *boa* escola de veterinária.

Porter deixou que ele a beijasse, a língua dele na dela, a língua dela na dele, ambas escorregando para dentro e para fora como um convite. Havia um velho sofá surrado para sonecas rápidas e para passar a noite de vez em quando, e Porter os conduziu na direção dele. Tudo em relação a Jeremy fazia com que se sentisse como se ainda fosse adolescente, só o momento presente em jogo, só o que fariam com os corpos um do outro em seguida. Era isso que as pessoas queriam dizer quando falavam de se apaixonar? Ela achava que sim, a urgência de se conectar com outro ser humano, acima de todos os outros. Jeremy puxou a calcinha por baixo do vestido dela e a atirou para o outro lado da sala, e depois enterrou o rosto onde a calcinha estava antes.

— Você faz com que eu me sinta uma adolescente — disse Porter.

A boca de Jeremy estava ocupada, e ele não respondeu. Ele fazia com que se sentisse, de fato, exatamente como *ela mesma* quando era adolescente. Porter não queria voltar no tempo, de jeito nenhum, mas pensava naquele período do relacionamento dela com Jeremy como a última vez em que tinha sido apenas uma criança. Queria a bebê, queria transar sempre que quisesse com quem quer que quisesse transar: era pedir demais que cada parte da vida dela existisse em um vácuo? Empurrou Jeremy para trás e passou para cima, deslizando-o para dentro dela. Ele não se importava com o tamanho da barriga dela, ele a amava, e ela o amava, e o que eles estavam fazendo era certo.

Meia hora depois, Jeremy estava se vestindo. Porter o observou chutar as pernas da calça antes de colocá-las.

— Ei — disse ela. — Devemos falar sobre isso?

Jeremy correu a mão pelo cabelo.

— Sim, acho que sim. Quer dizer, vamos ter que falar, mais cedo ou mais tarde, certo? Sei que a minha mulher vai querer que eu faça isso.

— Sim — concordou Porter. — Claro. O que você quer dizer a ela?

Jeremy abotoou a calça jeans e procurou nas almofadas do sofá a camiseta de manga longa.

— Acho que vou dizer que falamos disso, e que Cecelia vai ficar longe dela. Porque a escola não vai fazer nada. Eles me disseram isso. Aparentemente a Sidney disse algumas coisas que não são muito politicamente corretas, mesmo que não parecessem tão ruins pra mim.

— Não — exclamou Porter. — Digo, em relação a nós. Você quer contar pra ela a nosso respeito? O que você acha que ela sabe? Ela deve saber de alguma coisa, né? Nunca falamos sobre isso. Mas ela não é idiota, óbvio que deve ter percebido que alguma coisa estava acontecendo. E me sinto uma merda mentindo também, não é só você.

O bebê chutou, como se em solidariedade.

— Hã?

Jeremy se sentou no sofá, forçando as pernas de Porter na fenda dobrável da parte de trás.

— Não era disso que eu estava falando — disse ele, pousando as mãos nos joelhos dela. — Quis dizer em relação a Sidney e à sua sobrinha. Disse a ela que falaria com você e ia conseguir alguma garantia de que ela não faria isso de novo, e que não iríamos processar nem nada, sabe, não como se algo importante tivesse de fato acontecido, só que poderia haver um pedido formal de desculpas, e todos nós seguiríamos em frente. Acho que é nisso que a Kristen estava pensando — explicou Jeremy, recostando no sofá e fazendo as pernas dela de almofada humana para apoio lombar. — O que você acha?

— Bem — disse Porter. — Acho que a Cecelia, a Sidney e a escola provavelmente podem organizar qualquer pedido de desculpas que seja necessário. Ninguém deveria levar um tapa, óbvio, e ninguém deveria dizer alguma coisa que resulte em um tapa. Não sei o que a Sidney disse, só pra constar. Cecelia é muito discreta, na verdade — disse ela, e resmungou um pouco, manobrando as pernas para tirá-las de trás das costas de Jeremy e recolocando-as no chão. — E quanto ao resto?

Jeremy coçou o queixo.

— O resto?

— O resto tipo eu e você. Não quero me sentir a Molly Ringwald aqui, perguntando sobre o baile, mas qual é o lance?

Sempre que tinha essa conversa na cabeça dela, Jeremy sorria. Ele rastejava pelo chão até ela, segurava um anel, enchia uma banheira de água com pétalas de rosas. Isso era ridículo, é claro, e Porter não queria mesmo um gesto grandioso. Só queria uma confirmação clara, como uma comissária de bordo falando com as pessoas sentadas na fileira perto da saída.

— Fala sério, Port — respondeu Jeremy, a cabeça ziguezagueando como uma cobra. — Você sabe que é mais complicado do que isso. Você sabe que amo você, *sempre* amei você. Se amo você mais do que amo minha mulher? Talvez. Sim, merda, quer saber, amo. Porra, sim. Estar com você me faz sentir com 16 anos, e totalmente invencível, como se fosse a porra do Super-Homem. O jeito como você olha pra mim, Porter! Quando você olha pra mim, não me sinto um fracassado de meia-idade que enfia o dedo no rabo de cachorros o dia todo, que tem que fazer eutanásia em gatos como o pai fazia, sabe? Me sinto como um garoto que vai bater punheta a noite toda e talvez o dia todo no dia seguinte também. Sabe com que frequência eu durmo com minha mulher? Nunca. Nunca, jamais durmo com minha mulher. Talvez no meu aniversário, ou no nosso aniversário de casamento, se ela não estiver menstruada. Ela não se importaria se meu pau caísse enquanto eu estivesse cagando e desse a descarga por acidente — disse ele, abraçando-a. — Você é tudo pra mim. Você é incrível, e eu te amo. Isso é uma confirmação? Quero arranjar uma solução. Sabe como me deixaria feliz voltar pra casa todos os dias e ter você ali?

Porter passou os braços em volta dele. Jeremy estava quente e cheirava a suor. Achou que queria ouvir aquilo, mas não esperava que soasse tão triste. Quando Astrid pigarreou e falou para a cozinha barulhenta sobre Birdie, o rosto dela ficou tão cheio de contentamento quanto poderia ficar sem desabar. Estava nervosa, mas feliz, Porter tinha notado. Mas agora que Jeremy havia dito o que havia pedido, mais ou menos, Porter sentiu como se precisasse ir para casa tomar um banho, como se tivesse comido um bolo inteiro, e tudo tivesse que sair, de um jeito ou de outro.

— Tenho que ir — disse Porter. — Nós dois temos que ir.

* * *

Eram quase 23h quando Porter chegou em casa. A varanda estava escura, porque ela passara o dia todo fora e não tinha deixado a luz ligada. Estacionou o carro e ficou com as chaves na mão. A porta da frente estava emperrando, como sempre, e chutou a base com a ponta do sapato, fazendo a porta de madeira derrapar para abrir. Toda construção antiga de Clapham era assim, frágil e cheia de esquisitices. Porter estendeu a mão com memória muscular para o interruptor e virou a fileira de botões toda para cima, inundando a casa com luz amarela. Havia uma dúzia de balões cor-de-rosa flutuando na sala de estar. Ela gritou e depois pôs a mão na boca.

— Olá.

Porter saudou os balões, ou a sala aparentemente vazia. Não parecia o tipo de coisa que um assassino faria, mas ficou com as chaves na mão, só por precaução.

Um gemido veio da direção do sofá. Lá, embaixo de um cobertor, estava o irmão mais novo, Nicky.

— Surpresa — sussurrou ele, a cabeça ainda bem enterrada no travesseiro. — Onde você estava? Trouxe o jantar. E balões. Não é fácil trazer balões no trem, espero que você saiba.

Porter gritou de novo, de um jeito mais alegre dessa vez, e então subiu em cima do irmão, sentando na caixa torácica dele. Privacidade não existia para irmãos. Quando Porter estava com raiva da mãe, sempre havia isso: Astrid tinha dado a ela dois irmãos, incluindo um de quem Porter de fato gostava. Ela não estava sozinha.

— Meu bebê — disse ela, pulando um pouco, até Nicky implorar por misericórdia.

— Sou uma idiota — concluiu Porter. — Não dá nem pra descrever. Digo, dá para descrever, mas você não ia acreditar. Digo, você ia acreditar.

— Eu também — disse Nicky. — Sou um idiota de ter mandado Cece pra cá, porque tinha medo de algumas garotas adolescentes e da internet. Por que você é uma idiota?

Porter saiu de cima do corpo dele para que ficassem sentados um ao lado do outro.

— Estou dormindo com Jeremy Fogelman. De novo.

— De novo? Eita.

Porter pegou uma almofada e cobriu o rosto.

— Eu sei. É mais que idiota. Mas acho que eu tinha só que tirá-lo da minha vida pra sempre. Deixar todas as criancices pra trás.

— Está tudo bem — falou Nicky, colocando a mão no ombro dela. — Todo mundo erra. Não vou contar para ela — disse, acenando em direção à barriga de Porter.

Capítulo 35

E PASSARAM A SER TRÊS

Elliot desceu as escadas com calças de ginástica e camisa social amarrotada e larga, claramente as duas primeiras peças em que pôs as mãos na escuridão do quarto de cortinas fechadas. Nicky impediu Porter de tocar a buzina quando Elliot levou mais do que os três minutos prometidos para surgir na porta da frente. Era tarde — todo mundo estava dormindo. Mas Porter não se importava. Nem sequer se importou, enquanto dirigiam até o Buddy, o único bar local que ficava aberto até tarde, com o fato de não poder beber mais do que alguns goles escondidos das bebidas dos irmãos. A única coisa com a qual Porter se importava era que esta noite, e talvez só esta noite, teria o irmão mais novo só para ela, se o irmão mais velho não contasse.

Elliot estremeceu no degrau da frente por um minuto, piscando para o carro, como se não conseguisse lembrar quem havia mandado dezesseis mensagens de texto para ele para dizer que sua presença era obrigatória. Nicky baixou a janela do passageiro e acenou.

— Todos a bordo, meu velho — disse ele.

Elliot deu uma corridinha e deslizou o corpo pelo banco de trás até ficar sentado no meio, as mãos agarrando os dois bancos da frente.

— Quando foi que você chegou? — perguntou Elliot, esfregando os olhos.

— Você estava dormindo? — perguntou Porter. — Quantos anos você tem, nove?

Normalmente, ela estava dormindo a essa hora também, é claro.

— Há algumas horas. Estava tentando surpreender nossa irmã grávida, mas ela não estava em casa, então surpreendi a mim mesmo com uma sonequinha no sofá — disse Nicky, pousando a mão em cima da de Elliot. — É bom ver você.

— Sim, cara.

— Ai, meu Deus, El, você está transbordando de amor, mal posso aguentar — disse Porter, revirando os olhos. — Vamos pedir alguns drinques para vocês dois e ver se eu consigo ficar bêbada só mergulhando os dedinhos nas cervejas.

— A fermentação é boa pra você — afirmou Nicky. — Uma cerveja não faria mal. Certas cervejas são realmente ótimas pra lactação. Você precisa dessas enzimas.

— É disso que estou falando — confirmou Porter. — Finalmente algum apoio familiar.

O Buddy sempre parecia fechado, apesar do letreiro enorme de néon do lado de fora. Era no térreo de um grande edifício, descendo três degraus baixos no nível da rua, sem sol e úmido em todas as horas do dia. Esse era o atrativo. Os três irmãos Strick empurraram um ao outro através da porta estreita e até uma mesa no fim do cômodo.

— Esse lugar não mudou nada — falou Nicky.

Fez uma pequena pilha de porta-copos úmidos, uma torrezinha estilo Andy Goldsworthy que desmoronaria com o tempo e a umidade. Porter descansou a cabeça no ombro dele e fechou os olhos. A barriga batendo contra a borda da mesa.

— Cecelia tem cuidado dos gêmeos — comentou Elliot.

A voz dele era explosiva, como se tivesse que gritar por cima de uma música alta que só ele podia ouvir. Ele se sentou no lado oposto aos dois. Porter não conseguia se imaginar colocando a cabeça no ombro do irmão mais velho. Ele era mais como Astrid, uma cerca eletrificada invisível envolvendo seu corpo. Nenhum dos dois incentivava o toque. Não era como Nicky, que Porter tinha segurado nos braços quando tinha um dia de vida, ainda macio, todo ele, sem pescoço nenhum. Ele tinha nascido carinhoso.

— Isso é ótimo, isso é ótimo — disse Nicky, acariciando os cabelos de Porter. — Meu Deus, como sinto falta dela. Parecia a coisa mais fácil a fazer, enviá-la pra Astrid, mas agora não sei. É difícil pra cacete saber se você está tomando a decisão certa.

Elliot colocou as mãos na mesa e se levantou.

— Bem, se você quer falar de decisões questionáveis na criação dos filhos, vamos ficar aqui a noite toda. Eu pago a primeira rodada.

— Água com gás pra mim, por favor — pediu Porter para as costas dele, o que ele confirmou com um dedão para cima. — Ele é tão chato — disse a Nicky, embora Elliot não tivesse feito nada, porque ela estava sempre pronta para se irritar com ele.

— Então você acha que a Cece está bem? — perguntou Nicky. Era tão bom tê-lo de volta, mesmo que por pouco tempo. Nicky tinha sido o boneco perfeito dela, um brinquedo risonho e falante. Ela sempre quis levá-lo para a aula, como se pudesse se sentar quieto no armário da pré-escola pelo resto do dia.

— Ela está ótima, Nicky. Está mesmo. Não sei exatamente o que aconteceu na escola esta semana, mas acho que ela meio que se tornou uma super-heroína. Acho que isso é bom, acho mesmo — disse, e apertou o braço dele. — Não acho que você deva se preocupar com ela. Ela é uma criança tão boa. Tipo, uma criança *boa*. Muito melhor que qualquer um de nós.

— Ei! — contestou Nicky, fingindo se ofender.

Elliot voltou, segurando três copos em um triângulo de bebidas que devia ter praticado. Baixou as bebidas e depois entrou de volta no banco, recostando contra o couro gasto. Tomou um longo gole de um copo pequeno, o líquido marrom deslizando pela boca como mel.

— Então, me fala da Birdie — pediu Nicky. — Quer dizer, sei as linhas gerais. Mas como é isso? Parece que já tem um tempo.

Havia uma jukebox, e estava tocando Hall and Oates. Porter não sabia que existia uma música lançada depois de 1997 na máquina.

— Acho incrível — respondeu Porter. — Parece um pouco como assistir a um episódio de *Black Mirror*, mas um dos inspiradores, não aqueles que fazem você acreditar que os inventores dos robôs já venceram. Acho que Astrid está feliz, acredite ou não.

Elliot se inclinou para a frente, os cotovelos bem abertos na mesa. A torre de porta-copos desabou para um lado.

— Não é incrível, ok? É esquisito pra caralho.

— Vai começar — anunciou Porter.

— Não, Porter, fala sério! Fala sério. Você não acha isso esquisito mesmo? Depois de todo esse tempo em que a Astrid foi, tipo, a Margaret Thatcher do vale do Hudson, e agora ela é a Ellen DeGeneres? Gosto da Birdie. Gosto muito dela, até. Mas ainda assim é estranho.

Elliot balançou a cabeça.

— Ah, é essa a cara que você faz quando tem que imaginar uma mulher fazendo uma coisa só porque ela quer? Sabe em que ano estamos? No ano da mulher! De novo! As mulheres podem fazer qualquer coisa. Podemos fazer coisas estúpidas e coisas maravilhosas e coisas inteligentes e coisas burras. E nem sequer precisamos de uma autorização!

Ela bateu na mesa, mandando uma onda da cerveja do Nicky para a madeira já pegajosa.

— Não foi isso que eu quis dizer — retrucou Elliot. Recuou, como Porter sabia que faria, porque Elliot ladrava, mas nunca mordia. — É que isso não tem nada a ver com a mamãe. Não me importo de ver que ela está feliz, é que ela nunca pareceu feliz antes, e é tipo, cara. Não sei. É como se ela fosse uma pessoa completamente diferente.

— Acho que ela era feliz — concluiu Nicky. — Só que a felicidade dela vive em uma caixinha, sabe? A felicidade dela tem limites. E acho que isso é bom. Birdie é mais jovem do que ela. O companheirismo é importante. O cuidado é importante.

— Ela não é a *enfermeira*, Nicky, é a namorada dela!

Porter não pensou que teria que dar bronca nos dois.

— Sei disso, Puerto — concordou Nicky com gentileza. — Mas envelhecer não é fácil, e acho que as pessoas que fazem isso juntas são mais felizes e vivem por mais tempo. Eu me preocupava por ela estar sozinha. Sei que vocês dois estão aqui, mas, de longe, estou aliviado.

— Você é mesmo um riponga filho da puta — falou Elliot, bebendo um gole. — Acho que a questão pra mim é que ela sempre foi tão dura, e esse foi nosso modelo, sabe? Tipo, depois que o papai morreu, tudo que a gente tinha era ela, e ela era desse jeito. É como se a mamãe pata se virasse e dissesse pra todos os patinhos que eles estavam andando errado, todos fodidos, embora tenha sido ela que ensinou pra eles que era assim que se fazia.

Nicky estendeu a mão por cima da mesa e pousou-a na bochecha do irmão.

— Você ainda caminha como um pato.

— Ah, qual é? Não importa pra você porque ela gostava mais de você! Todo mundo gostava! Ela nem sequer fingia que gostava da gente da mesma forma. Ou que estava tão orgulhosa da gente ou o que quer que fosse. Como se o que você estava fazendo fosse tão grandioso ou importante. *Jake George* era a porra de um filme idiota, sabia? — Elliot ergueu a palma da mão, esperando que Nicky concordasse, o que ele fez. — Viu? Você sabe. Todo mundo sabia. Mas a Astrid ainda está esperando seu Oscar aparecer na caixa do correio.

— E o Nobel — completou Porter. — É verdade. Ela ainda gosta mais de você! Tipo, olha pra nós, estamos ambos aqui, e ela nos trata como se fôssemos decepções imensas, e você nunca liga pra ela, e os olhos dela brilham quando ela diz seu nome. Fico surpresa por não ter uma foto sua grudada na geladeira dela.

— Fala sério — discordou Nicky, bebendo um gole da cerveja.

— Não é assim.

— Pra um caralho do inferno que não é assim — disse Elliot.

Porter brindou o copo de água com a cerveja dele. Talvez ele não fosse *sempre* tão chato. Por uma fração de segundo, Porter imaginou um futuro no qual ela e Elliot pudessem se ver de forma proposital, por prazer.

— Os pais não deviam fazer isso. Posso achar que meus filhos são monstros, mas pelo menos acho que *os dois* são monstros.

— Tudo o que posso dizer — justificou Nicky —, é que foram diferentes comigo porque eram diferentes. Se Juliette e eu tivéssemos outro bebê alguns anos depois da Cecelia nascer, teríamos sido pais diferentes. Você teve uma dupla de pais, El, é verdade, e então Porter teve outra, e depois eu tive uma terceira. Só pareciam os mesmos vistos de fora.

— E daí? Isso torna tudo ótimo? Então nós todos temos que aceitar o fato de que nossos pais gostam mais de você do que de nós?

As bochechas de Elliot estavam vermelhas, mas ele não parecia com raiva. Porter reconheceu esse olhar do irmão, era a expressão que tinha na época em que era criança, quando o time dele havia perdido depois de errar alguns lances livres, ou quando não tinha vencido a eleição da turma. Quaisquer que fossem os sentimentos ruins de Elliot, estavam todos apontados para dentro.

— Eles deviam ter mentido. Deviam ter nos enganado.

— Não é culpa sua — disse Porter. — Assim como não é minha.

— Certo — concordou Elliot. — Não é culpa minha.

— Ei — falou Nicky. — Não é mesmo.

— Posso perguntar sobre outra coisa, El? — perguntou Porter.

Já estavam patinando para outras zonas de gelo, e aí ela decidiu continuar. Porter se ajeitou e estalou os nós dos dedos.

— Wendy me contou sobre o prédio.

— Qual prédio? — perguntou Nicky.

Elliot despejou o resto da bebida garganta abaixo.

— O que ela contou? Quando? Ela ligou para você?

— Wendy e eu almoçamos — disse Porter, virando-se para Nicky. — Nosso irmão mais velho comprou o prédio na esquina da rotatória. Mas é um segredo de Estado.

Ela levou um dedo aos lábios. Estar em um bar à noite com os irmãos era o suficiente para ela se sentir um pouco bêbada, mesmo que só tivesse surrupiado um único gole da cerveja do Nicky.

— Da esquina? A loja de vinhos? — perguntou Nicky, virando o rosto para lá e para cá entre os irmãos.

— Esse foi um dos ocupantes recentes, sim. Main Street, 72. Do lado do Sal. Não consigo acreditar que a Wendy contou — disse Elliot, fumegando de irritação. — Simplesmente não queria que desse uma confusão do caralho, sabe, com todo mundo me dizendo o que fazer e o que não fazer. Sou adulto e meu trabalho é literalmente construir coisas.

O copo dele já estava vazio, mas ele os levou aos lábios mesmo assim.

— Acho isso emocionante, El — disse Nicky. — O que você vai pôr lá? Vai mudar o escritório? Ou alugar? Construir algo novo? Isso é o máximo. Coloca você bem no centro da coisa toda. Astrid sabe? Ela vai organizar um desfile. Ela vai enviar um e-mail e não vai colocar ninguém em cópia oculta, e todos vamos receber quinhentas respostas.

— Ah, meu Deus — exclamou Porter. — Sabe, seria melhor se a Birdie fosse realmente muito jovem e pudesse ensiná-la a não fazer essas coisas.

— Não, a mamãe não sabe. E eu agradeceria muito se vocês dois não contassem pra ela. Estou analisando algumas ofertas em potencial e só quero que tudo fique acertado antes de contar pra ela — disse Elliot, rolando o copo pela borda da mesa. — Qualquer escolha que eu fizer vai estar errada, e não estou ansioso por isso.

Sinos tocaram. Nicky enfiou a mão no bolso e tirou o celular.

— É o meu, é a Juliette, vou atender. Devia ter ligado pra ela quando cheguei, mas eu dormi.

Porter chegou um pouco para o lado e saiu do caminho. Nicky correu para a frente do bar com agilidade e empurrou a porta pesada.

Porter estendeu a mão e Elliot a afastou, dando um jeito de ficar em pé sozinho. Caminharam até o bar e recostaram contra a madeira polida. Outra bebida apareceu na frente de Elliot, e outra água mineral na frente de Porter. Ela não conseguia lembrar da última vez em que esteve tão perto do irmão depois de ter anoitecido. Conseguia vê-lo com mais clareza no escuro, a forma familiar do nariz, a maneira como segurava os cotovelos quando estava nervoso. Ser adulto era estar sempre desenvolvendo novas camadas de pele, tentando se convencer de que os ossos por baixo também eram diferentes.

— Por que você não quer contar pra ela? — perguntou Porter.

Fazer parte de uma família era mais ou menos como estar no filme *Feitiço do Tempo*. Não importava o que acontecesse, na manhã seguinte Elliot ainda seria o irmão mais velho dela, não importava se iam se divertir hoje à noite ou ficar muito putos um com o outro como sempre. Sua mãe ainda seria sua mãe. O cérebro estava tentando fazer as contas para descobrir se ela, Elliot e Nicky tiveram todos uma dupla de pais diferentes, se essas duplas tinham percorrido, em linhas do tempo alternativas, todo o trajeto até o presente. Existia um botão para reiniciar? A morte do pai havia sido um reinício, disse ela sabia. Talvez tenha sido aí que Astrid começou a mudar, e estavam ocupados demais para notar, se sentindo inconsoláveis.

— Você não vê o quanto ela é mais dura comigo? Do que com vocês dois? Você lembra quando eu fiquei fora até tarde com o Scotty e ela me fez dormir na varanda?

— Isso não aconteceu — disse Porter.

— Aconteceu. Quer dizer, ela saiu uma hora mais tarde e me deixou dormir no quarto, mas ela me disse isso. Lembra quando o papai morreu, você voltou do colégio, e você e Nicky dormiram na mesma cama por uma semana? Eu fiquei no meu apartamento.

Elliot tomou um gole da bebida.

— Você nunca disse que queria passar a noite com a gente! — retrucou Porter. — A gente devia ter lido sua mente?

— Você ainda não entendeu. Mas vai. E vai saber, talvez eu faça isso com meus filhos também. Pelo menos agora eles são pequenos demais pra lembrar.

— Bom, *isso* não soa nem um pouco sinistro — afirmou Porter.

Nicky voltou descontraído e beijou os dois na bochecha.

— A Juliette está chegando amanhã — falou ele, sua barba e seu hálito fediam a maconha. — Vamos fazer uma surpresa pra Cecelia. Ah, antes que eu me esqueça, tenho uma pergunta pra vocês dois. Quem é Barbara Baker? A mamãe mencionou essa mulher tipo umas seis vezes, e não tenho absolutamente nenhuma lembrança dela.

— Ela era casada com o Bob Baker, lembra? Ele sempre dirigia o carro alegórico no Desfile da Colheita. O que é mais fodido nisso é que a mamãe estava ali, tipo, *bem ali* quando aconteceu. Era tão fácil ter sido ela. É nisso que continuo pensando.

Elliot tomou um gole da bebida.

Porter abriu a boca para começar a explicar que, de fato, Barbara havia sido mais do que uma mulher para o marido e uma dublê azarada da mãe quando, do outro lado do bar, uma mulher de trinta e poucos anos estreitou os olhos para eles, um olhar que todos reconheciam.

— Ops — falou Nicky.

A mulher desceu do banquinho e cambaleou na direção deles.

— Você é o Jake George?

As devotas do filme de Nicky estavam em uma idade entre 30 e 40 anos, atoladas nas decisões da vida, com um fraco pelas paixões adolescentes, aqueles gatinhos que haviam oferecido um vislumbre do que o amor podia ser. Cecelia havia dito a Porter que algumas das crianças da turma dela tinham visto o filme também e tinham citado uns para os outros falas que agora eram absurdamente racistas e machistas — como é que fazia só quinze anos que piadas assim pareciam possíveis, e pior, engraçadas? Nicky ficou horrorizado na época e estava horrorizado agora, mas era educado, então estendeu a mão e disse que sim. A mulher gritou e girou depressa o corpo para tirar uma selfie. Nicky tinha uma política de não tirar selfies, mas a mulher se movia surpreendentemente rápido, dada a embriaguez evidente dela, e depois do flash ele agarrou os irmãos e se retraiu para o canto deles. Segurança de grupo.

Capítulo 36
ASTRID ESTÁ PRONTA

Astrid deixou Birdie no salão e seguiu dirigindo o carro grande, lento e pesado pelas ruas sombreadas. Outubro era o mês mais glorioso do ano — os verões podiam ser escaldantes e os invernos com muita neve, mas o outono era a perfeição. Podia dirigir por aquelas ruas com os olhos vendados, se não tivesse que desviar de pessoas ou cachorros — eis o quanto os músculos dela conheciam cada curva, profundamente. Ela passou pelo Spiro, pelo supermercado, pelo celeiro vermelho da Clap Happy, pela Associação Cristã de Moços, pelo corpo de aranha gorda do Heron Meadows, pela estação de trem, pela casa de Porter, pela igreja onde Elliot e Wendy se casaram, pela escola de ensino médio, pela escola secundária, e ao redor da rotatória seis vezes, cruzando a cidade de um lado a outro. Nicky havia enviado uma mensagem para dizer que estava na cidade, que tinha ficado na casa de Porter durante a noite, e que faria uma visita à tarde, quando Cecelia chegava da escola. Nicky em casa a deixava nervosa — sabia que ele não gostava de Clapham, ou talvez não gostasse dela. Com dois pais, sempre havia alguém para culpar por ser difícil, mas com um não havia amortecedor. Astrid queria melhorar o relacionamento deles, embora tudo o que já tivesse tentado melhorar normalmente só piorava. Dando espaço a ele, não ficando com raiva quando estava fora até tarde, como fazia com Elliot. Tinha tentado corrigir erros! Esse era o problema de fazer parte de uma família: todos podiam ter boas intenções e ainda assim ser um desastre. O amor não curava tudo, não em termos de comunicação ruim e sentimentos feridos durante uma conversa em um jantar aparentemente tranquilo. O amor não podia mudar o teor mal interpretado de uma mensagem de texto ou um temperamento explosivo.

Ligou para Nicky e Juliette separadamente e explicou o que tinha acontecido na escola de Cecelia. *Nesta* escola. Astrid sabia que tinha prestado pouca atenção na pobre garota. Se Barbara tivesse morrido antes, ela talvez não tivesse dito sim para a ideia de Cecelia ir ficar com ela. Astrid estava feliz de recebê-la — amava Cecelia. O problema era Barbara. O problema era que ela, Astrid, uma mulher, uma pessoa, tinha mostrado que não era de aço como os filhos acreditavam.

Era a primeira vez que Nicky estava em Clapham desde que os gêmeos tinham nascido. Três anos! Astrid lembrava de quando três anos pareciam uma eternidade, quando os filhos tinham que contar a idade deles usando trimestres e semestres porque um ano inteiro era uma imensidão sem fim que não conseguiam enxergar como um todo. Agora três anos pareciam dias ou semanas, exceto que Nicky era o bebê dela, e longo ou curto, rápido ou lento, qualquer período sem ele no Casarão parecia uma tragédia. Mas a quem ela se queixaria? Porter e Elliot estavam acostumados a andar na sombra carismática de Nicky, e aquilo não era justo, ela não podia se queixar com eles. Russell se foi. E dois dos três filhos moravam a cinco minutos de distância — Astrid também não podia se queixar a nenhum dos amigos dela cujos filhos tinham todos se mudado para Los Angeles ou Portland ou Chicago, lugares que exigiam aviões e encontros marcados no FaceTime para que os netos lembrassem de como eles eram. Juliette e Cecelia vinham visitar duas ou três vezes por ano, passando os fins de semana aqui e ali só por diversão, para ir ao jardim zoológico e nadar na piscina local, quando o Brooklyn ficava chato demais. Não tinha passado tanto tempo, de fato — não estavam *afastados* ou qualquer coisa horrível assim, ele só não gostava de vir, e gostava de ficar sozinho, e gostava de viajar. Uma vez que havia crianças, as possibilidades de visitar não eram ilimitadas. Astrid entendia. Parecia mesquinho ou mesmo impróprio uma mãe ávida pelo amor do filho adulto.

Astrid fez a volta e se viu na rua de Elliot. Supôs que estivesse indo para lá desde o começo. Era assim com os filhos — cada um queria coisas diferentes. Se um só queria ser acarinhado e abraçado, outro só queria espaço e silêncio. Astrid tentou, ela tentou, dar a cada um dos filhos aquilo de que eles precisavam, mas era um trabalho impossível de se fazer de forma perfeita. Ela supôs que ele ainda não tinha visto o irmão, e Astrid queria convidar Elliot para o jantar — queria ter todos os filhos e netos em casa ao mesmo tempo. Era uma ideia tão simples — não um feriado ou uma celebração, onde uma pessoa era o mastro central ao redor do qual todos os outros giravam, mas só porque eles podiam, porque estavam todos vivos ao mesmo tempo, e isso não era um milagre? Quanto mais velha Astrid ficava, mais entendia que ela e os pais e ela e os filhos eram o mais próximo que as pessoas podiam ser, que as gerações desapareciam depressa, e que os 25 anos entre ela e a mãe e os quase trinta anos entre ela e os filhos eram absolutamente nada, que ainda havia pessoas que tinham vivido o Holocausto, que tinha acontecido menos de uma década antes de ela ter nascido, mas sobre o qual os filhos dela tinham lido nos livros de História. Aconteceu em um piscar de olhos. Os filhos tinham sido crianças, e agora eram adultos; eram todos adultos, aqui, agora.

Astrid estacionou o carro na entrada de Elliot e tocou a campainha, que era alta e eletrônica, uma imitação pomposa de sinos. Ninguém atendeu, então tentou a maçaneta e descobriu que a porta estava aberta. A janela panorâmica da sala de estar mostrava Wendy e os meninos do lado de fora. Wendy estava de joelhos cuidando do machucado de alguém. Era uma boa mãe — durona, mas amorosa. Astrid respeitava Wendy, que parecia ter uma paciência infinita com duas crianças que podiam ser extremamente difíceis. Astrid pensava que os gêmeos eram mais difíceis do que os próprios filhos tinham sido, mas os anos 1980 eram uma época diferente, e se esperava menos dela. Eles mal usavam cinto de segurança. Queria oferecer mais para Wendy — mais ajuda para cuidar dos meninos, mais conselhos, mais histórias encantadoras de Elliot e dos irmãos quando eram pequenos, mas sabia que aquilo seria mal recebido, e ficava de boca fechada. Sempre que se permitia tagarelar a respeito de alguma coisa que o pequeno bebê Elliot tinha feito, como ele caía em cima da fralda gorda quando estava aprendendo a caminhar, Elliot semicerrava os olhos e olhava para ela como se ela estivesse questionando o estado atual dos movimentos intestinais dele.

A porta do escritório de Elliot estava fechada. Era uma casa tão grande — Aidan e Zachary dividiam um quarto, e os quartos restantes, para os outros filhos que Wendy e Elliot podiam ter tido, eram usados para propósitos absurdos que eles tinham discutido e concluído ser indispensáveis: uma academia, uma sala de jogos, uma biblioteca para a qual tinham comprado inúmeros livros de capa dura de couro, livros que eles nem sequer remotamente tinham a intenção ler. Astrid bateu na porta e esperou pela resposta de Elliot. Ouviu-o suspirar, já irritado, então virou a maçaneta devagar.

Elliot estava jogando golfe. O movimento do pêndulo, sobretudo. Isto é, estava fingindo que estava dando tacadas, com um videogame na tela da TV. Astrid detestava que ele tivesse uma televisão no escritório. Aquilo não era um escritório, era a sede de um clube, a fantasia de um adolescente de como era a vida adulta.

— Oi, mãe — disse Elliot, sem se virar.

— Como você sabia que era eu? — perguntou Astrid.

Elliot dobrou os cotovelos para trás em uma tacada falsa, nada além de um pequeno controle nas mãos, e bateu uma bola de mentira bem alto, para a imitação de um céu azul.

Apareceu uma pontuação na tela, e então Elliot apertou um botão, deixando a tela cinza; jogou o controle em cima da mesa.

— E aí?

— Queria conversar com você a respeito de algumas coisas, posso me sentar? — pediu Astrid, apontando em direção à cadeira de couro em frente à mesa de Elliot.

Ele concordou, e ela se sentou com elegância, tornozelos cruzados, a bolsa no colo.

Elliot pegou o celular da mesa e apertou alguns botões.

— Claro. Vou receber uma ligação em breve, a respeito de uma coisa, mas sim.

Ele se sentou na beira da mesa como um diretor de ensino médio impaciente. O coração dela batia acelerado, mais perto da superfície do que o normal. Olhou para o corpo de Elliot, ainda tão magro como quando ele era garoto. Não havia ponto fixo na vida de uma pessoa, nenhum período definitivo. Sim, os amigos de infância de alguém sempre pareciam versões adultas de crianças, e era difícil imaginar os colegas de trabalho como adolescentes com ortodontia complexa, mas quando olhou para o filho mais velho, ela o viu por inteiro: o adolescente atlético, a criança encantadora, o bebê inconsolável, o estudante de direito, o marido, o novo pai. Todos aqui, todos Elliot, precisamente.

— Sinto muito — disse Astrid.

Elliot tinha saído da mesa para ficar diante da janela. Ela estava parada atrás dele agora, ambos olhando para o gramado. Zachary e Aidan estavam lá fora, se revezando, batendo bolas de baseball em um suporte de plástico. Balançavam o corpinho todo a cada vez, quase caindo no chão, independentemente de acertarem a bola ou não. Wendy estava sentada a uma distância segura em uma cadeira Adirondack. Os meninos eram difíceis para pessoas e coisas, mas não entre si, e Astrid gostou de vê-los esperando com paciência, alternando a posição de rebatedor.

Elliot ficou rígido.

— Porter ligou pra você? Wendy?

— Pra dizer o quê? Não, querido, *eu* tenho que pedir desculpas a *você* — disse ela, sabendo que tinha feito tudo errado; ele não tinha entendido. — Tem a ver com Barbara Baker, na verdade. Foi ela quem me disse que tinha visto você, lembra?

Elliot se virou para olhar para ela. O sol estava brilhando lá atrás, o que deixou o rosto dele na sombra.

— Caramba, Nicky estava certo, você está obcecada com Barbara Baker. Isso é esquisito. Se eu lembro o quê?

Por um momento Astrid se perguntou se tinha inventado a coisa toda, se tinha sido um sonho. Mas não: sabia a diferença entre a imaginação e a memória, pelo menos na maior parte das vezes.

— Você estava no sétimo ano. Disse a você que alguém me disse que tinham visto você. Que alguém tinha visto você. Nas rochas, perto da água. Com aquele garoto querido, aquele que se mudou. Disse pra você parar o que quer que estivesse fazendo. É por isso que estou me desculpando.

Era muito pouco, é claro, muito pouco e com décadas de atraso. Mas ainda assim Astrid sentiu os ombros mais leves no momento que as palavras saíram da sua boca.

— Sinto muito, meu amor. Devia ter mais a ver comigo do que eu supunha. Você não estava fazendo nada de errado.

Elliot inclinou a cabeça para um lado. O rosto dele — o que ela podia ver — estava impassível.

— Não lembro disso — afirmou ele.

Houve um *crash* do lado de fora, mas nenhum dos dois se virou para olhar. Os meninos estavam comemorando. Um deles tinha acertado, e mandou a bola zarpando pelos ares. Wendy estava aplaudindo, e podiam ouvir o som nítido das palmas.

— Seu amigo, Jack? Os pais dele se mudaram pra Califórnia, Berkeley, tenho certeza. Não muito longe de onde Wendy nasceu, na verdade. Você não lembra dele?

A infância era irritante — ela sentia isso inúmeras vezes, quando um dos filhos (todos os três!) inevitavelmente esqueciam as palavras de uma música que ela havia cantado para eles quinhentas vezes ou um livro que tinham lido enroscados juntos, seis, sete, oito vezes por dia, e aí o tempo passou e não tinham nenhuma lembrança daquilo, e a informação estava lá, presa na cabeça dela, marcada como importante. Talvez aquele fosse só mais um *Runaway Bunny*,[*] algo que ela carregou de significado ao longo dos anos até virar uma bigorna em volta do pescoço, quando na verdade era a bigorna dela, não dele.

---

[*] Livro infantil escrito por Margaret Wise Brown e ilustrado por Clement Hurd em 1942. [N. da T.]

— Ah — resmungou Astrid. — Bem. Ele era um garoto, e vocês eram amigos próximos. — Ela parou por ali.

— Está tudo bem, mãe — disse Elliot, finalmente. — Não faz mal. Tenho certeza de que não foi tão ruim assim, o que quer que tenha sido.

O celular dele começou a vibrar na mesa, e ele se afastou.

— Tenho que atender.

Pegou o celular e disse alô, e então abriu a porta do escritório e esperou a mãe sair. Astrid foi para o corredor, e Elliot fechou a porta atrás dela. Ela havia conseguido. Astrid ergueu o queixo e foi embora.

Capítulo 37

MASSAGEM PARA CASAIS

Da primeira vez, Porter e Jeremy tinham terminado pessoalmente, então desta vez parecia uma boa ideia fazer aquilo pelo telefone. Porter pensou que a determinação dela seria mais forte se não tivesse que olhar para o rosto dele. Não sabia por que o rosto dele era tão irresistível para ela, mas era. Diabéticos não tinham que ficar olhando para uma geladeira cheia de Coca-Cola quando tinham uma crise de abstinência. Às vezes, o caminho mais fácil estava de bom tamanho.

Era um dia de semana, então Porter ligou para a clínica. A assistente, cujo nome era Stephanie ou Tracy, Porter nunca conseguia lembrar, colocou-o na linha. O coração de Porter estava batendo rápido, mas ela sabia o que tinha que fazer.

— Ei — disse Jeremy.

— Ei — respondeu Porter. — De novo. Sei que já disse isso antes, mas foi tudo culpa minha, a gente fazer isso de novo. Não é bom pra nenhum de nós. Certo? Não acha?

Ela se odiava por fazer a pergunta, como se fosse um assunto em aberto, ainda a ser decidido.

— Isso é o que você sempre diz.

Podia ouvir o sorrisinho na voz dele. Jeremy não precisava estar sentado na frente dela, Porter podia ver o rosto dele de forma igualmente clara por telefone.

— Sim. Bem, desta vez é sério. Adeus, Jeremy.

Desligou o telefone antes que ele tivesse a chance de responder. Os canais lacrimais estavam secos, mas as mãos tremiam. Porter fechou os olhos e respirou fundo. No escuro momentâneo, foi capaz de enxergar tudo: os dois como crianças idiotas, ela no desfile, a sala de espera fria, a primeira vez que dormiram juntos depois, a primeira vez que dormiram juntos depois que ele se casou. Porter queria ser melhor do que era. Se os irmãos estivessem certos, a maternidade tinha tudo a ver com cometer erros. Agora que estava tão perto, Porter queria começar a cometer erros por acidente, e não de propósito. Talvez algum dia diga a Elliot que deu ouvidos a ele. Respirou fundo mais uma vez e em seguida pegou o telefone de novo. Porter percorreu os contatos até encontrar o que estava procurando. Apertou a tecla ligar e aguardou alguns toques. Quando Rachel atendeu, Porter foi direto ao ponto.

— Eu tenho um plano.

Às 16h, Porter estava parada em um estacionamento quando Rachel encostou o carro. Não era um dia da Equipe do Desfile, portanto ela estava livre depois da escola. Ambas estavam maiores agora, Porter viu, muito além do ponto da negação plausível. O casaco de Rachel estava aberto, a barriga rindo da ideia de um zíper.

— Oi, senhora grávida — disse Rachel.

— Olá, senhora grávida — devolveu Porter.

Abraçaram-se, e Porter colocou o braço em volta dos ombros de Rachel.

— Então, o que está acontecendo exatamente aqui?

Apontou para o prédio atrás de onde estavam paradas. Era o Spa Beira-Mar, pouco importava que o mar estivesse a horas de distância.

— Pedicures?

— Nada disso — disse Porter, guiando-a pelo caminho de pedras em direção à porta. — Você vai ver.

Lá dentro, uma jovem pegou os casacos delas. O som de um riacho murmurante vinha de alto-falantes em todos os cantos da sala, o que fazia com que se parecesse menos com um riacho e mais como estar no fundo de um ralo durante um aguaceiro torrencial.

— Tenho que fazer xixi — falou Rachel.

— Qual é a novidade? — perguntou Porter, e bateu no ombro dela.

A recepcionista ofereceu a ambas uma versão sem álcool de mimosa — suco de laranja misturado com água mineral com gás.

— Acho que meia taça de espumante não vai fazer mal — sugeriu Rachel. — O que você acha, Port?

— Com certeza — respondeu Porter.

A garota se retorceu, claramente desconfortável, visões de danos cerebrais dançando na cabeça dela.

— Só o suco de laranja está bom.

A garota respirou fundo, aliviada, e deixou-as sozinhas em uma sala cheia de cadeiras estofadas e uma lareira falsa enorme.

— Hum — exclamou Rachel, tomando um gole e se afundando em uma das cadeiras. — Quase sinto o gosto das três gotas de espumante medíocre que ela estava pensando em derramar aqui dentro.

Porter tomou um gole também.

— Ah, sim. Notas de citrus.

Duas mulheres enfiaram a cabeça dentro da sala de espera.

— Massagem de casal? — perguntou a mulher mais alta e mais robusta.

— Aham — respondeu Porter. Ela pegou a mão de Rachel. — Vamos lá, amor.

Rachel riu.

— Quando você pensa nisso, é mais que uma massagem de casal, é uma massagem quádrupla.

A mulher alta e robusta e a colega dela, baixa e corpulenta, conduziram Porter e Rachel por um corredor mal iluminado até um quarto ainda mais escuro. Nele havia duas mesas de massagem lado a lado, os lençóis puxados para trás em um triângulo idêntico. No centro de cada mesa havia um vazio — um buraco.

— Mas o que é isso? — perguntou Rachel, encostando no buraco.

— É pra sua barriga, senhorita. Se não quiser, pode ficar de lado. Mas algumas das nossas clientes preferem assim.

Rachel ergueu os olhos para Porter.

— Você me deu um buraco.

Ela começou a rir. O corpo dela sacudia, um desenho animado do Papai Noel.

— Me desculpe por ser um saco. Não planejei essa rima, mas acho que funciona, não é? — falou Porter.

Rachel deu uma risada generosa.

— Espera, ainda preciso fazer xixi.

Cambaleou pelo corredor escuro enquanto Porter tirava a roupa e fazia o possível para manobrar o corpo com graça sob o lençol. A barriga dela deslizou para dentro do buraco. Parecia que estava nadando. Fechou os olhos e escutou a descarga do banheiro, e depois o som de Rachel voltando e tirando as roupas, camada por camada, com diversos grunhidos. Porter escutou Rachel escalar a mesa e tomar a mesma posição.

— Aaaahhh! — exclamou Rachel, do suporte de rosto. — Isso é ótimo.

— Ainda nem começou — falou Porter.

Ela deslizou o braço esquerdo para fora do lençol e alcançou a espaço entre as duas mesas.

— Rach — chamou.

Rachel fez força para erguer o rosto e viu a mão de Porter, então deslizou o braço direito para fora para alcançá-lo. Entrelaçaram os dedos. Porter queria dizer a Rachel que finalmente tinha acabado com tudo, tinha se livrado do Jeremy, mas, até onde Rachel sabia, ela já havia feito aquilo há muito tempo.

— Prontas? — perguntou uma das massagistas do corredor escuro, onde estavam esperando em silêncio total, como assassinas.

— Prontas — responderam Porter e Rachel em uníssono.

Soltaram a mão uma da outra, e Porter se sentiu feliz de estarem sozinhas e juntas, cada uma no próprio corpo, com os passageiros desconhecidos delas flutuando no interior dos corpos, como transatlânticos navegando em um oceano escuro. Sozinhas, juntas e plenas.

Capítulo 38

OS PAIS CHEGAM

Astrid e Cecelia planejavam passar a tarde preparando folhas de assinaturas para a recém-revigorada petição Valorize o Comércio Local — Astrid comprou meia dúzia de pranchetas e uma caixa de canetas novíssima. Revigorá-la tinha sido ideia da Astrid. O plano era reunir o material em casa, dirigir até o centro, estacionar o carro e passar o dia caminhando para cima e para baixo na Main Street, coletando assinaturas. Cecelia concordou em participar como parte do castigo, embora tenha ficado claro que todos os castigos dela existiam entre aspas e podiam também ser descritos como um tempo agradável passado com amigos e familiares. Cecelia tinha pedido a August para ajudar, e ele tinha concordado, desde que os pais não precisassem dele na loja. Estavam sentados à mesa da cozinha quando a campainha tocou.

— Pode atender, por favor? — pediu Astrid, baixando os óculos e olhando para Cecelia.

Cecelia deu de ombros e saiu da cadeira. Abriu a porta pesada sem olhar pelo olho mágico, porque ninguém em Clapham jamais usou um olho mágico, porque se fosse um maníaco homicida, a porta provavelmente já estaria destrancada de qualquer jeito, então por que se incomodar?

Os pais dela estavam de pé em cima do capacho enorme, uma pequena mala atrás de cada um. O pai tinha aparado a barba, Cecelia percebeu, e a pele da mãe estava bronzeada e sardenta, como sempre no fim do verão e início do outono. A boca deles estava aberta em sorrisos congelados, como se estivessem posando para uma fotografia.

— Mãe? Pai?

Cecelia sentiu um nó na garganta e engoliu em seco inúmeras vezes, esperando que sumisse.

Juliette deu um passo à frente primeiro, puxando a filha para perto do peito, e quando o rosto de Cecelia estava enterrado no cabelo da mãe, e sentiu o perfume dela, e o desodorante natural que nunca funcionou muito bem, e o cheiro do sabão em pó, um cheiro em que nunca tinha pensado antes até senti-lo naquele exato momento, aí foi quando o nó ficou grande demais para engolir, e ela enterrou ainda mais o rosto, assim ninguém notaria que tinha começado a chorar. O pai chegou perto dela, apertando-a no meio de um sanduíche de pais.

Cecelia raramente tinha estado no Casarão sem os pais antes de se mudar, mas agora era estanho estarem ali, era como, de repente, ter visitantes no jardim zoológico capazes de atravessar as barras e entrar nas jaulas. Cecelia não tinha certeza de qual animal ela seria — talvez um dos animais selvagens que se parecem com um cachorro comum, para que as crianças subissem na borda do cercado, espiassem e logo seguissem em frente. Depois de entrar e cumprimentar Astrid com um beijo, os pais de Cecelia a seguiram até o quarto.

Nicky percorreu o contorno do cômodo, tocando as cortinas, os puxadores da cômoda e as bordas recortadas do espelho de corpo inteiro. Por fim, ele resolveu se sentar no assento almofadado da janela e se acomodou de pernas cruzadas, os dedos dos pés peludos balançando dentro das sandálias.

— Sempre gostei deste quarto. Ele tem a melhor iluminação — comentou Nicky.

Juliette se aninhou em cima da cama da Cecelia com ela.

— É um quarto bacana. É grande!

Cecelia deixou a mãe puxá-la para perto, duas colheres do mesmo tamanho. Cecelia tinha o rosto do pai, o cabelo do pai, a pele do pai. A menos que seu pai fosse o Brad Pitt, não era isso o que você queria. Sempre desejou mais evidências de que a beleza da mãe tinha contribuído para a sua composição. Ter o corpo da mãe tão perto fez com que lembrasse de todas as características que o corpo dela não tinha: a aparência dos tornozelos de Juliette nos tênis, com cavidades profundas de cada lado, uma parte do corpo pedindo para ser fotografada para uma revista; o jeito como as camisas de Juliette pendiam das clavículas, como em um cabide. O corpo de Juliette nunca era desajeitado, a menos que ela quisesse que fosse. Cecelia se sentia assim em relação a si mesma, só que bem ao contrário. Ela sempre era desajeitada. Mesmo sendo abraçada pela mãe, Cecelia não sabia onde colocar os braços.

— Então, quem é essa garota da escola? — perguntou Nicky. — O que aconteceu?

— A gente tem que falar disso já? É só uma garota que não é muito legal — respondeu Cecelia. — Sei que eu não devia ter batido nela. Não estava planejando fazer isso. E tenho autocontrole, na maioria das vezes.

— E ela é filha do Jeremy Fogelman? — questionou Nicky, uma sobrancelha curiosa arqueada.

— Quem é Jeremy Fogelman? — perguntou Juliette, no pescoço da filha.

— O namorado da Porter do ensino médio. Um taco de lacrosse humano.

Nicky sacudiu a cabeça e esfregou as bochechas, como se a barba fosse crescer mais rápido.

— O que é lacrosse? — perguntou Juliette. — É tipo hóquei?

Cecelia amava a sonoridade da mãe pronunciando palavras inglesas que ela não estava acostumada a pronunciar — *hô-quêi*.

— É — respondeu Nicky. — Menos violento, mais propenso a usar mocassins.

— Hum — murmurou Juliette. — Certo. Mas o que foi que ela disse pra você, *amour*? O que ela fez?

— Ela disse umas coisas realmente maldosas para o meu amigo, August.

Cecelia tinha resolvido não contar o segredo de August, o que dificultava a conversa, mas também achava que August entenderia. Não na escola, é claro, só com os pais, para que entendessem o motivo de ela ter feito tal coisa. Fechou os olhos e puxou os braços da mãe com mais força ao redor do corpo. Depois de alguns minutos fingindo que dormia, Cecelia realmente se sentiu à deriva e sendo arrastada, e se imaginou flutuando em uma jangada entre ilhas. Toda vez que chegava perto de uma, ricocheteava em algumas rochas submarinas e voltava para o mar.

Em casa, quando as coisas ficavam tão ruins ao ponto de ela realmente querer conversar com os pais, Cecelia e o pai se sentavam em lados opostos da porta do banheiro e conversavam, as vozes só ligeiramente abafadas pela madeira. Era a única porta de verdade do apartamento. No momento, as pálpebras eram a madeira. Cecelia escutou os passos do pai atravessando o carpete e então sentiu o canto inferior do colchão ceder quando ele se sentou aos pés dela.

Cecelia não queria dizer nada a respeito de Katherine — parecia inveja, ela sabia, reclamar do namorado mais velho da amiga. Foi o que Katherine disse, que Cecelia estava com ciúme, que *queria* que os caras estivessem tentando conhecê-la online. Já tinha acontecido antes, pessoas mandando mensagens para Katherine. Mas aquela tinha sido a primeira vez que ela de fato se encontrou com alguém. Katherine disse que Cecelia não entendia porque ainda não era uma mulher — ainda queria brincar de faz de conta. Duas semanas depois, Katherine disse a Cecelia que o cara a trancou no apartamento e se masturbou na frente dela, enquanto ela ficava sentada no sofá do lado dele. Ela tentou fazer aquilo parecer engraçado, como se estivesse participando da brincadeira, e que era isso que os adultos faziam, mas Cecelia sabia que não era engraçado e que ela não estava participando, e que aquilo com certeza não estava certo. Era tão difícil dizer a alguém o que ela não queria ouvir, e Cecelia se angustiava quanto a contar aos pais, sabendo que aquilo implicaria em contar a mais e mais pessoas, até que poderia simplesmente parar do lado de fora da janela da Katherine com um megafone. Já era difícil o suficiente quando era a sua própria história, mas contar a de outra pessoa? Cecelia sabia que era, ao mesmo tempo, indefensável e a única coisa realmente certa a fazer. Precisou trair a amiga para garantir que nada pior acontecesse com ela. O que aconteceria com August se contasse ao pai? A mãe a faria repetir, sem entender? Iam ligar para a escola? Cecelia queria ser boa. Queria ter bons pensamentos e estar cercada de pessoas boas. August (Robin!) era amigo dela, e ela queria fazer o certo por ele. Por *ela*. Queria fazer o que era certo por ela.

Cecelia sentiu o pai se deitar também, a cabeça nos pés dela. O resto do corpo dele se dobrou ao longo da borda inferior da cama, a mãe se mexeu para dar espaço para ele, e Cecelia soltou o ar, sabendo que partes dos corpos deles estavam se tocando em silêncio, e que eles deviam estar sentindo coisas também. Era enorme demais para imaginar o que era, era como imaginar o que os bebês se lembravam do útero.

— Sinto muito, querida — disse o pai.

Ele se apoiou para se levantar, o que Cecelia podia ver através dos cílios.

— Ela está dormindo, amor — falou Juliette. — Deixe ela dormir.

Cecelia sentiu a cama se mover enquanto o pai estendia a mão até o pé da mãe.

— Eu odeio sentir que decepcionamos ela — disse Nicky, respirando fundo ruidosamente. — Isso nunca teria acontecido se a gente tivesse mantido ela na escola. A gente podia ter brigado com aqueles merdas. Meu Deus, eu odeio os pais da Katherine. E a gente deixou que eles ganhassem.

O coração de Cecelia batia rápido. O pai nunca tinha dito nada de ruim a respeito de ninguém. E nunca se desculpava, tampouco. A desvantagem do budismo, como Cecelia entendeu, e de anos de terapia também, era que ninguém parecia achar que alguma coisa era sua culpa. Tudo estava sempre aberto aos sentimentos de todos os outros ou ao equilíbrio final do universo. Se o objetivo da vida era deixar as coisas passarem, então você nunca precisava se desculpar por nada.

— Está tudo bem, *amour* — afirmou Juliette. — Venha.

Nicky engatinhou e rastejou pelo lado da cama. Juliette chegou para mais perto de Cecelia. E Nicky se deitou ao lado dela, três anchovas em uma lata.

Cecelia se deixou à deriva, conduzida pela respiração dos pais. Não importava que estivessem atrasados ou que tivessem feito a coisa errada. O que importava era que estavam arrependidos e que tinham vindo por ela.

Capítulo 39

EQUIPE DAS CRIANÇAS, PARTE UM

Havia equipes em todas as famílias, alianças que ajudavam os integrantes a não se afogar em qualquer trauma ou tédio diário. Todo mundo precisava de um braço direito, um parça, um *consigliore*. Quando Elliot nasceu, eram Astrid e Elliot unidos contra o mundo. Quando Porter nasceu, Russell e Elliot se tornaram uma dupla para que Astrid pudesse alimentar Porter mil vezes por dia e trocar as fraldas na mesa de madeira bamba do quarto. A família seguiu assim por anos, até que as três crianças estavam em idade escolar e ninguém tinha um pedido imediato para a mãe que superasse as necessidades dos outros. Porter e Nicky eram unha e carne, sempre se unindo quando um voto familiar era necessário: se era hora de parar para ir ao banheiro, se iam assistir a *Alice no país das maravilhas* ou *Robin Hood* pela trilionésima vez, quem podia se sentar no banco de trás do carro. Claro que Nicky tinha ido ver Porter primeiro. Astrid só teria ficado ofendida se tivesse ficado surpresa. Não importava — ele estava aqui agora, debaixo do teto dela. Não que Astrid ficasse *intimidada* pelo filho mais novo, não exatamente, mas sentia que, ao se afastar, Nicky tinha posto em dúvida todas as escolhas dela como mãe. Parecia não apenas possível, mas provável, que ele tivesse entendido alguma coisa (coisas!) que ela ainda não tinha.

Astrid e Birdie foram fazer compras para o jantar. Não estava claro o que Nicky comia — sopa? legumes? —, mas Astrid sabia que queria alimentar todo mundo. Birdie passou toda a vida adulta como uma pessoa solteira, só um lugar a mais nas refeições do Dia de Ação de Graças e nas festas de casamento, e parecia estar gostando da natureza caótica da maternidade e do desafio de cozinhar para uma ninhada. Recomendou tacos, o que parecia interativo e divertido e fácil de alterar para a dieta vegetariana de Nicky. Astrid observou enquanto Birdie enchia o carrinho com coisas que não tinha na cozinha: três tipos diferentes de pimentas, um abacaxi, coentro, repolho.

— Isso é legal — disse Astrid, caminhando ao lado de Birdie, que empurrava o carrinho. — Parece que estou em um encontro e você está tentando me impressionar.

— Você está em um encontro — afirmou Birdie, beijando Astrid na bochecha. — Mas não preciso impressionar você.

Pagaram e carregaram os sacos pesados para o carro. O supermercado ficava na Main Street, duas quadras antes da rotatória, um grande estacionamento atrás de uma cerca de madeira. Da porta da frente, Astrid olhou para a Main Street. Clapham era adorável no outono. As folhas tinham começado a cair, e aquelas que estavam nas árvores estavam começando a ficar amarelas e laranjas e vermelhas. Era uma cidade bonita. E agora todos os três filhos dela estavam ali. Astrid afastou-se alguns passos do estacionamento. Os carros diminuíam a velocidade quando alguém se aproximava da placa de "Pare" antes da rotatória, e paravam quando uma pessoa pisava na via para atravessar a rua. As pessoas eram educadas aqui, no geral. Cumpriam regras, eram boas samaritanas. Votavam nas eleições preparatórias. Cortavam a grama.

— Você já pensou em voltar para o Texas?

Astrid virou o rosto, mas continuou olhando para a frente. Birdie apoiou o queixo no ombro dela.

— Não. Gosto do inverno. Quando era criança, às vezes a gente recebia esses catálogos pelo correio com casacos de inverno e eu dobrava as páginas. Botas também. Amo botas de inverno.

— Você acha que Clapham é um lugar legal? Não sei, só fiquei pensando. A cidade é pequena demais? Eu devia ter me mudado pra outro lugar depois que o Russell morreu?

Uma mulher pisou na faixa de pedestres e levantou a mão para parar uma caminhonete que se aproximava, como se a mão miúda pudesse parar todo aquele aço. Astrid prendeu a respiração, mas a caminhonete derrapou para frear e parou com espaço de sobra. Era mais fácil se preocupar com o que já tinha ficado para trás, quando não dava para mudar de rumo mesmo que a gente quisesse, ou com o que estava ao lado, em universos paralelos tão impossíveis quanto. Astrid não conseguiria deixar Clapham, assim como não conseguiria criar asas.

— É bacana, até mesmo legal. E se tivesse ido pra algum lugar melhor, você não me teria — disse Birdie, baixando os sacos que estava carregando e esfregando os antebraços de Astrid. — Vamos assar uma carne de porco, isso vai fazer você se sentir melhor.

Acontece que Nicky não era mais vegetariano. Os filhos não tinham que contar nada para as mães. Ele entrou na cozinha quando Birdie estava cortando pimentões com habilidade com uma faca afiada e começou a ajudar na mesma hora. Astrid se sentou e observou Nicky e Birdie trabalharem juntos.

Ele sempre foi assim — fácil de incluir, fácil de se conviver. Mesmo quando era adolescente, Nicky tinha sido capaz de manter longas conversas com mulheres de meia-idade a respeito de jardinagem, treinamento de cachorros e outras coisas sobre as quais ele supostamente não sabia nada. Era um bom ouvinte.

— Quero todo mundo aqui neste fim de semana — anunciou Astrid. — Não sei quanto tempo você e Juliette estão planejando ficar, mas realmente quero os três filhotes e os três netos aqui ao mesmo tempo.

Birdie havia encarregado Astrid do guacamole, e, obediente, ela estava cortando os abacates macios ao meio e retirando a polpa verde dentro de uma tigela grande.

— Claro.

Nick cortava o alho, fazendo o que quer que Birdie pusesse na frente dele, e então acrescentou:

— Mas vi o Elliot ontem à noite. Porter e eu fizemos ele ir ao Buddy com a gente.

— Ao Buddy? — berrou Astrid. — Vocês três? Eu não fazia ideia.

Sentiu uma pontada de ciúme por não ter sido convidada, embora, é claro, estivesse muito feliz que os filhos se preocupassem o suficiente um com o outro para se encontrar sem ela insistir. Astrid segurou a cebola na tábua de cortar e a dividiu ao meio. Lágrimas brotaram nos olhos dela imediatamente, como sempre acontecia. Por que ninguém tinha descoberto como resolver esse problema?

— Sim, ele foi com a gente — falou Nicky.

— O que você achou dele? Acho que ele e Wendy estão tendo alguns problemas. Não sei. Ele parece tão infeliz, e o trabalho parece estar bem, e os meninos parecem estar bem. Só estou supondo. Sei que não é da minha conta, mas realmente acho. Tentei falar disso com ele, mas ele é tão difícil de conversar — disse Astrid, enxugando os olhos com a manga. — Droga!

— Acho que está tudo bem com a Wendy. Quer dizer, é uma adaptação, eles trabalhando juntos, mas não acho que seja esse o problema.

Nicky olhou para cima, mordendo os lábios, e esperou para ver se a mãe daria o bote.

— Ela está trabalhando com ele? Na Strick Brick? Ninguém me diz nada. Sabe, me preocupo que ele não tenha trabalho suficiente. Sei que era bem importante pra ele abrir o próprio negócio, mas as pessoas estão contratando ele? Ele tem projetos suficientes?

Astrid olhou para cima, os olhos lacrimejando.

— Ah, tenho certeza de que o negócio dele vai bem — afirmou Birdie.

Ela ergueu a tampa de uma panela no fogão, e a cozinha inteira ficou repleta de um cheiro quente e defumado. Ela olhou para Nicky.

— Ele conversou com você sobre novos projetos?

Nicky inclinou a cabeça para o lado.

— Sim. Ele falou com você?

— Sim — respondeu Birdie em voz baixa. — Estava com as crianças no salão na outra noite, e vimos Elliot na rotatória. Acho que estava verificando algumas propriedades.

Nicky encarou Birdie.

— Ah, é?

Astrid, ainda lacrimejando, saiu de trás da mesa e carregou a tábua de cortar até o balcão.

— Do que diabo vocês estão falando? Verificando quais propriedades?

A porta da frente se abriu. Cecelia e Juliette estavam rindo — Juliette tinha dirigido o carro de Astrid para buscá-la na escola, depois de ficar sem dirigir por dez anos. Astrid ainda queria ensinar Cecelia a dirigir — faria isso antes que houvesse neve demais no chão.

— Oi, querida — disse Nicky.

Cecelia ignorou todos eles e foi até o fogão. Birdie ergueu a tampa de novo e deixou Cecelia inspirar o vapor.

— Ah, que delícia — elogiou Cecelia. — Estou morrendo de fome.

— A Vóvi não alimenta você? — perguntou Nicky, piscando para a mãe, sabendo dos sons exasperados que logo começariam a borbulhar na garganta dela. — Estou brincando, mãe.

— Não, espere, não quero que a gente abandone o assunto — disse Astrid.

Pôs as mãos nos ombros de Cecelia, como se para reivindicar a responsabilidade física, embora, é claro, a garota pertencesse mais aos pais dela.

— O que o Elliot fez? Qual é o negócio? Do que vocês estão falando?

Cecelia ficou paralisada e olhou para Birdie.

— Você contou pra ela?

Birdie balançou a cabeça.

— Eu não.

Juliette aconchegou o corpo contra o de Nicky, sem se importar que ele estivesse segurando uma faca grande.

— Está tudo bem, mãe — disse Nicky, e fez uma careta para Birdie. — Eu acho, né?

— Vai saber — disse Birdie. — As pessoas já tentaram antes.

— As pessoas tentaram *o quê*? Chega, agora mesmo, um de vocês me diga o que é que está acontecendo — gritou Astrid. — Onde você quer colocar estas cebolas, Birdie?

Birdie gesticulou.

— Pode colocar aqui. Querida, está tudo bem.

Ela olhou para Cecelia, e depois para Nicky. Cecelia cobriu os ouvidos, mas Birdie estava calma quando voltou a falar:

— Querida, ele está tentando. O prédio na rotatória. Ele comprou. O que é ótimo. De fato, tivemos uma boa conversa sobre isso.

Cecelia se abaixou devagar até o chão e rastejou para debaixo da mesa.

— E não quero fazer fofoca, mas ele está conversando com alguns lugares grandes — acrescentou Nicky.

— Lugares grandes? Bird, você sabia disso? — perguntou Astrid, olhando de um para o outro. — O que é um lugar grande? Uma rede de lojas? Qual? — Visões de Clapham como um shopping dançavam na cabeça dela. — Por que ninguém me diz nada? Como é possível que todos sabiam disso, menos eu? Sou a única pessoa que de fato pergunta alguma coisa, e ele não me diz nada! O que estou fazendo de errado? Alguém, me diga, por favor! O que estou fazendo de errado?

Astrid tremia. Era como com Porter. Quantas coisas tinha perdido, quantas escolhas, quantos erros, quantas decepções? Não tinha ideia do que importava para cada um deles, do que doía por dentro. Ela estava perguntando! Ela perguntou. Ver Barbara ser atropelada a tinha levado a querer ser sincera, mas aquilo não funcionaria se a sinceridade seguisse apenas em uma direção. Parecia que Astrid estava caminhando por teias de aranha, tentando rastejar para a superfície. Tudo o que sabia a respeito de Porter tinha a ver com a filha ser despreocupada e sem rumo, Peter Pan. Agora que sabia do aborto, tinha que voltar e recalibrar, reinterpretar tudo o que veio depois? E se Elliot estava feliz no casamento e comprando prédios históricos no meio da cidade, ele estava feliz? Pensou que tivesse feito algo tão horrível, aquela única coisa, e talvez fosse horrível. Tinha sido. Mas o que mais ela havia perdido com Elliot, porque aquele momento era tudo o que conseguia ver?

— Bem... — falou Nicky, com gentileza. — Acho que você está começando a fazer as perguntas certas, afinal.

Astrid olhou para o bebê lindo dela, com os olhos marejados da cebola também. Devia ter feito coisas erradas com ele também. Deus. Astrid desejou que existisse um botão que todos pudessem apertar, que mostrasse imediatamente só as boas intenções — quanta dor aquilo pouparia. Achou que Nicky podia ver isso. Ele a beijou na bochecha.

Capítulo 40
O DESFILE DA COLHEITA

O Desfile do Festival da Colheita estava programado para as dez da manhã de uma sexta-feira. O restante do fim de semana da Colheita era para os turistas e os veranistas, que participavam de um último festejo com tempo bom antes de se isolarem até o Natal, mas o desfile era para a cidade, orgulhosa da própria produção. Por toda a rotatória e para cima e para baixo da Main Street, as pessoas montaram cadeiras dobráveis a partir do amanhecer, reservando seus lugares. Os pais trouxeram saquinhos de lanche para as crianças e as deixaram correr soltas nas ruas temporariamente fechadas. Wesley Drewes estava instalado em uma cabine, com transmissão ao vivo, e as pessoas paravam para tirar selfies com as mãos dele, de luva, acenando do fundo. O ar tinha cheiro de sidra de maçã e rosquinhas de canela, que estavam disponíveis em um estande em frente ao Spiro, Olympia colocando a sidra fumegante em copos de papel. Cecelia, August e o resto da Equipe do Desfile estavam parados atrás de sua criação, a cerca de quinze metros da Main Street, porém fora da vista. E, nossa, que visão que era!

Cecelia não tinha levado muita fé. O carro alegórico era de fato só uma plataforma decorada na traseira de um pequeno caminhão sem as laterais, e as únicas habilidades de Cecelia haviam sido seguir as instruções e não colar os dedos um no outro. Porém, August, a sra. Skolnick e o resto da equipe tinham feito algo magnífico. Não apenas construíram um coreto em escala reduzida que parecia exatamente igual ao coreto verdadeiro com um oitavo do tamanho, mas fizeram miniaturas da altura da cintura de toda a rotatória. Havia uma pequena livraria, um pequeno Spiro, um pequeno Shear Beauty, uma pequena vitrine vazia, pequenas árvores, pequenos bancos, a coisa toda. Cecelia ajudou a colar a grama sintética. Pintou tábuas de compensado. August costurou pequenas cortinas e recortou centenas de folhas multicoloridas. Tudo estava assentado em uma plataforma circular que podia ser girada, muito devagar, por um membro da Equipe do Desfile caminhando ao lado do carro alegórico.

— Esse podia ser seu trabalho — disse Cecelia a August. — Fazer coisas.

August revirou os olhos.

— Parece lucrativo. Mas obrigado.

A sra. Skolnick silenciou todo mundo ao mesmo tempo. Megan e James, tão emocionados com o trabalho deles, estavam com as línguas a meio caminho da garganta um do outro e com as mãos enfiadas nos bolsos traseiros um do outro, mexendo e apertando ao bel-prazer.

— Por favor, pessoal — chamou a sra. Skolnick, baixando a câmera. — Isso é proibido para menores.

Eles sorriram e se espremeram juntos. Pela primeira vez, Cecelia podia ver Clapham — a grande Clapham — no seu futuro. Ela e August indo ao baile juntos em vestidos combinando, o bebê de Porter aprendendo a andar na direção das mãos encorajadoras de Cecelia. Não seria tão ruim. Podia até ser legal. Era como os balões do Dia de Ação de Graças, só que em menor escala. A escola tinha um carro alegórico, e os bombeiros também, e A Ordem Benevolente Protetora dos Alces também, o que quer que aquilo fosse. Estavam todos alinhados em uma fileira, uma pequena frota. A senhora Skolnick distribuiu galhos — galhos de verdade, com grandes folhas de aquarela — para os membros da equipe acenarem ao longo do percurso, o que parecia tanto uma diversão saudável quanto uma humilhação completa e absoluta, dependendo da perspectiva.

— Me apresentando ao serviço — disse alguém, e Cecelia virou para olhar.

Sidney estava de pé, de braços cruzados, um pequeno Band-Aid bege esticado no dorso do nariz. Cecelia não achou que houvesse um machucado, mas mesmo que houvesse, Sidney estava usando maquiagem suficiente para cobrir esse e mais alguns: as pálpebras de um dourado cintilante, os lábios magenta, e o resto da pele tinha sido envernizado em uma máscara sólida cor de pêssego. Pouco importava que estivessem no meio do outono e que todo mundo na frente do Spiro estivesse usando jaquetas grossas — Sidney estava usando um vestido de festa sem alças que alargava nos joelhos. Os braços e pernas descobertos já estavam arrepiados.

— Ótimo — falou a sra. Skolnick. — Por aqui, todos a bordo.

Ela chutou uma pequena escada para o lado do carro alegórico e ergueu um braço para ajudar no equilíbrio. Sidney oscilou, os tornozelos cambaleando nos saltos. Quando chegou no alto, tocou o topo do coreto, que chegava até a cintura dela.

— Fofo — disse, e fez uma careta que não confirmava nem negava a sinceridade da frase.

Sidney esfregou os braços e saltou na ponta dos pés.

— Todos os outros devem estar aqui logo — completou a sra. Skolnick.

Ela se referia ao resto da Comitiva do Festival da Colheita da escola, da qual ela era a rainha. Não houve surpresa na lista dos nomes: Sidney, Liesel, Bailey. Ninguém tinha imaginação nenhuma. Mas não era nisso que Cecelia estava pensando. Ela e August deram a volta até o lado oposto do carro alegórico e ficaram atrás da maquete do Shear Beauty. Cecelia espiou para dentro, como se esperasse encontrar pequenas miniaturas de Birdie e da avó.

— Ei! — disse Cecelia. — Tem certeza disso?

August levantou uma bolsa grande.

— O máximo possível. Vem comigo e me ajuda a trocar de roupa?

Cecelia concordou.

— Ei, sra. Skolnick, nós já voltamos, tudo bem? Vamos só correr até o banheiro.

A sra. Skolnick olhou para o celular.

— Temos dez minutos. Vão rápido, certo?

Cecelia e August correram quarteirão abaixo e entraram no salão municipal, que tinha os banheiros públicos mais legais. Entraram no cubículo individual juntos.

— Estou muito nervosa — disse Cecelia. — Não por mim, mas por você. Tem certeza de que quer fazer isso? Sei que já perguntei isso, mas não quero que alguém seja malvado com você. Você está fazendo isso porque eu bati na Sidney?

August colocou a bolsa volumosa em uma cadeira e tirou um vestido longo de dentro dela. Cecelia reconheceu o vestido da Novidades Usadas — estava em um manequim na vitrine. Era amarelo claro, dos anos 1970, feito de poliéster, com mangas esvoaçantes, um vestido feito para dançar.

— Cecelia — disse ela. — Isso não tem a ver com você.

— Eu sei — concordou Cecelia. — Sei que não tem. Só não quero ser responsável por pressionar você a fazer isso antes de estar pronta.

August alisou o vestido e o segurou junto ao corpo.

— Eu juro — afirmou ela. — Eu não faria isso se não estivesse pronta.

Ela tirou a camiseta por cima da cabeça. Estava usando um sutiã de bojo. Cecelia tinha um igual, e o coração dela vacilou um pouquinho, percebendo quantas coisas ela e August tinham em comum, mais do que pensava, quantas coisas elas teriam para conversar, sempre. Tirou o vestido das mãos de August e o abriu, segurando a abertura mais larga para a amiga. August pousou de leve uma mão no ombro de Cecelia e entrou no vestido antes de escorregar os jeans pelos quadris. Cecelia amarrou a tira ao redor do pescoço e então, juntas, elas olharam no espelho. E lá estava ela. Tinha tirado a fantasia.

— Certo, Robin — disse Cecelia.

Robin olhou para ela no espelho. Eram duas garotas lado a lado. Robin soltou o coque do cabelo, que tombou abaixo dos ombros. Cecelia podia ver tudo: Robin adulta, tão orgulhosa de tudo o que havia feito, de si mesma, e desejando ter passado mais de um minuto arrumando o cabelo. Cecelia podia ver mais longe ainda: algumas reuniões futuras da escola, a primeira da qual Cecelia conseguiria convencer Robin a participar — Cecelia podia ver Sidney Fogelman se aproximando dela perto da vasilha de ponche, tímida, e Robin sendo tão gentil quanto possível, enquanto esperava pacientemente para falar com alguém de quem realmente gostava na escola. Ela pediria desculpas, Sidney, e isso tornaria a conversa tolerável, até, o que seria bizarro, tentar seguir Robin ao banheiro para continuar colocando a conversa em dia.

Porter estava ao lado de Nicky na frente do Shear Beauty. Elliot e Wendy estavam do outro lado, tentando impedir os gêmeos de sumirem na multidão. Astrid e Birdie estavam lá dentro, e Juliette estava fumando um cigarro furtivamente na esquina. Ser francesa era como ser uma adolescente para sempre, linda e imortal.

— O carro alegórico dela é o primeiro — avisou Porter, puxando a manga de Nicky.

Ela se arrependeu na hora de ter dito isso. Devia ser difícil para Nicky e Juliette vir para a cidade e perceber que ela e a mãe sabiam muito mais da vida de Cece, que conheciam os professores e os amigos dela. A amiga dela. Sabiam de alguma coisa, pelo menos.

— Estou nervoso — disse Nicky. — Não sei por que, mas estou.

Juliette voltou e atravessou a mão pelo colo de Porter como um cinto de segurança, e Nicky a segurou. Porter tentou ficar invisível, mas isso era difícil, especialmente porque a barriga em volta da qual as mãos de Nicky e Juliette estavam entrelaçadas estava cheia e dura, um balão preenchido com uma pessoa. O bebê chutou, como se fosse uma sugestão, e tanto Nicky quanto Juliette se viraram na direção das mãos, como se o toque deles tivesse causado um pequeno terremoto.

— Foi ela? — perguntou Nicky.

Juliette assentiu, porque as mães sabem. Juliette segurou a mão de Nicky com a mão esquerda, mas deslocou o corpo para poder colocar a mão direita espalmada na barriga de Porter. A bebê empurrou, como se em resposta.

— *Bonjour* — falou Juliette, a voz suave.

Porter observou como Juliette olhou para cima, para Nicky. Ela observou ambos lembrando da barriga de Juliette, com Cecelia

314

dentro, um peixe milagroso e invisível. As pessoas tocavam a barriga dela o tempo todo — conhecidos no supermercado, a doutora McConnell, pessoas que ela mal conhecia, a mãe dela, Jeremy —, mas todo mundo reagia como se encontrassem um cachorrinho fofo na calçada: encantados, claro, mas não comovidos. Todos os que a tocaram tinham estado mais próximos de outras gestações antes, outras que importavam mais para eles, e estavam usando o corpo de Porter apenas como uma máquina do tempo das próprias memórias. Mas Nicky e Juliette se importavam, essa bebê era importante para eles, o que significava que ela era importante para eles. Ela já era a mãe de alguém, Porter. Isso já tinha acontecido. A bebê estava ali, e crescendo. Estava escutando. Estava prestando atenção.

Houve aplausos no final do quarteirão — o desfile havia começado. Aidan e Zachary aplaudiram, e Elliot e Wendy içaram as crianças no ar. Nicky se virou para bater na janela do Shear Beauty para avisar a mãe. Porter e Juliette estavam esticando o pescoço para ver os carros alegóricos começarem a lenta jornada. Era como observar uma corrida de peixe-boi.

Cecelia e ROBIN saíram do banheiro de mãos dadas. Os vestidos eram longos e estavam usando suéteres de miçangas combinando, mas, ainda assim, o ar estava frio, e elas estavam nervosas. Cecelia pensou ter ouvido crianças rindo, mas a cidade inteira estava no desfile, e todo mundo estava de bom humor — quem é que poderia dizer do que alguém estava rindo? Avançaram pela multidão de volta para o carro alegórico, onde a sra. Skolnick estava olhando sem parar do celular para a multidão, claramente à procura delas.

— Ah, graças a Deus, vocês, vamos lá! Somos os primeiros. As rainhas estão agitadas!

Ela apontou na direção do trio trêmulo no topo da pequena rotatória. Megan estava fazendo uma dança interpretativa que se parecia demais com a dança do Papai Noel da Regina George no filme *Meninas malvadas*, e Cecelia não sabia dizer se era para debochar de Sidney e seu bando ou para provocar James, mas parecia que estava fazendo as duas coisas. Sidney e Liesel fizeram uma careta para ela enquanto Bailey posava para fotos, fotos que as outras duas sem dúvida iam vetar antes que ela postasse, tornando todas inúteis. Então a sra. Skolnick notou que tinham trocado de roupa.

— Ah. Oi. Você está fantástico, August. Você também, Cecelia. Mas August. Verdadeiramente deslumbrante.

— Você pode me chamar de Robin. Me chame de Robin. Você poderia me chamar de Robin? — Ela fez uma reverência.

— Robin, sim, claro que posso — respondeu a sra. Skolnick. — Sabe de uma coisa?

O motorista do caminhão buzinou. Era a vez deles. A Equipe do Desfile havia se reunido em volta, esfregando as mãos, esperando instruções. A única pessoa que não parecia estar com frio era o garoto de barba e calção, que nunca parecia estar com frio, nem mesmo em fevereiro.

— Como você se sentiria desfilando lá em cima, Robin?

Aquilo significava acenar. Significava sorrir. Significava ficar perto de Sidney, Liesel e Bailey, e tirar fotos. Significava uma foto no anuário, com todos os nomes delas impressos embaixo. *Robin Sullivan, oitavo ano.* Significava uma introdução, uma estreia, um milhão de correções, confusão, aplauso. Robin se virou para Cecelia.

— Você consegue — falou Cecelia. — Estou bem aqui, nós estamos todos bem aqui. Eu vou ser sua guarda-costas. Não que você precise de uma.

— Tudo bem, sim — disse Robin.

— Maravilhoso — afirmou a sra. Skolnick. — Sidney, abra espaço!

As três garotas já a bordo do carro alegórico se deslocaram para trás. Não havia muito espaço, sobretudo porque o coreto ocupava todo o centro do carro, e então tiveram que posicionar os corpos em círculo em torno da pequena estrutura branca, o que tornava mais difícil de enxergar, mas ninguém se importava. Robin subiu no carro alegórico e sorriu.

— Uau — exclamou Bailey. — Você está, tipo, espetacular.

— É verdade — concordou Liesel, olhando Robin de cima a baixo. — Amei esse vestido.

— Obrigada — Robin agradeceu. — Também gostei do seu.

Os olhos dela piscaram para baixo, para Cecelia, para avisar que estava só sendo gentil, porque tinha sido um momento gentil, que a vigilância de Cecelia era valorizada, mas desnecessária. Que Cecelia podia baixar as armas, ao menos por enquanto. Cecelia entendeu: eram as capangas de Sidney, mas de fato eram só gralhas estúpidas indo em direção ao que era mais brilhante. Elas não tinham nenhuma lealdade verdadeira a Sidney; provavelmente tinham medo dela. Acontece que Sidney era a garota mais bonita da classe, e o glamour tinha poder. Bailey e Liesel só queriam um modelo para copiar, para se sentirem melhor no sufoco que era o ensino fundamental. E Robin era subitamente a pessoa mais glamourosa à vista. Não significava que coisas más não seriam ditas ou não teria pedras no caminho, mas Cecelia viu que a própria Robin era o que tornaria as coisas mais fáceis para meninas como Liesel e Bailey, que poderiam olhar para ela e ver a si mesmas — bonitas. Mesmo as superficiais iam aceitar. Era estranhamente reconfortante.

O carro alegórico começou a se mexer, e Cecelia ficou perto do lado que Robin estava, tanto para apoio emocional quanto físico, só por precaução. Ela era a sentinela. Sidney estava olhando para frente e tropeçou nos saltos quando o carro alegórico começou a avançar — ela nem sequer tinha uma sentinela e, por uma fração de segundo, Cecelia sentiu pena dela. Sidney olhava fixamente para a frente, como alguém tentando dirigir em uma tempestade. Cecelia se perguntou em que Sidney estava pensando — se estava zangada por ter menos espaço ou porque a competição de popularidade dela não era a única coisa que importava, ou alguma outra coisa. Era impossível saber exatamente o que outra pessoa estava pensando. Robin estava acenando, a brisa soprando os cabelos dos ombros. Cecelia se perguntou onde os pais de Robin estavam, mas então os viu, à esquerda do carro alegórico, parados no meio da rua sem saída que ia da rotatória até o rio. O pai de Robin cobria as mãos com a boca e estava chorando, chorando e sorrindo, chorando e rindo e comemorando, tudo ao mesmo tempo. A mãe de Robin estava agitando os punhos no ar, e Cecelia sentiu tanto orgulho da amiga, e orgulho dela mesma por saber a diferença entre privacidade e segredo, entre ser um apoio e um acessório. Cecelia acenou para os pais de Robin, tendo esquecido, no momento, que os próprios pais dela também estavam em algum lugar na multidão.

Porter viu o carro alegórico da escola se aproximando, as meninas de pé no topo, com vestidos inadequados para a estação, como se achassem que seriam jovens para sempre. Ela também tinha feito isso, do mesmo jeito. O vestido dela era verde, solto, feito para discoteca. Astrid odiou o vestido, tentou tanto — com suborno, com insultos — fazer com que ela vestisse outra coisa. Bob Baker tinha dirigido o carro alegórico. Porter nem conseguia lembrar quem eram as outras garotas. Sabia que os pais dela estavam lá em algum lugar, e Nicky, e Jeremy, e todo mundo, mas não queria vê-los. Aquilo era simplesmente constrangedor. Mas então ouviu o próprio nome e percebeu que eram os pais dela, parados na calçada na frente da loja de ferragens, os dois acenando. Tinha visto a mãe mais nitidamente que o pai — anos mais tarde, Porter odiaria que aquilo fosse verdade. Devia ter pulado do carro alegórico como uma heroína de filme de ação e corrido até ele, colocado o rosto a apenas alguns centímetros do dele e clicado a câmera interna naquele momento. Queria lembrar dele melhor do que lembrava. Mas naquele dia ela não se importou com a imprecisão — isso tinha facilitado as coisas. E então mostrou os dentes e riu com a boca aberta, genuinamente feliz.

Quando a menstruação dela ainda não havia chegado naquele fim de semana, Porter disse a Jeremy para comprar um teste de gravidez e levá-lo para a escola. As duas linhas rosa sequer esperaram o minuto inteiro que o teste dizia que demorava. Jeremy achou que ela estava sendo dramática — disse que tirava na hora de ejacular. Quando foram para a clínica em New Paltz, Porter estava atordoada demais para chorar. Nenhuma parte dela queria um bebê. Aquilo nunca esteve em discussão. Da forma como entendia a situação, o resto da vida dela estava em jogo — seu futuro inteiro. Isso ou aquilo, isso ou aquilo. Não podia ter os dois. Todo ano havia pelo menos uma garota na escola que ficava grávida e ficava cada vez maior à medida que o ano avançava, até que um dia ela desaparecia como uma nuvem de fumaça. Às vezes, as garotas voltavam e concluíam os estudos, mas na maioria das vezes não. Você as veria pela cidade empurrando carrinhos de bebê ou brincando com os bebês em parquinhos. Às vezes, nos mesmos parquinhos onde os estudantes se encontravam à noite para fumar maconha e beber vinho.

— Acho que a gente devia dar um tempo — disse ela, olhando pela janela. — Quando isso acabar.

Isso foi o que ela pensou: que os pais tinham maior probabilidade de descobrir se ela e Jeremy ficassem juntos. Ela deu a ele um presente. Ele tinha se dado conta disso? Deu a ele o presente de não pensar naquilo, de tirar aquilo da cabeça para sempre. Tinha sido só uma tarde. O corpo dela era bom assim — podia guardar tudo, até mesmo a memória das células minúsculas das quais se livraria. Quando Jeremy a levou para casa depois, os pais haviam saído. Nicky estava no quarto dela, fumando um baseado na janela, e ele foi a única pessoa para quem ela contou. No ano seguinte, a Colheita teria uma nova rainha. Era assim que acontecia com as garotas.

— Eles estão ali, eles estão ali — disse Nicky.

Apontou para o carro alegórico que estava descendo devagar a rua. Cecelia estava usando um vestido longo e caminhava desengonçada nele, as pernas sem conseguir ir tão longe como normalmente faziam quando andava. Em vez de olhar para a multidão e acenar, como o resto dos jovens caminhando ao lado do carro alegórico, ela olhava para cima. Porter seguiu o olhar de Cecelia e viu a filha de Jeremy, carrancuda e azul de frio, parada ao lado de uma garota radiante de amarelo. Aquela era August? Era. Porter tentou pensar na coisa mais corajosa que tinha feito e, depois de alguns segundos vasculhando a mente, colocou as mãos na barriga.

— Vou ao banheiro — disse Porter para Nicky e Juliette.

Os dois estavam tão hipnotizados pela visão da filha participando, feliz, do ritual da cidade que responderam ambos com grunhidos que mal se ouvia. Os gêmeos estavam tão felizes, como Porter jamais tinha visto, acenando para todos, e Wendy e Elliot sorriram, um para o outro e para o mundo. Era preciso tão pouco, na verdade, para arrancar um sorriso de pais.

O banheiro do salão municipal estava no mesmo lugar de sempre, e Porter seguiu andando pelo corredor. Havia pais com filhos por todos os lados — pais injustificadamente usando os celulares, como se o que quer que tivessem para falar não pudesse esperar uma hora, e mães correndo atrás de irmãos menores para cima e para baixo no corredor, costas curvadas e dedos balançando no ar. Havia uma pequena fila no banheiro, e todos sorriam de um jeito amigável e depois se ignoravam.

A porta do banheiro se abriu. A barriga saiu primeiro — uma barriga enorme de grávida que envergonhava a de Porter, quase um círculo completo. O vestido envolvendo a barriga estava colado ao corpo, com listras verticais vermelhas e brancas, uma bala humana gigantesca, como algo saído da fábrica de Willy Wonka. Os olhos de Porter passearam pelo corpo da mulher até chegarem à cabeça. Kristen Fogelman interceptou o olhar de Porter e sorriu.

— Ah, oi — cumprimentou Kristen, e logo apontou para a barriga de Porter. — Parabéns. Jeremy me contou que você estava grávida.

— Sim — disse Porter.

Sua mente, no entanto, gritava uma série de palavrões que Porter tentava, com muito esforço, manter dentro dela. Na boca, parecia que alguém tinha secado sua língua com uma toalha de papel. Peneirou todas as palavras na cabeça até que finamente expeliu uma frase completa. Apontou para a bola de praia de Kristen.

— Eu não sabia.

— Não? — perguntou, Kristen, sacudindo o excesso de água das mãos. — Que estranho! Mas acho que é assim que funciona com o terceiro bebê. Não é notícia fresca, acho — disse, franzindo o nariz. — E só me sinto como uma melancia fresca no momento.

— É uma diferença grande de idades que vocês têm — comentou Porter.

Ela tentou pensar se seria possível que Jeremy realmente *fosse* o pai do bebê dela, embora soubesse que não era. Eles não tinham usado camisinha, ela e Jeremy, em quatro ocasiões diferentes, e Porter imaginou todos esses milhares de minúsculos espermatozoides se escondendo no corpo dela, encontrando novos óvulos que ainda não tinham dono, e se instalando, esperando um bebê nascer antes de criarem raízes. Ela não tinha aprendido nada?

— Ele está aqui? Jeremy?

— Ah, sim, claro. Sidney e as amigas são as rainhas hoje, tão fofo. Mas, sim, eu sei — disse Kristen. — Babás permanentes!

Ela se ajeitou e se aproximou de Porter. Kristen andou até ficar a três centímetros de Porter e então parou, a boca tão perto do ouvido de Porter que estavam quase se tocando.

— Só pra que fique claro — sussurrou ela —, ele nunca escolheria você. Todo mundo sabe, Porter. Você é a única que acha que isso é segredo, o que meio que torna a coisa toda ainda mais triste, não é? — perguntou Kristen, colocando as mãos embaixo da barriga enorme. — Tudo bem. Você vai crescer um dia. Ou não.

Ela se afastou, os quadris balançando como um elefante majestoso que sabia seu lugar de direito no reino animal.

— Certo — concordou Porter.

Havia uma fila de mulheres atrás dela agora, todas esperando pacientemente pela vez delas. Quando Porter não entrou logo no cubículo, a mulher atrás dela — Porter a reconheceu, trabalhava na Croissant City — perguntou:

— Você não vai entrar?

Porter fez que não com a cabeça, e a mulher se trancou no banheiro. Ele tinha voltado porque ela deixara, não porque estava infeliz no casamento. Porter se arrastou para o banheiro quando um deles se abriu e se sentou. Podia ouvir os sons do desfile do lado de fora, a alegria, as pessoas. As vasectomias eram reversíveis, outra vitória para o ego masculino. Ele não tinha contado para ela, é claro. Porter fez um chumaço de papel higiênico e tentou respirar dentro, um saco de papel improvisado, mas pequenas fibras de soltaram e voaram para a garganta dela. Tossiu e tossiu, esquecendo que estava em público, esquecendo que teria que se levantar e se mexer e ver sua família. Ver a família de qualquer pessoa. Ver os pais de August, que estavam claramente fazendo a coisa certa, e os irmãos dela, que estavam tentando. Ver Astrid, que estava apaixonada. Porter não sabia como, depois de tudo, tinha conseguido ser o maior fracasso de todos.

321

— Porter?

Alguém chamava do outro lado da porta do cubículo. A batida firme de Astrid era inconfundível.

— Porter, o que está acontecendo? Você está bem?

— Oi, mãe — respondeu.

Porter se inclinou para a frente e destrancou a porta. A mãe olhou para baixo e então deu um passo hesitante para dentro do cubículo, espremendo-se para o lado até que conseguiu fechá-lo.

— Está tudo bem — disse Astrid, agachando-se, as testas agora niveladas, os joelhos batendo um no outro. — Vai ficar tudo bem. Você é forte, e é corajosa, e vai ser uma ótima mãe.

Isso fez Porter soluçar ainda mais.

— Essas são as três coisas mais legais que você já disse pra mim. Você pode continuar dizendo, sabe?

— Vou tentar.

Astrid colocou os braços em volta dos ombros de Porter, deixando o peso da filha cair sobre ela como fazia quando era bebê.

Capítulo 41

EQUIPE DAS CRIANÇAS, PARTE DOIS

Depois que o desfile terminou e todos desembarcaram do carro alegórico, era como se Robin tivesse conquistado o título de Rainha da Colheita. Sidney Fogelman manteve distância, mas as capangas dela estavam entre aqueles que se aglomeravam para parabenizar Robin pela coragem. Liesel tirou uma *selfie*. Quase todas as garotas do sétimo ano se amontoaram ao redor de Robin, dizendo que ela estava linda com o vestido, porque estava. Nicky viu os pais de Robin — narizes escorrendo, olhos brilhando — a alguns metros de distância e foi cumprimentá-los. Porter e Astrid voltaram do banheiro e se amontoaram em frente ao Shear Beauty. Tantas pessoas estavam conversando que levou um minuto para a família de Porter perceber que algo mais estava acontecendo quando ela cambaleou de volta para o grupo deles.

Elliot se inclinou para falar no ouvido da irmã. Estava barulhento, e Porter estava tendo dificuldade para falar, e então Elliot se abaixou ao lado dela e esperou. Nicky voltou da conversa com os pais de Robin e então se afundou rápido ao lado do irmão. Astrid observou as três cabeças deles — de cima era mais fácil ver como todos se pareciam, o cabelo do mesmo tom castanho, as costas todas curvadas da mesma maneira — e sentiu que ela com certeza não tinha feito tudo errado. Pequenas vitórias faziam valer o dia, não é?

Nicky e Elliot se puseram de pé em um pulo e olharam ao redor — para além de Astrid —, e então Nicky apontou para o outro lado da rua, que ainda estava, na maior parte, fechada para carros e, portanto, cheia de gente. Atravessaram correndo, indo na direção de Jeremy Fogelman. Ele estava encostado na janela do prédio de Elliot, sorrindo para o nada. Sidney e a mãe recebiam convidados na esquina como um ditador deposto e o segundo em comando, mas Jeremy não parecia ter pressa para fazer qualquer coisa. Nicky e Elliot surgiram na frente dele. A rua estava barulhenta, e todos tinham que gritar para serem ouvidos.

Porter observou-os e disse:

— Não, não, não, não! Não! Rapazes! Não!

Mas os irmãos estavam longe demais para ouvi-la. Ela observou enquanto Jeremy estendia a mão e Elliot a empurrava para longe. Jeremy ergueu as mãos em uma falsa rendição. Kristen e Sidney estavam agora observando e fingindo que não estavam vendo. Tudo em que Porter conseguia pensar era em toda a terapia de que Sidney Fogelman precisaria algum dia e por quanto daquilo ela mesma era a responsável. Wendy e os meninos tinham andado para mais perto do carro alegórico para examinar os mecanismos, graças a Deus. Porter não queria ser responsável por arruinar tudo.

Não era como se nunca tivesse pensado naquilo — claro que tinha. Era por isso que Porter tinha terminado com Jeremy, em primeiro lugar. Ou em segundo lugar, pela segunda vez. Como adultos. Tinha terminado com Jeremy porque queria ser alguém que tomava boas decisões e que fosse valorizada por algo mais do que a capacidade de fingir. Ela fizera a escolha de ter um bebê, estava indo muito bem, e agora isso? O que é que a tinha feito retroceder? Porter sentiu que, se ela retrocedesse ainda mais, viraria comida de dinossauro. Era ter Cecelia em casa e ver Rachel, todas essas coisas que a faziam ter a impressão de que havia viajado no tempo de volta para a juventude, quando na realidade aqueles anos tinham passado, passado, passado. E sabia que não sentiria falta deles.

"Todo mundo comete erros, Porter", dissera Astrid no banheiro. "Você não precisa ser perfeita. Você não precisa nem fingir que é perfeita."

Mas ela não estava vendo os rapazes. O dedo de Elliot estava apontado para o rosto de Jeremy, só um centímetro de ar entre eles.

— Ai, meu Deus — disse Porter.

Ela se levantou com dificuldade e se apressou para o outro lado da rua no momento em que Elliot puxou o braço para trás. Ela se desviou de um grande e amistoso Golden Retriever no meio da calçada e alcançou o irmão a tempo de ver Elliot deixar o punho voar direto no nariz de Jeremy Fogelman. Ou melhor, teria voado direto no nariz de Jeremy Fogelman se Jeremy não tivesse se esquivado. O punho de Elliot, em vez disso, acertou a placa de vidro da janela onde o rosto de Jeremy estava.

— Seu idiota! — gritou Porter. — Não é isso que está acontecendo aqui! Que merda você está fazendo?

— Estou protegendo você — afirmou Elliot.

Ele estava claramente surpreso. Uma pequena rachadura se formava na janela e se espalhava depressa. Jeremy saiu do caminho, para o caso de a parede de vidro estar prestes a desabar. Elliot estava respirando com dificuldade, os punhos balançando ao lado do corpo, sem saber o que fazer em seguida.

— Caralho, cara, essa é a minha janela! Porra!

— Não preciso ser protegida — retrucou Porter com gentileza.

— E definitivamente não preciso ser protegida desse idiota.

Jeremy deu de ombros e saiu correndo antes que os Stricks mudassem de ideia.

— Eu tentei avisar — disse Nicky.

— Você disse que ele a largou! E que ele não disse pra Porter que a mulher estava grávida, o que é coisa de filho da puta!

— Não foi isso que eu disse — falou Nicky. — Não acho que tenha sido isso que eu disse.

— Rapazes — disse Porter aos irmãos. — Obrigada por tentarem me defender, mas não preciso disso. Quer dizer, preciso, e vou precisar, muito, mas não assim. Isso não tem nada a ver com Jeremy, certo. Isso tem a ver comigo.

— Todos os Stricks do outro lado da rua, agora — chamou Astrid.

Tinha corrido atrás de Porter e ficado rondando, mas aquilo já tinha passado dos limites. Se ainda eram os filhos dela, então ela ainda era a mãe deles. Bateu palmas com força e então correu para o meio da rua, erguendo uma mão à frente como um sinal de pare. Esperou enquanto os três filhos e Juliette e Cecelia atravessavam, a salvo de um punhado de motoristas cautelosos que tinham voltado à rua, que ainda estava cheia de gente. Wendy e os gêmeos levantaram os olhos e os seguiram, confusos pela procissão da família, mas entendendo depressa: os Stricks estavam em movimento e estavam fazendo aquilo juntos. Foi bem aqui, Astrid percebeu, que Barbara ficou parada. Se pudesse voltar no tempo e acompanhar Barbara de volta para a calçada, se pudessem ter uma conversa de verdade, ao lado da caixa do correio, será que Elliot teria cacos de vidro espalhados pela mão? Porter estaria se comportando como uma adolescente, ela e Birdie estariam se comportando como adolescentes? Astrid correu para o Shear Beauty e vasculhou embaixo do balcão até encontrar a caixa plástica cheia de Band-Aids e pomadas antissépticas. Todos os outros se sentaram no banco. Os meninos saíram correndo pelo salão, e Wendy segurou o punho ferido de Elliot e então beijou os nós dos dedos dele.

— Deixa eu ver se entendi direito — disse Cecelia. — Tento proteger minha amiga de ser, tipo, estuprada e assassinada, e sou mandada pra fora da cidade. Dou um soco em alguém e, de alguma forma, sou um exemplo pra família?

Astrid marchou de volta para o corredor estreito e entregou a caixa para Wendy.

— Mas que droga, sinceramente.

— Podemos nos concentrar em mim por um segundo? — perguntou Porter. — Não pedi pra você bater nele. Foi erro meu, não dele. Eu não estava chorando porque estava zangada com ele, eu estava zangada comigo mesma.

Ela havia parado de chorar e estava segurando a barriga.

— Eu nem queria bater nele! — reclamou Elliot. — Não quero bater em ninguém! A impressão que eu tenho é que exagerei no departamento de proteção.

Nicky estendeu a mão para Cecelia.

— Querida, sinto muito. Sinto muitíssimo. A gente ferrou com tudo completamente. Sei que você não fez nada. Antes de acertar a garota na cara, digo. Você nunca deve bater na cara de ninguém — disse ele, olhando para o irmão com um ligeiro brilho de diversão no olhar. — Sei que você não fez o que Katherine disse. Só queria afastar você do perigo. Mas sei a impressão que isso causou, como se não estivéssemos apoiando você. Sempre vamos apoiar você, meu amor. Certo? Sempre.

Os olhos de Cecelia doíam. Tirou-os do pai e olhou para a parede atrás dele. Examinou um canto do papel de parede que não tinha notado antes, uma linha onde dois pedaços se encontravam e não se alinhavam bem, uma falha na repetição da imagem. Um buquê de flores com espasmos. Quando o pai era da idade dela, o que é que ele tinha imaginado que sua vida seria? Os garotos sonhavam com casamentos e filhos? E garotas? Cecelia não. Sonhava com ônibus urbanos passando por baixo da janela dela e caminhões de lixo. Sonhava com os amigos. Não queria ser feliz ou triste, queria ser normal e ter pais normais, o que quer que isso significasse. Robin tinha dado a ela uma cópia de um livro sobre Elizabeth Taylor e um dos seus maridos, sobre o caso de amor tempestuoso deles, e ao longo do livro, que estava cheio de aviões e quartos de hotel e carros elegantes, sempre havia os filhos dela e os animais de estimação em segundo plano, amplamente ignorados enquanto ela estava ocupada jogando vasos na cabeça do marido. Cecelia teve que parar de ler. Preferia os livros do Richard Scarry, onde pais de todas as espécies estavam sempre ajudando os filhos a escovar os dentes ou escapar de um caminhão desgovernado cheio de ketchup.

— Robin me convidou pra jantar hoje à noite — disse ela. — Posso ir?

— É claro — respondeu Nicky, erguendo a mão até que Cecelia a tomasse na dela, e então deu um aperto. — Quem é Robin?

O sininho tilintou, e todos se viraram para olhar. Birdie abriu a porta com o quadril. Segurando uma garrafa de vinho em uma das mãos e um buquê de flores na outra. Astrid e Birdie não ficaram se escondendo todos esses anos, mas era bom ir além de se esconder. Quanto mais tempo era mantido em segredo, mais impróprio tudo parecia, e não havia nada indecoroso a respeito de Birdie — ela era trabalhadora e gentil e engraçada e bonita.

— Bird — exclamou Astrid.

Elliot estava batendo o pé ao lado de Wendy no banco, balançando a cabeça como se ouvisse uma música que ninguém mais podia ouvir. Estavam todos em um espaço tão pequeno, como os passageiros da hora do rush, só que sem ter aonde ir. Ele cerrou os dentes, um hábito que desenvolveu quando era um adolescente raivoso. Por que sentia tanta raiva? Por que a mãe não o havia ajudado? Era tão fácil olhar para trás e ver o caminho ao longo do labirinto, e muito mais difícil quando a saída ainda estava à sua frente.

— Sobre o que você disse... — Elliot falou a Astrid, ainda balançando no lugar. — Fiquei pensando. No que você disse quando foi lá em casa. Eu lembro. Jack. E o que você disse. Eu só não sou, sabe. Não foi nada. Quer dizer, não foi nada sério, foi só... — Elliot ficou com um olhar engraçado no rosto. — É constrangedor falar disso com a mãe, sabe, mas não importa. Acho que significou mais para o Jack do que significou para mim, se é que você me entende. Mas não é por isso que você tem que se desculpar.

Agora Astrid estava prestando atenção.

— E...?

Elliot balançou a cabeça, sem dúvida pensando em algo profundamente.

— Você disse ao papai que eu não era inteligente o bastante para ser advogado. Ou bom o bastante. Vocês dois estavam do lado de fora rindo, falando que eu era um idiota.

Astrid levou os dedos aos lábios.

— Eu disse o quê? Quando foi isso? Não acho que eu tenha dito isso.

— Você definitivamente disse isso. Não sei, foi no verão em que eu comecei a trabalhar pra Valley. E você e papai estavam do lado de fora, e eu estava na cozinha, e ouvi vocês. Papai riu. Mas ele se sentiu mal por isso, deu pra perceber. Mas você não estava rindo. É por *isso* que quero um pedido de desculpas, não por quando um garoto tentou me beijar quando eu tinha 14 anos ou algo assim.

— Caralho — disse Porter.

— Caramba — falou Nicky.

— Sim, e então sinto muito se sou um pouco lento, sabe, quando se trata de tomar decisões ou de ter a carreira que quero, mas é difícil quando você sabe que seus pais acham que você é um idiota. Astrid sacudiu a cabeça, a boca aberta.

— Não, ah, não, querido! Eu disse isso? — indagou ela, aproximando-se de Cecelia e Nicky e colocando a mão no pulso de Elliot.

— Ah, Deus. E pobre Barbara. Eu estava com tanta vergonha, não de você, mas da forma como reagi, e a evitei por tanto tempo que até me esqueci do motivo! Eu realmente não tinha *pensado* na razão de não gostar dela durante anos até que ela foi atropelada pelo ônibus! Eu te amo.

Desejava ter uma cópia impressa de todos os erros que tinha cometido como mãe, os grandes e os pequenos, só para ver quantos ela poderia ter adivinhado (a paciência dela sempre era mais curta na hora do banho) e quantos não poderia. Ela se perguntava o quanto seus segredos tinham levado aos segredos de Porter, quanta dor poderia ter evitado ao longo do caminho.

— Além disso — continuou Elliot, levantando um dedo entre eles como um botão de pausa. — O motivo pelo qual estou contando isto a você é porque só quero fazer a coisa certa. Por você, por Papai, por Clapham. Não quero ser o arrombado que transforma a cidade em algo diferente, sabe? Quero que você esteja errada.

Wendy agarrou o braço dele. Ela o amava. Astrid odiava já ter pensado nela como qualquer coisa diferente de perfeita, se Wendy olhava para o filho assim. Isso era tudo que alguém precisava, mesmo.

— Eu estava errada — declarou Astrid.

Não lembrava do dia que ele mencionou, mas tinham centenas de conversas como essa a respeito dos filhos. A respeito de cada um deles. Era isso o que acontecia nos casamentos, e com filhos. Você falava das coisas boas e das coisas ruins, e um normalmente estava em alta e o outro estava em baixa. Era assim com ela e Russell: ela era o policial ruim, e ele era o policial bom. Mas tudo era só uma maneira de classificar todas as coisas que constituíam a vida. Do contrário, seria demais, uma proeza excessivamente grande para assimilar. Às vezes Astrid pensava que tinham tido um terceiro bebê porque os dois primeiros pareciam meio pancadas, e queriam um novo começo. Um novo começo no negócio de ser pai e mãe. Mas as crianças nunca deviam saber. Deviam ter sempre confiança neles mesmos e nos adultos. As palavras vieram fácil agora.

— Você nunca me decepcionou — falou Astrid. — E não depende de mim, Elliot. Sua vida? Suas escolhas? Não pertencem a mim. Nem esta cidade, não mais do que pertence a cada um de vocês.

Olhou nos olhos do filho e pensou no momento em que ele nasceu, em como ele saiu do corpo dela, e Russell chorou, e ambos olharam para aquele bebê novinho em folha, que era a coisinha mais linda que já tinham visto, e em como a enfermeira entregou Elliot, ainda com sangue, ainda gritando, para Russell, que o entregou para Astrid. Ela nunca tinha estado nua de verdade antes daquele momento, Astrid pensou. Aquela era a camada mais profunda do seu ser, dar à luz uma criança e depois segurar a criança contra o corpo; dentro, depois fora. Que tipo de pais eles tinham sido? As pobres crianças esperavam amor sem contexto, mas o contexto sempre existia. Astrid não gostava de amamentar, Elliot era exigente, tinha nascido no inverno e então estavam todos presos dentro de casa, ao contrário de Porter e Nicky, que tiveram sorte e faziam aniversário em abril e junho. Quem já fez algo certo na primeira tentativa? Astrid sabia que tinha fracassado, talvez não da maneira que pensava que tinha, mas de tantas maneiras que nunca tinha sequer notado. Era esse o trabalho dos pais: foder com tudo, muitas e muitas vezes. Era esse o trabalho de uma criança: crescer, seja como for.

Elliot ficou na frente dela, segurando os cotovelos.

— Seu pai tinha tanto orgulho de você — declarou Astrid. — Ele ficaria muito orgulhoso mesmo. Você sabia que ele não conseguia dormir depois que você nasceu, e por isso ele ficou com os períodos da noite? Ele se sentava na cadeira de balanço do seu quarto pra olhar você dormir. Às vezes, eu vinha de manhã e ele tinha dormido na cadeira, e você estava acordado, balbuciando, como se fosse você que tivesse que tomar conta dele — disse ela, estendendo a mão para segurá-lo pelo pulso. — Sem você, não teríamos sido pais. Teríamos sido só duas pessoas girando na própria órbita. Você que nos tornou uma família. Eu te amo.

Elliot não queria chorar e, portanto, não chorou.

— Nada disso importa, ok? Também te amo.

Era a melhor reação que ela podia esperar. Lá estavam eles, ambos parados no mesmo barco em constante mudança de rota.

Birdie se aproximou e ficou parada olhando por cima do ombro de Elliot.

— Oi — disse ela, espiando por cima, como se o corpo dele fosse uma cerca.

— Oi — respondeu Astrid.

Elliot contornou Astrid, indo em direção aos fundos do salão, onde ficou parado por alguns segundos antes de se virar para o irmão e colocar os braços em torno dos ombros dele. Os gêmeos estavam na pia ao fundo, molhando um ao outro. Teriam que secar a água mais tarde, mas ninguém correu para impedi-los. Astrid ouviu Nicky e Elliot começarem a falar dos Knicks de 1994, e quem tinha sido o membro mais importante da equipe, John Starks ou Patrick Ewing, e Astrid pôs as mãos nas bochechas de Birdie e a beijou nos lábios e pensou: *quero casar com você*. E então abriu a boca e disse, no ouvido de Birdie:

— Quero casar com você.

Se não tivesse aprendido mais nada, tinha aprendido isso: fale. Fale agora, enquanto você tem a chance.

Capítulo 42

BARBARA ENLOUQUECE

Barbara sempre comprou o suco de laranja sem polpa, porque era o que Bob preferia. Ele tinha dentes com pouco espaçamento, e, se comprasse o do tipo bem polpudo, de que ela gostava porque tinha mais gosto de suco de laranja e menos de água, ficaria preso na boca dele como uma lagosta em uma armadilha, incapaz de se soltar sem assistência manual. E aí Barbara comprava suco de laranja feito para crianças chatas e não reclamava. Tinha tempo durante o dia para fazer o que quisesse, e então podia flexibilizar quando se tratava de coisas que não eram importantes.

Quando Bob se aposentou e ficava em casa o dia todo, Barbara percebeu que não era só o suco. Ele sempre precisava de ajuda. Ajuda para fazer o almoço, ajuda para decidir se queria ou não sair para dar uma caminhada, ajuda para decidir o percurso, e se vestia ou não um casaco. Bob a seguia até o banheiro e continuava falando com ela através da porta enquanto ela fazia o que precisava fazer no banheiro. Algumas das amigas tinham alertado sobre aquele fenômeno, que os maridos precisavam de ocupações, mas Bob não queria uma ocupação a menos que fosse ligada a Barbara, então, em vez disso, Barbara decidiu que conseguiria uma ocupação para ela, em algum lugar que Bob não pudesse segui-la.

— Como assim, aparelho ortodôntico? — perguntou Bob. — Para os dentes?

— Sim, para os dentes — respondeu Barbara. — Que outros tipos de aparelhos ortodônticos existem?

Havia outros tipos, porém, ela sabia porque tinha pesquisado. Havia tantos tipos dos quais nunca tinha ouvido falar! Havia o tipo de metal, é claro, mas também havia os de plástico, e de cerâmica, e aparelhos que eram colocados na parte de trás dos dentes, e os invisíveis, tipo preservativo, que se encaixavam sobre os dentes! Os elásticos coloridos estavam disponíveis para qualquer um que desejasse mais autoexpressão. Havia tantas alternativas e tantas visitas necessárias. Barbara estava animada.

Uma nova clínica ortodôntica tinha aberto do outro lado do rio em Kingston, e Barbara levaria o dobro do tempo para chegar até lá do que para ir ao doutor Piesman, que colocava o aparelho de metal em todos os adolescentes em Clapham. Aquilo era parte da intenção, o tempo que levaria para dirigir na ida e na volta. Barbara tinha feito uma pesquisa online e encontrado um dentista com uma bela foto, um homem jovem de jaleco branco e (é claro) um sorriso brilhante. Barbara queria um sorriso como aquele — os dentes dela haviam começado a se deslocar décadas atrás, devagar como geleiras, mas agora tinham colidido e se sobreposto em ângulos estranhos, tudo da cor do milho amarelo pálido na espiga. Já estava na hora.

A Clínica River Valley ficava no primeiro andar de um prédio recém-reformado no centro de Kingston. A sala de espera era arrumada, como se ainda não houvesse sido destruída por adolescentes colocando os tênis sujos nos assentos das cadeiras. Barbara informou seu nome na recepção e então esperou ser chamada. Quando a higienista a conduziu até a sala de exame e ela colocou a bolsa em uma cadeira no canto, Barbara estava mais feliz do que em um dia no spa, um lugar em que ela sempre tinha se sentido velha demais e mole demais. Mas cuidar dos dentes não era vaidade. Dentes eram importantes.

A higienista prendeu um babador de papel em volta do pescoço de Barbara e ajustou a cadeira de modo que ficasse deitada em paralelo ao chão.

— Quer assistir algo? — perguntou a higienista através da máscara.

Estava arrumando as ferramentas em uma pequena bandeja de aço, e elas tilintavam conforme colocava todas em uma fileira reta.

— Assistir alguma coisa? Ah, não, obrigada — respondeu Barbara.

Não era uma dessas pessoas que precisavam ser estimuladas o tempo inteiro, com um celular e uma tela de TV e um podcast no tímpano. Gostava de estar onde estava.

— Tem certeza? A gente tem Netflix.

A higienista ajustou um pequeno retângulo até que ficasse diretamente em cima do rosto de Barbara. Clicou em um botão e a tela se iluminou.

— Não, não, obrigada — disse Barbara de novo, agora constrangida pela escolha.

A tela do menu ficou ligada, e então encarou as caixinhas coloridas, cada uma prometendo meia hora de diversão. A higienista deu um tapinha no braço dela e disse que o dentista viria logo.

Barbara não tinha usado aparelho quando criança — os dentes dela eram retos o suficiente, e não era tão comum naquela época, não como quando era guarda de trânsito e metade dos estudantes do ensino médio tinha a boca cheia de metal. Quando tinha 12 anos, em 1962, a única preocupação dela era como cachear os cabelos como Shirley Jones em *O vendedor de ilusões*. Aquilo nunca deu certo, até que finalmente parou de tentar. A irmã dela, Carol, era quem tinha os cachos na família, e a atenção dos garotos, e a preocupação dos pais. A irmã dela era a filha bonita, e Barbara, dois anos mais nova, era o cachorro da família, obediente e sempre faminta pelos restos.

Depois do ensino médio, Barbara fez cursos na escola comunitária de Norwalk, algumas aulas de administração de empresas, com planos de se tornar secretária. Carol queria ser atriz e se mudou para Los Angeles, onde morava com um homem com quem não era casada, uma fonte de grande sofrimento para os pais. Barbara conheceu Bob no pequeno refeitório — ele estava estudando engenharia —, e passavam um tempo agradável juntos. Barbara não conseguia lembrar de uma única conversa que tiveram naquele período, apenas

que Bob olhava para ela como se ela fosse uma estrela de cinema, como se ela fosse importante e desejável, e em pouco tempo estavam noivos e então casados. Os pais dela estavam emocionados, e o casamento — no quintal, no meio do verão, com duas dúzias de convidados, a maioria amigos da mãe — foi rápido e bonito. Barbara usou pérolas, e Carol tinha feito caretas o tempo todo, irritada com os pais por não convidarem o namorado, só porque ele era (como se constatou) casado com outra pessoa. Era 1972, e o amor livre ainda não tinha chegado a Connecticut.

É claro que ela e Bob planejavam ter filhos. Era isso o que se fazia. A única mulher que Barbara conhecia que tinha escolhido não ter filhos era sua tia solteirona Dora, uma enfermeira que vivia feliz com uma colega de quarto em Rhode Island e que trazia a colega de quarto para casa nos feriados com várias tortas e bolos que tinham feito, e ninguém pensava nada daquilo, exceto que era bem triste que duas senhoras muito legais nunca tivessem encontrado homens com quem se casar. Barbara queria ter filhos suficientes para distribuir a responsabilidade e a pressão de maneira uniforme, como uma equipe inteira de beisebol sentia que era seu dever conseguir resultados, não só quem estava rebatendo a bola em determinado momento.

E eles tentaram. Barbara lembrava de ter jogado o diafragma no lixo de um jeito dramático depois do casamento, embora tenha voltado mais tarde naquela noite para resgatá-lo. Ela e Bob transaram várias vezes naquela semana, quase todas as noites, tão animados por finalmente viverem juntos. Tinham transado antes do casamento, mas não com frequência — tinha sido muito difícil encontrar o lugar e o tempo para ficarem sozinhos. Mas agora, no próprio apartamento, podiam transar sempre que quisessem, e então faziam isso. Barbara colocou cortinas, como se alguém pudesse espreitar pelas janelas do segundo andar, e quando voltavam para casa do trabalho, depois de jantar por mera formalidade, pulavam na cama e brincavam com o corpo um do outro como o brinquedo mais brilhante no aniversário deles.

Quando um ano se passou e Barbara ainda não tinha engravidado, ela foi ao médico, que fez uma série de perguntas sobre ciclo menstrual e tirou o que pareciam ser litros de sangue da curva do braço dela. No ano seguinte, houve um aborto espontâneo, e mais dois um ano depois. O médico de Barbara disse que ela podia esperar mais do mesmo, e que devia considerar a adoção, se a maternidade era o que estava buscando. Ela e Bob discutiram isso durante anos, até que Barbara estava com 30 anos, e finalmente Bob disse, "Sabe, Barb, eu só acho que não quero o bebê de outra pessoa", e então acabou aí. Era uma coisa boa de saber a seu respeito, Barbara pensou. Melhor saber disso e não fazer aquilo do que ficar em conflito e ir em frente. Melhor a longo prazo, de qualquer maneira. Ela não se sentia daquela forma — podia ter amado qualquer bebê colocado em seus braços, sabia disso como sabia o próprio nome —, mas não dependia só dela, não.

A porta rangeu, e Barbara se virou. O jovem dentista, cuja foto tinha visto no site, entrou e se sentou no banco do lado dela.

— Olá — disse ele. — Sou o doutor Dan. Pode me chamar de doutor Weiss, se preferir, mas a maioria dos meus pacientes me chama de doutor Dan.

Apertou a mão de Barbara, que estava um pouco pegajosa de ficar tanto tempo descansando em cima do antebraço. Esperava que ele não tivesse notado.

— Olá — falou Barbara.

Ela sorriu. Ele era ainda mais bonito pessoalmente, ainda não tinha 30 anos, ela achou, com cabelos que pareciam recém-cortados e nada além de um mínimo de irritação da pele nas bochechas, onde sem dúvida tinha feito a barba naquela manhã.

— Posso dar uma olhada? — perguntou ele, apontando para a boca de Barbara.

Ela revirou os olhos de vergonha.

— Claro — respondeu, e abriu bastante.

— Agora morde. E deixa eu ver você sorrir.

O doutor Dan mordeu e então sorriu, como referência. As paredes do consultório eram pintadas de laranja claro, como um pôr do sol californiano. Barbara sabia que certas cores deviam fazer as pessoas se sentirem de certas maneiras — que as pessoas discutiam mais em ambientes vermelhos, esse tipo de coisa. Talvez o laranja fosse para deixar você à vontade? O doutor Dan provavelmente sabia. Barbara simulou o movimento da mandíbula.

— Entendo — disse o doutor Dan. — Posso?

Esperou o sinal de Barbara, depois pôs a mão enluvada na boca dela com gentileza, uma de cada lado dos dentes. Era tão engraçado ir ao médico, que era, na maioria dos casos, um estranho, e se sentir totalmente livre para deixá-lo tocar em qualquer parte do corpo que você tenha concordado ao marcar a consulta. Ele correu a ponta dos dedos pelos dentes de Barbara, deslizando de um lado para o outro, como um passeio de bicicleta sobre colinas suaves e onduladas. Fechou os olhos quando ele baixou as mãos para os dentes de baixo e explorou esses também. Ninguém mais a tocava. À noite, Bob se aconchegava perto dela, abraçando seu torso como um coala, mas cinco minutos depois ele rolava para longe e começava a roncar. Ela não conseguia lembrar da última vez que ele tinha enfiado as mãos por baixo da roupa dela. E quem mais? Barbara tentou fazer uma lista mental de pessoas que tinham encostado nela fisicamente e não conseguiu pensar em nenhuma, exceto por uma mulher para quem ela segurou a porta do banco aberta, que deu tapinhas em seu ombro como alguém faria com um labrador depois de ele largar uma bola de tênis toda babada nos seus pés. Aquilo era diferente. Aquilo era atencioso. Barbara tirou todo o resto da cabeça e se concentrou na sensação das mãos jovens e fortes do doutor Dan na sua boca.

— Tudo bem — afirmou ele, deslizando as mãos para fora devagar, e depois tirou as luvas. — Não teremos problemas. Vamos tirar as medidas com um molde. Acho que seis meses com aparelho vão ser o suficiente. Talvez um ano. E nós podemos fazer natural em vez de prata, assim os bráquetes vão ficar da cor dos dentes e menos visíveis. Vários adultos preferem assim.

Barbara balançou a cabeça.

— Ah, isso seria ótimo.

Queria que ele colocasse as mãos na boca dela de novo. Havia essas mulheres no Japão, não havia, que não eram pagas para dormir com homens, mas só para se sentar e conversar com eles? Era isso que ela queria. Não sexo necessariamente, nem mesmo a promessa futura de sexo. Queria um companheiro que não precisasse dela para nada. Queria alguém que comprasse o suco de que ela gostava, sem ela ter que pedir, e que a beijasse na bochecha quando o trouxesse. Com certeza esse tipo de coisa existia. Era a América, não era, onde tudo era possível? Mas isso não era o tipo de coisa que ela podia procurar no computador, por que e se o Bob visse? As pessoas podiam ver o que você procurava, não podiam? Não que Bob soubesse como.

— E com que frequência eu tenho que vir?

Barbara esperava não soar muito ansiosa.

O doutor Dan deu de ombros.

— A cada seis semanas seria ótimo. Sorria pra mim de novo. Isso... Muito bem. A cada seis semanas deve ser o suficiente. Acho que vai ser ótimo. E mais, nós vamos passar tanto tempo juntos!

O doutor Dan riu. Ninguém queria passar um tempo com o dentista. Ninguém a não ser Barbara. Riu da piada dele e riu mais ainda dela mesma. Ele parecia satisfeito.

— Tudo bem, então! Cassidy vai tirar alguns raios X e deixar tudo pronto para que a gente consiga obter as impressões necessárias. Parece bom?

Barbara engoliu.

— Sim, obrigada.

— Ok, volto já.

Observou o doutor Dan girar o banquinho em direção à porta e em seguida dar um salto com graça, Gene Kelly em um jaleco. Ela se aconchegou de volta na cadeira e olhou para a tela. Quem olhara para aquilo quando podia olhar para o doutor Dan? Quando a consulta terminou, Barbara agendou o acompanhamento dela em cinco semanas, mentindo e dizendo que ia viajar, e que queria um encaixe antes de se ausentar, embora não estivesse indo para lugar nenhum.

Bob estava esperando na porta quando Barbara chegou em casa.

— Como foi? — perguntou ele.

Os gatos correram pelos degraus da frente para cumprimentá-la e esfregaram os corpos contra as pernas descobertas dela. Ela imaginou se tivessem adotado, no fim das contas, e Bob realmente não tivesse notado. Se tivessem filhos, ela talvez não estivesse tão zangada com ele. Pensava nas crianças que tinha atravessado para lá e para cá na rua todas aquelas milhares de vezes como filhos, mas não eram, não de verdade. Eles iam para casa, para suas mães, que sabiam mais. Barbara tinha sido só uma espectadora, uma transeunte. Aquilo não era a mesma coisa. Se tivessem filhos, Bob estaria lá dentro, conversando com um deles ao telefone, querendo saber do dia a dia, incomodando-os do jeito que a incomodava. Bob teria sido um ótimo pai; isso doía. Mas agora, tantas décadas depois, ele era a criança e ela era a mãe, e ela só tinha uma vida, não?

— Parou no caminho e comprou suco de laranja? — perguntou ele. — Nós só temos do espesso.

— Não — respondeu Barbara.

Ela ainda era jovem o suficiente para tomar decisões. Barbara passou por Bob, quase tropeçou em um gato adormecido (ah, sentiria falta daqueles gatos à noite), subiu as escadas direto para o quarto e encheu uma pequena mala de viagem. Depois resolveria os detalhes. Por enquanto, aquilo era o suficiente.

— Aonde você está indo, Barb? — perguntou Bob, os olhos arregalados.

Observou-a descer as escadas, sair pela porta e voltar para o carro.

— Vou ficar com minha mãe por um tempo, Bob — respondeu Barbara. — Vou manter contato. O suco que você gosta está no corredor do leite, só pra você saber, no supermercado. Do lado direito. Logo depois do leite.

Bob abriu a boca, mas nenhuma palavra saiu. Barbara colocou a mala no banco de trás, fechou a porta com força e dirigiu para o Heron Meadows. Era temporário. Tudo era temporário. Pensar diferente era uma ilusão. Mas, mesmo assim, foi uma sensação boa.

Epílogo

Meses depois, quando Birdie e Astrid estavam planejando a lua de mel, Astrid procurou por cruzeiros no Alasca e por fim encontrou o ideal: *Neste verão, nos acompanhe enquanto exploramos a fronteira gelada da América! Este cruzeiro de seis dias é uma viagem de ida e volta saindo de Seattle e navegando para a costa do Pacífico, parando em Ketchikan, Juneau, e Skagway antes da parada final na linda Vancouver, Canadá! Os dias são longos e dos nossos decks você poderá ver águias, baleias, ursos e leões-marinhos. Tudo isso, além de geleiras e 1.200 lésbicas! Isso é o que chamamos de cruzeiro.* Astrid fez a reserva na hora.

A bebê — a bebê de Porter —, Eleanor Hope Strick, que Astrid decidiu que chamaria de Hopie, tinha seis meses de idade. Era pequena e bem-comportada, com uma cabeça careca e olhos de um círculo perfeito, como um desenho animado. Astrid discutiu e deliberou a respeito de viajar e deixá-las sozinhas, mas Porter insistiu que ficaria bem — Nicky e Juliette tinham se oferecido para vir e ficar para ajudar —, e assim as recém-casadas arrastaram as malas para o aeroporto e voaram pelo país para zarpar de navio.

O barco era enorme, bem maior do que Astrid esperava, embora tivesse visto fotos no site. Um hotel na água! E não do tipo de hotel em que Astrid estava acostumada a ficar, mas um mastodôntico de um hotel, com cassino e cinema e três piscinas e cinco restaurantes diferentes. Não sabia se a ideia era desfrutar do barco ou do mundo fora do barco — talvez isso dependesse da pessoa. Elas estavam em um mar de mulheres esperando para embarcar, todas animadas e ansiosas e arrastando as bagagens, algumas se beijando, algumas discutindo com as esposas ou namoradas ou amigas, algumas aos empurrões com estranhas para garantir o lugar na fila, assim como qualquer portão de embarque de aeroporto, onde os homens haviam desaparecido da existência. Havia mais jovens mulheres do que Astrid esperava — mulheres na casa dos 40, com algumas talvez ainda querendo estar mais perto dos 30. Ela havia imaginado que seriam todas senhoras idosas como ela e Birdie, um mar de cabelos grisalhos, como as aulas de hidroginástica na Associação Cristã de Moços em Rhinebeck.

— Lá vamos nós — disse Astrid.

Ela era uma viajante relutante. Tinham ido à Disney World uma vez, quando as crianças tinham 10, 7 e 5 anos, e Astrid perdeu Nicky por um momento enquanto Russell levava os maiores na montanha russa, e o horror daquilo durou o resto da viagem. Surtava com as crianças sempre que saíam do campo de visão dela; gritou quando Elliot lançou por acidente um pacotinho de manteiga do outro lado do restaurante do hotel. Depois disso, os Stricks nunca mais foram a nenhum lugar a que não pudessem chegar de carro. E aonde ela teria ido sozinha? Agora fazia tanto tempo que até tinha esquecido o objetivo de viajar, para começo de conversa. O navio era muito grande e, por um momento, Astrid se preocupou que afundasse imediatamente depois que todos estivessem a bordo, como um brinquedo gigantesco de usar na banheira mergulhado no fundo do mar.

O quarto delas ficava no Convés Varanda, o sexto de dez andares. A equipe uniformizada estava alinhada nos corredores.

— Sinto como se estivesse em Downton Abbey — falou Birdie, acenando.

— Ou no Titanic — sussurrou Astrid enquanto abria a porta do quarto.

Parecia com qualquer outro quarto de hotel, porém com móveis que estavam aparafusados ao chão, e sem nenhuma daquelas bugigangas ridículas que sempre deixavam Astrid maluca: estrelas do mar decorativas de cerâmica, uma tigela de frutas não comestíveis. Talvez os cruzeiros fossem para as pessoas práticas. Ao longo de todo o convés do lado de fora do quarto, havia cadeiras pesadas e lixeiras, tudo cimentado no chão para que não voasse para o oceano e nocauteasse um golfinho (Astrid presumiu). Havia dois coletes salva-vidas no armário, prontos para o exercício de grupo do qual tinham sido avisadas — antes de o navio zarpar, todas tinham que treinar para chegar aos postos de resgate, onde seriam contadas e, em tese, salvas de uma morte aquática. Parecia um começo sinistro para uma viagem, mas essas eram as regras.

Na primeira lua de mel, Astrid e Russell tinham pegado um trem para Montreal. Era abril e muito mais frio do que esperavam, e voltaram para casa com as malas estufadas de roupas extras, compradas em lojas de departamento do Canadá de acordo com a necessidade. Do que mais ela se lembrava? Jogavam cartas no saguão do hotel, apostando os amendoins um do outro, embora o barman continuasse enchendo as duas tigelas, então não importava muito de qualquer forma. Transavam todos os dias. Astrid pensou nas borboletas, que só viviam um dia, e nas tartarugas, que viviam cem anos — nenhuma criatura tinha nem remotamente a gama de experiências que uma pessoa poderia ter. Que engraçado, que ridículo para Astrid ainda ser a mesma pessoa que era naquele saguão de hotel sentada em frente a Russell Strick!

O casamento tinha sido pequeno: filhos, netos, alguns poucos amigos. Nicky já tinha tirado o certificado de celebrante pela internet (já tinha casado meia dúzia de amigos), e fez a cerimônia, jurando para ambas que era, em todos os aspectos, legal e legítima. Porter chorou, Cecelia chorou, Wendy chorou. Eles ficaram em um círculo no coreto às nove horas de uma manhã de sábado. Nicky leu um poema de Mary Oliver, e Birdie deslizou um anel no dedo de Astrid, e Astrid deslizou um anel no dedo de Birdie, e então lá estavam elas, no meio da cidade, casadas. Em seguida, todos foram ao Spiro comer panquecas.

O navio avisou que o serviço de internet era irregular quando estavam no mar, então Astrid fez questão de ir à sala de negócios. Ela queria verificar se estava tudo bem em casa antes que estivessem muito longe, só para garantir. Ela e Birdie se sentaram em cadeiras pesadas e fizeram uma ligação via FaceTime com Porter. Astrid bateu as mãos na boca quando a tela parou de mostrar o rosto delas e passou a mostrar Eleanor Hope, a gengiva mordiscando o dedo indicador da mãe.

— Que tal? — perguntou Porter, só a metade inferior do rosto no enquadramento.

— Ótimo! — respondeu Birdie.

— Ótimo! — disse Astrid. Apertou a coxa de Birdie. — Ela cresceu desde ontem, você não acha?

— Mãe, *divirta-se*, por favor. Birdie, por favor, faça com que ela se divirta. Eleanor não fez nada emocionante, eu juro.

Na tela, a bebê sugou e sugou, babando o dedo de Porter.

— Fez, sim — disse outra voz ao fundo.

A tela girou para baixo, e o rosto de Nicky a preencheu. Ele estava sorrindo, a boca aberta tão grande na tela do computador que Astrid podia ver as obturações.

— Eleanor rolou, e depois rolou de volta! Foi épico.

Astrid gemeu.

— Ah, não, eu sabia que a gente ia perder algo.

Elliot apareceu por cima do ombro do irmão.

— Foi mesmo épico.

Porter pegou o telefone de volta.

— Calem essa boca. Mãe, está tudo bem. Birdie, divirtam-se. Vão adotar uma foca, salvem uma geleira, por favor, alguma coisa.

Ela apontou a câmera de volta para a bebê, cujos olhos marrons enormes piscaram para elas.

Astrid esfregou as costas de Birdie.

— Sim. Sim, vamos.

Birdie soprou um beijo.

— Nós te amamos, Eleanor.

Havia tanto em que Astrid não tinha pensado: se casar de novo, ter alguém para ser comãe, copiloto, coavó! Que coisa curiosa, deixar de ter filhos e ir direto ser avó. Birdie era magnífica nisso: de todos os adultos, era a melhor em embalar Eleanor para dormir. Talvez fossem os braços, fortes por segurar tesouras com firmeza há décadas, talvez fosse porque Astrid tinha usado os poderes dela com os próprios filhos, talvez fosse só porque Eleanor e Birdie haviam ficado amigas depressa. Astrid não pensava em si mesma como uma dessas pessoas que só queriam se casar, mas, agora que estava casada, estava tão encantada, tudo de novo. A palavra *"esposa"*, que antes parecia opressiva, diminutiva, depreciativa — pensou em todas as vezes em que foi apresentada simplesmente como a esposa de Russell, sem elementos qualificativos adicionais, nada tão ousado quanto um nome —, agora significava outra coisa. Não era culpa de Russell, era do mundo! Agora que era usada em dobro — sua esposa, minha esposa —, a palavra parecia ter o dobro da dimensão original. Era assim que devia ser. Não era só que pertencia a outra pessoa, era que ela pertencia.

— Mãe, está tudo bem — confirmou Porter. — Estamos todos bem. Honestamente. Somos todos adultos aqui. Exceto Eleanor, que é só uma bebê. Mas a gente vai ficar bem. A gente te ama. Divirta-se.

— Tá bem — disse Astrid.

As bochechas redondas de Porter e Eleanor desapareceram muito depressa, e ela e Birdie ficaram olhando para o próprio reflexo. Às vezes Astrid pensava em tudo o que podia ter sido diferente em sua vida — todos os homens e mulheres com quem podia ter se casado, ter tido filhos ou nem ter tido filho algum, se mudado para Paris, ela e Russell morrendo na cama juntos aos 100 anos. Pensou em como cada decisão dela tinha repercutido na vida dos filhos, mesmo aquela, quando ainda era mãe deles todos os dias, mas não estava encarregada da vida deles de fato, não tomava decisões em nome deles. As pessoas diziam que todos nascem sozinhos e que todos morrem sozinhos, mas estavam erradas. Quando alguém nascia, trazia tantas pessoas junto, gerações de pessoas compactadas no tutano dos pequeninos ossinhos. Estendeu a mão debaixo da mesa aparafusada e pegou a mão de Birdie, e a sensação era exatamente a mesma do primeiro encontro. Astrid ainda era jovem então, embora não soubesse disso. Era assim até você morrer, sempre percebendo o quão jovem você era antes, o quão tola e cheia de possibilidades? Astrid esperava que sim. Lá fora, a luz do sol brilhava na superfície da água, como se o oceano quisesse mostrar ao céu exatamente o quanto era deslumbrante. Cada dia era um novo dia. Ela ligaria para Cecelia mais tarde, e para Wendy e os meninos, a família toda. Ligaria até eles ficarem saciados de amor, iguaizinhos a ela. Astrid olhou para o reflexo delas na tela em branco, para ela e para sua esposa, e se sentiu muito, muito feliz.

Agradecimentos

Minha vida mudou imensamente durante a escrita deste livro, portanto me perdoem pelos longos agradecimentos. Estava grávida enquanto escrevia meus últimos dois livros (de dois filhos diferentes — não sou uma máquina super-rápida nem um elefante), mas, enquanto escrevia *Somos todos adultos aqui,* eu dei à luz uma livraria, com a ajuda do meu marido.

As pessoas às vezes têm a ideia errada de que trabalhar em uma livraria significa ficar empoleirada em um banquinho, lendo em silêncio absoluto por horas a fio. Quem dera se fosse assim! Books Are Magic é uma criatura complexa cheia de caixas e pedidos e sistemas e excentricidades e, sim, milhares e milhares de livros, além de uma equipe de quinze pessoas, e nos últimos dois anos já organizamos mais de seiscentos eventos. A primeira pessoa que preciso agradecer é meu marido, Michael Fusco-Straub, por cuidar da nossa livraria, e às pessoas dentro dela, o dia inteiro, todos os dias, que me possibilitaram terminar de escrever este livro. A livraria deixou nossas vidas ao mesmo tempo muito mais ricas e muito mais difíceis, e sou grata a meu marido por manter tudo funcionando às mil maravilhas na minha ausência. É uma quantidade surpreendente de trabalho, desde trocar lâmpadas até pagar as contas e tudo o mais, e ah, céus, ele é tão bom nisso tudo.

Obrigada também a toda a equipe da Books Are Magic (no momento da edição do texto!), sem os quais o lugar seria menos mágico. Valorizo a inteligência, a energia, o cuidado e o amor de vocês. Obrigada por trazerem todo o ser de vocês para a livraria e por nos ajudarem a ser um lugar onde as pessoas querem passar o tempo delas. Obrigada a Eddie Joyce e Martine Beamon por acreditar no nosso potencial logo de cara, e por serem parceiros tão maravilhosos.

Obrigada a Alex Sagol e a todos na Cantine, onde passei muitas horas trabalhando neste livro, e obrigada a Audrey Gelman e a toda a equipe do Wing Dumbo, onde passei muitas muitas *muitas* horas trabalhando neste livro. A possibilidade de ficar sentada em um lugar confortável que não é sua própria casa, cheia como é, com roupa para lavar e brinquedos para guardar, e ser alimentada e abastecida de bules de chá sem fim é um presente incrível, pelo qual sou grata.

Obrigada aos meus amigos e familiares que foram convocados graças a suas várias áreas de especialização: Laura Royal, Tyler Ford, John Fireman, Meg Wolitzer e Adam Koehler.

Obrigada a Julian Foster, minha mãe, e aos professores dos meus filhos por terem tomado conta tão bem das minhas crianças.

Obrigada a Claudia Ballard, minha agente e amiga.

Obrigada ao grupo Riverhead, e em particular à minha editora atenciosa e emocionalmente perspicaz, Sarah McGrath, que tornou este livro melhor de novo e de novo, e obrigada às minhas diligentes amigas-irmãs Claire McGinnis e Lydia Hirt, e Geoff Kloske, Kate Stark e Jynne Martin, por conduzirem o navio em uma direção tão boa. (É um leme grande.) Obrigada a Jessica Leeke e Gaby Young, minhas amigas-irmãs do outro lado do lago no Michael Joseph.

Quando estava terminando este livro, duas coisas me levaram a entender o que eu tinha de fazer: o episódio do pedido de desculpas do sempre brilhante podcast *Still Processing* de Jenna Wortham e Wesley Morris, e a poesia de Mary Oliver, uma onda que quebrou em mim após sua morte. Recomendo ambos com sinceridade.

Este livro foi impresso pela Exklusiva, em 2021,
para a HarperCollins Brasil. O papel do miolo é
pólen soft 80g/m², e o da capa é cartão 250g/m².